W0182955

Knochenlese

KATHY REICHS

Kathy Reichs wurde in Chicago geboren und ist eine von fünfzig zugelassenen forensischen Anthropologen in Kanada und den USA. Nach *Tote lügen nicht, Knochenarbeit* und *Lasst Knochen sprechen* erklomm auch *Durch Mark und Bein* Spitzenplätze der Bestsellerlisten. Alle Titel sind bei Weltbild erschienen.

KATHY REICHS

KNOCHEN-LESE

Roman

Aus dem Amerikanischen
von Klaus Berr

Weltbild

Die amerikanische Originalausgabe erschien
unter dem Titel *Grave Secrets* bei Scribner, New York.

Besuchen Sie uns im Internet:
www.weltbild.de

Genehmigte Lizenzausgabe für Verlagsgruppe Weltbild GmbH,
Steinerne Furt, 86167 Augsburg
Copyright der Originalausgabe © 2002 by Temperance Brennan, L.P.
Copyright der deutschsprachigen Ausgabe © 2003 by
Karl Blessing Verlag GmbH, ein Unternehmen der
Verlagsgruppe Random House GmbH, München
Übersetzung: Klaus Berr
Umschlaggestaltung: Thomas Jarzina, Köln
Umschlagmotiv: Corbis, Düsseldorf
Gesamtherstellung: Freiburger Graphische Betriebe GmbH & Co. KG,
Bebelstraße 11, 79108 Freiburg
Printed in Germany
ISBN 3-8289-7302-7

2007 2006 2005 2004
Die letzte Jahreszahl gibt die aktuelle Lizenzausgabe an.

Für die Unschuldigen:

Guatemala
1962–1996

New York, New York
Arlington, Virginia
Shanksville, Pennsylvania

11. September 2001

Ich habe ihre Knochen berührt.
Ich trauere um sie.

1

»Ich bin tot. Sie haben mich auch umgebracht.«

Die Worte der alten Frau stachen mir ins Herz.

»Bitte erzählen Sie mir, was an diesem Tag passiert ist.« Maria sprach so leise, dass ich Mühe hatte, ihr Spanisch zu verstehen.

»Ich habe meine Kleinen geküsst und bin auf den Markt gegangen.« Die Augen niedergeschlagen, die Stimme tonlos. »Ich wusste nicht, dass ich sie nie wieder sehen würde.«

Aus dem K'akchiquel ins Spanische, dann die Übersetzung in die Gegenrichtung und wieder andersherum im Wechselspiel von Frage und Antwort. Die Übersetzung schaffte es nicht, das erinnerte Grauen zu mildern.

»Wann sind Sie nach Hause zurückgekehrt, Señora Ch'i'p?«

»*A que hora regreso usted a su casa, Señora Ch'i'p?*«

»*Chike ramaj xatzalij pa awachoch, Ixoq Ch'i'p?*«

»Am späten Nachmittag. Ich hatte meine Bohnen verkauft.«

»Das Haus brannte?«

»Ja.«

»Ihre Familie war drinnen?«

Ein Nicken.

Ich betrachtete die Beteiligten. Eine uralte Maya-Frau, ihr Sohn mittleren Alters und die junge Kulturanthropologin Maria Paiz, jetzt gezwungen, unaussprechliche Erinnerungen auszugraben. Ich spürte Wut und Trauer in mir zusammenprallen wie die Gewitterwolken, die sich am Horizont auftürmten.

»Was haben Sie getan?«

»Wir haben sie im Brunnen begraben. In aller Eile, bevor die Soldaten zurückkamen.«

Ich musterte die alte Frau. Ihr Gesicht war wie brauner Kord. Ihre Hände waren schwielig, der lange Zopf mehr grau als schwarz. Um ihren Kopf war ein Tuch geknotet, leuchtende Rot-, Pink-, Gelb- und Blautöne, verwebt zu Mustern, die älter waren als die Berge, die uns umgaben. Ein Zipfel hob und senkte sich im Wind.

Die Frau lächelte nicht. Sie runzelte auch nicht die Stirn. Und sie schaute niemanden an, was mich sehr erleichterte. Hätten sich unsere Blicke auch nur kurz getroffen, wäre die Übermittlung von Schmerz wohl grausam gewesen.

Vielleicht wusste sie das und wandte den Blick ab, um nicht andere in die Hölle hinabzuziehen, die diese Augen verbargen.

Es konnte natürlich auch Misstrauen sein. Vielleicht war sie nach dem, was sie erlebt hatte, nicht mehr bereit, Fremden offen in die Augen zu sehen.

Da ich einen leichten Schwindel verspürte, drehte ich einen Eimer um, setzte mich darauf und betrachtete die Umgebung.

Ich befand mich auf zweitausend Meter Höhe im westlichen Hochland Guatemalas, am Grund einer Schlucht mit steilen Flanken. Ungefähr einhundertfünfundzwanzig Kilometer nordwestlich von Guatemala City.

Um mich herum floss ein breiter Strom aus üppig grünem Wald, durchsetzt von kleinen Feldern und Gemüsegärten, wie Inseln. Hier und dort war das riesige Schachbrett von künstlich angelegten Terrassen durchbrochen, die sich spielerisch wie Wasserfälle in die Tiefe stürzten. Dunst umwaberte die höchsten Gipfel und ließ ihre Umrisse verschwimmen wie auf einem Bild von Monet.

Landschaften von solcher Schönheit hatte ich nur selten gesehen. Die Great Smoky Mountains. Den Gatineau in Quebec im Nordlicht. Die Barrier Islands vor der Küste Carolinas. Der Vulkan Haleakula bei Sonnenaufgang. Der Liebreiz der Umgebung machte die vor mir liegende Arbeit umso herzzerreißender.

Als forensische Anthropologin ist es meine Aufgabe, Tote auszugraben und zu untersuchen. Ich identifiziere die Verbrannten, die Mumifizierten, die Verwesten und die Skelettierten, die ansonsten in anonymen Gräbern landen würden. Manchmal sind die Ergebnisse nur sehr allgemein, kaukasoide Frau, Mitte zwanzig. Bei anderen Gelegenheiten kann ich ein Opfer genau identifizieren. In einigen Fällen finde ich heraus, wie die Leute starben. Oder wie ihre Leichen verstümmelt wurden.

Ich bin also durchaus gewöhnt an den Tod und das, was nach ihm kommt. Ich bin vertraut mit seinem Geruch, seinem Anblick, mit seiner Bedeutung. Ich habe gelernt, mich emotional zu stählen, damit ich meinen Beruf ausüben kann.

Aber diese alte Frau durchbrach meinen Schutzwall, meine Distanziertheit.

Noch ein Schwindelanfall. Das liegt an der Höhe, sagte ich mir, senkte den Kopf und atmete tief durch.

Obwohl meine eigentlichen Wirkungsstätten North Carolina und Quebec sind, für deren Behörden ich als forensische Anthropologin tätig bin, war ich als Freiwillige nach Guatemala gekommen, um einen Monat lang als Beraterin für die Fundación de Antropología Forense de Guatemala zu arbeiten. Die Guatemaltekische Stiftung für Forensische Anthropologie, FAFG, arbeitete daran, die Überreste all jener zu lokalisieren und zu identifizieren, die während des Bürgerkriegs von 1962 bis 1996, einem der blutigsten Konflikte der lateinamerikanischen Geschichte, verschwunden waren.

Seit meiner Ankunft vor einer Woche hatte ich viel gelernt. Schätzungen über die Zahl der Vermissten schwankten zwischen ein- und zweihunderttausend. Der Großteil der Gräueltaten ging auf das Konto der guatemaltekischen Armee und der mit ihr verbündeten paramilitärischen Organisationen. Die meisten der Getöteten waren Bauern vom Lande. Viele davon Frauen und Kinder.

Die Opfer wurden erschossen oder mit Macheten zerstückelt. Andere Dörfer hatten nicht so viel Glück wie Chupan Ya. Hier hatten die Bewohner Zeit gehabt, ihre Toten zu verstecken. Viel häufiger wurden die Leichen in anonymen Massengräbern verscharrt, in Flüsse geworfen oder unter den Ruinen von Hütten oder Häusern liegen gelassen. Die Hinterbliebenen erhielten keine Erklärungen, keine Vermisstenlisten, keine Unterlagen. Eine Untersuchungskommission der Vereinten Nationen bezeichnete diese Massaker als Genozid am Volk der Maya.

Familien und Nachbarn nannten ihre Vermissten *desaparecidos*. Die Verschwundenen. Die FAFG versuchte, sie oder genauer ihre Überreste zu finden, und ich war gekommen, um dabei zu helfen.

Hier in Chupan Ya waren Soldaten und Zivilpatrouillen an einem Augustmorgen im Jahr 1982 eingefallen. Die Männer flohen, weil sie befürchteten, man würde sie der Kollaboration mit der örtlichen Guerillabewegung verdächtigen. Den Frauen wurde befohlen, sich mit ihren Kindern in Gruppen auf bestimmten Farmen zu versammeln. Sie gehorchten, vielleicht, weil sie dem Militär vertrauten, vielleicht aber, weil sie es fürchteten. Als die Soldaten sie auf den Farmen fanden, wurden die Frauen stundenlang vergewaltigt und dann umgebracht. Jedes Haus im Tal wurde niedergebrannt.

Überlebende erzählten von fünf Massengräbern. Am Grund des Brunnens hinter Mrs. Ch'i'p lagen angeblich dreiundzwanzig Frauen und Kinder.

Die alte Frau fuhr mit ihrer Geschichte fort. Hinter ihrer

Schulter konnte ich die Konstruktion erkennen, die wir vor drei Tagen errichtet hatten, um den Brunnen und seine Umgebung vor Regen und Sonne zu schützen. Rucksäcke und Kamerataschen hingen an Metallstützen, und Planen bedeckten die Grube darunter. Kisten, Eimer, Schaufeln, Pickel, Besen und Lagerbehälter lagen dort, wo wir sie an diesem Morgen hingeworfen hatten.

Zwischen den Stangen hatten wir Seile gespannt, um die Zuschauer von den Arbeitern zu trennen. Innerhalb der Abgrenzung saßen drei Mitglieder des FAFG-Teams untätig herum. Außerhalb standen die Dorfbewohner, die jeden Tag hierher kamen, um schweigend zuzusehen.

Und die Polizisten, die uns aufhalten sollten.

Wir waren kurz davor gewesen, Indizien zu entdecken, als wir den Befehl zum Abbruch erhielten. Die Erde, einst mahagonifarben, jetzt friedhofschwarz, hatte erste Aschespuren preisgegeben und verkohlte Fragmente. Im Sieb hatten wir eine Kinderhaarspange gefunden. Stofffetzen. Einen winzigen Turnschuh.

O Gott. Lag die Familie der alten Frau wirklich nur Zentimeter unterhalb der Stelle, an der wir hatten aufhören müssen?

Fünf Töchter und neun Enkel. Erschossen, zerstückelt und zusammen mit Nachbarsfrauen und -kindern in ihrem Haus verbrannt. Wie erträgt man einen solchen Verlust? Was konnte das Leben da noch bieten außer endlosem Schmerz?

Als ich meinen Blick wieder auf die Landschaft richtete, bemerkte ich ein halbes Dutzend Gehöfte auf Lichtungen im Wald. Lehmwände, Ziegeldächer, Rauch, der von Kochstellen in die Höhe stieg. Jedes hatte einen ungepflasterten Hof, eine Außentoilette und ein oder zwei ausgemergelte braune Hunde. Die Wohlhabenderen hatten Hühner, ein dürres Schwein, ein Fahrrad.

Zwei von Mrs. Ch'i'ps Töchtern hatten in der Ansammlung von Hütten auf halber Höhe der östlichen Flanke gewohnt. Eine andere hatte oben auf der Anhöhe gelebt, wo wir unsere FAFG-

Fahrzeuge abgestellt hatten. Diese Frauen waren verheiratet gewesen, an ihr Alter konnte sie sich nicht mehr erinnern. Ihre Kinder waren drei Tage, zehn Monate, zwei, vier und fünf Jahre alt gewesen.

Ihre jüngsten Töchter waren noch zu Hause gewesen. Sie wurden elf und dreizehn Jahre alt.

Familien, verbunden über Fußpfade und ein Netzwerk der Gene. Dieses Tal war ihre Welt.

Ich stellte mir vor, wie Mrs. Ch'i'p an diesem Tag nach Hause kam, vielleicht auf demselben Lehmpfad, den wir uns jeden Morgen hinunter- und jeden Abend hinaufquälten. Sie hatte ihre Bohnen verkauft. Wahrscheinlich war sie fröhlich.

Dann das Grauen.

Zwei Jahrzehnte reichen nicht zum Vergessen. Ein Leben reicht nicht.

Ich frage mich, wie oft sie an sie dachte. Gingen ihre Schatten mit ihr, wenn sie sich zum Markt schleppte, auf demselben Weg, den sie an diesem verhängnisvollen Tag gegangen war? Schlüpften sie durch den zerrissenen Fetzen, der ihr Fenster verhüllte, wenn jeden Abend die Dunkelheit über das Tal hereinbrach? Bevölkerten sie ihre Träume? Kamen sie grinsend und lachend zu ihr, wie sie es im Leben getan hatten? Oder blutig und verkohlt, wie sie sie im Tod gefunden hatte?

Meine Sicht verschwamm, ich senkte wieder den Kopf und starrte die Erde an. Wie war es möglich, dass menschliche Wesen anderen menschlichen Wesen so etwas antaten? Hilflosen und wehrlosen Frauen und Kindern? In der Ferne hörte ich Donner grollen.

Sekunden, vielleicht Jahre später brach die Befragung ab, eine unübersetzte Frage hing noch in der Luft. Als ich den Kopf hob, sah ich, dass Maria und ihr Übersetzer zum Hügel hinter mir starrten. Mrs. Ch'i'p hielt, die Hand an der Wange, die Finger eingekrümmt wie ein Neugeborenes, den Blick weiter auf ihre Sandalen gesenkt.

»Mateo ist zurück«, sagte Elena Norvillo, ein Mitglied der FAFG aus der Region El Petén. Ich drehte mich um, als sie aufstand. Der Rest des Teams blieb unter dem Zelt und sah von dort aus zu.

Zwei Männer trotteten einen der vielen Fußpfade herunter, die sich durch die Schlucht schlängelten, der vordere in blauer Windjacke, ausgewaschenen Jeans und brauner Kappe. Obwohl ich deren Aufdruck nicht entziffern konnte, wusste ich doch, dass er FAFG lautete. Wir sechs Wartende trugen dieselben Kappen. Der Mann, der ihm folgte, trug Anzug und Schlips, und in der Hand hielt er einen Klappstuhl.

Wir sahen zu, wie die beiden sich einen Weg bahnten durch dürre Maisstauden, umringt von diversen anderen Pflanzen, wobei sie darauf achteten, nichts zu beschädigen. Ein Bohnensämling. Ein Kartoffelkeimling. Für uns unbedeutend, aber wesentlich als Nahrungs- oder Einkommensquelle für die Familie, der sie gehörte.

Als sie nur noch zwanzig Meter entfernt waren, rief Elena.

»Hast du's geschafft?«

Mateo reckte den Daumen in die Höhe.

Die Unterbrechung der Ausgrabung war von einem örtlichen Amtsrichter angeordnet worden. Nach seiner Interpretation des Exhumierungsbefehls durften keine Arbeiten stattfinden, wenn nicht ein Richter, das guatemaltekische Äquivalent eines Bezirksstaatsanwalts, anwesend war. Als dieser Amtsrichter uns früh an diesem Morgen besucht und keinen solchen Richter vor Ort angetroffen hatte, hatte er den Stopp der Grabungen befohlen. Mateo war nach Guatemala City gefahren, um eine Aufhebung dieses Spruchs zu erreichen.

Mateo führte seinen Begleiter direkt zu den beiden uniformierten Wachen von der Nationalen Zivilpolizei und zog ein

Dokument hervor. Der ältere Polizist schob sich den Gurt seiner Halbautomatik höher auf die Schulter, nahm das Papier und las mit gesenktem Kopf, sodass sich das langsam verlöschende Nachmittagslicht in seinem glänzend schwarzen Mützenschirm spiegelte. Sein Partner stand nur da, einen Fuß vorgestreckt, mit gelangweilter Miene.

Nach einem kurzen Wortwechsel mit dem Besucher im Anzug gab der ältere Polizist Mateo das Dokument zurück und nickte.

Die Dorfbewohner schauten stumm, aber neugierig zu, wie Juan, Luis und Rosa aufstanden und sich, wie Basketballspieler, mit erhobenen Händen abklatschten. Mateo und sein Begleiter gesellten sich am Brunnen zu ihnen. Elena folgte.

Als ich zum Zelt ging, warf ich noch einen kurzen Blick auf Mrs. Ch'i'p und ihren erwachsenen Sohn. Der Mann machte ein wütendes Gesicht, jede seiner Poren schien Hass auszuschwitzen. Hass auf wen, fragte ich mich. Auf diejenigen, die seine Familie abgeschlachtet hatten? Auf diejenigen, die aus einer ganz anderen Welt gekommen waren, um die Ruhe ihrer Knochen zu stören? Auf weit entfernte Behörden, die auch noch die kleinsten Bemühungen behinderten? Auf sich selbst, weil er diesen Tag überlebt hatte? Seine Mutter stand hölzern und mit ausdruckslosem Gesicht neben ihm.

Mateo stellte den Mann im Anzug als Roberto Amado vor, Abgesandter aus dem Büro des Bezirksstaatsanwalts. Der Richter in Guatemala City hatte entschieden, dass seine Anwesenheit den Anforderungen des Exhumierungsbefehls genüge. Amado würde die Arbeiten beobachten und alles dokumentieren, um unsere Ergebnisse vor Gericht verwertbar zu machen.

Amado gab jedem von uns die Hand, ging dann in eine Ecke der überdachten Fläche, klappte seinen Stuhl auf und setzte sich. Mateo fing an, Aufgaben zu verteilen.

»Luis, Rosa, ihr siebt bitte. Tempe und ich graben. Juan, du schaufelst die Erde weg. Wir wechseln uns ab, wenn's nötig wird.

Mateo hatte eine kleine v-förmige Narbe auf seiner Oberlippe, die sich zu einem U verbreiterte, wenn er lächelte. Heute blieb das V so schmal wie ein Dorn.

»Elena, du dokumentierst und fotografierst. Skelettinventar, Artefakteninventar, Fotos mit Legenden. Jedes Molekül wird registriert.«

»Wo sind Carlos und Molly?«, fragte Elena.

Carlos Menzes war Mitglied einer argentinischen Menschenrechtsorganisation, die die FAFG seit ihrer Gründung 1992 beriet. Molly Carraway war Archäologin und gerade aus Minnesota gekommen.

»Sie fahren den anderen Laster hierher für den Abtransport. Wir brauchen ein zweites Fahrzeug, wenn wir mit unserer Ausrüstung und den Artefakten von hier wieder weg wollen.«

Er schaute zum Himmel hoch.

»Das Gewitter ist noch zwei Stunden entfernt, vielleicht drei, wenn wir Glück haben. Lasst uns diese Leute finden, bevor hier noch mehr juristischer Müll abgeladen wird.«

Während ich Kellen zusammensuchte und in einen Eimer steckte, an dem ein Seil befestigt war, verstaute Mateo den Gerichtsbeschluss in seinem Rucksack und hängte ihn an eine Querstange. Seine Augen und Haare waren schwarz, sein Körper wie ein Hydrant, kurz und stämmig. Muskelstränge zeigten sich an seinem Hals und seinen Armen, als er und Luis die Plane zurückschlugen, die die Grube bedeckte.

Mateo stellte einen Fuß auf die erste der Erdstufen, die wir in eine Grubenwand geschlagen hatten. Die Kante bröckelte, und Erde rieselte zwei Meter in die Tiefe. Die Klümpchen machten ein leise tickerndes Geräusch, als Mateo langsam nach unten stieg.

Als er unten angekommen war, ließ ich den Eimer hinunter und zog mir dann den Reißverschluss meiner Windjacke zu. Die letzten drei Tage waren mir eine Lehre gewesen. Der Mai im Hochland war zwar angenehm, aber die klamme Kälte unter der Erde ging einem durch Mark und Bein. Jeden Abend hatte ich durchgefroren und Chupan Ya mit tauben Fingern verlassen.

Ich stieg hinunter, wie Mateo es getan hatte, indem ich die Füße seitwärts aufstellte und jede unserer Behelfsstufen testete. Mein Puls beschleunigte sich, während es um mich herum immer düsterer wurde.

Mateo streckte mir die Hand entgegen, und ich nahm sie. Nachdem ich von der letzten Stufe heruntergestiegen war, stand ich in einem quadratischen Loch von nicht mehr als zwei Metern Kantenlänge. Wände und Boden waren glitschig, die Luft nasskalt und faulig.

Mein Herz hämmerte gegen das Brustbein. Schweiß lief mir die Furche über dem Rückgrat hinunter.

Wie immer in engen dunklen Löchern.

Ich wandte mich von Mateo ab, tat so, als würde ich meine Kelle reinigen. Meine Hände zitterten.

Ich schloss die Augen und kämpfte gegen die Klaustrophobie an. Ich dachte an meine Tochter. Katy als Baby. Katy an der Universität von Virginia. Katy am Strand. Ich stellte mir meine Katze, Birdie, vor. Mein Stadthaus in Charlotte. Meine Eigentumswohnung in Montreal.

Ich kannte einen Trick. Der erste Song, der mir in den Sinn kam. Neil Young. *Harvest Moon*. Ich ging im Geist den Text durch.

Meine Atmung entkrampfte sich. Der Herzschlag wurde langsamer.

Ich öffnete die Augen und schaute auf die Uhr. Siebenundfünfzig Sekunden. Nicht so gut wie gestern. Besser als am Dienstag. Viel besser als am Montag.

Mateo kniete bereits und scharrte in der feuchten Erde. Ich ging in die entgegengesetzte Ecke der Grube, und die nächsten zwanzig Minuten lang arbeiteten wir schweigend, kratzten mit den Kellen, untersuchten den Boden, schaufelten Erde in Eimer.

Immer mehr Gegenstände tauchten auf. Ein Glassplitter. Ein Metallstück. Verkohltes Holz. Elena notierte alles und steckte die Fragmente in Tüten.

Von der Welt dort oben drangen Geräusche zu uns. Geplapper. Eine Bitte. Das Bellen eines Hundes. Ab und zu schaute ich hinauf, eine unbewusste Besänftigung meines Es.

Gesichter spähten zu uns herunter. Männer mit Gaucho-Hüten, Frauen in traditionellen Maya-Gewändern mit Kindern, die sich an ihre Röcke klammerten. Babys, die in regenbogenfarbenen Tüchern an ihren Müttern hingen, starrten mit runden, schwarzen Augen. Ich sah hundert Varianten von hohen Wangenknochen, schwarzen Haaren, sienafarbener Haut.

Bei einem Blick nach oben bemerkte ich ein kleines Mädchen, das die Arme über den Kopf gestreckt hatte und sich am Absperrseil festhielt. Ein typisches Kind. Dralle Wangen, schmutzige Füße, Pferdeschwanz.

Es gab mir einen Stich.

Das Mädchen war so alt wie eine von Mrs. Ch'i'ps Enkelinnen. Seine Haare waren mit Spangen zusammengesteckt, die genauso aussahen wie jene, die wir im Sieb gefunden hatten.

Ich lächelte. Das Mädchen wandte das Gesicht ab und drückte es ans Bein seiner Mutter. Eine braune Hand strich ihr über den Kopf.

Nach Aussagen von Zeugen war das Loch, in dem wir arbeiteten, eigentlich als Zisterne gedacht. Als solche wurde es nie fertig gestellt, sondern in der Nacht des Massakers hastig in ein anonymes Grab verwandelt.

Ein Grab für Leute wie jene, die jetzt da oben Wache hielten.

Wut kochte in mir hoch, während ich weitergrub.

Konzentriere dich, Brennan. Verwende deine Energie aufs Finden von Beweisen. Tu, was du tun kannst.

Zehn Minuten später stieß meine Kelle auf etwas Hartes. Ich legte das Werkzeug weg und grub mit den Fingern weiter.

Das Objekt war dünn wie ein Bleistift und hatte einen schräg abstehenden Fortsatz, der in einer furchigen Oberseite endete. Am Ende des Fortsatzes eine winzige Kugel. Um Kugel und Fortsatz eine kreisrunde Höhlung. Oberschenkelknochen und Becken. Die Hüfte eines kaum zwei Jahre alten Kindes.

Ich hob den Kopf, mein Blick traf den des kleinen Mädchens. Wieder wandte es sich ab. Doch dann tauchte es noch einmal auf, spähte zwischen den Falten des Rocks seiner Mutter hindurch und lächelte schüchtern.

Jesus Christus im Himmel.

Tränen brannten hinter meinen Lidern.

»Mateo.«

Ich deutete auf die kleinen Knochen. Mateo kam in meine Ecke gekrochen.

Der Oberschenkelknochen war fast auf der ganzen Länge durch Einwirkung von Feuer und Rauch grau und schwarz gesprenkelt. Das distale Ende war bröckelig weiß, was auf intensivere Hitze hindeutete.

Einen Augenblick sagte keiner von uns etwas. Dann bekreuzigte Mateo sich und sagte mit leiser Stimme:

»Wir haben sie.«

Als Mateo aufstand und den Satz wiederholte, versammelte sich das ganze Team am Brunnenrand.

Ein flüchtiger Gedanke. Wen haben wir, Mateo? Wir haben die Opfer, nicht die Mörder. Wie groß ist die Chance, dass auch nur einer dieser staatlich sanktionierten Schlächter je angeklagt, geschweige denn bestraft wird?

Elena warf eine Kamera herunter und dann einen Plastikmarker mit der Ziffer »1« darauf. Ich steckte den Marker mit der Fallnummer neben dem Fund in die Erde und fotografierte ihn.

Dann machten Mateo und ich uns wieder ans Graben, die anderen ans Hochziehen der Eimer und ans Sieben. Nach einer Stunde stellte ich mich ans Sieb. Und nach einer weiteren kletterte ich wieder in die Grube.

Das Gewitter ließ auf sich warten, und die Zisterne erzählte ihre Geschichte.

Das Kind war eins der letzten Opfer gewesen, die man in das versteckte Grab hinabgelassen hatte. Darunter und im Umkreis lagen die Überreste der anderen. Einige stark verbrannt, andere kaum angesengt.

Bis zum späten Nachmittag hatten wir sieben Fallnummern zugewiesen, und fünf Schädel starrten uns aus einem Knochengewirr heraus an. Drei der Opfer waren Erwachsene, mindestens zwei Jugendliche. Nummer eins war ein Kind. Bei den anderen war eine Altersschätzung unmöglich.

Bei Einbruch der Dunkelheit machte ich eine Entdeckung, die ich mein Leben lang nicht vergessen werde. Über eine Stunde lang hatte ich an Skelett Nummer fünf gearbeitet. Ich hatte Schädel und Unterkiefer freigelegt und Wirbelsäule, Brustkorb, Becken und Gliedmaßen von Erde befreit. Ich hatte mich an den Beinen entlang gearbeitet und die Fußknochen unter denen des Opfers daneben entdeckt.

Skelett Nummer fünf war weiblich. Die Augenhöhlen zeigten keine dicken Wülste, die Wangenknochen waren glatt und schmal, die Fortsätze des Schläfenbeins klein. Die untere Körperhälfte war in die Überbleibsel eines verfaulten Rocks gewickelt, der exakt so aussah wie das Dutzend über mir. An einem fragilen Fingerknochen steckte ein korrodierter Ehering.

Obwohl die Farben ausgebleicht und fleckig waren, konnte

ich auf dem Stoff, der am Oberkörper hing, ein Muster erkennen. Zwischen den Armknochen, auf dem zusammengebrochenen Brustkorb, lag ein Bündel mit einem anderen Muster. Vorsichtig löste ich eine Ecke, schob die Fingerspitzen darunter und hob die äußere Gewebeschicht an.

Einmal erhielt ich in meinem Labor in Montreal den Auftrag, den Inhalt eines Jutesacks zu untersuchen, den man am Ufer eines Binnensees gefunden hatte. Aus dem Sack zog ich mehrere Steine und Knochen, die so dünn waren, dass ich zuerst dachte, sie stammten von einem Vogel. Ich hatte mich geirrt. Der Sack enthielt die Überreste von drei Kätzchen, die man mit den Steinen beschwert und ins Wasser geworfen hatte, um sie zu ertränken. Mein Abscheu war so stark gewesen, dass ich das Labor verlassen und einige Meilen gehen musste, bevor ich weiterarbeiten konnte.

In dem Bündel, das das Skelett Nummer fünf umklammert hielt, fand ich einen Bogen aus winzigen Wirbelscheiben und einen zierlichen Brustkorb, der sich darum wölbte. Arm- und Beinknochen von der Größe von Streichhölzern. Einen Miniaturkiefer.

Mrs. Ch'i'ps kleine Enkelin.

Unter den papierdünnen Schädelfragmenten ein 556er-Projektil, wie es von einem Sturmgewehr verschossen wird.

Ich erinnerte mich, was ich angesichts der Gräueltat an den Katzen empfunden hatte, aber jetzt spürte ich rasende Wut. In der Umgebung unserer Grabungsstätte gab es keine Straßen, auf denen ich hätte laufen können, keine Möglichkeit, meinen Zorn zu verarbeiten. Ich starrte die kleinen Knochen an und versuchte, mir den Mann vorzustellen, der den Abzug betätigt hatte. Wie konnte er nachts schlafen? Wie konnte er tagsüber Menschen in die Augen schauen?

Um sechs sagte Mateo, es sei genug für heute. Oben roch die

Luft nach Regen, und Blitzadern pulsierten in schweren, schwarzen Wolken. Die Einheimischen waren verschwunden.

Wir beeilten uns, deckten den Brunnen ab, verstauten die Ausrüstung, die wir hier lassen, und packten zusammen, was wir mitnehmen wollten. Während das Team arbeitete, fielen die ersten schweren, kalten Tropfen auf das provisorische Dach über unseren Köpfen. Amado, der Vertreter des Bezirksstaatsanwalts, wartete mit zusammengeklapptem Gartenstuhl und unergründlicher Miene.

Mateo zeichnete das Dienstbuch der Polizeiwachen ab, und dann machten wir uns auf den Weg durch den Mais, einer hinter dem anderen, wie Ameisen auf einer Duftspur. Wir hatten eben den langen, steilen Anstieg begonnen, als das Gewitter losbrach. Harter, vom Wind gepeitschter Regen stach mir ins Gesicht und durchnässte Haare und Kleidung. Blitze zuckten. Donner grollte. Bäume und Maisstauden bogen sich im Wind.

Binnen Minuten stürzte Wasser die Hügelflanke herab und verwandelte den Pfad in einen glitschigen, braunen Bach aus Schlamm. Wieder und wieder rutschte ich aus, schlug mir zuerst das eine, dann das andere Knie an. Ich krabbelte in die Höhe, hielt mich mit der rechten Hand an Pflanzen fest, zog mit der linken eine Tasche mit Kellen hinter mir her und suchte mit den Füßen Halt. Obwohl Regen und Dunkelheit mir die Sicht nahmen, konnte ich die anderen über und unter mir hören. Jeder Blitz, der über den Himmel zuckte, ließ ihre gebückten Gestalten weiß aufleuchten. Meine Beine zitterten, meine Lunge brannte.

Eine Ewigkeit später erreichte ich den Grat und schleppte mich zu dem Flecken Erde, wo wir vor elf Stunden unsere Fahrzeuge abgestellt hatten. Ich legte eben Schaufeln auf die Ladefläche eines Pick-ups, als Mateos Satellitentelefon klingelte, ein Geräusch, das in Wind und Regen kaum zu hören war.

»Kann da jemand drangehen?«, rief Mateo.

Ich schlitterte und rutschte zur Fahrerkabine, packte seinen Rucksack, fischte den Apparat heraus und schaltete ihn ein.

»Tempe Brennan«, rief ich.

»Seid ihr immer noch an der Grabungsstelle?« Englisch. Es war Molly Carraway, meine Kollegin aus Minnesota.

»Wir brechen gerade auf. Es regnet wie verrückt«, rief ich und wischte mir mit dem Handrücken Wasser aus den Augen.

»Hier ist es trocken.«

»Wo seid ihr?«

»Knapp hinter Sololá. Wir sind erst spät losgefahren. Hör zu, ich glaube wir werden verfolgt.«

»Verfolgt?«

»Ein schwarzes Auto hängt uns seit Guatemala City im Nacken. Carlos hat versucht sie abzuschütteln, aber ohne Erfolg.«

»Kannst du den Fahrer erkennen?«

»Nicht richtig. Die Windschutzscheibe ist getönt und –«

Ich hörte einen lauten Schlag, einen Schrei und dann statisches Rauschen, als wäre der Apparat zu Boden gefallen und würde jetzt herumschlittern.

»Mein Gott!« Die Entfernung dämpfte Carlos' Stimme.

»Molly?«

Ich hörte erregte Worte, die ich nicht verstehen konnte.

»Molly, was ist los?«

Schreie. Noch ein Schlag. Kratzen. Eine Hupe. Ein lautes Knirschen. Männerstimmen.

»Was ist denn los?« Besorgnis ließ meine Stimme überschnappen.

Keine Antwort.

Ein geschriener Befehl.

»Leck mich!« Carlos.

»Molly! Sag mir, was los ist!« Ich kreischte beinahe. Die anderen hatten das Aufladen unterbrochen und starrten mich an.

»Nein!« Molly Carraway sprach wie aus einer entfernten Galaxie, ihre Stimme klang dünn und blechern und voller Panik. »Bitte. Nein!«

Zwei gedämpfte Knalle.

Noch ein Schrei.

Zwei weitere Knalle.

Stille.

2

Wir fanden Carlos und Molly ungefähr acht Kilometer außerhalb von Sololá, mehr als neunzig Kilometer von Guatemala City, aber nur dreißig von der Grabungsstelle entfernt.

Es hatte stetig geregnet, während unser Konvoi sich ruckelnd und zockelnd über den schmalen Lehm- und Felspfad mühte, der den Rand des Tals mit der Teerstraße verband. Zuerst blieb ein Fahrzeug stecken, dann ein zweites, und immer musste das ganze Team zusammen helfen, um die Räder wieder frei zu bekommen. Nach mühsamem Schieben und Stemmen in einem Ozean aus Schlamm kletterten wir wieder auf unsere Sitze und fuhren weiter. Wir sahen aus wie Eingeborene aus Neuguinea, die sich für eine Trauerfeier bemalt hatten.

Normalerweise dauerte es bis zur Teerstraße zwanzig Minuten. An diesem Abend brauchten wir mehr als eine Stunde. Ich hielt mich am Handgriff des Transporters fest, mein Oberkörper schwankte hin und her, und mein Magen verkrampfte sich vor Sorge. Obwohl wir sie nicht aussprachen, gingen Mateo und mir dieselben Fragen durch den Kopf. Was war mit Molly und Carlos passiert? Was würden wir finden? Warum hatten sie sich so verspätet? Was hatte sie aufgehalten? Hatte man sie tatsächlich verfolgt? Und wer? Wo waren ihre Verfolger jetzt?

An der Einmündung des Talwegs in die Straße stieg Señor Amado aus dem Jeep, lief zu seinem Auto und fuhr in die Nacht davon. Es war offensichtlich, dass der Vertreter des Bezirksstaatsanwalts keine Lust hatte, länger als unbedingt nötig in unserer Gesellschaft zu verweilen.

Der Regen war uns aus dem Tal heraus gefolgt, und sogar die Teerstraße war gefährlich. Nach fünfzehn Minuten entdeckten wir den Pick-up der FAFG in einem Graben auf der anderen Straßenseite, die Lichtkegel der Scheinwerfer stachen schräg in den Himmel, die Fahrertür stand offen. Mateo legte eine gewagte Spitzkehre hin und schlitterte an den Rand. Ich sprang aus der Fahrerkabine, obwohl der Wagen noch rollte, und Angst verkrampfte den Knoten in meinem Bauch zu einer harten, kalten Faust.

Trotz Regen und Dunkelheit konnte ich dunkle Spritzer auf dem Blech der Fahrerseite erkennen. Was ich im Inneren sah, ließ mir das Blut zu Eis erstarren.

Carlos lag zusammengeklappt hinter dem Lenkrad, Füße und Kopf zur offenen Tür hin, als wäre er von außen hineingestoßen worden. Die Haare auf seinem Hinterkopf und der Hemdrücken hatten die Farbe billigen Weins. Blut breitete sich auf der Sitzfläche aus und tropfte in die Lache, die sich um Gas- und Bremspedal gebildet hatte, sowie auf die grausigen Flecken auf seinen Jeans und Stiefeln.

Molly saß auf der Beifahrerseite, eine Hand am Türgriff, die andere geöffnet in ihrem Schoß. Sie war zusammengesackt wie eine Lumpenpuppe, die Beine waren gespreizt, und der Kopf ruhte in merkwürdigem Winkel an der Stütze. Die Vorderseite ihrer Nylonjacke war wie von zwei dunklen Flechten verfärbt.

Ich rannte übers Bankett, drückte zitternde Finger an Carlos' Hals. Nichts. Ich bewegte die Hand, suchte nach Lebenszeichen. Nichts. Ich versuchte es am Handgelenk. Nichts.

O Gott, bitte! Mein Herz schlug wild gegen das Brustbein.

Mateo kam zu mir gelaufen, bedeutete mir, nach Molly zu sehen. Ich stolperte zu ihr, streckte die Hand durchs offene Fenster und tastete nach dem Puls. Nichts. Wieder und wieder legte ich die Finger an das blasse Fleisch ihres Halses. Mir gegenüber schrie Mateo in sein Telefon und ahmte meine verzweifelten Bemühungen nach.

Beim vierten Versuch spürte ich ein Schlagen, schwach und unsicher. Es war kaum ein Zittern, aber es war da.

»Sie lebt!«, schrie ich.

Dann stand Elena mit weit aufgerissenen, feucht glitzernden Augen neben mir. Während sie die Tür aufhielt, beugte ich mich hinein und nahm Molly in die Arme. Regen stach mir in den Nacken, während ich sie in aufrechter Position hielt, den Reißverschluss ihrer Jacke aufzog, ihr Sweatshirt hochschob und die beiden Wunden lokalisierte. Ich stellte mich breitbeinig hin, um besseren Halt zu haben, drückte beide Hände auf die Wunden und betete, dass rechtzeitig Hilfe eintreffen würde.

Mein Blut pochte in den Augen. Hundert Schläge. Tausend.

Ich flüsterte Molly ins Ohr, beruhigte sie, flehte sie an, bei mir zu bleiben. Meine Arme wurden taub. Mein Rücken brannte vor Schmerz in der gebückten Haltung.

Die anderen standen beisammen, um sich gegenseitig zu trösten, sprachen hin und wieder ein paar Worte oder nahmen sich in die Arme. Autos fuhren vorbei, deren Insassen in unsere Richtung schauten, neugierig zwar, aber nicht bereit, sich in das Drama verwickeln zu lassen, das sich hier auf der Straße nach Sololá abspielte.

Mollys Gesicht sah gespenstisch aus. Ihre Lippen waren an den Winkeln blau. Mir fiel auf, dass sie eine Goldkette, ein winziges Kreuz und eine Armbanduhr trug. Sie zeigte acht Uhr einundzwanzig. Ich suchte nach dem Handy, konnte es aber nirgends entdecken.

Der Regen hörte so plötzlich auf, wie er angefangen hatte. Ein Hund jaulte, ein anderer antwortete. Ein Nachtvogel ließ ein zögerliches Piepsen hören, wiederholte sich dann.

Nach langem Warten entdeckte ich endlich ein rotes Licht weit hinten auf dem Highway.

»Sie sind da«, flüsterte ich Molly ins Ohr. »Halt durch, Mädchen. Du kommst wieder ganz in Ordnung.« Blut und Schweiß klebten feucht zwischen meinen Händen und ihrer Haut.

Das rote Licht kam näher und teilte sich in zwei. Minuten später hielten ein Krankenwagen und ein Polizeiauto mit quietschenden Reifen am Straßenrand und besprühten uns mit Kies und heißer Luft. Rot blitzte auf feucht glitzerndem Teer, regennassen Fahrzeugen, blassen Gesichtern.

Molly und Carlos wurden von den Sanitätern erstversorgt, dann in den Krankenwagen geschafft und eiligst ins Krankenhaus in Sololá transportiert. Elena und Luis folgten, um ihre Aufnahme zu überwachen. Wir anderen durften, nachdem wir kurze Aussagen gemacht hatten, nach Panajachel zurückkehren, wo wir wohnten, während Mateo die Polizei aufs Revier in Sololá begleitete.

Das Team war untergebracht im Hospedaje Santa Rosa, einem preiswerten Hotel, das versteckt in einer Nebenstraße der Avenida El Frutal lag. Kaum hatte ich mein Zimmer betreten, zog ich mich aus, warf die schmutzigen Klamotten auf einen Haufen in die Ecke und duschte, wobei ich froh war, dass die FAFG die zusätzlichen Quetzals für warmes Wasser bezahlt hatte. Obwohl ich außer einem Käse-Sandwich und einem Apfel zum Lunch nichts gegessen hatte, vertrieben Angst und Erschöpfung jeglichen Appetit. Ich fiel nur noch ins Bett, traurig über die Opfer in dem Brunnen in Chupan Ya, voller Angst um Molly und Carlos.

Ich schlief schlecht in dieser Nacht, gequält von hässlichen Träumen. Scherben von Kinderschädeln. Pechschwarze Augenhöhlen. Armknochen umhüllt von verfaulendem *güipil*. Ein blutbespritzter Transporter.

Anscheinend gab es kein Entkommen vor dem gewaltsamen Tod, weder tags noch nachts, weder in der Vergangenheit noch in der Gegenwart.

Ich erwachte zu kreischenden Papageien und weicher, grauer Dämmerung, die durch meine Jalousie sickerte. Irgendetwas war entsetzlich verkehrt. Was?

Erinnerungen an die vergangene Nacht trafen mich wie eine kalte, betäubende Welle. Ich zog die Knie an die Brust und lag einige Minuten so da. Ich fürchtete die Neuigkeiten, musste sie aber unbedingt erfahren.

Ich warf die Bettdecke zurück, absolvierte ein abgekürztes morgendliches Ritual und zog dann Jeans, T-Shirt, Sweatshirt, Jacke und Kappe an.

Mateo und Elena tranken Kaffee an einem Tisch im Hof vor einer lachsrosa Wand. Ich setzte mich zu ihnen, und Señora Samines stellte mir eine Tasse Kaffee hin, während sie den anderen *huevos rancheros*, schwarze Bohnen, Kartoffeln und Käse servierte.

»*¿Desayuno?*«, fragte sie. Frühstück?

»*Sí, gracias.*«

Ich goss Sahne in meinen Kaffee und schaute Mateo an.

Er wechselte ins Englische.

»Carlos hat eine Kugel in den Hals und eine zweite in den Nacken abbekommen. Er ist tot.«

Der Kaffee in meinem Mund wurde zu Säure.

»Molly wurde zweimal in die Brust getroffen. Sie hat die Operation überlebt, aber sie liegt im Koma.«

Ich sah Elena an. Ihre Augen waren lavendelfarben umrahmt, das Weiße wässerig rot.

»Wie?«, fragte ich und wandte mich wieder an Mateo.

»Carlos hat sich anscheinend gewehrt. Er wurde aus nächster Nähe neben dem Transporter erschossen.«

»Wird eine Autopsie durchgeführt?«

Mateo schaute mir in die Augen, sagte aber nichts.

»Motiv?«

»Raubüberfall.«

»Raubüberfall?«

»In dieser Gegend sind Banditen ein Problem.«

»Molly sagte mir, sie wären seit Guatemala City verfolgt worden.«

»Darauf habe ich auch hingewiesen.«

»Und?«

»Molly hatte hellbraune Haare, eine weiße Haut. Sie ist unübersehbar ein Gringo. Die Polizei glaubt, dass die beiden wahrscheinlich schon in G City als Opfer ausgesucht und dann bis zu einem günstigen Ort verfolgt wurden.«

»Eine gut einsehbare Stelle an einem großen Highway?«

Mateo sagte nichts.

»Molly trug noch ihren Schmuck und eine Armbanduhr«, sagte ich.

»Die Polizei konnte weder Pässe noch Brieftaschen finden.«

»Nur damit ich das richtig verstehe: Diebe haben sie zwei Stunden lang verfolgt, dann nur die Brieftaschen genommen und den Schmuck zurückgelassen?«

»*Sí*«, erwiderte er auf Spanisch.

»Ist das typisch für Straßenraub?«

Er zögerte, bevor er antwortete.

»Vielleicht wurden sie ja gestört.«

Señora Samines brachte meine Eier. Ich stocherte darin, spießte eine Kartoffel auf. Carlos und Molly sollten wegen Geld erschossen worden sein?

Als ich nach Guatemala kam, fürchtete ich die Regierungsbürokratie, Darmbakterien, unehrliche Taxifahrer, Taschendiebe. Warum schockierte mich der Gedanke eines bewaffneten Raubüberfalls so?

Amerika ist weltweit führend, was Waffengebrauch mit Todesfolge angeht. Unsere Straßen und Arbeitsplätze sind Schlachtfelder. Teenager werden wegen ihrer Nikes erschossen, Ehefrauen, weil sie den Braten zu spät servieren, Schüler, weil sie in der Cafeteria der High School zu Mittag essen.

Jährlich kommen über dreißigtausend Amerikaner durch Kugeln ums Leben. Siebzig Prozent aller Morde werden mit Schusswaffen begangen. Jedes Jahr rührt die National Rifle Association die Werbetrommel, und Amerika akzeptiert es. Die Waffen werden immer mehr, und das Gemetzel geht weiter. Das Tragen von Waffen bringt der Polizei keinen Vorteil mehr. Es macht die Beamten höchstens ebenbürtig.

Die Kartoffeln schmeckten wie Spanplatte. Ich legte die Gabel weg und griff nach meinem Kaffee.

»Die Polizei glaubt, dass Carlos ausgestiegen ist?«

Mateo nickte.

»Warum sich dann die Mühe machen, ihn wieder in den Transporter zu schubsen?«

»Ein liegen gebliebenes Fahrzeug erregt weniger Aufmerksamkeit als eine Leiche auf der Erde.«

»Klingt ein Raubüberfall für dich einleuchtend?«

Mateo spannte die Kiefermuskeln an, entspannte sich, spannte sie wieder an.

»So was kommt vor.«

Elena räusperte sich, sagte aber nichts.

»Und jetzt?«

»Elena wird heute im Krankenhaus Wache halten, während wir in Chupan Ya weiterarbeiten.« Er goss Kaffeesatz auf den Rasen. »Und wir alle beten.«

Meine Großmutter sagte immer, Gottes Heilmittel für Kummer sei körperliche Arbeit. Sie war auch der Überzeugung, dass Kröten Unfruchtbarkeit hervorriefen, aber das war ein anderes Thema.

In den nächsten fünf Tagen nahm das Team Megadosen von Omas Elixier zu sich. Wir arbeiteten von Sonnenaufgang bis Sonnenuntergang am Brunnen, trugen Gerätschaften ins Tal hinunter und wieder hoch, gruben, zogen Eimer hoch, warfen Erde durch Siebe.

An den Abenden schleppten wir uns von unserem *hospedaje* zu einem der Restaurants am Ufer des Atitlán-Sees. Ich genoss diese kurzen Erholungspausen vom Tod. Obwohl in der Dunkelheit vom See und den uralten Vulkanen am anderen Ufer nichts zu sehen war, konnte ich doch Fisch und Algen riechen und die Wellen hören, die an wackeligen Holzstegen leckten. Touristen und Einheimische spazierten am Ufer entlang. Maya-Frauen mit unvorstellbaren Bündeln auf dem Kopf gingen vorbei. Von entfernten Xylophonen drangen Melodiefetzen zu uns. Das Leben ging weiter.

An manchen Abenden aßen wir schweigend, weil wir zu erschöpft waren für eine Unterhaltung. An anderen redeten wir über das Projekt, über Molly und Carlos, über die Stadt, in der wir vorübergehend wohnten.

Die Geschichte von Panajachel ist so bunt wie die Textilien, die auf seinen Straßen verkauft werden. In einem anderen Zeitalter war der Ort eine Siedlung der K'akchiquel Maya, die von den Vorfahren der heutigen Bürger bewohnt wurde, als eine Streitmacht aus rivalisierenden Tzutujil-Kriegern von den Spaniern besiegt wurde. Später gründeten Franziskaner in »Pana« ein Kloster mit Kirche und benutzten das Dorf als Ausgangspunkt für ihre Missionierung.

Darwin hatte Recht. Das Leben ist Gelegenheit. Die Niederlage einer Gruppe ist der Triumph einer anderen.

In den Sechzigern und Siebzigern wurde der Ort zu einem Mekka für Gringo-Gurus, Hippies und Aussteiger. Gerüchte, der Atitlán-See sei einer der wenigen »Kraftfeldstrudel« dieser Erde, führten zu einem Zustrom von kosmischen Heilern und Kristallspähern.

Heute ist Panajachel eine Mischung aus traditioneller Maya-Kultur, zeitgenössischem Guatemala und westlichem Einfluss. Es gibt Luxushotels und *hospedajes*, europäische Cafés und *comedores*, Supermärkte und Straßenhändler, *güipils* und Tank-Tops; Mariachis und Madonna-Platten, Maya-*brujos* und katholische Priester.

Am späten Mittwochnachmittag hatten wir die Ausgrabung in Chupan Ya abgeschlossen. Alles in allem hatten wir die Überreste von dreiundzwanzig Menschen aus dem Brunnen geborgen. Zwischen den Skeletten hatten wir dreizehn Projektile und Patronenhülsen sowie zwei zerbrochene Machetenklingen gefunden. Jeder Knochen und jedes Objekt waren registriert, fotografiert und für den Transport in das FAFG-Labor in Guatemala City verpackt und versiegelt worden. Die Kulturanthropologen hatten siebenundzwanzig Berichte aufgezeichnet und von sechzehn Familienmitgliedern DNS-Proben genommen.

Carlos' Leiche war in die Leichenhalle von Guatemala City gebracht worden, wo eine Autopsie den ersten Eindruck der örtlichen Polizei bestätigte. Der Tod war verursacht worden durch Schüsse aus nächster Nähe.

Molly lag weiter im Koma. Wir alle fuhren abwechselnd ins Krankenhaus San Juan de Dios in Sololá, saßen an ihrem Bett, berichteten dann den anderen. Die Berichte klangen immer gleich. Keine Veränderung.

Die Polizei konnte weder Fingerabdrücke oder andere Spuren der Täter finden noch Verdächtige identifizieren. Die Ermittlungen gingen weiter.

Nach dem Abendessen am Mittwoch fuhr ich allein zu Molly.

Zwei Stunden lang hielt ich ihre Hand und strich ihr über den Kopf und hoffte dabei, dass meine Anwesenheit dorthin durchdringen würde, wo ihr Geist sich versteckt hatte. Hin und wieder redete ich mit ihr, erinnerte an gemeinsame Zeiten und gemeinsame Bekannte. Ich erzählte von unseren Fortschritten in Chupan Ya und ihrer zukünftigen Rolle im Team. Ansonsten saß ich stumm da, lauschte dem leisen Summen ihres Herzmonitors und betete für ihre Genesung.

Am Donnerstagmorgen beluden wir die Transporter und den Jeep unter den gleichgültigen Blicken von Señor Amado. Danach brachen wir in die Hauptstadt auf, wobei wir uns zuerst die steile Straße hocharbeiten mussten, die von Panajachel in die Höhe führte. Der Himmel war wolkenlos, der See reines Satin. Sonnenlicht stach durch Bäume, machte die Blätter durchscheinend und funkelte in Spinnweben.

Als wir durch die Haarnadelkurve hoch über dem Atitlán-See fuhren, sah ich hinüber zu den Gipfeln am anderen Ufer.

Der Vulkan San Pedro. Der Vulkan Tolimán. Der Vulkan Atitlán.

Ich schloss die Augen und schickte ein letztes Gebet zu dem Gott, der mir gerade sein Ohr leihen mochte.

Lass Molly überleben.

Die Zentrale der FAFG befindet sich in Zone zwei von Guatemala City. Erbaut auf einem schmalen Höhenzug zwischen zwei tiefen Schluchten, so genannten *barrancas*, war die charmante, von Bäumen beschattete Gegend früher eine Enklave für die Wohlhabenden. Aber das prächtige alte Viertel hatte bessere Zeiten gesehen.

Heute stehen Geschäfte und Büros dicht an dicht neben Wohnhäusern, die sich wie mit Saugnäpfen an die Anhöhe klammern. Das Nationale Baseballstadion erhebt sich am entfernten Ende der Calle Siméon Cañas, und vielfarbige Busse halten an graffiti-übersäten Stopps zu beiden Straßenseiten. Händler verkaufen Fast Food aus Handkarren oder Blechhütten mit Schiebefenstern. Der eine Pepsi. Der andere Coke. *Tamales. Chuchitos.* Normale Hot Dogs. Hot Dogs *shuco*. Schmutzig. Mit Avocado und Kohl.

Die Labore und Verwaltungsbüros der FAFG befinden sich in einem ehemaligen Privathaus an der Siméon Cañas. Das zweistöckige Haus mit eigenem Pool und Innenhof steht, allerdings durch vier Fahrspuren getrennt, direkt gegenüber einem ähnlichen Domizil, in dem die Abteilung für Entführungen und Organisiertes Verbrechen des Innenministeriums untergebracht ist.

Dort angekommen, fuhr Mateo in die Einfahrt und drückte auf die Hupe. Binnen Sekunden öffnete eine junge Frau mit Eulengesicht und langen dunklen Zöpfen das Tor. Wir fuhren hindurch und parkten auf einem Kiesplatz rechts der Eingangstür. Der zweite Transporter und der Jeep folgten, die junge Frau schloss und verriegelte das Tor.

Das Team stieg aus und begann mit dem Ausladen von Ausrüstung und Pappkartons, von denen jeder mit Informationen über Grabungsstelle, Exhumierungsdatum und Begräbnisnummer beschriftet war. In den folgenden Wochen würden wir jeden Knochen, jeden Zahn und jedes Artefakt untersuchen, um die Identität und die Todesursache für jedes der Opfer von Chupan Ya zu bestimmen. Ich hoffte, wir würden damit fertig sein, bevor ich im Juni nach Montreal zurück musste.

Ich holte eben meinen dritten Karton, als Mateo mich beiseite nahm.

»Ich muss dich um einen Gefallen bitten.«

»Natürlich.«

»Die Chicago Tribune plant einen Artikel über Clyde.«

Clyde Snow ist einer der Grandseigneurs meines Berufs, der Begründer des Spezialgebiets der forensischen Anthropologie.

»Und?«

»Irgendein Reporter will mich über den Anteil des alten Mannes an unserer Arbeit hier unten interviewen. Ich habe ihn schon vor Wochen eingeladen und dann völlig vergessen.«

»Und?« Da ich schon immer gewisse Vorbehalte gegenüber der Presse hatte, gefiel mir die Richtung nicht, die dieses Gespräch nahm.

»Der Typ sitzt in meinem Büro. Er ist sehr aufgeregt, weil du hier bist.«

»Woher weiß er, dass ich in Guatemala bin?«

»Vielleicht habe ich es erwähnt.«

»Mateo?«

»Na gut, ich hab's ihm gesagt. Manchmal ist mein Englisch nicht so gut.«

»Du bist in der Bronx aufgewachsen. Dein Englisch ist perfekt.«

»Deins ist besser. Redest du mit ihm?«

»Was will er denn?«

»Das Übliche. Wenn du mit dem Typen redest, kann ich schon anfangen, die Chupan-Ya-Fälle zu katalogisieren und den einzelnen Leuten zuzuweisen.«

«Okay.«

Masern wären mir viel lieber gewesen als ein Nachmittag Babysitting bei einem »aufgeregten« Reporter, aber ich war hier, um zu helfen, wo ich nur konnte.

»Ich bin dir was schuldig.« Mateo drückte meinen Arm.

»Du bist mir was schuldig.«

»*Gracias.*«

»*De nada.*«

Aber das Interview sollte gar nicht stattfinden.

Der Reporter saß in Mateos Büro im zweiten Stock und beschäftigte sich mit einem Nasenloch. Er hörte auf zu popeln, als ich eintrat, und tat so, als würde er sich die dürftigen Bartspuren auf seiner Oberlippe kratzen. Mit gespielter Überraschung über meine Anwesenheit sprang er auf die Füße und streckte mir die Hand entgegen.

»Ollie Nordstern. Olaf, eigentlich. Meine Freunde nennen mich Ollie.«

Ich drückte mir die Hände an die Brust, weil ich nicht in Kontakt mit Ollies nasaler Beute kommen wollte.

»Ich habe die Transporter ausgeladen.« Ich lächelte entschuldigend.

»Drecksarbeit.« Nordstern ließ die Hand sinken.

»Ja.« Ich bedeutete ihm, wieder Platz zu nehmen.

Nordstern war von seinen gelglänzenden Haaren bis zu seinen K-Mart-Wanderstiefeln in Polyester gekleidet. Sein Kopf reckte sich auf einem Hals vom Umfang meines Oberarms. Ich schätzte ihn auf zweiundzwanzig.

»Nun«, sagten wir gleichzeitig.

Ich bedeutete Nordstern, er solle anfangen.

»Ich bin absolut begeistert, Sie kennen zu lernen, Dr. Brennan. Ich habe schon so viel von Ihrer Arbeit in Kanada gehört. Und ich habe über Ihre Zeugenaussage in Ruanda gelesen.«

»Genau genommen sitzt das Gericht in Arusha, Tansania.«

Nordstern bezog sich auf meinen Auftritt vor dem UN-Tribunal zum Genozid in Ruanda.

»Ja, ja, natürlich. Und diese Fälle mit den Hells Angels in Montreal. Wir haben das in Chicago sehr aufmerksam verfolgt. Die Windy City hat ihre eigenen Biker-Jungs, wissen Sie.« Er blinzelte und kniff sich die Nase. Ich hoffte nur, dass er nicht wieder die Höhlen erforschen würde.

»Ich bin nicht der Grund, warum Sie hier sind«, sagte ich und schaute auf meine Uhr.

»Verzeihen Sie. Ich schweife ab.«

Nordstern zog einen Notizblock aus einer der unzähligen Taschen seiner Tarnweste, klappte ihn auf und hielt den Stift übers Papier.

»Ich möchte gern alles über Dr. Snow und die FAFG erfahren.«

Bevor ich antworten konnte, erschien ein Mann in der offenen Tür. Er hatte dunkle Haut und ein Gesicht, das aussah, als hätte es einige Schläge abbekommen. Die Wülste über seinen Augen traten deutlich hervor, die Nase war höckerig und leicht schief. Eine Narbe schlug eine winzige weiße Kerbe in seine linke Augenbraue. Der Mann war zwar nicht groß, aber muskulös und ohne ein Gramm Fett am Körper. Gangster und Schläger kamen mir in den Sinn.

»Dr. Brennan?«

»*Sí.*«

Der Mann zeigte mir eine Marke. SICA. Ermittlungsabteilung für Spezielle Verbrechen der Nationalen Zivilpolizei Guatemalas. Ich bekam ein sehr flaues Gefühl im Magen.

»Mateo Reyes hat mich hierher verwiesen.« Der Mann sprach akzentfreies Englisch. Sein Tonfall deutete an, dass dies kein Höflichkeitsbesuch war.

»Ja?«

»Sergeant-Detective Bartolomé Galiano.«

O Gott. War Molly tot?

»Sind Sie wegen der Schießerei in der Nähe von Sololá hier?«

»Nein.«

»Worum geht es dann?«

Galiano warf Nordstern einen Blick zu, sah dann wieder mich an.

»Das Thema ist vertraulich.«

Nicht gut, Brennan. Was für ein Interesse könnte die SICA an mir haben?

»Hat das nicht noch ein paar Minuten Zeit?«

Sein starrer Blick gab mir die Antwort.

3

Sergeant-Detective Galiano setzte sich auf den Stuhl, den Ollie Nordstern widerwillig geräumt hatte, legte den rechten Fuß aufs linke Knie und durchbohrte mich mit seinem Blick.

»Worum geht es, Detective?« Ich bemühte mich, gelassen zu klingen, doch Szenen aus *Midnight Express* gingen mir durch den Kopf.

Galiano fixierte mich mit seinem Blick wie einen Schmetterling mit einer Nadel.

»Wir bei der Nationalen Zivilpolizei wissen sehr genau, was Sie tun, Dr. Brennan.«

Ich sagte nichts, legte nur die Hände in den Schoß und hinterließ auf der Schreibunterlage zwei schweißfeuchte Handflächenabdrücke.

»Dafür bin vor allem ich verantwortlich.« Ein kleiner Ventilator verwirbelte ein halbes Dutzend Haare auf seinem Kopf. Ansonsten war der Mann völlig regungslos.

»Sind Sie das?«

»Ja.«

»Und warum?«

»Ich habe einen Teil meiner Jugend in Kanada verbracht, und ich verfolge immer noch die Nachrichten von dort oben. Ihre Heldentaten bleiben nicht unbemerkt.«

»Meine Heldentaten?«

»Die Presse liebt Sie.«

»Die Presse liebt es, Zeitungen zu verkaufen.« Vielleicht hatte er meine Irritation gehört. »Warum wollten Sie mich sehen, Detective Galiano?«

Galiano zog einen braunen Umschlag aus seiner Tasche und legte ihn mir auf den Tisch. Auf der Vorderseite stand handschriftlich eine Fallnummer der Polizei oder des Leichenbeschauers. Ich sah ihn an, griff aber nicht danach.

»Schauen Sie mal hinein.« Galiano setzte sich wieder.

Der Umschlag enthielt eine Reihe Farbfotos. Das erste zeigte ein Bündel auf einem Autopsietisch; Flüssigkeit tropfte von den Rändern und formte auf dem Lochstahl darunter eine Lache.

Das zweite Foto zeigte das Bündel zu einer Jeans ausgebreitet; aus der einen ausgefransten Röhre ragte ein langer Knochen. Auf dem dritten war eine Armbanduhr zu sehen und Kleinigkeiten, die wohl der Tascheninhalt waren: ein Kamm, ein elastisches Haarband, zwei Münzen. Das letzte Foto war eine Großaufnahme von einem Schienbein und zwei Mittelfußknochen.

Ich sah Galiano an.

»Das wurde gestern gefunden.«

Ich betrachtete die Skelettteile. Obwohl alles dunkel schokoladenbraun verfärbt war, konnte ich erkennen, dass noch Fleisch an den Knochen hing.

»Vor einer Woche stellte man in der Pensión Paraíso, einem kleinen Hotel in der Zone eins, plötzlich fest, dass die Toiletten nicht mehr abflossen. Obwohl der Laden nicht gerade das Ritz ist, beschwerten sich die Gäste, und der Besitzer stocherte ein bisschen im Faultank seiner Kläranlage herum. Sie fanden diese Levis, die das Abflussrohr verstopfte.«

»Wann wurde das System zum letzten Mal inspiziert?«

»Offenbar nehmen es die Besitzer mit der Instandhaltung nicht so genau. Aber kleinere Wartungsarbeiten wurden letzten August durchgeführt, die Leiche kam also wahrscheinlich erst danach hinein.«

Ich war seiner Meinung, sagte aber nichts.

»Das Opfer könnte eine junge Frau sein.«

»Nur anhand dieser Fotos kann ich darüber unmöglich ein Urteil abgeben.«

»Das würde ich auch gar nicht von Ihnen verlangen.«

In der stickigen Hitze des Zimmers starrten wir einander an. Galianos Augen waren außergewöhnlich, braun mit einem leuchtend rötlichen Schimmer, wie Bernstein im Sonnenlicht. Die Wimpern hätten ihm einen Werbevertrag für Kosmetik eingebracht, wäre er weiblichen Geschlechts gewesen.

»In den letzten zehn Monaten verschwanden in dieser Stadt vier junge Frauen. Die Familien sind verzweifelt. Wir vermuten, dass zwischen den Fällen ein Zusammenhang besteht.«

Irgendwo entlang des Ganges klingelte ein Telefon.

»Falls das so ist, haben wir ein ziemlich drängendes Problem.«

»In Guatemala City verschwinden viele Leute.«

Ich sah den Parque Concordia vor mir, wo sich jeden Abend Waisenkinder versammelten, um Klebstoff zu schnüffeln und zu schlafen. Ich erinnerte mich an Geschichten über Kinder, die zusammengetrieben und getötet wurden. 1990 berichteten Zeugen, dass bewaffnete Männer acht Straßenkinder eingefangen hatten. Ein paar Tage später fand man ihre Leichen.

»Das hier ist anders.« Galianos Stimme holte mich in die Gegenwart zurück. »Diese vier jungen Frauen passen nicht ins übliche Muster.«

»Und was hat das Ganze mit mir zu tun?« Ich konnte es mir ziemlich gut vorstellen.

»Ich habe meinen Vorgesetzten Ihre Arbeit beschrieben und ihnen gesagt, dass Sie in Guatemala sind.«

»Darf ich fragen, woher Sie das wussten?«

»Sagen wir einfach, die SICA wird in Kenntnis gesetzt über Ausländer, die nach Guatemala kommen, um unsere Toten auszugraben.«

»Verstehe.«

Galiano deutete auf die Fotos. »Man hat mich geschickt, um Ihre Hilfe zu erbitten.«

»Ich habe andere Verpflichtungen.«

»Die Ausgrabungen in Chupan Ya sind abgeschlossen.«

»Die Analyse läuft eben erst an.«

»Señor Reyes ist bereit, Sie an uns auszuleihen.«

Zuerst der Reporter, dann das hier. Mateo hatte seit unserer Rückkehr in die Stadt einiges getan.

»Señor Reyes kann diese Knochen für Sie untersuchen.«

»Señor Reyes' Ausbildung und Erfahrung sind mit Ihren Fertigkeiten nicht zu vergleichen.«

Das stimmte. Mateo und sein Team hatten zwar hunderte von Massakeropfern untersucht, sie hatten aber wenig Erfahrung mit frischen Mordfällen.

»Sie sind Mitautorin eines Artikels über Leichenentsorgung in Faultanks.«

Galiano hatte seine Hausaufgaben gemacht.

Vor drei Jahren wurde in Montreal ein kleiner Drogendealer verhaftet, weil er dem falschen Kunden seinen Stoff verkauft hatte. Da der Mann keine Lust auf eine lange Trennung von seinem Medizinschränkchen hatte, erzählte er eine Geschichte über einen Kollegen, der in dem Tank einer Kläranlage trieb. Die Provinzpolizei wandte sich an meinen Chef, Dr. Pierre LaManche, und LaManche wandte sich an mich. Daraufhin erfuhr ich mehr über die Entsorgung von menschlichem Abfall, als ich wissen wollte, und LaManche und ich brachten Tage damit zu, die Bergung zu überwachen. Wir hatten darüber einen Artikel im *Journal of Forensic Sciences* geschrieben.

»Das ist ein örtliches Problem«, sagte ich. »Es sollte von den örtlichen Experten bearbeitet werden.«

Der Ventilator summte. Galianos Tolle führte einen Tanz auf.

»Haben Sie je von einem Mann namens André Specter gehört?«

Ich schüttelte den Kopf.

»Er ist der kanadische Botschafter in Guatemala.«

Nun kam mir der Name doch irgendwie bekannt vor.

»Specters Tochter gehört zu den Verschwundenen.«

»Warum wird das nicht über diplomatische Kanäle behandelt?«

»Specter hat absolute Diskretion verlangt.«

»Manchmal kann Publicity aber hilfreich sein.«

»Es gibt –«, Galiano suchte nach dem richtigen Wort, »– mildernde Umstände.«

Ich wartete, dass er näher darauf einging. Das tat er nicht. Draußen wurde eine Transportertür zugeschlagen.

»Falls es eine Verbindung nach Kanada gibt, könnte eine Zusammenarbeit zwischen den Behörden von Nutzen sein.«

»Und ich bin schon in Faultanks herumgekrochen.«

»Was nur wenige von sich behaupten können. Und Sie haben schon Fälle für das kanadische Außenministerium bearbeitet.«

»Ja.« Er hatte seine Hausaufgaben wirklich gemacht.

Und jetzt spielte Galiano seine Trumpfkarte.

»Meine Abteilung war so frei, Ihr Ministerium in Quebec zu kontaktieren und um die Erlaubnis zu bitten, Sie als Sonderberaterin zu engagieren.«

Ein zweites Objekt tauchte aus Galianos Tasche auf, diesmal ein Fax mit dem vertrauten *fleur-de-lis*-Logo. Er schob mir das Blatt über den Schreibtisch.

Monsieur Serge Martineau, Ministère de la Securité Publique, und Dr. Pierre LaManche, Chef de Service, Laboratoire de Sciences Judiciaires et de Médecine Légale, hatten den Ermittlern einer Spezialeinheit der guatemaltekischen Zivilpolizei die Erlaubnis erteilt, mich vorübergehend als Beraterin zu engagieren. Meine Zustimmung vorausgesetzt.

Meine Chefs in Montreal waren Teil dieses Komplotts. Aus dieser Sache konnte ich mich nicht herauswinden.

Ich sah Galiano an.

»Sie stehen in dem Ruf, die Wahrheit herauszufinden, Dr. Brennan.« Die wunderschönen Augen waren erbarmungslos. »Eltern leiden Höllenqualen, weil sie die Wahrheit über ihre vermissten Kinder nicht kennen.«

Ich dachte an Katy und wusste, welche Ängste ich durchmachen würde, sollte meine Tochter verschwinden, welches Entsetzen mich packen würde, sollte sie in einem Land vermisst werden, dessen Sprache, Gesetze und Prozeduren ich nicht kannte und das regiert wurde von Behörden, die sich möglicherweise gar nicht ernsthaft bemühten, sie zu finden.

»Okay, Detective, ich höre.«

Zone eins ist der älteste Teil Guatemala Citys, ein klaustrophischer Bienenstock aus heruntergekommenen Läden, Busstationen und Parkplätzen, dazwischen die modernen Filialen von Fast-Food-Ketten. Wimpy's und McDonald's teilen sich die schmalen Straßen mit deutschen Delikatessengeschäften, Sportbars, chinesischen Restaurants, Schuhläden, Kinos, Elektrogeschäften, Striptease-Bars und Tavernen.

Wie viele Ökosysteme folgt auch dieses Viertel einem Tag-Nacht-Rhythmus. Wenn es dunkel wird, machen die Straßenverkäufer und Fußgänger, die die Straßen bis dahin verstopften, Zigarettenhändlern und Prostituierten Platz. Die Schuhputzjungs, Taxifahrer, Straßenmusikanten und Prediger verschwinden aus dem Parque Concordia, und obdachlose Kinder versammeln sich dort, um ihr Nachtlager aufzuschlagen.

Zone eins bedeutet rissiges Pflaster, Neon, Abgase und Lärm. Aber das Viertel hat auch eine prächtigere Seite. Es beheimatet den Palacio Nacional, die Biblioteca nacional, den Mercado Central, den Parque Central, den Parque del Centenarios, Museen, eine Kathedrale und ein spektakuläres maurisches Postamt. Das Hauptquartier der Polizei befindet sich in einer exotischen Burg an der Kreuzung von Calle 14 und Avenida 6, einen Block südlich der Iglesia de San Francisco, die berühmt ist für ihr geschnitztes heiliges Herz und für die verbotenen Bücher, die man in einem Hohlraum im Dach entdeckt hatte und die Jahrzehnte zuvor von rebellischen Mönchen dort versteckt worden waren.

Neunzig Minuten später saßen Galiano und ich an einem abgenutzten Holztisch in einem Konferenzraum im dritten Stock der Burg. Bei uns waren sein Partner, Sergeant-Detective Pascual Hernández, und Juan-Carlos Xicay, Leiter des Spurensicherungsteams, das den Faultank bearbeiten würde.

Das Zimmer war von einem freudlosen Grau und wahrscheinlich zum letzten Mal gestrichen worden, als die Mönche ihre Bücher versteckten. Kittfarbenes Polstermaterial quoll aus meinem Stuhl, und ich fragte mich, wie viele nervöse, gelangweilte oder verängstigte Hintern diese Sitzfläche wohl schon gedrückt hatten.

Eine Fliege knallte immer wieder gegen das einzige Fenster im Raum. Ich hatte Mitleid mit dem Insekt und teilte seinen Fluchtdrang. Hinter dem Fenster konnte ich, durch schmutzige Jalousien hindurch, die Zinnen der Burg sehen.

Wenigstens einen Vorteil hatte das Ganze. Vor Angriffen durch mittelalterliche Ritter war ich hier sicher.

Seufzend veränderte ich zum x-ten Mal meine Sitzposition, nahm eine Büroklammer in die Hand und klopfte damit auf den Tisch. Seit zwanzig Minuten warteten wir auf einen Vertreter vom Büro des Staatsanwalts. Mir war heiß, ich war müde und enttäuscht, weil man mich von meiner Arbeit für die FAFG abgezogen hatte. Und ich verbarg es nicht sehr gut.

»Sollte nicht mehr lange dauern.« Galiano sah auf seine Uhr.

»Könnte ich nicht kurz die Vorgehensweise skizzieren?«, fragte ich. »Es könnte sein, dass Señor Xicay einige Zeit braucht, um sich die Geräte zu beschaffen.«

Xicay kratzte sich eine Braue und schwieg. Hernández deutete seine Machtlosigkeit an, indem er die Hand hob und auf die Tischplatte fallen ließ. Er war ein schwerer Mann, mit schwarzen, welligen Haaren, die ihm in den Nacken wuchsen. Auch Unterarme und Hände waren mit dunklen, struppigen Haaren bedeckt.

»Ich geh mich mal erkundigen.« Galianos Gang verriet seine Verärgerung, als er das Zimmer verließ.

Worüber, fragte ich mich. Über mich? Den säumigen Staatsanwalt? Eine höhere Stelle?

Augenblicke später hörte ich Galiano im Gang laut werden. Obwohl das Spanisch klang wie aus einem Schnellfeuergewehr und ich viele Wörter nicht verstand, war die Feindseligkeit unüberhörbar. Ich meinte, zweimal meinen Namen zu hören.

Kurz darauf verstummten die Stimmen, und Galiano kam wieder ins Zimmer, gefolgt von einem großen, dünnen Mann mit rosa getönter Brille. Der Mann ging leicht gebückt und hatte einen Schwabbelbauch, der ihm über den Gürtel hing.

Galiano stellte uns einander vor.

»Dr. Brennan, darf ich Ihnen Señor Antonio Díaz vorstellen? Señor Díaz ist Leiter der Ermittlungsabteilung im Büro des Bezirksstaatsanwalts.«

Ich stand auf und streckte die Hand aus. Díaz ignorierte sie, ging zum Fenster und drehte sich dann abrupt zu mir um.

»Ich bin seit fast zwanzig Jahren bei der Staatsanwaltschaft, Dr. Brennan. In dieser ganzen Zeit habe ich bei Morduntersuchungen noch nie Hilfe von außen benötigt und auch nie welche angefordert.« Díaz' Englisch war trotz des starken Akzents sehr präzise.

Verblüfft ließ ich meine Hand sinken.

»Vielleicht betrachten Sie unsere Forensiker als ungenügend ausgebildete Quacksalber, die in einem gerichtsmedizinischen System der Dritten Welt arbeiten, oder nur als kleine Rädchen in einer antiquierten und ineffektiven Rechtsbürokratie, aber lassen Sie mich Ihnen sagen, dass sie Profis sind, die allerhöchsten Ansprüchen genügen.«

Ich warf Galiano einen Blick zu, und meine Wangen brannten vor Demütigung. Oder Wut.

»Wie ich bereits erklärt habe, Señor Díaz, ist Dr. Brennan auf unser Ersuchen hier.« Galianos Stimme war gehärteter Stahl.

»Warum genau sind Sie in Guatemala, Dr. Brennan?«, fragte Díaz.

Wut macht mich schnippisch. »Ich denke daran, ein Heilbad aufzumachen.«

»Dr. Brennan ist wegen anderen Dingen hier«, fügte Galiano ein. »Sie ist eine forensische Anthrop–«

»Ich weiß, was sie ist«, fiel Díaz ihm ins Wort.

»Dr. Brennan hat Erfahrung mit Leichenbergung aus Faultanks, und sie hat uns ihre Hilfe angeboten.«

Angeboten? Wie kam Galiano nur darauf?

»Wir wären dumm, wenn wir ihr Fachwissen nicht nutzen würden.«

Díaz starrte Galiano mit versteinertem Gesicht an. Hernández und Xicay schwiegen.

»Wir werden sehen.« Díaz warf mir einen Blick zu und stürmte dann aus dem Zimmer.

Nur die Fliege störte die Stille. Galiano sprach als Erster.

»Ich bitte um Entschuldigung, Dr. Brennan.«

Wut spornt mich auch zum Handeln an. »Können wir anfangen?«, fragte ich.

»Ich kümmere mich um Díaz«, sagte Galiano und zog sich einen Stuhl unter dem Tisch heraus.

»Nur noch eins.«

»Nämlich?«

»Nennen Sie mich Tempe.«

In der folgenden Stunde erläuterte ich die Herrlichkeiten der Leichenentsorgung in Faultanks. Galiano und sein Partner hörten aufmerksam zu und unterbrachen mich hin und wieder, um etwas zu bemerken oder eine Frage zu stellen. Xicay saß stumm, mit gesenktem Blick und ausdruckslosem Gesicht dabei.

»Die Tanks einer Kläranlage können aus Stein, Ziegeln, Beton oder Fiberglas bestehen, und es gibt sie in einer ganzen Reihe von Formen. Sie können rund, quadratisch oder rechteckig sein. Sie haben eine, zwei oder drei Kammern, die entweder durch partielle Trennwände oder vollständige Mauern abgeteilt sein können.«

»Wie funktionieren sie?«, fragte Galiano.

»Im Wesentlichen ist ein Faultank ein wasserdichter Behälter, der als Inkubator für anaerobe Bakterien, Pilze und Strahlenpilze dient, die zu Boden sinkende organische Feststoffe zersetzen.«

»Klingt wie Galianos Küche.« Hernández.

»Was erwartet uns da?« Galiano ignorierte seinen Partner.

»Der Abbauprozess erzeugt Hitze und lässt Gase an die Oberfläche steigen. Diese Gase verbinden sich mit Fettpartikeln, Seife, Ölen, Haaren und anderem Unrat und produzieren so an der Oberfläche einen fauligen Schaum. Das ist das Erste, was wir zu sehen bekommen, wenn wir den Tank öffnen.«

»Bringt ein wenig Sonnenschein in den Alltag.« Hernández.

»Mit der Zeit kann sich aus dem Schaum, wenn er nicht gestört wird, eine halb feste Matte bilden.«

»Scheißepudding.« Hernández versteckte seine Abscheu hinter Machohumor.

»Solche Tanks sollten alle zwei bis drei Jahre ausgepumpt werden, aber wenn die Besitzer so nachlässig sind, wie Sie gesagt haben, ist das wahrscheinlich nicht passiert, wir werden also vermutlich diese Art von Ablagerung vorfinden.«

»Jetzt haben wir also diese Suppenküche für Mikroben. Und wohin geht das ganze Zeug von dort aus?«, fragte Galiano.

»Ist der Tank erst einmal bis zu einer gewissen Höhe gefüllt, fließen die umgewandelten Abfallprodukte durch einen Auslass in eine Reihe von üblicherweise parallel angeordneten Rohren, ein so genanntes Abflussfeld.«

»Was für Rohre?«

»Früher wurden sie aus Ton hergestellt. Heute verwendet man perforiertes Plastik.«

»Das System dort stammt noch aus der präklassischen Periode, also haben wir es vermutlich mit Ton zu tun. Was passiert dort?«

»Das Abflussfeld ruht auf einem Kiesbett, das normalerweise mit Erde und Vegetation bedeckt ist. Im Abflussfeld findet zwar noch eine gewisse aerobe Aufspaltung statt, vorwiegend aber dient es als biologischer Filter.«

»Grobe oder feine Poren. Wie bei 'ner Kaffeemaschine.«

Hernández ging mir allmählich auf die Nerven.

»Im letzten Schritt des Prozesses sickert das Abwasser aus den Rohren und verteilt sich im Kiesbett. Bakterien, Viren und andere Verunreinigungen werden von der Erde absorbiert oder vom Wurzelsystem der darüber liegenden Pflanzenschicht aufgenommen.«

»Also ist das Gras dort tatsächlich grüner.« Galiano.

»Und viel glücklicher. Was wissen wir sonst noch über die Anlage?«

»Der Tank steht gute zwei Meter von der Südwand der *pensión* entfernt. Er ist etwa drei Meter lang, einen Meter fünfzig breit und einen Meter achtzig hoch, besteht aus Beton und ist mit acht rechteckigen Betonplatten abgedeckt.«

»Wie viele Kammern?«

»Der Besitzer, Señor Serano, hat keine Ahnung, wie's da drin aussieht. Übrigens, Serano wird wohl kaum je den Atem anhalten, wenn die Nobelpreisträger verkündet werden.«

»Ich werd's mir merken.«

»Serano und sein Sohn Jorge erinnerten sich an Arbeiter am östlichen Ende im letzten Sommer, und deshalb hoben sie diesen Deckel an. Sie fanden den Tank fast voll und die Jeans, die den Abfluss verstopfte.«

»Der Einlass dürfte also am westlichen Ende liegen.«

»Das haben wir uns auch gedacht.«

»Okay, meine Herren. Wir brauchen einen Schaufelbagger, um die restlichen Betonplatten anzuheben.«

»Alle acht?« Xicay sagte zum ersten Mal etwas.

»Ja. Da wir nicht wissen, womit wir es zu tun haben, müssen wir das ganze Ding abdecken. Falls es mehrere Kammern sind, könnten die Skelettteile überall sein.«

Xicay zog seinen Notizblock heraus und fing an, eine Liste aufzustellen.

»Einen Absauglaster eines professionellen Faultank-Wartungsdienstes, um die Schaum- und Flüssigkeitsschichten abzupumpen, und einen Spritzenwagen der Feuerwehr, um das Sediment am Boden zu verdünnen«, fuhr ich fort.

Xicay schrieb beides auf die Liste.

»Da unten wird es viel Ammoniak- und Methangas geben, deshalb will ich ein Atemgerät.«

Xicay schaute mich fragend an.

»Eine Standard-Vollgesichtsmaske mit Sauerstofftank auf dem Rücken. Die Art, wie Feuerwehrmänner sie benutzen. Außerdem brauchen wir ein paar Hochdruckspritzen mit Tanks.«

»Wie sie zum Versprühen von Unkrautvernichter verwendet werden?«

»Genau. Ein Tank wird mit Wasser gefüllt, der andere mit einer zehnprozentigen Bleichlösung.«

»Muss ich wissen, wofür?«, fragte Hernández.

»Um mich abzuspritzen, wenn ich aus dem Tank klettere.«

Xicay notierte sich die Ausrüstungsgegenstände.

»Und Siebe mit einem Viertelzollgitter. Alles andere sollte Standardausrüstung sein.«

Ich stand auf.

»Sieben Uhr morgen früh?«

»Sieben Uhr morgen früh.«

Es sollte einer der schlimmsten Tage meines Lebens werden.

4

Die letzten roten Streifen am Himmel wichen gerade einer dunstigen, bronzefarbenen Morgendämmerung, als Galiano mich am nächsten Morgen von meinem Hotel abholte.

»*Buenos días.*«

»*Buenos días*«, murmelte ich und setzte mich auf den Beifahrersitz. »Nette Sonnenbrille.«

Er trug eine Pilotenbrille, deren Gläser schwärzer waren als ein Loch im Weltraum.

»*Gracias.*«

Galiano deutete auf einen Pappbecher in der Halterung auf der Mittelkonsole und reihte sich dann in den Verkehr ein. Ich griff dankbar nach dem Kaffee.

Wir sprachen wenig, während wir durch die Stadt fuhren und uns dann zockelnd einen Weg durch Zone eins bahnten. Es war zwar nicht gerade die höchste Form guatemaltekischer Konversation, aber die Reklametafeln und Plakate, ja sogar die Graffiti auf den Wänden der Tankstellen gaben mir die Möglichkeit, mein Spanisch zu verbessern.

Und zu verdrängen, was mir bevorstand.

Nach zwanzig Minuten hielt Galiano vor zwei Streifenwagen, die eine kleine Gasse absperrten. Auf dem Pflaster hinter dem Checkpoint drängten sich Einsatzwagen der Polizei, ein Krankenwagen, ein Löschzug, der Pumpenwagen eines Faultank-Wartungsdienstes und andere Fahrzeuge, von denen ich annahm, dass sie Regierungsbeamten gehörten. Bereits jetzt strömten Schaulustige zusammen.

Galiano zeigte seinen Ausweis, und ein Uniformierter winkte uns durch. Er stellte sein Auto zu den anderen, und wir stiegen aus und gingen die Straße hoch.

Die Pensión Paraíso stand in der Mitte des Blocks, gegenüber eines verlassenen Lagerhauses. Galiano und ich überquerten die Straße und gingen an Schnaps- und Unterwäschegeschäften, einem Friseur und einem chinesischen Straßenverkauf vorbei, die alle vergittert und verriegelt waren. Unterwegs sah ich mir die von der Sonne ausgebleichten Waren in den Schaufenstern an. Der Friseur zeigte Modelle mit Mähnen, die kurz nach der Eisenhower-Ära aus der Mode gekommen waren. Das Long Fud hatte eine Speisekarte, ein Pepsi-Poster und einen auf glitzerndes Gewebe gestickten Pfau.

Die Pensión Paraíso war ein heruntergekommener zweistöckiger Kasten aus verputzten Ziegeln, der früher einmal weiß getüncht, jetzt aber zur Farbe von Zigarrenrauch verwittert war. Kaputte Dachziegel, schmutzige Fenster, schief hängende Fensterläden, ein Metallgitter zum Aufrollen vor dem Eingang. Das Paradies.

Noch ein Wachposten. Wieder die Ausweise.

Das Innere des Hotels entsprach genau dem, was das Äußere erwarten ließ. Fadenscheiniger Teppichboden mit einem Läufer aus vergilbtem Plastik, Linoleum auf der Empfangstheke, ein Holzregal für Schlüssel und Briefe, rissiger Verputz an den Wänden. Die Luft roch nach Moder, Staub und Jahren von Zigarettenrauch und Schweiß.

Ich folgte Galiano durch ein verlassenes Foyer, einen schmalen Gang entlang und dann hinaus in einen Hinterhof, der wenig

Sonnenlicht und noch weniger Pflege abbekam. Keramiktöpfe mit verwelkter Vegetation. Verrostete Küchenstühle mit aufgeplatzten Vinylsitzflächen. Gartenmöbel aus Plastik, grün vermodert. Ein umgedrehter Schubkarren. Nackte Erde. Ein einsamer Baum.

Ein Sofa, dem ein Fuß fehlte, lehnte an der Rückwand der Pension, und loser Putz, herausgefallene Ziegel, totes Laub, Schutzhüllen aus Zellophan und die Blechringe von Getränkedosen zierten das Fundament. Der leuchtend gelbe Schaufelbagger war der einzige Farbtupfer in der tristen Szenerie. Hinter dem Bagger sah ich frisch umgegrabene Erde und den Betondeckel, der von Señor Serano und seinem Sohn entfernt und dann hastig wieder aufgelegt worden war.

Ich musterte die Anwesenden. Juan-Carlos Xicay unterhielt sich mit einem Mann in einem blauen Overall, wie er selbst einen trug. Im Steuerhaus des Schaufelbaggers saß ein Fahrer. Ein uniformierter Polizist bewachte den Hintereingang zum Grundstück. Antonio Díaz stand am anderen Ende herum, pink getönte Gläser verbargen seine Augen.

Ich lächelte und hob die Hand. Der Staatsanwalt erwiderte den Gruß nicht, wandte den Blick nicht ab.

Fröhlicher Tag.

Pascual Hernández stand bei einem drahtigen, rattengesichtigen Mann in Sandalen, Jeans und einem Sweatshirt der *Dallas Cowboys*. Neben der Ratte eine untersetzte Frau mit Plastikarmbändern an den Handgelenken und schweren, hängenden Brüsten in einem schwarzen, mit weißer Spitze verzierten Kleid.

Galiano und ich gingen zu seinem Partner, und Hernández stellte die Pensionsbesitzer vor. Aus der Nähe erkannte ich, dass Señora Serano ein braunes und ein blaues Auge hatte, was ihrem Gesicht einen merkwürdigen, schiefen Ausdruck verlieh. Als sie mich ansah, wusste ich nicht so recht, in welches Auge ich schauen sollte.

Mir fiel außerdem auf, dass Señora Seranos Unterlippe geschwollen und aufgerissen war, und ich fragte mich, ob die Ratte sie geschlagen hatte.

»Und diese Leute hier werden so hilfsbereit sein wie Pfadfinder an einem Zebrastreifen.« Hernández durchbohrte die Ratte mit einem Blick. »Auch bei den schwierigen Sachen.«

»Ich habe keine Geheimnisse.« Serano hob die Hände mit gespreizten Fingern. Er war so aufgeregt, dass ich sein Spanisch kaum verstand. »Ich weiß nichts.«

»Aber zufällig haben Sie eine Leiche in Ihrem Tank.«

»Ich weiß nicht, wie sie da reingekommen ist.« Seranos Blick huschte von einem Gesicht zum anderen.

Galiano richtete seine Sonnenbrille auf Serano.

»Was wissen Sie sonst noch nicht, Señor?«

»*Nada*.« Nichts. Die Rattenaugen schossen hin und her wie ein Spatz, der Zuflucht sucht.

Galiano zog gelangweilt die Luft ein. »Ich habe keine Zeit für Spielchen, Señor Serano. Aber eines können Sie sich merken.« Er tippte mit dem Finger auf das große blaue »C« in *Cowboys*. »Wenn wir hier fertig sind, werden wir zwei uns ausführlichst unterhalten.«

Serano schüttelte den Kopf, sagte aber nichts.

Die Darth-Vader-Gläser drehten sich zum Schaufelbagger.

»Alles bereit?«, rief Galiano.

Xicay sprach mit dem Fahrer und zeigte uns den hochgereckten Daumen. Er deutete auf mich und dann auf einen Stapel Ausrüstung neben dem uniformierten Posten. Mit einem angedeuteten Hochziehen eines Reißverschlusses gab er mir zu verstehen, dass ich mich umziehen sollte. Ich streckte ebenfalls den Daumen nach oben.

Galiano wandte sich wieder an Serano.

»Ihre Aufgabe ist es heute, gar nichts zu tun«, sagte er sachlich.

»Und das tun Sie, indem Sie sich hier hinsetzen.« Er zeigte auf das schiefe Sofa. »Und Sie tun es ohne jeden Kommentar.«

Galiano beschrieb mit dem Zeigefinger einen Kreis über seinem Kopf.

»*Vámanos.*«

Ich eilte zum Ausrüstungskoffer. Hinter mir sprang der Bagger knatternd an.

Während ich einen Overall und kniehohe Gummistiefel überzog, schaltete der Fahrer hoch und brachte sich in Position. Metall kreischte, die Schaufel fiel mit einem dumpfen Schlag, schabte über den Boden, hob den bereits verschobenen Deckel an, schwang nach links und legte ihn ab. Der Geruch von feuchter Erde wehte durch die Morgenluft.

Ich holte einen Kassettenrekorder aus meinem Rucksack und ging zum Rand des Tanks.

Nur ein Blick, und der Magen drehte sich mir um.

Die Kammern waren randvoll mit einer ekeligen dunklen Flüssigkeit, auf der eine Schicht organischen Schaums schwamm. Eine Million Kakerlaken huschte über die gallertartige Masse.

Galiano und Hernández kamen zu mir.

»*Cerote.*« Hernández fuhr sich mit dem Handrücken über den Mund.

Galiano sagte nichts.

Ich schluckte und fing an zu diktieren. Datum. Uhrzeit. Ort. Anwesende Personen.

Die Schaufel ratterte und senkte sich wieder. Furchige Zähne gruben sich in den Boden, lösten sich daraus, schoben sich unter Beton. Ein zweiter Deckel wurde angehoben und abgelegt. Ein dritter, ein fünfter. Verwesungsgestank verdrängte den Geruch nach feuchter Erde.

Wenn Gegenstände zum Vorschein kamen, diktierte ich Beschreibung und Lage. Xicay fotografierte.

Gegen zehn Uhr lagen acht Deckel auf einem Stapel, und der Tank war nun völlig geöffnet. Ich hatte einen Armknochen entdeckt, der am Einlass an der Westseite klemmte, Stoffteile in der südöstlichen Ecke sowie ein blaues Plastikteil und mehrere Handknochen in der Schaumschicht.

»Soll ich den Pumpenwagen anwerfen lassen?«

»Er soll in Position fahren. Aber zuerst muss ich bergen, was ich sehen kann, und die oberste Schicht absuchen.«

Ich drehte mich zu Xicay um und bedeutete ihm, dass ich einen Leichensack brauchte. Dann ging ich zum Ausrüstungskoffer und holte die Atemmaske und feste Gummihandschuhe heraus. Mit Isolierband klebte ich die Ränder meiner Stiefel an die Beine des Overalls.

»Wie?«, fragte Galiano, als ich zum Tank zurückkehrte.

Ich zog mir die Handschuhe bis zu den Ellbogen hoch und gab ihm das Klebeband.

»*Dios mío.*« Hernández.

»Brauchen Sie Hilfe?«, fragte Galiano ohne große Begeisterung, während er mir die Handschuhe an die Ärmel klebte.

Ich musterte seinen Anzug samt Krawatte und frischem weißem Hemd.

»Sie sind underdressed.«

»Rufen Sie, wenn Sie mich brauchen.« Hernández ging zum Koffer, zog sein Sakko aus und hängte es über den offenen Deckel. Obwohl es noch nicht heiß war, klebte ihm das Hemd feucht an der Brust. Durch die dünne Baumwolle konnte ich die Umrisse eines Unterhemds erkennen.

Galiano und ich gingen zum Westende des Tanks.

Señor Serano beobachtete uns vom Sofa aus, seine Rattenaugen blitzten konzentriert. Seine Frau nuckelte an einer Haarsträhne.

Xicays Assistent kam mit dem Leichensack in der Hand zu

uns. Ich fragte ihn nach seinem Namen. Mario Colom. Ich sagte Mario, er solle den Sack hinter mir auf die Erde legen, ihn öffnen und mit einem sauberen weißen Laken auslegen. Dann befahl ich ihm, Handschuhe und Maske anzuziehen.

Ich gab Galiano mein Diktafon und setzte meine Maske auf. Als ich mich in den Tank beugte, verkrampfte sich mir der Magen. Ich schmeckte Galle und spürte ein Zittern unter der Zunge.

Flach atmend tauchte ich die Hand in die Brühe und holte den Armknochen aus dem verrottenden Abfall. Zwei Kakerlaken huschten meinen Handschuh hoch. Durch das Gummi spürte ich feine Beinchen und fedrige Fühler. Mein Arm zuckte, und ich kreischte auf. Galiano hinter mir trat von einem Fuß auf den anderen.

Lass das, Brennan. Du hast Handschuhe an.

Mit einem Schlucken wischte ich die Insekten weg, sah dann zu, wie sie sich wieder aufrappelten und davoneilten.

Ich schluckte noch einmal, krümmte die Finger und schob die Hand über die Elle. Schleim löste sich von ihrer Oberfläche und tropfte in klebrigen Klumpen auf die Erde. Ich legte den Knochen auf das Laken.

Langsam arbeitete ich mich um den ganzen Tank herum und sammelte alles ein, was ich sehen konnte. Xicay fotografierte. Danach lagen die Elle, zwei Handknochen, ein Fußknochen, drei Rippen und ein Brillengestell auf dem Laken.

Nachdem ich Mario Anweisungen gegeben hatte, kehrte ich zur südöstlichen Ecke zurück und begann, jeden Millimeter des oben treibenden Schaums abzutasten, so weit ich reichen konnte. Mario machte es mir auf der anderen Seite nach.

In vierzig Minuten hatten wir die gesamte obere Schicht abgesucht. Nun lagen zusätzlich noch zwei Rippen und eine Kniescheibe auf dem Laken.

Die Sonne stand hoch am Himmel, als Mario und ich zum Ende

kamen. Alle waren sich einig: Das Mittagessen fiel aus. Xicay ging zum Pumpenwagen, und Augenblicke später rollte dieser durch die Öffnung im hinteren Zaun.

Während der Fahrer seine Geräte vorbereitete, schaute ich über die Schulter zu Díaz. Der Staatsanwalt hielt weiterhin Wacht, seine Brillengläser funkelten im gesprenkelten Sonnenlicht wie rosa Diamanten. Er kam nicht herüber.

Fünf Minuten später rief Xicay.

»Fertig?«

»Los.«

Wieder sprang ein Motor an. Ich hörte ein Saugen, sah Blasen in der schlammigen, schwarzen Flüssigkeit.

Galiano stand mit verschränkten Armen neben mir, den Blick starr auf den Tank gerichtet. Hernández bezog einen sicheren Beobachtungsposten neben dem Ausrüstungskoffer. Die Seranos schauten von ihrer Couch aus zu, die Gesichter bleich wie Haferschleim.

Langsam senkte sich der Flüssigkeitspegel. Drei Zentimeter, acht, achtzehn.

Ungefähr sechzig Zentimeter vom Tankboden entfernt tauchte eine Schlammschicht auf, deren Oberfläche mit allem möglichen Unrat bestreut war. Die Pumpe stoppte, und der Maschinist sah mich an.

Ich zeigte Mario, wie er mit einem langstieligen Netz umgehen musste. Mit gleichmäßigen Zügen trug er den Schlamm ab und warf ihn mir in feuchten Klumpen vor die Füße. Ich stocherte darin herum und fischte Beute heraus.

Ein blumengemustertes Hemd, das Rippen, Wirbel, ein Brustbein enthielt. Fußknochen in Socken in Schuhen. Oberschenkelknochen. Ein Oberarmknochen. Eine Speiche. Ein Becken. Jeder Knochen war mit fauligem Gewebe und organischem Abfall bedeckt.

Mit Übelkeit kämpfend, kratzte ich alles sauber und arrangierte es auf dem Laken. Xicay hielt den Vorgang auf Video fest. Da mir zu übel war für eine genauere Untersuchung, erstellte ich anhand der Knochen lediglich ein Skelettinventar. Die umfassende Analyse würde ich erst nach dem Säubern durchführen.

Als Mario mit dem Netz herausgefischt hatte, was er konnte, ging ich zum Rand des Tanks und setzte mich darauf.

Galiano kam zu mir.

»Sie wollen da reinsteigen?« Es war eigentlich gar keine Frage.

Ich nickte.

»Können wir die restliche Scheiße nicht einfach mit einem Hochdruckschlauch ablösen und alles absaugen?«

Ich schob die Maske zur Seite, um antworten zu können.

»Nachdem ich den Schädel gefunden habe.«

Ich schob mir die Maske wieder vors Gesicht, drehte mich auf den Bauch und ließ mich in den Tank sinken. Mit leisem Platschen berührten meine Sohlen den Schlamm. Schleim wanderte meine Schienbeine hoch. Der Gestank hüllte mich ein.

Meine Schritte fühlten sich an wie Waten durch genau das, was es war, ein Gebräu aus menschlichen Ausscheidungen und mikrobischem Dung. Wieder spürte ich das Zittern unter der Zunge, schmeckte Galle.

In der südöstlichen Ecke streckte ich die Hand aus, und Mario gab mir eine lange, dünne Stange. So flach wie irgend möglich atmend, begann ich nun, den Tank systematisch abzusuchen. Stück für Stück ging ich seitwärts, stocherte, machte noch einen Schritt, stocherte wieder. Vier Augenpaare folgten meinen Bewegungen.

Beim vierten Durchgang ertastete ich etwas an der Öffnung des Rohrs, in dem auch die Jeans gesteckt hatte. Ich reichte die Stange nach oben, schluckte, holte einmal tief Atem und grub meine Hände in den Schlamm.

Das Objekt war etwa so groß wie ein Volleyball. Es lag auf dem Tankboden, seine Oberseite befand sich etwa dreißig Zentimeter tief im Schlamm. Trotz der Übelkeit beschleunigte sich mein Puls.

Behutsam tastete ich meinen Fund ab, meine behandschuhten Finger lasen die Schrift der Anatomie.

Eiförmige Wölbung. Zwei durch einen spitz zulaufenden Steg getrennte Höhlungen. Starre Bänder, die seitlich von einer länglichen Öffnung wegschwangen.

Der Schädel!

Vorsicht, Brennan.

Ohne auf meine revoltierenden Eingeweide zu achten, bückte ich mich, nahm die Hirnschale in beide Hände und zog. Doch der Schlamm wollte seine Beute nicht preisgeben.

Frustriert schaufelte ich Schlamm mit den Händen weg. Als ich einen Teil des Scheitelbeins erkennen konnte, umklammerte ich den Schädel noch einmal und versuchte, ihn abwechselnd in beide Richtungen zu drehen.

Nichts rührte sich.

Verdammt!

Obwohl ich dem Drang, einfach zu reißen, kaum noch widerstehen konnte, machte ich mit den sanft drehenden Bewegungen weiter. Im Uhrzeigersinn. Dagegen. Uhrzeigersinn. In meinem Overall lief mir der Schweiß heiß an den Flanken herab.

Noch zwei Drehungen. Dann löste sich der Sog, und der Schädel lockerte sich.

Ich schob den Schlamm beiseite, so gut es ging, umklammerte den Schädel wieder und zog behutsam an. Der Schädel kam langsam hoch und löste sich mit einem Schmatzen aus dem Schlamm. Mit pochendem Herzen hielt ich ihn in beiden Händen. Feuchter brauner Schleim verstopfte die Augenhöhlen und bedeckte die Oberfläche.

Aber ich sah genug.

Wortlos gab ich Mario den Schädel, griff seine gummiumhüllte Hand und kletterte aus dem Tank. Mario legte den Schädel auf den Leichensack und nahm einen der beiden Sprühtanks zur Hand. Nachdem er mich mit Bleichlösung abgespritzt hatte, besprühte er mich noch einmal mit klarem Wasser.

»Die Firma Abflussfrei hat angerufen, um Ihnen einen Job anzubieten.« Galiano.

Ich nahm die Maske ab.

»Wow, tolle Hautfarbe. Gallegrün.«

Als ich zum Ausrüstungskoffer ging, um mir einen neuen Overall zu holen, merkte ich, dass ich zitterte.

Nun taten wir, was Galiano vorgeschlagen hatte. Ein Hochdruckschlauch löste den Schlamm und verdünnte ihn, der Pumpenwagen saugte die Flüssigkeit ab. Dann wurde die Pumpe umgeschaltet, und wir ließen über dreizehntausend Liter Flüssigkeit durch ein Viertelzoll-Sieb laufen. Mario zerkrümelte die Brocken und pflückte die Kakerlaken heraus. Ich untersuchte jedes Fragment und jedes Stückchen Unrat.

Irgendwann in dieser Zeit verschwand Díaz. Ich hatte ihn zwar nicht gehen sehen, aber als ich einmal den Kopf hob, war die rosa Brille verschwunden.

Der Tag ging schon in Dämmerung über, als wir den letzten Flüssigkeitsrest durch das Sieb gossen. Bluse, Schuhe, Socken, Unterwäsche und Plastikspange lagen in Klarsichtbeuteln neben dem Ausrüstungskoffer. Ein Skelett lag auf dem weißen Laken, nun komplett bis auf das Zungenbein, ein Schienbein, einige Hand- und Fußknochen, zwei Wirbel und vier Rippen. In Schädel und Unterkiefer fehlten insgesamt acht der Vorderzähne.

Ich hatte jeden Knochen identifiziert, in rechts und links unterschieden und notiert, mir Sicherheit verschafft, dass es sich nur um ein Individuum handelte und festgestellt, was fehlte. Um eine genauere Untersuchung durchzuführen, war mir zu übel. Obwohl mein flüchtiger Blick auf den Schädel mir Unbehagen bereitete, hatte ich beschlossen, Galiano nichts zu sagen, bis ich mir sicher war.

Ich inventarisierte eben eine Rippe, als Díaz wieder auftauchte, gefolgt von einem Mann in einem beigen Anzug. Er hatte fettige blonde Haare, eine schlechte Haut, und er wog weniger als ich.

Díaz und der Mann begutachteten den Hinterhof, unterhielten sich kurz und gingen dann zu Galiano.

Der Neuankömmling ergriff das Wort.

»Ich bin hier im Auftrag des Bezirksstaatsanwalts.« Der Kerl war so dürr, dass die Gelenke knubbelig hervortraten, und sah aus wie ein Bub im Anzug seines Vaters.

»Und Sie sind?« Galiano nahm seine Sonnenbrille ab und klappte sie zusammen.

»Dr. Hector Lucas. Ich nehme die hier gefundenen Überreste in meinen Besitz.«

»Den Teufel werden Sie tun«, erwiderte Galiano.

Lucas sah auf seine Uhr, dann zu Díaz.

Díaz zog ein Papier aus einer Aktenmappe.

»Diese Vollmacht hier besagt, dass er es tut. Packen Sie alles für den Transport in die Zentrale Leichenhalle zusammen.«

In Galianos Körper rührte sich kein Muskel.

Díaz hob das Dokument auf Augenhöhe. Galiano ignorierte es.

Díaz drückte sich gefärbte Gläser auf die Nase. Alles andere blieb wie erstarrt. Hinter mir hörte ich Bewegungen, dann wurde die Pumpe abgeschaltet.

»Nun, Detective.« Díaz' Stimme klang laut in der plötzlichen Stille.

Eine Sekunde verging. Zehn. Eine ganze Minute.

Galiano starrte noch immer Díaz an, als sein Handy schrillte. Nach dem vierten Klingeln schaltete er es ein, nahm den Blick aber nicht von Díaz.

»Galiano.«

Mit verkniffenem Gesicht hörte er zu und sagte dann nur einen Satz.

»*¡Eso es una mierda!*« So eine Scheiße!

Galiano steckte das Handy in die Tasche und wandte sich an Díaz.

»Seien Sie vorsichtig, Señor. Seien Sie sehr vorsichtig.« Er sagte es mit einem langsamen, stetigen Ablassen der Luft aus seinem Zwerchfell. »*¡No me jodas!*« Verarschen Sie mich nicht.

Mit einer knappen Handbewegung winkte er mich von dem Leichensack weg. Ich richtete mich auf, trat einen Schritt zurück, dann wieder vor, kniete mich neben das Skelett und schaute mir den Schädel eingehend an. Díaz machte einen halben Schritt und wollte etwas sagen, verkniff es sich dann aber und wartete, bis ich wieder aufgestanden war.

Lucas kam herbei und warf einen flüchtigen Blick auf das Arrangement in dem Leichensack. Dann zog er, offensichtlich zufrieden, ein Paar Handschuhe aus der Tasche, schlug das Laken zusammen und zog den Reißverschluss zu. Als er wieder aufstand, wirkte seine Miene leicht verunsichert.

Díaz verließ den Hof und kehrte mit zwei Männern in grauen Overalls mit der Aufschrift »Morgue Del Organismo Judicial« auf dem Rücken zurück. Die beiden brachten eine rollbare Trage mit hochgeklappten Beinen.

Unter Lucas' Aufsicht hoben die Männer den Leichensack an den Ecken an, legten ihn auf die Trage und verschwanden in die Richtung, aus der sie gekommen waren.

Díaz versuchte noch einmal, die Vollmacht zu übergeben, doch Galiano hielt die Arme vor der Brust verschränkt.

Díaz kam zu mir, peinlich bemüht, den Tank nicht anzusehen. Seufzend hielt er mir das Dokument hin.

Als ich die Hand ausstreckte, um es entgegenzunehmen, traf mein Blick den Galianos. Er schob die Unterlippe vor und hob fast unmerklich das Kinn. Ich verstand.

Ohne ein weiteres Wort verließen Díaz und Lucas den Hof.

Galiano sah seinen Partner an. Hernández sammelte bereits die Tüten mit den Kleidungsstücken ein.

»Wie viel ist da noch drin?« Galiano nickte in Richtung des Tankwagens.

Der Maschinist zuckte die Achseln, wedelte dann mit der Hand. »Dreißig, vielleicht vierzig Liter.«

»Bringen Sie es zu Ende.«

Doch im Sieb tauchte nichts mehr auf. Ich drückte mir eben den letzten Rest des Schlamms durch die Finger, als Galiano sich neben mich stellte.

»Schlechter Tag für die guten Jungs.«

»Sollte der Bezirksstaatsanwalt nicht eigentlich auch ein guter Junge sein?«

»Die blöde kleine Ratte hat nicht mal an die Klamotten gedacht.«

Mir war zu übel, um etwas zu erwidern.

»Passt es ins Profil?«

Ich hob fragend die Augenbrauen.

»Das Skelett. Entspricht es der Beschreibung von einem unserer vermissten Mädchen?«

Ich zögerte, denn ich war wütend auf mich selbst, weil ich die Knochen nicht gründlicher untersucht hatte, und wütend auf Galiano, weil er sie sich hatte wegnehmen lassen.

»Ja und nein.«

»Sie werden es herausfinden, wenn Sie es untersuchen.«

»Werde ich das tun?«

»Ich *werde* am Ende Sieger bleiben«, sagte er und starrte den leeren Tank an.

Ich fragte mich, wer dann der Verlierer sein würde.

5

An diesem Abend badete ich fast eine Stunde lang in Tahitian-Vanilla-Schaum. Dann wärmte ich Pizzaecken in der Mikrowelle auf und holte mir eine Orangenlimonade aus dem Minikühlschrank. Snickers und einen Apfel als Nachspeise. Hotelzimmer-Cuisine.

Während ich aß, blähte sich der Vorhang vor meinem Fenster in einer halbherzigen Brise. Die metallene Zugkette klapperte gegen den Rahmen. Drei Etagen unter mir rumpelte und hupte der Verkehr. An der Decke surrte ein Ventilator. Auf der Leinwand in meinem Schädel wechselten die Bilder dieses Tages von scharf zu unscharf wie in einem schlechten Amateurfilm.

Nachdem ich den Pizzakarton, einen Pappteller, eine Plastikgabel und die leere Limodose in den Abfall geworfen hatte, rief ich Mateo an. Er berichtete mir, dass Molly noch immer im Koma lag.

Seine Worte brachten mein mühsam aufrechterhaltenes seelisches Gleichgewicht ins Wanken. Plötzlich war ich nicht mehr nur erschöpft. Ich wollte mich einfach nur ins Bett legen, mein Gesicht im Kissen vergraben und weinen. Ich war überwältigt von Sorge und Bangen um meine Freundin.

Stattdessen wechselte ich das Thema.

Mateo war empört, als ich ihm von Díaz erzählte, und meinte, ich müsse unbedingt an dem Fall weiterarbeiten. Ich stimmte ihm zu, versprach aber, am Samstag in sein Labor zu kommen.

In den nächsten zwanzig Minuten notierte ich mir eine detaillierte Chronologie der Ereignisse im Paraíso. Dann wusch ich Slips im Waschbecken.

Zähne. Handcreme. Oil of Olaz. Sit-ups.

Ich schaltete CNN ein. Ein Sprecher verlas mit ernstem Gesicht die Nachrichten: Fußball, ein Erdbeben, der Weltmarkt. In der Gegend war ein Bus in einen Abgrund gestürzt, siebzehn Tote, eine ganze Reihe Verletzte im Krankenhaus.

Es brachte alles nichts. Meine Gedanken sprangen von einem Faultank zu einer Intensivstation zu einem Brunnen und wieder zurück.

Ich stellte mir den Schädel vor, der von menschlichen Exkrementen triefte. Warum hatte ich ihn nicht gründlicher untersucht? Warum ließ ich mich von Leuten dazu nötigen, etwas zu unterlassen, von dem ich wusste, dass es getan werden musste?

Ich stellte mir Molly vor, wie sie mit Schläuchen in Nase, Mund und Arm dalag.

Mein seelisches Gleichgewicht brach schließlich völlig zusammen, als ich mein Handy ins Ladegerät steckte.

Birdie in Charlotte schlief jetzt wohl fest. Katy in Charlottesville lernte wahrscheinlich für ihr Examen. Oder feierte mit Freunden eine Party. Oder wusch sich die Haare.

Mir wurde plötzlich flau im Magen.

Meine Tochter war einen Kontinent entfernt, und ich hatte keine Ahnung, was sie tat.

Jetzt sei nicht so wehleidig. Du bist doch nicht das erste Mal allein.

Ich schaltete Fernseher und Licht aus und kroch unter die Decke.

In Montreal war es kurz vor Mitternacht. Ryan war wohl …

Was?

Ich hatte keine Ahnung, was Ryan jetzt tat.

Lieutenant-détective Andrew Ryan, Section des Crimes Contre la Personne, Sûreté du Québec. Groß und zerfurcht, aber alle

Furchen an den richtigen Stellen. Augen blauer als eine Lagune auf den Bahamas.

Mein Magen machte einen komischen kleinen Satz.

Aber nicht vor Übelkeit.

Ryan bearbeitete Mordfälle für die Provinzpolizei, und seit einem Jahrzehnt kreuzten sich immer wieder unsere Wege, wenn wir gemeinsam an unnatürlichen Todesfällen arbeiteten. Immer mit der gehörigen professionellen Distanz. Doch dann, vor zwei Jahren, ging meine Ehe in die Brüche, und Ryan richtete seinen legendären Charme auf mich.

Würde ich sagen, dass unser Weg seitdem steinig war, könnte ich ebenso gut sagen, Atlantis hatte ein Wasserproblem.

Als plötzlicher Single nach zwanzig Jahren Ehe hatte ich wenig Ahnung vom Spiel der Geschlechter und nur eine Maxime: keine Büroromanze. Ryan ignorierte sie einfach.

Ich war zwar in Versuchung, hielt ihn aber trotzdem auf Armeslänge, zum Teil, weil wir miteinander arbeiteten, zum Teil aber auch wegen seines Rufs. Ich kannte Ryans Vergangenheit als wilder Junge, der Polizist geworden war, und seine Gegenwart als Platzhirsch des Reviers. Beide Persönlichkeiten waren mehr, als ich mir aufhalsen wollte.

Aber Detective Schwerenöter ließ nie locker, und vor einem Jahr konnte er mich zu einem Abendessen beim Chinesen überreden. Doch bevor es dazu kam, verschwand Ryan im Rahmen einer verdeckten Ermittlung von der Bildfläche und tauchte erst viele Monate später wieder auf.

Im letzten Herbst, nach einer Offenbarung bezüglich meines ehemaligen Gatten, beschloss ich, Ryan noch einmal in Betracht zu ziehen. Ich war zwar noch vorsichtig, fand Ryan aber sehr zuvorkommend, lustig und einen der lästigsten Männer, die mir je begegnet waren.

Und einen der erotischsten.

Stopp.

Dieser Läufer kniete zwar noch in den Startblöcken, aber die Pistole war geladen und schussbereit.

Ich warf einen Blick auf mein Telefon. In Sekunden könnte ich schon mit Ryan reden.

Etwas in meinem Hirn sagte: Keine gute Idee.

Warum nicht?

Es würde aussehen, als wärst du ein schwaches Weib, sagte das Etwas.

Na und?

Es würde aussehen, als wärst du eine Schmonzettenheldin auf der Suche nach einer Schulter, an der sie sich ausweinen kann.

Es würde aussehen, als würde ich ihn vermissen.

Mach doch, was du willst.

»Ach, was soll's«, sagte ich laut.

Ich warf die Decke zurück, griff zum Telefon und drückte die Taste fünf der Wählautomatik.

Hundert Meilen nördlich des neunundvierzigsten Breitengrads klingelte das Telefon.

Und klingelte.

Und klingelte.

Ich wollte eben wieder auflegen, als der Anrufbeantworter ansprang. Ryans Stimme bat auf Französisch und dann auf Englisch um eine Nachricht.

Zufrieden?, höhnte das Etwas im Hirn.

Mein Daumen wanderte Richtung »Auflegen«, zögerte aber.

Was soll's.

»Hi. Tempe hier –«

»*Bonsoir, Madame la Docteure*«, warf Ryans Stimme dazwischen. »Habe ich dich geweckt?«

»Ich höre mir alle Anrufe zuerst auf dem Band an.«

»Ach so?«

»Cruise und Kidman haben sich getrennt. Früher oder später ruft Nicole sicher an.«

»Hättest du wohl gern, Ryan.«

»Wie läuft's in den Sümpfen?«

»Wir waren im Hochland.«

»Waren?«

»Die Grabungen sind abgeschlossen. Jetzt ist alles im Labor in Guatemala City.«

»Wie viele?«

»Dreiundzwanzig. Wie's aussieht, vorwiegend Frauen und Kinder.«

»Schlimm.«

»Es kommt noch schlimmer.«

»Ich höre.«

Ich erzählte ihm von Carlos und Molly.

»Mein Gott, Brennan. Pass da unten bloß auf dich auf.«

»Es kommt noch viel schlimmer.«

»Erzähl.« Ich hörte, wie ein Streichholz angerissen, dann Rauch ausgeblasen wurde.

»Die Behörden hier glauben, dass sich in Guatemala ein Serienkiller tummelt. Sie haben um meine Hilfe bei einer Bergung gebeten.«

»Gibt's keine Spezialisten vor Ort?«

»Die Überreste waren in einem Faultank.«

»*La spécialité du chef.*«

»Ich habe das ein paar Mal gemacht.«

»Wie hat's denn diese Perle bis nach Zentralamerika geschafft?«

»Ich bin in der Welt nicht ganz unbekannt, Ryan.«

»Lebenslauf im Web?«

Konnte ich ihm von der vermissten Tochter des Botschafters erzählen? Nein. Ich hatte Mateo volle Vertraulichkeit zugesagt.

»Ein Detective hat einen meiner Artikel im *JFS* gesehen. Das überrascht dich vielleicht, aber einige Polizisten lesen Artikel, die nicht mit ausklappbaren Fotos in der Mitte geschmückt sind.«

Ein langes Ausatmen. Ich stellte mir vor, wie Rauch aus seiner Nase quoll wie aus den Nüstern eines Geisterbahndrachens.

»Außerdem gibt es möglicherweise eine Verbindung nach Kanada.«

Wie üblich hatte ich den Eindruck, ich würde meine Handlungen vor Ryan rechtfertigen. Wie üblich machte mich das gereizt.

»Und?«

»Und heute haben wir ein Skelett entdeckt.«

»Und?«

»Ich bin mir nicht sicher.«

Er schien in meiner Stimme etwas zu hören.

»Was beschäftigt dich?«

»Ich bin mir nicht sicher.«

»Passt das Opfer zum Profil?«

»Ich bin mir nicht sicher.«

»Hast du denn keine vorläufige Untersuchung durchgeführt?«

»Nein.« Wieder das nagende schlechte Gewissen. »Und wahrscheinlich werde ich auch nie eine durchführen können.«

»Ach so?«

»Der Bezirksstaatsanwalt hat die Knochen konfisziert.«

»Damit ich das richtig verstehe: Diese Bauerntrampel lassen dich in die Scheiße steigen, dann legt der Staatsanwalt ein Papier vor und macht sich mit der Beute aus dem Staub?«

»Die Polizisten konnten nichts dagegen unternehmen.«

»Hatten die nicht ihre eigenen Papiere?«

»Das ist ein ganz anderes Rechtssystem. Ich habe nicht groß nachgefragt.« Meine Stimme war wie Eis.

»Ist wahrscheinlich nur ein kleines Versehen. Der Leichenbeschauer ruft dich sicher gleich morgen früh an.«

»Unwahrscheinlich.«

»Warum?«

Ich suchte nach einem taktvollen Weg, Díaz zu beschreiben. »Sagen wir einfach, es gibt Widerstände gegen Hilfe von außen.«

»Was ist mit der Verbindung nach Kanada?«

Ich stellte mir den Schädel vor.

»Zweifelhaft. Aber ich bin mir nicht sicher.«

»Mein Gott, Brennan –«

»Sag's nicht.«

Er tat es trotzdem.

»Wie reitest du dich nur immer in solche Sachen?«

»Sie haben mich gebeten, die Knochen aus dem Tank zu bergen«, blaffte ich. »Und das habe ich getan.«

»Welcher Trottel hatte die Verantwortung?«

»Was hat denn das damit zu tun?«

»Vielleicht nominiere ich ihn für den Blödmann des Jahres.«

»Sergeant-Detective Bartolomé Galiano.«

»SICA?«

»Ja.«

»O Mann.«

»Was?«

»Gesicht wie eine Bulldogge, Augen wie ein Guernsey-Rind?«

»Sie sind braun.«

»Bat.« Es war fast ein Aufjauchzen.

»Was?«

»An Bat habe ich seit Jahren nicht mehr gedacht.«

»Ich verstehe kein Wort, Ryan.«

»Bat Galiano.«

Galiano hatte gesagt, er hätte einige Zeit in Kanada gelebt.

»Du kennst Galiano?«

»Ich war mit ihm auf der Schule.«

»Galiano war in St. F.X.?«

St. Francis Xavier, Antigonish, Nova Scotia. Die kleine Universitätsstadt war die Bühne für viele von Ryans schrilleren Vorstellungen. Dann schlitzte ihm ein zugekokster Biker mit dem abgeschlagenen Hals einer großen Budweiser-Flasche die Halsschlagader auf. Nach vielen Stichen und ernsthafter Selbstbetrachtung wechselte Ryan die Seiten. Statt mit Schnaps und Bars hielt er es nun mit den Jungs in Blau, und er hat es nie bereut.

»In meinem Abschlussjahr hatte Bat seine Bude mir direkt gegenüber. Ich machte mein Examen und ging zur SQ. Er schloss ein Semester später ab und kehrte nach Guatemala zurück, um Polizist zu werden. Ich habe seit Jahren nicht mehr mit ihm gesprochen.«

»Warum Bat?«

»Tut nichts zur Sache. Aber räum deinen Terminkalender frei. Du wirst dir die Knochen anschauen, noch bevor die Woche vorüber ist.«

»Ich hätte mich weigern sollen, sie zu übergeben.«

»Ein weißer Störenfried, der sich gegen die örtlichen Behörden auflehnt in einem System, das dafür berüchtigt ist, Dissidenten zu massakrieren. Eine hervorragende Idee.«

»Ich hätte sie vor Ort untersuchen sollen.«

»War denn nicht alles mit Scheiße überzogen?«

»Ich hätte sie reinigen können.«

»Was wahrscheinlich mehr geschadet als genutzt hätte. Ich würde mir deshalb keine schlaflosen Nächte machen. Außerdem bist du aus einem ganz anderen Grund da unten.«

Eine schlaflose Nacht wurde es dennoch. Ich warf mich im Bett herum, denn immer wieder bestürmten mich uneingeladen Bilder des Tages. Auf der Straße beruhigte sich der Verkehr zu einem leisen Brummen, dann war nur hin und wieder noch ein Auto zu hören. Nebenan schaltete ein Fernseher von den gedämpften Kadenzen einer Baseballübertragung zu einer Talkshow und verstummte dann ganz.

Immer und immer wieder tadelte ich mich, weil ich die Knochen nicht untersucht hatte. War mein erster Eindruck des Schädels korrekt? Würden Xicays Fotos für die Erstellung eines biologischen Profils ausreichen? Würde ich die Knochen je wieder sehen? Was steckte hinter Díaz' Feindseligkeit?

Auch beunruhigte mich der Gedanke, wie weit ich doch von zu Hause entfernt war, sowohl geografisch wie kulturell. Ich kannte zwar die Grundzüge des guatemaltekischen Rechtssystems, hatte aber keine Ahnung von behördlichen Rivalitäten und persönlichen Biografien, die eine Ermittlung behindern können. Ich kannte die Bühne, aber nicht die Spieler.

Meine Befürchtungen gingen über die möglichen Komplikationen normaler Polizeiarbeit hinaus. In Guatemala war ich eine Außenseiterin mit nur höchst oberflächlicher Kenntnis der Landesseele. Ich wusste wenig von den Menschen, hatte keine Ahnung, welche Autos, welche Jobs, welche Wohnviertel und welche Zahnpasta sie bevorzugten. Ihre Vorlieben und Abneigungen waren mir fremd, ich wusste nicht, worauf sie vertrauten und was sie begehrten. Und ich kannte ihre Gründe für Mord nicht.

Ihre Spitznamen.

Bat? Bartolomé Galiano. Bat Guano?

Bei diesem Gedanken schlief ich schließlich ein.

Der Samstagmorgen fing genauso an wie der Morgen davor. Galiano holte mich ab, samt Sonnenbrille und Kaffee, und wir fuhren schweigend zum Hauptquartier. Diesmal führte er mich in ein Büro im zweiten Stock. Es war zwar größer, aber im selben Stil gehalten wie der Konferenzraum vom Donnerstag. Schleimgraue Wände. Gallegelber Boden. Neonröhren. Schreibtische mit eingeritzten Graffiti. Mit Isolierband befestigte Rohre. Billige Klapptische. *Nouveau police.*

Hernández nahm Kisten von den Stapeln an der Rückwand und stellte sie auf einen Rollwagen. Zwei Männer hefteten Zettel an eine Pinnwand auf der linken Seite. Einer war klein und schlank, mit schwarzen Locken, die ölig glänzten. Der andere war fast zwei Meter groß, und seine Schultern waren so breit wie Peru. Beide drehten sich um, als wir eintraten.

Galiano stellte die beiden vor.

Zwei Gesichter musterten mich, wie von einem Puppenspieler bedient. Beide wirkten nicht sonderlich begeistert.

Wovon? Eine Fremde, die sich einmischte? Eine Amerikanerin? Eine Frau?

Was soll's. Ich würde mich nicht anstrengen, sie für mich zu gewinnen.

Ich nickte.

Sie nickten.

»Fotos schon da?«, fragte Galiano.

»Xicay sagt, sie sind um zehn fertig«, antwortete Hernández, stieß den Rollwagen an und schob ihn auf uns zu.

»Bringe das in den Keller«, schnaufte er und stabilisierte die Fracht mit der rechten Hand. »Braucht ihr die Tüten?«

»Ja.«

Mit rotem Gesicht und dem Hemd so feucht wie beim Faultank schob er den Karren an uns vorbei.

»Das Zimmer wurde als Lagerraum benutzt«, sagte Galiano. »Ich lasse es gerade ausräumen.«

»Sondereinheit?«

»Nicht so richtig.« Er zeigte auf einen der Schreibtische. »Was brauchen Sie?«

»Das Skelett«, sagte ich und warf meinen Rucksack auf die Schreibunterlage.

»Gut.«

Die Männer waren mit der ersten Pinnwand fertig und gingen zur nächsten. Galiano und ich stellten uns vor die Erste. Ein Stadtplan von Guatemala City. Galiano deutete auf einen Punkt im südöstlichen Quadranten.

»Nummer eins. Claudia de la Alda wohnte hier.«

Er schüttelte eine Stecknadel mit rotem Kopf aus einer Schachtel auf der Ablage der Tafel, steckte sie in die Karte und fügte knapp daneben eine gelbe hinzu.

»De la Alda war achtzehn. Kein Eintrag ins Polizeiregister, keine Drogengeschichten, keine typische Ausreißerin. Sie arbeitete viel mit behinderten Kindern und half in ihrer Kirche aus. Sie verließ ihre Familie am vierzehnten Juli, um zur Arbeit zu gehen, und wurde seitdem nicht mehr gesehen.«

»Freund?«, fragte ich.

»Der hat ein Alibi. Kein Verdächtiger.«

Er steckte eine blaue Nadel in die Karte.

»Claudia arbeitete im Museo Ixchel.«

Das Ixchel war ein privates Museum, das sich der Maya-Kultur widmete. Ich war schon einmal dort gewesen und erinnerte mich, dass es ein bisschen aussah wie ein Maya-Tempel.

»Nummer zwei. Lucy Gerardi, siebzehn, war Studentin an der San Carlos Universität.«

Er steckte eine zweite blaue Nadel in die Karte.

»Auch Gerardi wurde nie verhaftet, lebte noch bei ihrer Familie. Gute Studentin. Abgesehen von einem ziemlich lausigen Sozialleben scheint sie ein normales College-Mädchen gewesen zu sein.«

»Warum keine Freunde?«

»Der Vater hatte sie ziemlich an der Kandare.«

Sein Finger wanderte zu einer kleinen Straße auf halbem Weg zwischen dem Ixchel und der Amerikanischen Botschaft.

»Lucy wohnte hier.«

Er fügte eine zweite rote Nadel hinzu.

»Sie wurde zum letzten Mal im Botanischen Garten gesehen –«, er steckte eine gelbe Nadel in eine grüne Fläche an der Kreuzung von Ruta 6 und Avenida de la Reforma, »– und zwar am fünften Januar.«

Galianos Finger sprang zur Kreuzung Calle 10 und Avenida de la Reforma 3.

»Kennen Sie die Zona Viva?«

Ein Stich. Molly und ich hatten in einem Café in der Zona Viva gegessen, bevor ich nach Chupan Ya aufbrach.

Konzentrier dich, Brennan.

»Das ist eine kleine Enklave aus besseren Hotels, Restaurants und Nightclubs.«

»Genau. Nummer drei. Patricia Eduardo, neunzehn, wohnte nur ein paar Blocks entfernt.«

Die dritte rote Stecknadel.

»Eduardo verließ Freunde im Café San Felipe am Abend des neunundzwanzigsten Oktober und kam nie zu Hause an.«

Gelbe Nadel.

»Sie arbeitete im Hospital Centro Médico.«

Eine blaue Nadel kam an die Kreuzung Avenida 6 und Calle 9, nur ein paar Blocks vom Ixchel-Museum entfernt.

»Die gleiche Geschichte, völlig sauber, fester Freund, Kandidatin für die Heiligsprechung. Verbrachte fast ihre ganze Freizeit mit Pferden. War eine ziemlich gute Reiterin.«

Galiano deutete auf einen Punkt, der von den Wohnungen von Lucy Gerardi und Patricia Eduardo etwa gleich weit entfernt war.

»Vermisste Person Nummer vier, Chantale Specter, wohnte hier.«

Rote Nadel.

»Chantale ging auf eine private Mädchenschule –«

Blaue Nadel.

»– aber sie war eben von einem längeren Aufenthalt in Kanada zurückgekehrt.«

»Was hat sie da gemacht?«

Er zögerte einen Augenblick. »Irgendeinen speziellen Kurs. Chantale wurde das letzte Mal zu Hause gesehen.«

»Von wem?«

»Der Mutter.«

»Beide Elternteile scheiden als Verdächtige aus?«

Er atmete tief durch die Nase ein und ließ die Luft langsam wieder aus.

»Es ist schwer, gegen einen ausländischen Diplomaten zu ermitteln.«

»Irgendeinen Grund für einen Verdacht?«

»Wir haben keinen gefunden. Also: Wir wissen, wo jede der jungen Frauen lebte.«

Galiano zeigte auf die roten Nadeln.

»Wir wissen, wo jede arbeitete oder zur Schule ging.«

Blaue Nadeln.

»Wir wissen, wo jede zum letzten Mal gesehen wurde.«

Gelbe Nadeln.

Ich starrte das Muster an und wusste die Antwort auf zumindest eine Frage. Ich kannte Guatemala City gut genug, um zu wissen, dass Claudia de la Alda, Lucy Gerardi, Patricia Eduardo und Chantale Specter aus gehobenen Kreisen kamen. Ihre Welt war eine der ruhigen Straßen und gepflegten Rasenflächen, keine der Drogen und des käuflichen Fleisches. Im Gegensatz zu den Armen und drogensüchtigen Waisen im Parque Concordia waren diese Frauen nicht ohne Macht. Sie wurden vermisst von Familien, die eine Stimme hatten, und alles Erdenkliche wurde getan, um sie zu finden.

Aber warum dieses Interesse an Überresten, die bei einer Pension in den Slums gefunden wurden?

»Warum das Paraíso?«, fragte ich.

Wieder ein kurzes Zögern. Dann: »Wir drehen jeden Stein um.«

Ich drehte mich von der Karte zu Galiano um. Sein Gesicht war ausdruckslos. Ich wartete. Er schwieg.

»Reden Sie offen mit mir, oder müssen wir erst einen komplizierten Pas de deux aufführen?«

»Was soll das heißen?«

»Machen Sie doch, was Sie wollen, Bat.« Ich wandte mich zum Gehen.

Galiano sah mich scharf an, sagte aber nichts. Dann schloss sich seine Hand um meinen Oberarm.

»Also gut. Aber nichts verlässt dieses Zimmer.«

»Normalerweise präsentiere ich meine Fälle in einem Chat-Room und hole mir verschiedene Meinungen ein.«

Er ließ meinen Arm los und fuhr sich mit der Hand durch die Haare. Die Guernsey-Augen bohrten sich in meine.

»Vor achtzehn Monaten wurde Chantale Specter wegen Kokainbesitzes verhaftet.«

»Eigenbedarf?«

»Das war unklar. Sie plauderte und wurde ohne Test wieder freigelassen. Aber ihre Kumpel waren positiv.«

»Hat sie gedealt?«

»Wahrscheinlich nicht. Im letzten Sommer wurde sie wieder verhaftet. Gleiche Geschichte. Die Polizei stürmte eine Drogenparty in einem billigen Hotel. Chantale war dabei. Kurz darauf schickte Papa sie zu einer Entziehungskur – dieser Aufenthalt in Kanada. An Weihnachten kam sie zurück, fing im Januar mit der Schule an, verschwand eine Woche später. Der Botschafter suchte sie zuerst auf eigene Faust, gab dann auf und meldete sie als vermisst.«

Sein Finger wanderte zu dem Straßengewirr, das den alten Teil der Stadt bildete.

»Beide Verhaftungen Chantales fanden in Zone eins statt.«

»Manche Jugendliche machen eben eine rebellische Phase durch«, sagte ich. »Sie kam wahrscheinlich nach Hause zurück, legte sich mit Daddy an und riss aus.«

»Vier Monate lang.«

»Ist wahrscheinlich ein Zufall. Chantale passt nicht ins Muster.«

»Lucy Gerardi verschwand am fünften Januar. Zehn Tage später war es dann Chantale Specter.«

Galiano drehte sich zu mir um.

»Nach einigen Zeugenaussagen waren Lucy und Chantale enge Freundinnen.«

6

Tatortfotos bieten einen billigen Einblick in die Geheimnisse anderer. Im Gegensatz zu künstlerischen Fotos, bei denen Licht und Gegenstände ausgewählt oder positioniert werden, um Augenblicke der Schönheit darzustellen, zeigen Tatortfotos die nackte, ungeschönte Wirklichkeit in grellem Detail. Sie zu betrachten ist eine erschütternde und entmutigende Aufgabe.

Ein zerbrochenes Fenster. Eine blutbespritzte Küche. Eine Frau, flach hingestreckt auf einem Bett, einen zerrissenen Slip über dem Gesicht. Der aufgeblähte Körper eines Kindes in einem Kofferraum. Grauen, das man Augenblicke, Stunde oder Tage später noch einmal sieht.

Oder sogar Monate später.

Um neun Uhr vierzig brachte Xicay die Paraíso-Fotos. Da ich keine Knochen zur Untersuchung hatte, waren diese Aufnahmen meine einzige Hoffnung, ein präzises Opferprofil zu erstellen und vielleicht eine Verbindung zwischen dem Skelett im Faultank und einem der vermissten Mädchen herzustellen.

Ängstlich, aber auch neugierig darauf, wie viele anatomische Details dargestellt waren, öffnete ich den ersten Umschlag.

Die Gasse.

Das Paraíso.

Die vergammelte kleine Oase im Hinterhof.

Ich betrachtete mehrere Aufnahmen des Faultanks vor und nach dem Abnehmen der Deckel, vor, während und nach dem Entleeren. Im letzten Foto fielen Schatten über die leeren Kammern wie lange knochige Finger.

Ich legte den ersten Stapel weg und griff zum nächsten Umschlag.

Das erste Foto zeigte meinen Hintern, den ich am Tankrand himmelwärts streckte. Das zweite zeigte einen Unterarmknochen, der auf einem Laken in einem Leichensack lag. Trotz Lupe konnte ich keine Details erkennen. Ich legte das Glas weg und machte weiter.

Nach sieben weiteren Fotos fand ich eine Großaufnahme der Elle. Ich bewegte die Lupe über den Schaft und studierte jeden Höcker und jeden Grat. Ich wollte schon aufgeben, als ich am Handgelenksende eine haarfeine Linie entdeckte.

»Schauen Sie sich das an.«

Galiano nahm die Lupe und beugte sich über die Aufnahme. Ich deutete mit einer Kulispitze auf die entsprechende Stelle.

»Das ist der Rest einer Epiphysen-Linie.«

»*Ay, Dios*«, sagte er, ohne den Blick zu heben. »Und das heißt?«

»Die Wachstumszone verschmilzt noch mit dem Schaftende.«

»Und das heißt?«

»Das heißt jung.«

»Wie jung?«

»Wahrscheinlich knapp unter zwanzig.«

Er richtete sich auf.

»*Muy bueno*, Dr. Brennan.«

Die Schädelserie begann nach der Hälfte des dritten Stapels. Während ich Bild um Bild studierte, verkrampften sich meine Eingeweide noch heftiger als im Faultank. Xicay hatte den Schädel aus zwei Metern Entfernung fotografiert. Schlamm, Schatten und die Entfernung ließen alle Details verschwimmen. Auch die Lupe half nichts.

Entmutigt legte ich Umschlag drei beiseite und griff zum nächsten. Auf jedem Bild wurde das Skelett ein Stückchen kompletter. Verschmelzende Wachstumszonen auf verschiedenen langen Knochen stützten die Altersschätzung anhand der Elle.

Xicay hatte mindestens ein halbes Dutzend Aufnahmen des Beckens gemacht. Bindegewebe hielt die drei Teile zusammen, sodass ich einen herzförmigen Beckeneingang erkennen konnte. Die Schambeine waren lang und trafen sich in einem stumpfen subpubischen Winkel.

Ich suchte mir die Seitenansichten heraus.

Breite, flache Incisura ischiadica.

»Weiblich«, sagte ich zu niemandem im Besonderen.

»Zeigen Sie's mir.« Galiano kam wieder an meinen Tisch.

Ich breitete die Fotos aus und erklärte ihm jedes Detail. Galiano hörte schweigend zu.

Als ich die Fotos wieder zusammenschob, fiel mein Blick auf mehrere merkwürdig geformte Partikel auf der Bauchseite der rechten Darmbeinschaufel. Ich zog das Foto zu mir und hob und senkte die Lupe darüber. Galiano schaute mir zu.

Zahnfragmente? Vegetation? Kies? Die winzigen Teilchen sahen irgendwie vertraut aus, aber so sehr ich mich auch anstrengte, ich konnte sie nicht identifizieren.

»Was ist das?«, fragte Galiano.

»Ich bin mir nicht sicher. Vielleicht nur Unrat.«

Ich steckte die Fotos wieder in den Umschlag und nahm mir den nächsten Satz Fotos vor.

Fußknochen. Handknochen. Rippen.

Der Piepser rief Galiano in sein Büro. Die beiden Detectives arbeiteten weiter an ihren Pinnwänden.

Brustbein. Wirbel.

Galiano kam zurück.

»Wo zum Teufel ist Hernández?«

Keine Antwort. Ich stellte mir vor, dass hinter mir zwei Männer mit den Achseln zuckten.

Der Rücken tat mir weh. Ich hob die Arme, streckte den Rücken durch und beugte mich nach links und rechts.

Als ich mich wieder an die Fotos machte, ein Wunder.

Während der Leerung des Tanks hatte Xicay sich offenbar noch einmal den Schädel vorgenommen. Der letzte Stapel zeigte Ansichten von oben, von unten, von der Seite und von vorne, die aus nur knapp einem halben Meter Entfernung aufgenommen worden waren. Trotz des Schlamms konnte ich viel erkennen.

»Die da sind gut.«

Galiano war sofort neben mir. Ich zeigte ihm die Charakteristika der Frontansicht.

»Runde Augenhöhlen, breite Wangen.«

Ich nahm mir eine Aufnahme der Schädelbasis vor und zeigte ihm die Jochbeine.

»Sehen Sie, wie die Wangenknochen sich verbreitern?«

Galiano nickte.

»Der Schädel ist kurz von hinten nach vorn, breit von einer Seite zur anderen.«

»Irgendwie kugelförmig.«

»Schön formuliert.« Ich tippte auf den oberen Gaumen. »Parabolische Form. Schade, dass die vorderen Zähne fehlen.«

»Warum?«

»Schaufelförmige Zähne können ein Hinweis auf die Rasse sein.«

»Schaufelförmig?«

»Konkaver Schmelz auf der Zungenseite mit erhöhtem Rand. Wie eine Schaufel eben.«

Ich wandte mich einer Seitenansicht zu und bemerkte ein flaches Nasenbein und ein gerades Gesichtsprofil.

»Was denken Sie?«

»Mongoloid«, sagte ich, dachte an meinen letzten flüchtigen Blick auf den Schädel vor Ort und brachte diese Eindrücke mit den Fotos vor mir in Verbindung.

Er sah mich verständnislos an.

»Asiatisch.«

»Chinesisch, japanisch, vietnamesisch?«

»Das alles. Oder jemand, dessen Vorfahren aus Asien kamen. Amerikanische Eingeborene –«

»Meinen Sie alte Indianerknochen?«

»Auf keinen Fall. Das Zeug stammt aus jüngster Zeit.«

Er überlegte einen Augenblick und fragte dann:

»Wurden die Vorderzähne ausgeschlagen?«

Ich wusste, woran er dachte. Zähne werden oft zerstört, um eine Identifikation zu erschweren. Das war hier nicht der Fall.

»Schneidezähne haben nur eine Wurzel. Wenn das weiche Gewebe verwest, ist nichts mehr da, was sie hält. Wahrscheinlich sind ihre einfach ausgefallen.«

»Und kamen wohin?«

»Sie könnten durch das Filtersystem gespült worden sein. Oder sie sind noch irgendwo im Tank verkeilt.«

»Würden die uns weiterhelfen?«

»Natürlich. Was wir hier sehen, gibt uns ja nur vage Hinweise.« Ich deutete auf das Foto.

»Und wer ist die Fremde in dem Faultank?«

»Weiblich, wahrscheinlich knapp unter zwanzig, möglicherweise mongoloider Abstammung.«

Ich sah, wie hinter den Guernsey-Augen Neuronen feuerten.

»Die meisten Guatemalteken haben mongoloide Züge, nicht?«

»Viele«, entgegnete ich.

»Aber nur ganz wenige Kanadier.«

»Eingeborene, asiatische Immigranten, deren Nachkommen.«

Galiano schwieg eine ganze Weile. Dann:

»Die Wahrscheinlichkeit spricht dafür, dass wir hier nicht Chantale Specter vor uns sehen.«

Ich wollte eben antworten, als Hernández seinen Rollwagen ins Zimmer schob. Die großen Kartons waren durch zwei Mülltüten und einen schwarzen Leinwandkoffer ersetzt worden.

»Wo zum Teufel hast du denn gesteckt?«

»Die Arschlöcher wollten mir ihre kostbare Lampe nicht leihen. Haben sich aufgeführt, als wären es die Kronjuwelen. Wohin willst du das Zeug?«

Galiano deutete auf zwei Klapptische an der rechten Wand. Hernández lud seine Fracht ab und stellte den Wagen dann neben den restlichen Kartons ab.

»Wenn wieder mal umgeräumt wird, dann ohne mich.« Er zog ein gelbes Tuch aus seiner Tasche und wischte sich das Gesicht. »Das verdammte Zeug ist schwer.«

Hernández stopfte sich das Taschentuch wieder in die hintere Tasche. Ich sah einen gelben Stoffzipfel aus dem Zimmer stürmen.

»Schauen wir uns die Fotos an«, sagte Galiano zu mir. »Die meisten kommen von den Familien. Eins aus der Botschaft.«

Ich folgte ihm, obwohl ich die Schnappschüsse eigentlich gar nicht zu sehen brauchte. Ich hatte schon viele Mordfälle bearbeitet und wusste genau, was mich erwartete. Gesichter: feindselig, fröhlich, verwirrt, verschlafen. Jung oder alt, männlich oder weiblich, elegant oder ungepflegt, hübsch oder unscheinbar, jede Person in einem Augenblick abgelichtet, da sie vom künftigen Unglück noch nichts wusste.

Mein erster Blick ließ mich an Ted Bundy und seine bevorzugten Opfer denken. Alle vier Frauen hatten lange, glatte Haare mit Mittelscheitel. Doch hier endete die Ähnlichkeit.

Claudia de la Alda war nicht gerade mit Schönheit gesegnet. Sie war eine knochige Frau mit breiter Nase und weit auseinander stehenden Augen, die kaum größer als Oliven waren. Auf jedem der drei Fotos trug sie einen schwarzen Rock und eine pastellfarbene Bluse, die bis zum Kinn zugeknöpft war. Ein silbernes Kruzifix hing vor ihrem mächtigen Busen.

Lucy Gerardi hatte glänzende schwarze Haare, eine zarte Nase und ein ebensolches Kinn. Ein Schulporträt zeigte sie in einem leuchtend blauen Blazer und einer gestärkten weißen Bluse. Auf einem privaten Foto trug sie ein gelbes Strandkleid und hatte einen Schnauzer auf dem Schoß. Ein goldenes Kreuz ruhte in der Kuhle unter ihrer Kehle.

Patricia Eduardo war zwar die älteste der vier, sah aber keinen Tag älter aus als fünfzehn. Ein Kodak-Augenblick zeigte sie sehr aufrecht auf einem Appaloosa-Hengst, die Augen glänzend schwarz unter dem Schirm ihrer Reitkappe, eine Hand an den Zügeln, die andere auf dem Knie. Auf einem anderen stand sie neben dem Pferd und starrte ernst ins Objektiv. Wie die anderen trug sie ein Kreuz und kein Make-up.

Während de la Alda, Gerardi und Eduardo unter dem Einfluss von Maria der Unbefleckten zu stehen schienen, sah Chantale Specter aus, als gehöre sie zur Kirche der Lüsternheit. Auf dem Polizeifoto trug die Tochter des Botschafters ein nabelfreies Tank-Top und hautenge Jeans. Ihre blonden Haare waren gesträhnt, ihr Make-up vampirhaft schwarz.

In starkem Kontrast dazu stand das offizielle Porträt aus der Botschaft. Chantale posierte zwischen Mommy und Daddy auf einer Queen-Anne-Couch. Sie trug Pumps, Strumpfhose und ein weißes Baumwollkleid. Keine Verhaftungsnummer, keine Strähnchen, keine Dracula-Augen.

Während mein Blick von Gesicht zu Gesicht wanderte, spürte ich, wie es mir in der Brust hohl wurde. War es möglich, dass alle vier Frauen tot waren? Hatten wir eine von ihnen aus dem Paraíso-Tank gezogen? Trieb sich in Guatemala City ein Psychopath herum? Plante er bereits seinen nächsten Mord? Würden noch mehr Fotos an diese Pinnwand kommen?

»Sieht nicht aus wie eine, die ihren Arsch für Drogen verkauft.« Galiano schaute sich eben das Specter-Porträt an.

»Das tut keine von denen.«

»Passt eine zu Ihrem Profil?«

»Sie passen alle. Bei Chantale Specter trifft die Rasse nicht zu, aber das ist immer problematisch. Ich würde mich sicherer fühlen, wenn ich den Schädel vermessen und die Maße durch eine Datenbank jagen könnte. Und auch dann kann das mit der Rasse noch schwierig werden.«

Hinter mir lud der große Detective Kartons auf den Wagen.

»Was ist mit dem Timing?«

Claudia de la Alda wurde im Juli zum letzten Mal lebend gesehen. Der Faultank war im August gewartet worden.

»Zum letzten Mal lebend gesehen ist nicht gleich zum letzten Mal geatmet.«

»Nein«, stimmte Galiano mir zu.

»Falls sie überhaupt tot ist.«

»Patricia Eduardo verschwand im Oktober, Gerardi und Specter im Januar.«

»Wurde eine davon in Jeans und blumengemusterter rosa Bluse zum letzten Mal lebend gesehen?«

»Nicht nach den Zeugenaussagen.« Er deutete auf einen Stapel Ordner. »Die Akten sind da.«

»Zuerst möchte ich mir die Kleidungsstücke ansehen«, sagte ich.

Galiano folgte mir zu dem Tisch, sah zu, wie ich die Beweismittelsäcke auf den Boden legte, eine Plastikplane aus meinem Rucksack zog und sie auf dem Tisch ausbreitete.

»Ich brauche Wasser«, sagte ich und hob den ersten Sack auf.

Galiano sah mich fragend an.

»Um Etiketten zu säubern.«

Er sprach mit einem der Detectives.

Ich zog Gummihandschuhe an, knotete den Sack auf und holte die schmutzige Kleidung heraus. Gestank füllte den Raum, als ich die Stücke entwirrte und ausbreitete.

Detective Pomade brachte Wasser.

»O Mann, das stinkt ja wie Kloakenschlamm.«

»Raten Sie mal, warum?«, sagte ich, während er das Zimmer verließ und die Tür hinter sich schloss.

Jeans. Bluse. Mintgrüner BH. Mintgrüner Slip mit winzigen roten Rosen. Marineblaue Socken. Penny Loafers.

Mir lief ein Schauer über den Rücken. Meine Schwester und ich bekamen Penny Loafers in dem Herbst, als ich in die fünfte Klasse kam.

Langsam nahm eine Vogelscheuche Gestalt an, ohne Kopf, ohne Hände, flach und feucht. Als die Säcke leer waren, fing ich mit einer gründlichen Untersuchung jedes Stücks an.

Die Jeans waren marineblau und hatten kein Markenzeichen. Obwohl der Stoff in gutem Zustand war, zerfiel die Hose in ihre Einzelteile.

Ich durchsuchte die Taschen. Leer, wie erwartet. Ich tauchte das Etikett in Wasser, rieb vorsichtig. Die Schrift war ausgebleicht und unlesbar. Die Hosenbeine waren aufgerollt, aber ich schätzte die Größe etwa auf die meiner Jeans, eine weibliche 36 oder 38. Galiano notierte sich alles auf seinen Spiralblock.

Die Bluse hatte kein Etikett. Für den Augenblick ließ ich sie zugeknöpft.

»Stichwunden?«, fragte Galiano, als ich eine von mehreren Beschädigungen im Gewebe untersuchte.

»Unregelmäßige Formen, zackige Ränder«, sagte ich. »Das sind nur Risse.«

Der BH war Größe 75B, der Slip Größe 36. Auf beiden war kein Markenname zu erkennen.

»Komisch, dass die Jeans zerfallen, aber alles andere in fast perfektem Zustand ist.«

»Naturfasern. Heute da, morgen verschwunden.«

Er wartete, dass ich weitersprach.

»Die Jeans waren wahrscheinlich mit Baumwollfaden zusammengenäht. Aber die Dame hatte eine eindeutige Vorliebe für Synthetik.«

»Prinzessin Polyester.«

»Preise für das Outfit des Abends gewinnt man damit zwar nicht, aber Polyester- und Acrylgewebe zersetzen sich kaum.«

»Länger haltbar durch Chemie.«

Schlamm quoll auf die Plastikplane, als ich das rechte Jeansbein aufrollte. Außer toten Kakerlaken nichts zu entdecken.

Ich rollte das linke Bein auf.

»Luma Lite?«, fragte ich.

Was man uns nur widerwillig ausgeliehen hatte, war eine spezielle Lichtquelle, die Fingerabdrücke, Haare, Gewebe, Sperma und Spuren von Drogen zum Fluoreszieren brachte.

Galiano holte einen schwarzen Kasten und zwei Schutzbrillen mit gefärbten Gläsern aus dem Koffer, den Hernández gebracht hatte. Während er eine Steckdose suchte und das Deckenlicht ausschaltete, setzte ich die Brille auf. Dann legte ich den Schalter um und fuhr mit dem Luma Lite über die Kleidung. Der Strahl erfasste nichts, bis ich zum entrollten Saum des linken Hosenbeins kam. Fädchen blitzten auf wie Wunderkerzen am Vierten Juli.

»Was zur Hölle ist das?« Ich spürte Galianos Atem auf meinem Arm.

Ich hielt den Strahl über das Röhrenende und trat einen Schritt zurück.

»*¡Puchia!*« Mann!

Er starrte die Jeans eine ganze Minute lang an und richtete sich dann auf.

»Haare?«

»Möglicherweise.«

»Menschlich oder tierisch?«

»Das müssen Ihre Jungs von der Spurensicherung herausfinden. Aber ich würde mich schon mal nach Haustieren in den Familien erkundigen.«

»O Mann.«

Ich holte eine Hand voll Glasröhrchen aus meinem Rucksack, beschriftete eins, hob die Fäden mit der Pinzette ab und steckte sie hinein. Dann untersuchte ich noch einmal jeden Zentimeter der Kleidung. Keine Feuerwerke mehr.

»Licht?«

Galiano nahm seine Schutzbrille ab und schaltete die Deckenbeleuchtung wieder ein.

Nachdem ich die restlichen Röhrchen mit Datum, Uhrzeit und Ort beschriftet hatte, kratzte ich Schlamm in jedes, stöpselte sie zu, versiegelte sie mit Klebeband und setzte mein Kürzel auf das Etikett. Rechte Socke, Außenseite. Rechte Socke, Innenseite. Linke Socke. Rechter Hosensaum. Linker Hosensaum. Rechter Schuh, Innen. Rechter Schuh, Sohle. Zehn Minuten später war die Bluse dran.

»Das Deckenlicht, bitte.«

Galiano schaltete es aus.

Die Knöpfe waren Standardware aus Plastik. Einen nach dem anderen bestrahlte ich sie mit dem Luma Lite. Keine Fingerabdrücke.

»Okay.«

Das Zimmer erhellte sich wieder, und ich drückte jeden Knopf durch sein Loch und öffnete die Bluse.

Das Objekt war so klein, dass ich es fast übersehen hätte, es steckte im rechten Unterarmsaum.

Ich griff nach meiner Lupe.

O nein.

Ich holte tief Luft, wartete, bis meine Hände völlig ruhig waren und stülpte den Ärmel dann vorsichtig um.

Ein zweites Objekt lag dreizehn Zentimeter innerhalb des Ärmels.

Ich fand noch ein drittes, zweieinhalb Zentimeter unter dem ersten.

»Hurensohn.«

»Was?« Galiano starrte mich an.

Ich ging zu den Tatortfotos, leerte Umschläge aus, bis ich den richtigen Satz gefunden hatte. Hastig suchte ich mir die Großaufnahme des Beckens heraus und hielt die Lupe über die mysteriösen Partikel.

Mein Gott.

Mit angehaltenem Atem untersuchte ich jeden Zentimeter des Beckenknochens und arbeitete mich dann durch die anderen Aufnahmen. Ich entdeckte insgesamt sieben.

Wut stieg in mir hoch. Und Trauer. Und jedes der Gefühle, die ich in dem Grab in Chupan Ya empfunden hatte.

»Ich weiß nicht, wer sie ist«, sagte ich, »aber ich weiß vielleicht, warum sie sterben musste.«

7

»Ich höre«, sagte Galiano.

»Sie war schwanger.«

»Schwanger?«

Ich zeigte ihm das erste Beckenfoto.

»Der Partikel da ist ein Fragment eines fötalen Schädels.«

Ich legte ihm die anderen Fotos vor.

»Und dieser auch. Und in der Bluse sind fötale Knochen.«

»Zeigen Sie sie mir.«

Ich ging zum Tisch zurück und zeigte ihm die drei fingernagelgroßen Fragmente.

»*¡Hijo de la puta!*« Hurensohn.

Seine Heftigkeit überraschte mich, und ich reagierte nicht.

»In welchem Monat?«

»Ich bin mir nicht sicher. Ich würde die Knochen gern unter einem Mikroskop untersuchen und die Ergebnisse mit Referenzdaten abgleichen.«

»Verdammter Hurensohn!«

»Ja.«

Durch die geschlossene Tür hörte ich Männerstimmen, dann Gelächter. Das Geplapper war eine gefühllose Unterbrechung.

»Aber wer zum Teufel ist sie?« Galianos Stimme klang leiser als sonst.

»Ein Teenager mit einem schrecklichen Geheimnis.«

»Und Daddy hatte keine Lust, Familienvater zu werden.«

»Vielleicht war Daddy bereits einer.«

»Oder die Schwangerschaft hat mit dem Mord überhaupt nichts zu tun.«

»Könnte sein. Wenn es hier um einen Serienmörder geht, könnte er sich seine Opfer wahllos herauspicken.«

Die Stimmen im Korridor verklangen und verstummten dann ganz.

»Zeit für einen weiteren Besuch beim Hotelbesitzer und seiner Frau.«

»Es könnte auch nicht schaden, die Frauenkliniken und Familienplanungszentren in der Nachbarschaft zu kontrollieren. Vielleicht wollte sie ja eine Abtreibung machen lassen.«

»Wir sind hier in Guatemala.«

»Mutterschaftsvorsorge.«

»Stimmt.«

»Das sollten Sie besser fotografieren lassen, bevor ich es einpacke.«

Minuten später war Xicay da. Ich gab ihm mein rechtwinkeliges Lineal und zeigte ihm die Knochen. Während Xicay fotografierte, schnitt Galiano ein anderes Thema an.

»Was ist mit der Größe?«

»Größe?«

»Wie groß war sie?«

»Die Kleidung deutet auf durchschnittlich bis klein hin. Die Muskelbänder sind schwach. Was wir grazil nennen.«

Ich blätterte in den Fotos, bis ich zu den Beinknochen kam.

»Ich könnte die Statur schätzen, indem ich das Lineal an den Femur anlege, um eine Maßstabsorientierung zu haben. Aber das wäre eine sehr grobe Schätzung. Kennen Sie die Größen der vier vermissten Personen?«

»Sollte in den Akten stehen. Wenn nicht, finde ich es heraus.«

»Fertig«, sagte Xicay.

Ich holte zwei weitere Röhrchen aus meinem Rucksack, markierte eins und fügte die Beschriftung *fötale Überreste* hinzu. Dann nahm ich mit der Pinzette die Knochen von Achsel und Ärmel ab, verschloss das Röhrchen und setzte mein Kürzel aufs Etikett.

»Standardfotos von der Kleidung?«, fragte Xicay.

Ich nickte.

Als ich zusah, wie er sich um den Tisch bewegte, kam mir plötzlich eine Idee.

»Wo sind das Schienbein und die Fußknochen, die in der Jeans steckten?«, fragte ich Galiano.

»Hat Díaz beschlagnahmt.«

»Und die Jeans vergessen?«

»Der Kerl könnte ein Beweisstück nicht erkennen, wenn es ihm auf die Schuhe pissen würde.«

»Was denken Sie über Lucas?«

»Der gute Doktor schien von seinem Auftrag nicht eben begeistert zu sein.«

»Den Eindruck hatte ich auch. Glauben Sie, dass Díaz ihm Daumenschrauben anlegt?«

»Ich treffe mich heute Nachmittag mit Mister Bezirksstaatsanwalt.« Er holte seine Sonnenbrille heraus und setzte sie auf. »Ich beabsichtige deutlich zu machen, wie wichtig Offenheit ist.«

Eine Stunde später fuhr ich durch das Tor der FAFG-Zentrale. Ollie Nordstern stand, die Schulter an einen Pfosten gelehnt, auf der Veranda vor dem Eingang und kaute Kaugummi.

Ich überlegte, den Rückwärtsgang einzulegen, aber er stürzte sich auf mich wie ein Hai, der Blut gerochen hat.

»Dr. Brennan. Die Frau ganz oben auf meiner Liste.«

Ich holte meinen Rucksack aus dem Fond meines Mietwagens.

»Lassen Sie mich das nehmen.«

»Mir ist etwas dazwischengekommen, Mr. Nordstern.« Ich hängte mir einen Riemen über die Schulter, knallte die Tür zu und ging an ihm vorbei aufs Haus zu. »Ich habe heute keine Zeit für ein Interview.«

»Vielleicht könnte ich Ihnen wenigstens ein paar Minuten abschmeicheln.«

Vielleicht könntest du in einem Spucknapf ersaufen.

»Nicht heute.«

Elena Norvillo saß an einem der Computer im ehemaligen Salon der Familie Mena. Ihre Haare waren unter einem blauen, im Nacken geknoteten Halstuch versteckt.

»*Buenos dias, Elena.*«

»*Buenos dias*«, antwortete sie, ohne den Blick vom Bildschirm zu nehmen.

»*Dónde está Mateo?*«

»Er ist im Hinterhof«, antwortete Nordstern in meinem Rücken.

Ich umkreiste Elenas Schreibtisch, ging einen Gang entlang, vorbei an Büros und einer Küche, und trat dann in einen ummauerten Hof. Nordstern trottete wie ein Welpe hinter mir her.

Der Hof war in der Mitte offen und an den Rändern überdacht. Ein Schwimmbecken, das so fehl am Platze aussah wie ein Jacuzzi in einem Obdachlosenheim, nahm die linke Vorderseite ein. Das Sonnenlicht brach sich auf dem Wasser und tauchte die Umgebung in einen unheimlichen blauen Schimmer.

Unter dem Dach im hinteren Teil des Hofs drängten sich Arbeitstische, unter jedem eine leere Kiste und auf den Tischplatten deren ausgebreiteter Inhalt. Ungeöffnete Kisten stapelten sich an den Steinmauern. Tropische Pflanzen lugten hinter den Stapeln hervor, Überbleibsel des einst üppigen Gartens der Menas.

Luis Posadas und Rosa O'Reilly untersuchten Überreste am entfernten Ende der vorderen Reihe. Rosa zeichnete Daten auf, während Luis mit einem Greifzirkel hantierte und ihr die Maße nannte. Juan Corrales verglich ein aufgehängtes Skelett mit einem Knochenfragment in seiner linken Hand. Er trug eine verwirrte Miene auf dem Gesicht. Das Skelett trug einen flachen Filzhut.

Als ich durch die Tür kam, sah Mateo vom einzigen Mikroskop des Labors hoch. Er trug eine Jeans-Latzhose und ein graues T-Shirt mit abgeschnittenen Ärmeln. Auf seiner Oberlippe perlte Feuchtigkeit.

»Tempe. Schön, dich zu sehen.«

»Wie geht's Molly?«, fragte ich, als ich zu ihm ging.

»Keine Veränderung.«

»Wer ist Molly?«

Mateo schaute an mir vorbei zu Nordstern, dann wieder zu mir, und kniff dann die Augen zusammen wie Galiano es im Paraíso getan hatte. Das Signal war überflüssig. Ich hatte vor, den kleinen Trottel zu ignorieren.

»Ich sehe, Sie beide haben sich getroffen.«

»Ich habe Mr. Nordstern gesagt, dass es heute nicht geht.«

»Ich hatte gehofft, Sie könnten sie vom Gegenteil überzeugen«, säuselte Nordstern.

»Würden Sie uns bitte entschuldigen?« Mateo lächelte den Reporter an, nahm mich am Arm und führte mich zum Haus. Ich folgte ihm nach oben in sein Büro.

»Lass ihn abblitzen, Mateo.«

»Ein ausführlicher Artikel könnte gut für uns sein.«

Er wies mich zu einem Stuhl und schloss die Tür.

»Die Welt muss es erfahren, und die Stiftung braucht Geld.«

Er wartete, dass ich etwas sagte. Als ich es nicht tat, fügte er hinzu:

»Öffentliches Interesse kann Spenden bedeuten. Und Schutz.«

»Schön. Red du mit ihm.«

»Habe ich.«

»Elena kann es tun.«

»Sie war gestern den ganzen Tag mit ihm zusammen. Jetzt will er dich.«

»Nein.«

»Wirf ihm was hin, und er verschwindet.«

»Warum ich?«

»Er hält dich für cool.«

Ich warf ihm einen Blick zu, der das Death Valley zur Mittagszeit hätte vereisen können.

»Er ist beeindruckt von der Biker-Sache, die du bearbeitet hast.«

Ich verdrehte die Augen.

»Dreißig Minuten?« Jetzt säuselte Mateo.

»Was will er?«

»Markige Zitate.«

»Weiß er von Molly und Carlos?«

»Wir hielten es für das Beste, das auszulassen.«

»Superreporter.« Ich schnippte ein Staubkorn von meinem Hosenbein. »Die Knochen im Faultank?«

»Nein.«

»Okay. Eine halbe Stunde.«

»Vielleicht genießt du es ja.«

Wie Geschwüre, dachte ich.

»Erzähl mir von dem Faultankfall.«

»Was ist mit unserem Bluthund da unten?«

»Der kann warten.«

Ich erzählte ihm, was ich im Hauptquartier erfahren hatte, und ließ nur Chantale Specters Familiennamen aus.

»André Specter, der kanadische Botschafter. Heftig.«

»Du weißt Bescheid?«

»Detective Galiano hat es mir gesagt. Deshalb habe ich ja zugelassen, dass er dich am Tag unserer Rückkehr aus Chupan Ya überfällt.«

Ich ärgerte mich nicht darüber. In Wahrheit war ich sogar erleichtert, dass Mateo wusste, was für ein heikles Unternehmen mir in den nächsten Tagen bevorstehen würde.

Ich zog das Röhrchen aus meinem Rucksack und legte es auf den Tisch. Er las das Etikett, betrachtete den Inhalt und sah dann mich an.

»Fötal?«

Ich nickte. »Ich hatte auf einigen Fotos Schädelfragmente entdeckt.«

»Alter?«

»Das muss ich bei Fazekas und Kósa nachschlagen.«

Ich meinte damit ein Buch mit dem Titel *Forensische fötale Osteologie*, die Bibel der Anthropologen in Bezug auf pränatale Skelettentwicklung. Da die Arbeit 1978 in Ungarn veröffentlicht worden und längst vergriffen war, wurden Exemplare von den Glücklichen, die eins besaßen, eifersüchtig gehütet.

»Wir haben ein Exemplar in unserer Sammlung.«

»Fertig mit dem Mikroskop?«

»Fast.« Er stand auf. »Bis du Nordstern hinter dir hast, bin ich durch.«

Ich verdrehte die Augen so stark, dass ich schon fürchtete, sie würden den Stirnlappen berühren.

»Ich habe Sie gestern vermisst.«

»Hmhm.«

»Señor Reyes sagte, Sie würden bis Sonntag beschäftigt sein.«

»Wir haben dreißig Minuten, Sir. Womit kann ich Ihnen helfen?«

Ich hatte an Mateos Schreibtisch die Seiten gewechselt, und Nordstern saß jetzt, wo ich gesessen hatte.

»Gut.« Er zog einen winzigen Kassettenrekorder aus der Tasche und schwenkte ihn. »Haben Sie was dagegen?«

Ich schaute auf die Uhr, während er an Knöpfen drehte.

»Okay«, sagte er und lehnte sich zurück. »Erzählen Sie mir, was da unten los war.«

Die Frage überraschte mich.

»Haben Sie das denn nicht schon mit Elena besprochen?«

»Ich sammle gern mehrere Perspektiven.«

»Es ist doch dokumentierte Geschichte.«

Er hob die Schultern, die Hände und die Augenbrauen.

»Wie weit wollen Sie zurückgehen?«

Dieselbe ärgerliche Geste noch einmal.

Okay, Arschloch. Der Grundkurs in Menschenrechtsverletzungen.

»Von den Sechzigern bis zu den Neunzigern wurden viele lateinamerikanische Länder von Wellen der Gewalt und der Unterdrückung erfasst. Die Menschenrechte wurden mit Füßen getreten, wobei die meisten Gräueltaten von den herrschenden Militärregierungen begangen wurden.

In den Achtzigern gab es eine Wende in Richtung Demokratie. Und damit kam der Wunsch, die Menschenrechtsverletzungen der jüngsten Vergangenheit zu untersuchen. In einigen Ländern führten diese Ermittlungen zu Verurteilungen. In anderen konnten die Schuldigen dank diverser Amnestieerklärungen einer Verfolgung entgehen. Es zeigte sich, dass Ermittler aus dem Ausland nötig waren, um die Wahrheit wirklich ans Licht zu bringen.«

Nordstern saß da wie ein Student, den nicht interessierte, was sein Lehrer ihm erzählte. Ich wurde etwas konkreter.

»Argentinien ist ein gutes Beispiel. Als Argentinien dreiundachtzig zur Demokratie zurückkehrte, stellte die Nationale Kommission für das Verschwinden von Menschen, CONADEP, fest, dass während des vorherigen Militärregimes fast neuntausend Menschen ›verschwunden‹ waren, wobei der Großteil von Sicherheitskräften entführt, in illegale Verwahrungszentren verschleppt, gefoltert und getötet wurde. Die Leichen wurden entweder aus Flugzeugen in die Argentinische See geworfen oder in anonymen Gräbern verscharrt.

Richter begannen Exhumierungen anzuordnen, aber die verantwortlichen Ärzte hatten wenig Erfahrung mit skelettierten Überresten und keine Ausbildung in Archäologie. Bulldozer rückten an, Knochen wurden zerbrochen, verloren, vermischt und liegen gelassen. Kein Wunder also, dass der Identifikationsprozess nicht sonderlich erfolgreich war.«

Ich präsentierte ihm die ultrakondensierte Version.

»Außerdem waren viele dieser Ärzte selbst in die Gemetzel verwickelt gewesen, entweder durch Unterlassung oder aktive Teilnahme.«

Díaz' Gesicht blitzte vor mir auf. Dann Díaz und Lucas im Paraíso.

»Wie auch immer, aus all diesen Gründen erschien es notwendig, ein strikteres wissenschaftliches Vorgehen zu etablieren und Experten hinzuzuziehen, die nicht unter dem Einfluss der mutmaßlichen Täter standen.«

»Und da trat Clyde Snow auf den Plan.«

»Ja, vierundachtzig schickte die Amerikanische Vereinigung zur Förderung der Wissenschaften, AAAS, eine Delegation, zu der auch Clyde Snow gehörte, nach Argentinien. In diesem Jahr wurde die Argentinische Einheit für Forensische Anthropologie, EAAF, gegründet, und sie ist seitdem aktiv.«

»Nicht nur in Argentinien.«

»Im Gegenteil. Die EAAF hat mit Menschenrechtsorganisationen in Bosnien, Ost-Timor, El Salvador, Guatemala, Paraguay, Südafrika, Simbabw–«

»Wer zahlt die Rechnung?«

»Die Mitglieder der Einheit werden aus dem allgemeinen Etat der EAAF bezahlt. In den meisten dieser Länder haben Menschenrechtsorganisationen nur sehr beschränkte Mittel.«

Da ich Mateos Ziel kannte, verfolgte ich das Thema weiter.

»Wer für Menschenrechte kämpft, hat immer Geldsorgen. Zu

den Gehältern der Einsatzkräfte kommen noch Kosten für Reisen und Unterbringung vor Ort. Die Mittel für eine Mission können vollständig von der EAAF kommen oder in Guatemala von der FAFG oder von lokalen oder internationalen Organisationen.«

»Reden wir über Guatemala.«

So viel zum Geldeintreiben.

»Während des Bürgerkriegs hier – der von 1962 bis 1996 dauerte – wurden zweihunderttausend Menschen getötet oder ›verschwanden‹. Man schätzt, dass noch einmal eine Million vertrieben wurden.«

»Wovon die meisten Zivilisten waren.«

»Ja. Die Guatemala-Kommission für geschichtliche Aufklärung der Vereinten Nationen kam zu dem Schluss, dass neunzig Prozent aller Menschenrechtsverletzungen von der guatemaltekischen Armee und ihren paramilitärischen Organisationen begangen wurden.«

»Die Mayas haben wirklich eins auf die Nuss bekommen.«

Der Mann war widerwärtig.

»Die meisten Opfer waren Maya-Bauern, von denen viele überhaupt nicht an dem Konflikt beteiligt waren. Das Militär durchkämmte das Land und tötete jeden, der auch nur verdächtigt wurde, die Guerilla zu unterstützen. In den Hochlandprovinzen El Quiché und Huehuetenango liegen hunderte anonymer Gräber.«

»Politik der verbrannten Erde.«

»Ja.«

»Und dann spielten sie die Unschuldigen.«

»Jahrelang leugneten guatemaltekische Machthaber, dass diese Massaker je passiert seien. Die heutige Regierung hat dieses Spiel aufgegeben, aber keiner der Täter wird wohl je ins Gefängnis wandern. 1996 wurde zwischen der guatemaltekischen Regierung und einer Koalition der wichtigsten Guerillatruppen ein

Friedensabkommen unterzeichnet, das den Konflikt formell beendete. Allen Personen, die beschuldigt wurden, während des Krieges Menschenrechtsverletzungen begangen zu haben, hat man noch im selben Jahr Immunität gewährt.«

»Wozu dann das alles hier?« Nordsterns Blick schweifte durch den Raum.

»Immer mehr Überlebende und Verwandte meldeten sich zu Wort und forderten eine Untersuchung. Auch wenn sie keine Strafverfolgung der Täter erwarten konnten, wollten sie wenigstens ans Licht bringen, was damals geschehen war.«

Ich dachte an das kleine Mädchen in Chupan Ya. Ich kam mir vor wie eine Fürsprecherin der Täter, weil ich von ihren Verbrechen auf so kühle und distanzierte Art berichtete. Die Opfer hatten eine engagiertere Erzählung verdient.

»Aber schon davor, Anfang der Neunziger, traten guatemaltekische Gruppen auf den Plan, die die Familien der Opfer vertraten. Sie holten ausländische Organisationen, darunter die Argentinier, für die Exhumierungen ins Land. Die Argentinier schulten zusammen mit Wissenschaftlern aus den USA die Guatemalteken. So kam es schließlich zu dem Projekt, das Sie hier miterleben. Im letzten Jahrzehnt haben Mateo und sein Team eine ganze Menge forensischer Untersuchungen durchgeführt und eine gewisse Unabhängigkeit von der Regierung erreicht.«

»Wie in Chupan Ya.«

»Ja.«

»Erzählen Sie mir von Chupan Ya.«

»Im August 1982 drangen Soldaten und Zivilpatrouillen in das Dorf ein –«

»Unter dem Kommando von Alejandro Bastos«, warf Nordstern dazwischen.

»Davon weiß ich nichts.«

»Fahren Sie fort.«

»Sie scheinen mehr zu wissen als ich.«

Wieder dieses Achselzucken.

Zum Teufel. Ich hatte genug von diesem Mann. Die Massaker waren für ihn nur eine Story. Für mich waren sie mehr. Sehr viel mehr.

Ich stand auf.

»Es wird langsam spät, Mr. Nordstern. Ich habe noch zu arbeiten.«

»Chupan Ya oder der Faultank?«

Ich verließ wortlos das Zimmer.

8

Die Entstehung eines Babys ist eine komplexe Operation, die mit militärischer Präzision durchgeführt wird. Die Chromosomen bilden die Kommandozentrale, und Arbeitsgene erhalten Befehle von Kontrollgenen, die wiederum höherrangigen Kontrollgenen unterstehen.

Zunächst ist der Embryo eine undifferenzierte Masse. Ein Befehl wird ausgegeben.

Wirbeltier!

Segmentierte Knochen bilden eine Wirbelsäule und Extremitäten mit Gelenken und je fünf Endgliedern. Einen Schädel. Einen echten Unterkiefer.

Der Embryo ist ein Flussbarsch. Ein Waldfrosch. Ein Gecko.

Die Doppelhelix-Generäle erhöhen den Einsatz.

Säugetier!

Warmblüter, lebend gebärend, mit unterschiedlich geformten Zähnen.

Der Embryo ist ein Schnabeltier. Ein Känguru. Ein Schneeleopard. Elvis.

Die Generäle machen noch mehr Druck.

Primat!

Gegenüberstellung des Daumens, dreidimensionales Sehvermögen.

Noch mehr Druck.

Homo sapiens!

Das menschliche Skelett beginnt in der siebten Woche, sich zu verknöchern. Zwischen der neunten und der zwölften bilden sich winzige Zahnknospen.

Ich hatte auf den Tatortfotos vier Schädelelemente identifiziert.

Das Keilbein ist ein schmetterlingsförmiger Knochen, der mit den Augenhöhlen und der Schädelbasis verbunden ist. Die großen Flügel entwickeln sich in der achten fötalen Woche, das kleine Paar folgt eine Woche später.

Mit Mikroskop und skaliertem Gitternetz maß ich Länge und Breite. Mit Hilfe eines Lineals zur Maßstabsbestimmung berechnete ich die tatsächliche Größe. Größerer Flügel: fünfzehn mal sieben Millimeter. Kleinerer Flügel: sechs mal fünf Millimeter.

Das Schläfenbein ist ebenfalls in verschiedene Knochen untergliedert. Der flache Teil, der die Schläfe und den seitlichen Abschnitt des Wangenknochens bildet, erscheint in der achten fötalen Woche. Dieser maß zehn mal achtzehn Millimeter.

Der Paukenbogen entwickelt sich ungefähr in der neunten Woche und wächst in den folgenden einundzwanzig Tagen zu drei Knochensplittern heran. Etwa in der sechzehnten Woche vereinigen sich die Splitter zu einem Ring. Kurz bevor das Baby Hotel Uterus verlässt, verbindet sich der Ring mit dem Innenohr.

Der erste seltsame Partikel, den ich auf dem Beckenfoto gesehen hatte, war ein winziger Paukenbogen. Obwohl ich noch Verschmelzungslinien erkennen konnte, waren die drei Segmente doch fest miteinander verbunden. Das Lineal deutete darauf hin, dass ich den Bogen direkt von oben sah. Ich maß den Durchmesser, rechnete hoch und fügte die Zahl meiner Liste hinzu. Acht Millimeter.

Dann wandte ich mich meinem Röhrchen zu.

Ein winziger halber Unterkiefer mit Vertiefungen, die nie Zähne enthalten würden. Fünfundzwanzig Millimeter.

Ein Schlüsselbein. Einundzwanzig Millimeter.

Anhand der Tabellen im Handbuch der fötalen Osteologie überprüfte ich jedes Maß. Größerer Flügel des Keilbeins. Kleinerer Flügel des Keilbeins. Schläfenbeinschuppe. Paukenring. Unterkieferknochen. Schlüsselbein.

Nach Fazekas und Kósa war das Mädchen aus dem Faultank im fünften Monat schwanger gewesen.

Ich schloss die Augen. Das Baby war zwischen fünfzehn und dreiundzwanzig Zentimeter lang gewesen und hatte knapp zweihundertdreißig Gramm gewogen, als seine Mutter getötet wurde. Es konnte blinzeln, greifen, saugen. Es hatte Wimpern und Fingerabdrücke und konnte Moms Stimme hören und erkennen. Falls es ein Mädchen war, hatte es sechs Millionen Eier in seinen winzigen Eierstöcken.

Ich war überwältigt von Traurigkeit, als Elena mir von der Tür aus etwas zurief.

»Da ist ein Anruf für dich.«

Ich wollte mit keinem Menschen reden.

»Ein Detective Galiano. Kannst ihn in Mateos Büro entgegennehmen.«

Ich dankte Elena, verschloss die Beweisstücke im Röhrchen und stieg wieder in den zweiten Stock.

»Fünfter Monat«, sagte ich, ohne mich lange mit einer Einleitung abzugeben.

Er brauchte keine Erklärung.

»Ungefähr die Zeit, zu der sie Papa reinen Wein eingeschenkt haben dürfte.«

»Ihrem eigenen oder dem Spender des glücklichen Samens?«

»Oder Nichtspender.«

»Eifersüchtiger Freund?«, fragte ich.

»Wütender Zuhälter?«

»Psychopathischer Fremder? Die Möglichkeiten sind endlos. Deshalb braucht die Welt Detectives.«

»Ich habe mich heute Vormittag als solcher betätigt.«

Ich wartete.

»Die Eduardos sind stolze Besitzer von zwei Boxern und einer Katze. Lucy Gerardis Familie hat eine Katze und einen Schnauzer. Die de la Aldas sind keine Tierfreunde. Und auch der Botschafter und sein Clan nicht.«

»Patricia Eduardos Freund?«

»Ein Frettchen namens Julio.«

»Claudia de la Aldas?«

»Ist allergisch.«

»Wann sind Ihre Jungs von der Spurensicherung mit den Proben fertig?«

»Montag.«

»Was hatte der Bezirksstaatsanwalt zu sagen?«

Ich hörte, wie er Luft durch die Nase einzog.

»Sein Büro wird das Skelett nicht herausgeben.«

»Kommen wir irgendwie in die Leichenhalle?«

»Nein.«

»Warum nicht?«

»Der Typ wollte wirklich mein bester Freund sein und war am Boden zerstört, weil er nicht über den Fall sprechen konnte.«

»Ist das normal?«

»Ich hatte noch nie einen Staatsanwalt, der mauerte, aber ich hatte auch noch nie mit dem hier zu tun.«

Ich dachte eine Weile darüber nach.

»Was meinen Sie, was das zu bedeuten hat?«

»Entweder der Kerl hat einen Fetisch für Vorschriften, oder ihm sitzt jemand im Genick.«

»Wer?«

Galiano antwortete nicht.

»Die Botschaft?«, fragte ich.

»Was haben Sie vor?« Ich hörte eine dunkle Wachsamkeit in seiner Stimme.

»Jetzt?«

»Nein, für den Abschlussball.«

Ich verstand jetzt, warum Ryan und Galiano sich gut verstanden hatten.

Ich schaute auf die Uhr. Fünf Uhr vierzig. Eine freitagabendliche Ruhe hatte sich über das Haus gelegt.

»Es ist zu spät, um hier noch was Neues anzufangen. Ich fahre zurück in mein Hotel.«

»Ich hole Sie in einer Stunde ab.«

»Wozu?«

»*Caldos.*«

Ich wollte schon ablehnen, stellte mir dann aber das Festmahl vor, das ich auf meinem Zimmer einnehmen müsste.

Ach, was soll's.

»Mein Kleid ist blau.«

»Okay.« Verwirrt.

»Ich bevorzuge ein Handgelenksbukett.«

»Gespendet von einem Bürger mit einem Herz für Pflanzen.« Galiano hielt mir zwei an ein blaues Gummiband geheftete Stiefmütterchen hin.

»Gespendet?«

»Das Band kostet extra.«

»Brokkoli?«

»Spargel.«

»Ganz reizend.«

Autos hupten und drängelten, als wir zum Café Gucumatz schlenderten. Ein frühabendlicher Schauer hatte sich eben gelegt, und die Luft roch nach feuchtem Beton, Benzin, Erde und Blumen. Hin und wieder stieg uns der pappige Maisgeruch von *tamal* oder *chuchito* in die Nase, wenn wir an einem Straßenverkäufer vorbeikamen.

Wir teilten uns den Bürgersteig mit vielen anderen. Paare auf dem Weg in ein Restaurant oder eine Bar. Junge Angestellte auf dem Heimweg von der Arbeit. Einkaufende. Freitagabend-Bummler. Eine Brise wehte Krawatten über Schultern und drückte Röcke an Beine und Hüften. Über uns hoben und senkten sich Palmwedel mit leisem Knistern.

Das Gucumatz präsentierte sich in Techno-Maya, mit dunklen Holzbalken, Plastikflora und einem künstlichen Teich mit einer Bogenbrücke. Fresken zierten die Wände, und die meisten stellten den Gott des Volkes der Quiché dar, der dem Lokal seinen Namen gegeben hatte. Ich fragte mich, was Gefiederte Schlange wohl von diesem Merchandising halten würde, sagte aber nichts.

Kerzen und Fackeln beleuchteten den Raum, in den man eintrat wie in ein Maya-Grab. Während meine Pupillen sich weiteten, kreischte ein Papagei Begrüßungen auf Englisch und Spanisch. Ebenso ein Mann in weißem Hemd, schwarzer Hose und Schürze.

»*Hola, Detective Galiano.* Hallo. *¿Cómo esta?*«

»*Muy bien, Señor Velásquez.*«

»Wir haben Sie sehr lange nicht mehr gesehen.«

Ein riesiger Schnurrbart wucherte über Velásquez' Lippen, bog sich an den Mundwinkeln nach unten und dann wieder nach oben, als wollte er nach seiner Nase greifen. Ich dachte an einen Zirkusdirektor.

»Arbeit bis über beide Ohren.«

Velásquez schüttelte verständnisvoll den Kopf.

»Es ist ja so schlimm mit der Kriminalität heutzutage. Überall. Überall. Es ist ein Privileg für die Bürger dieser Stadt, Sie auf diesem Posten zu haben.«

Noch ein trauriges Kopfschütteln, dann nahm Velásquez meine Hand und drückte sie sich an die Lippen. Seine Gesichtsbehaarung fühlte sich an wie Stahlwolle.

»*Bienvenido, señorita.* Eine Freundin von Detective Galiano ist auch eine Freundin von Velásquez.«

Er ließ meine Finger los, zog beide Augenbrauen hoch und zwinkerte Galiano theatralisch zu.

»*Por favor.* Mein bester Tisch. Kommen Sie. Kommen Sie.«

Velásquez führte uns zu seinem so gerühmten Platz am Teich, drehte sich um und strahlte Galiano an. Der Detective zeigte mit dem Kopf in die Tiefe des Raums.

»*Sí, Señor.* Natürlich.«

Velásquez brachte uns nun zu einem Alkoven in einer hinteren Ecke und schaute Galiano fragend an. Mein Begleiter nickte. Wir betraten die Höhle und setzten uns. Noch eine Groucho-Marx-Grimasse für den großen Verbrechensbekämpfer, und unser Gastgeber zog sich zurück.

»Subtil wie ein Pavianhintern.«

»Ich entschuldige mich für den *machismo* meiner Brüder.«

Binnen Sekunden erschien eine Kellnerin mit den Speisekarten.

»Aperitif?«, fragte mich Galiano.

O ja.

»Kann nicht.«

»Hm?«

»Pensum überschritten.«

Galiano fragte nicht nach.

Er bestellte einen Grey Goose Martini ohne Eis. Ich bat um Perrier mit Limone.

Als die Getränke kamen, schlugen wir die Speisekarten auf. Die Beleuchtung hatte sich bei unserem Wiedereintritt in die Unterwelt von trübe zu praktisch nicht existent reduziert, und ich konnte die handgeschriebenen Zeilen kaum entziffern. Ich fragte mich, welches Motiv Galiano für den Umzug hatte, schwieg aber.

»Wenn Sie *caldos* noch nicht probiert haben, hier kann ich es empfehlen.«

»Und was ist *caldos*?«

»Der traditionelle Eintopf der Maya. Heute gibt es Ente, Rindfleisch und Hühnchen.«

»Hühnchen.« Ich klappte die Karte zu. Lesen konnte ich sie sowieso nicht.

Galiano entschied sich für Rindfleisch.

Die Kellnerin brachte Tortillas. Galiano nahm eine und bot mir das Körbchen an.

»*Gracias*«, sagte ich.

»Wann?« Er lehnte sich in seinem Stuhl zurück.

Irgendwo hatte ich den Anschluss verpasst.

»Wann?«, wiederholte ich seine Frage.

»Wann haben Sie Ihr Pensum überschritten?«

Jetzt verstand ich, hatte aber keine Lust, mit ihm über meine Affäre mit dem Alkohol zu reden.

»Vor ein paar Jahren.«

»Freundin von Betty Ford?«

»Ich bin kein Herdentier.«

»Viele Leute vertrauen auf die AA.«

»Ist ein wunderbares Programm.« Ich griff nach meinem Glas. Die Blasen machten zwischen den Eiswürfeln leise zischende Geräusche. »War da nicht was, das Sie mir über den Fall erzählen wollten?«

»Ja.«

Er grinste und nippte an seinem Martini.

»Sie haben eine Tochter, richtig?«

»Ja.«

Pause.

»Ich habe einen Sohn. Er ist siebzehn.«

Ich sagte nichts.

»Alejandro, aber er zieht Al vor.«

Obwohl ich nicht reagierte, fuhr er fort.

»Gescheiter Junge. Im nächsten Jahr kommt er aufs College. Schicke ihn wahrscheinlich hoch nach Kanada.«

»St. F. X.?« Ich hoffte damit, sein unerschütterliches Selbstbewusstsein ein wenig ins Wanken zu bringen.

Galiano grinste.

»Ach, daher haben Sie die Bat-Geschichte.«

Er hatte also doch bemerkt, dass ich ihn auf dem Revier bei seinem Spitznamen gerufen hatte.

»Wer?«, fragte er.

»Andrew Ryan.«

»*Ay, Dios.*«

Er warf den Kopf zurück und lachte.

»Was treibt Ryan heutzutage denn so?«

»Er ist Detective bei der Provinzpolizei.«

»Benutzt er sein Spanisch noch?«

»Ryan spricht Spanisch?«

»Wir haben uns gerne über die vorbeiziehenden Vertreterinnen des anderen Geschlechts unterhalten, und keiner hat verstanden, was wir sagten.«

»Mit Sicherheit Kommentare über ihre Intelligenz.«

»Handarbeitliche Fähigkeiten.«

Ich durchbohrte ihn mit einem Blick.

»Das waren andere Zeiten.«

Die Kellnerin kam, und wir beide machten uns daran, den Eintopf zu würzen. Dann aßen wir schweigend, und Galiano ließ immer wieder den Blick durchs Restaurant schweifen. Wir sahen aus wie ein Paar, das sich nichts mehr zu sagen hat. Schließlich: »Wie gut kennen Sie das guatemaltekische Justizsystem?«

»Ein Insider bin ich nicht gerade.«

»Sie wissen, dass Sie hier nicht in Kansas arbeiten.«

O Gott. Der Kerl war genau wie Ryan.

»Ich weiß über die Folterungen und Mordanschläge Bescheid, Detective Galiano. Deshalb bin ich ja in Guatemala.«

Galiano schob sich ein Stück Fleisch in den Mund und zeigte mit der Gabel auf meinen Teller. »Heiß schmeckt es besser.«

Ich aß weiter und wartete, dass er fortfuhr. Er tat es nicht. Unserer Katakombe schräg gegenüber briet eine alte Frau Tortillas auf einem *comal*. Ich sah zu, wie sie den Teig hochwarf und ihn auf die flache Lehmpfanne legte, die sie dann aufs Feuer stellte. Unaufhörlich wiederholten ihre Hände diese Bewegungen, und ihr Gesicht wirkte dabei wie eine hölzerne Maske.

»Erklären Sie mir, wie das System funktioniert.« Das klang schärfer, als ich beabsichtigt hatte, aber die vagen Antworten Galianos gingen mir allmählich auf die Nerven.

»Wir haben in Guatemala keine Geschworenengerichte. Verbrechen werden von Richtern der ersten Instanz, *primera instancia*, untersucht, gelegentlich auch von einem Amtsrichter, der vom Obersten Gerichtshof bestellt wird. Diese Richter, Sie würden sie Bezirksstaatsanwälte nennen, haben die Aufgabe, sowohl entlastende wie belastende Beweise zu suchen.«

»Soll heißen, sie sind Verteidiger und Strafverfolger in einer Person.«

»Genau. Sobald der Ermittlungsrichter entscheidet, dass ein Fall gegen einen Angeklagten vorliegt, gibt er die Sache an einen Recht sprechenden Richter weiter.«

»Wer ist befugt, eine Autopsie anzuordnen?«, fragte ich.

»Der Richter der ersten Instanz. Bei einem gewaltsamen oder unklaren Tod ist eine Autopsie Pflicht. Aber falls die Todesursache durch eine äußerliche Untersuchung bestimmt werden kann, bleibt das Skalpell in der Schublade.«

»Wer hat die Aufsicht über die Leichenschauhäuser?«

»Sie unterstehen direkt dem Präsidenten des Obersten Gerichtshofs.«

»Also arbeiten Gerichtsmediziner eigentlich für die Gerichte.«

»Oder für das Nationale Institut für Soziale Sicherheit, dem Instituto Guatemalteco de Segurdas Social, IGSS. Aber ja, Gerichtsmediziner unterstehen der Judikative. Nicht wie in Brasilien zum Beispiel, wo staatlich betriebene gerichtsmedizinische Institute für die Polizei arbeiten. Hier haben Gerichtsmediziner nur sehr wenig mit der Polizei zu tun.«

»Wie viele gibt es denn?«

»Ungefähr dreißig. Sieben oder acht in der Gerichtsleichenhalle in G City, die anderen sind übers Land verteilt.«

»Sind sie gut ausgebildet?«

Er zählte die Punkte an den Fingern ab. Es waren nur drei.

»Man muss guatemaltekischer Bürger von Geburt, Arzt und Mitglied der gerichtsmedizinischen Vereinigung sein.«

»Das ist alles?«

»Das ist alles. Verdammt, die USAC hat nicht einmal ein Praktikumsprogramm für forensische Medizin.«

Er meinte die Universität von San Carlos, Guatemalas einzige staatliche Universität.

»Ehrlich gesagt, ich weiß nicht, warum es überhaupt jemand macht. Der Status ist gleich null, und das Gehalt ist beschissen. Waren Sie schon mal in der Leichenhalle in G City?«

Ich schüttelte den Kopf.

»Das ist wie eine Zeitreise ins Mittelalter.«

Er riss ein Stück Tortilla ab, um damit Sauce aufzutunken, und stellte dann die Schüssel weg.

»Sind Gerichtsmediziner Vollzeitkräfte?«

»Einige ja. Andere arbeiten für die Gerichte, um ihr Gehalt aufzubessern. Vor allem in ländlichen Gegenden.«

Galianos Augen zuckten nach links, als die Kellnerin an unseren Tisch kam. Sie räumte das Geschirr ab, fragte nach Dessert und Kaffee und ging wieder.

»Wie läuft das Verfahren, wenn eine Leiche gefunden wird?«

»Das wird Ihnen gefallen. Bis vor etwa zwei Jahren wurden Leichen von der Feuerwehr geborgen. Sie kamen an den Tatort, untersuchten die Leiche, schossen ein paar Fotos und riefen dann die zentrale Leitstelle an. Von dort wurde die Polizei informiert, und wir informierten den Richter. Ermittler der Polizei sammelten dann Beweise und Zeugenaussagen. Schließlich tauchte der Richter auf, gab die Leiche frei, und die Feuerwehr brachte sie in die Leichenhalle. Heute werden für den Transport Polizeifahrzeuge verwendet.«

»Warum wurde das Verfahren geändert?«

»Feuerwehrmann Freundlich und seine Kollegen hatten sich bei Geld und Schmuck bedient.«

»Also gehen Gerichtsmediziner normalerweise gar nicht an den Tatort?«

»Nein.«

»Warum Lucas?«

»Díaz hat ihm wahrscheinlich keine andere Wahl gelassen.«

Der Kaffee kam, und wir tranken einige Augenblicke lang schweigend. Als ich zu der alten Frau hinübersah, folgte Galiano meinem Blick.

»Da ist noch eine Sache, die Sie erschrecken wird. In Guatemala müssen Gerichtsmediziner nur die Todesursache bestimmen, nicht die Todesart.«

Galiano bezog sich auf vier Begriffe, die die Umstände des Todes charakterisieren: Mord, Selbstmord, Unfall, natürliche Ursache. In einem See wird eine Leiche gefunden, und eine Autopsie ergibt, dass in der Lunge genug Wasser ist, um einen Atemstillstand zu verursachen. Die Todesursache ist dann Ertrinken. Aber stürzte der Verstorbene, oder sprang er, oder wurde er gestoßen? Das sind die Fragen nach der Art.

»Wer bestimmt die Art?«

»Der Richter. Der Bezirksstaatsanwalt.«

Galiano beobachtete ein Paar, das auf der anderen Seite des Lokals Platz nahm. Dann drehte er seinen Stuhl leicht, beugte sich zu mir und senkte die Stimme.

»Ist Ihnen klar, dass viele von denen, die in Gräueltaten verwickelt waren, noch heute das Sagen beim Militär haben?«

Seine Stimme ließ eine Gänsehaut über meine Arme kriechen.

»Wussten Sie, dass viele von denen, die heute Ermittlungsarbeiten durchführen, aktiv an außergerichtlichen Exekutionen beteiligt waren oder sind?«

»Sind?«

Er sah mich unverwandt an.

»Die Polizei?«

Kein Lidschlag.

»Wie kann das sein?«

»Die Polizei untersteht zwar de jure dem Innenministerium, wird aber de facto von der Armee kontrolliert. Das gesamte Strafverfolgungssystem ist von Angst durchdrungen.«

»Wer fürchtet sich denn?«

Noch ein Blick durch den Raum. Keine Bewegung blieb unbeobachtet. Als Galiano sich wieder mir zuwandte, waren seine Gesichtszüge härter als zuvor.

»Jeder hat Angst. Kein Zeuge oder Verwandter erstattet Anzeige, niemand macht eine Aussage, weil sie alle Angst vor Vergeltung haben. Wer die Armee belastet, ob Strafverfolger oder Richter, muss sich Sorgen um seine Familie machen.«

»Werden Menschenrechtsverletzungen denn nicht von Beobachtern verfolgt?« Meine Stimme war kaum mehr als ein Flüstern. Galiano hatte mich angesteckt.

»In Guatemala sind mehr Beobachter verschwunden oder wurden getötet als irgendwo sonst auf diesem Planeten. Das ist nicht meine Behauptung, das ist offiziell.«

Ich hatte das erst vor kurzem in einer Veröffentlichung der *Human Rights Watch* gelesen.

»Und wir reden hier nicht von uralter Geschichte. Bis auf vier wurden alle diese Morde seit Einsetzung der Zivilregierung sechsundachtzig begangen.«

Ich spürte ein Kribbeln der Angst in meiner Magengrube.

»Worauf wollen Sie hinaus?«

»Die Untersuchung eines Mordfalls ist hier nicht gerade ein Sonntagsspaziergang.« Seine Augen waren voller Bitterkeit. »Schreibe einen Autopsiebefund oder einen Polizeibericht, der auf die falschen Leute hindeutet, und dein Leben macht keinen Spaß mehr. Solche Ergebnisse vorzulegen kann gefährlich sein, wenn der Empfänger des Berichts zufällig mit den bösen Jungs in Verbindung steht, und das kann er auch dann sein, wenn er für die Justiz arbeitet.«

»Soll heißen?«

Er öffnete den Mund, schlug dann aber die Augen nieder.

Aus dem Kribbeln wurde ein kalter, harter Knoten.

9

Es war mein Tag der Blumen. Als ich wieder in mein Zimmer kam, fand ich dort einen Strauß von der Größe eines VW-Käfers. Die Karte war typisch Ryan.

Danke für die Erinnerungen.
Schönes Knochenende,
AR

Ich lachte zum ersten Mal seit über einer Woche.

Nach dem Duschen musterte ich mich im Spiegel, fast wie einen Fremden auf der Straße. Was ich sah, war eine Frau mittleren Alters mit zarter Nase und feinen Wangenknochen, ein paar winzigen Krähenfüßen an den Augenwinkeln, aber noch fester Kinnpartie. Eine Windpockennarbe über der linken Braue. Asymmetrische Grübchen.

Ich wischte mir den Pony aus der Stirn und steckte ihn mir mit beiden Händen hinter die Ohren. Die Haare waren sehr fein, ehemals blond und jetzt braun, das sich rasant in Grau verwandelte. Ich hatte meine jüngere Schwester Harry immer um ihre dichten blonden Haare beneidet. Sie hatte ihr Leben lang keine Gedanken an Sprays und Volumengels verschwendet, während ich tausende allein für Schaumfestiger ausgegeben hatte.

Einen Augenblick lang starrte ich mich direkt an. Müde grüne Augen starrten zurück, unterlegt mit blassem Violett. Eine neue Furche lief am inneren Rand meiner linken Augenbraue entlang. Beleuchtung? Ich drehte mich ein Stück nach links, trat einen halben Schritt zurück. Die Falte war echt. Toll. Eine Woche in Guatemala und ein Jahrzehnt gealtert.

Oder war es Besorgnis über Galianos Warnung? War es überhaupt eine Warnung? Ich drückte Zahnpasta auf die Bürste und fing mit den oberen Backenzähnen an.

Was war der eigentliche Zweck der Unterhaltung im Gucumatz? Nur ein Hinweis, auf der Hut zu sein? Darauf zu achten, wohin ich ging und mit wem? Auf dem Rückweg hatten wir vorwiegend über den Faultankfall gesprochen. Galiano hatte nur wenig zu berichten.

Ein Besuch in der Familienplanungs- oder APROFAM-Klinik in der Zone eins hatte nichts erbracht. Dasselbe in einer privaten Klinik, *Mujeres por Mujeres*. Die dortige Dienst habende Ärztin hatte sich widerstrebend bereit erklärt, ihre Patientendateien durchzusehen. Sie hatte zwei Eduardos gefunden, Margarita und Clara, beide in den Dreißigern. Keine Lucy Gerardi, Claudia de la Alda oder Chantale Specter. Falls eine der vermissten Frauen dort einen Termin vereinbart hatte oder von einem Arzt untersucht worden war, hatte sie es unter falschem Namen getan.

Große Überraschung.

Galiano hatte außerdem erfahren, dass das Nichterscheinen zu einem vereinbarten Termin in der Klinik keine Alarmglocken auslöste. Viele Patientinnen kamen ein- oder zweimal und verschwanden dann einfach. Viele waren in der Altersgruppe der Frau im Tank. Viele waren schwanger. Da Galiano weder Fotos noch eine aussagekräftige Beschreibung vorlegen konnte, weigerte sich Dr. Zuckerman, ihr Personal mit Fragen »belästigen« zu lassen.

Galiano hatte darüber hinaus um eine Liste aller Personen gebeten, die im letzten Jahr dort angerufen hatten oder aufgetaucht waren. Zuckerman hatte sich, wie erwartet, aus Gründen der Vertraulichkeit von Patientendaten geweigert. Galiano hatte vor, einen Gerichtsbeschluss zu erwirken, wenn mehr Beschreibungsmerkmale vorlagen.

Während ich gurgelte und ausspuckte, überkam mich wieder

das schlechte Gewissen. Wenn ich am Tank eine genauere Untersuchung durchgeführt hätte, dann hätten wir jetzt mehr Merkmale.

Ich hatte Galiano nach dem Angriff auf Carlos und Molly gefragt. Er hatte von der Schießerei gehört, wusste aber kaum etwas, weil die Ermittlungen in Sololá durchgeführt wurden. Er versprach herauszufinden, was er konnte.

Ich drückte mir Creme auf die Handfläche und verteilte sie im Gesicht.

Wir hatten auch über Andrew Ryan gesprochen. Ich hatte Galiano von Ryans Arbeit bei der SQ erzählt. Er präsentierte mir ein paar neue Geschichten aus ihrer gemeinsamen Schlimme-Jungs-Zeit.

Als er sich verabschiedete, sagte er mir, dass sein Partner am nächsten Morgen die Eduardos und de la Aldas und er die Gerardis und die Specters besuchen würde. Nach der Entdeckung im Paraíso hatten sie den Eindruck, dass neue Besuche angebracht seien. Ich bat darum, mitgehen zu dürfen. Es sei nicht gefährlich, argumentierte ich, und vielleicht sei der Blick eines Außenstehenden sogar hilfreich. Galiano war zwar skeptisch, aber einverstanden.

Ich schaltete das Licht aus, öffnete die Fenster, so weit es ging, stellte den Wecker und stieg ins Bett.

Stundenlang, so kam es mir vor, lag ich dann da, lauschte den Geräuschen des Hotels und des Verkehrs und starrte die sich bauschenden Vorhänge an. Mit dem Kopf unter dem Kissen schlief ich schließlich ein. Ich träumte davon, wie Ryan und Galiano eine Strandparty feierten.

Galiano holte mich um acht Uhr ab. Dieselbe Begrüßung. Dieselbe Sonnenbrille.

Bei einem schnellen Frühstück sagte er mir, dass er vorhabe,

Mario Gerardi, Lucys älteren Bruder, ein wenig unter Druck zu setzen.

»Warum Mario?«

»Schlechte Vibrations.«

»Groovy.« Von Vibrations hatte ich seit dem Niedergang der Beach Boys nichts mehr gehört.

»Irgendwas an dem Jungen passt mir nicht.«

»Seine Socken?«

»Manchmal hört man eben auf seinen Bauch.«

Dem konnte ich nicht widersprechen.

»Was macht Mario denn?«

»So wenig wie möglich.«

»Ist er Student?«

»Abschluss in Physik, Princeton.« Galiano schaufelte sich den Rest seiner Eier und Bohnen auf eine Tortilla.

»Der Junge ist also kein Dummkopf. Was macht er jetzt?«

»Arbeitet wahrscheinlich an Alternativen zum Planckschen Wirkungsquantum.«

»Detective Galiano kennt sich mit der Quantentheorie aus. Beeindruckend.«

»Mario ist reich, gut aussehend und bei den Damen ein richtiger Gatsby.«

»Detective Galiano kennt Weltliteratur. Nächste Kategorie. Wie wär's mit ›Warum mag Bat Mario nicht?‹«

»Es sind seine Socken.«

»Komisch, dass Lucy und Chantale Specter fast zur selben Zeit verschwunden sind.«

»Mehr als komisch.«

Obwohl ich protestierte, schnappte Galiano sich die Rechnung und zahlte, und dann fuhren wir in die Zone zehn.

Wir krochen im Stau auf der Avenida de la Reforma vorwärts und steckten volle zehn Minuten neben dem Botanischen Garten der San-Carlos-Universität fest. Ich stellte mir vor, wie Lucy Gerardi diesen Bürgersteig entlangging, das Gesicht von ihren dunklen Haaren eingerahmt. Ich fragte mich, was an diesem Tag wohl passiert war.

Warum ging sie in den Park? Um jemanden zu treffen? Um zu lernen? Um Mädchenträume zu träumen, die sie nie verwirklichen würde?

Gehörten ihr die Knochen, die Díaz mir abgenommen hatte? Wieder spürte ich das schlechte Gewissen und wandte mich vom Fenster ab.

»Warum besuchen wir zuerst die Gerardis?«

»Señora Specter ist nicht gerade Frühaufsteherin.«

Anscheinend machte ich ein überraschtes Gesicht.

»Ich bin der Ansicht, man sollte sich bei den wichtigen Dingen ranhalten und die kleinen eher laufen lassen. Wenn Madame zu schlafen beliebt, soll sie. Außerdem will ich bei den Gerardis sein, solange Papa noch da ist.«

Kurz hinter der amerikanischen Botschaft bog Galiano in eine schmale, von Bäumen beschattete Straße ein und hielt am Bordstein. Ich stieg aus und wartete, während er einen Anruf entgegennahm. Die Maisonne wärmte meinen Kopf.

War Lucy in den Park gegangen, weil es ein sonniger Tag gewesen war? Um die Eichhörnchen zu füttern? Um Vögel zu beobachten? Um ziellos herumzuwandern und zu beobachten, was ihr vor die Augen kam? Um allein zu sein mit all den Möglichkeiten der Jugend?

Die Residenz stand inmitten eines penibel gepflegten Rasens, der begrenzt war von einer penibel gepflegten Hecke. Ein Plattenweg führte vom Bürgersteig zur Haustür. Leuchtend bunte Blumen säumten die Wegränder, und dicht bepflanzte Beete verhüllten das Fundament des Hauses.

Eine Auffahrt samt Mercedes 500 S und Jeep Grand Cherokee begrenzte die rechte Seite des Anwesens. Ein Maschendrahtzaun bildete ein kleines Gehege auf der linken Seite. In diesem Gehege rannte ein Schnauzer von der Größe eines Waldmurmeltiers hin und her und bellte hektisch.

»Ich glaube, das würde als Hund durchgehen«, sagte Galiano und drückte auf die Klingel.

Die Tür wurde geöffnet von einem großen, hageren Mann mit silbergrauen Haaren und schwarz gerahmter Brille. Er trug einen dunklen Anzug, ein leuchtend weißes Hemd und eine gelbe Seidenkrawatte. Ich fragte mich, was für ein Beruf an einem Samstagvormittag eine solche Förmlichkeit verlangte.

»*Buenos días, Señor Gerardi.*« Galiano.

Gerardi hob leicht das Kinn, und sein Blick wanderte zu mir.

»Dr. Brennan ist die Anthropologin, die uns im Fall Ihrer Tochter hilft.«

Gerardi trat zurück, ließ uns ein und führte uns einen Gang mit gewienertem Fliesenboden entlang in ein holzgetäfeltes Arbeitszimmer. Beshir-Teppich. Nussbaumschreibtisch mit Intarsien. Erlesene Sammlerstücke ästhetisch in Mahagoniregalen platziert. Was Gerardi auch arbeitete, es brachte ihm viel ein.

Wir hatten kaum die Schwelle überschritten, als eine Frau in der Tür erschien. Sie war übergewichtig, und ihre Haare hatten die Farbe toter Blätter.

»*Buenos diaz, Señora Gerardi*«, begrüßte sie Galiano.

Señora Gerardi betrachtete ihn mit Angst und Abscheu, wie einen Skorpion im Waschbecken.

Gerardi sprach zu seiner Frau in einem rasanten Spanisch, das ich nicht verstand. Als sie etwas erwidern wollte, schnitt er ihr das Wort ab.

»*¡Por favor, Edwina!*«

Señora Gerardi umklammerte eine Hand mit der anderen,

wechselte den Griff, wechselte noch einmal, und ihre Fingerknöchel traten unter schuppiger, rosiger Haut weiß hervor. Unentschlossenheit kämpfte in ihrem Blick und einen Augenblick dachte ich, sie würde dagegenhalten. Doch dann biss sie sich auf die Unterlippe und zog sich zurück.

Señor Gerardi deutete auf zwei Ledersessel vor dem Schreibtisch.

»Bitte.«

Ich setzte mich. Das Leder roch nach einem neuen Jaguar. Oder so, wie ich mir vorstellte, dass ein neuer Jaguar riechen würde, denn gefahren war ich noch nie in einem.

Galiano blieb stehen. Gerardi ebenfalls.

»Wenn Sie nichts Neues zu berichten haben, ist dieser Besuch sinnlos.« Gerardi ließ die Arme steif an den Seiten herabhängen.

»Wie wär's mit einem Skelett?« Der Tonfall verriet mir, dass Galiano angespannt war.

Unser Gastgeber zeigte keine Reaktion.

»Könnte Lucy einen Grund gehabt haben, sich in Zone eins aufzuhalten?«, fragte Galiano.

»Ich habe bereits in meinen Aussagen deutlich gemacht, dass meine Tochter keine öffentlichen Orte frequentierte. Sie ging –« Seine Lippen spitzten sich, entspannten sich wieder. »Sie geht zur Schule, in die Kirche, und in unseren Club.«

»Konnten Sie sich inzwischen an die Namen von Freunden erinnern, die sie vielleicht erwähnte? Kommilitonen?«

»Ich habe diese Frage bereits beantwortet. Meine Tochter ist keine zügellose junge Frau.«

»War Lucy mit Chantale Specter befreundet?«

»Sie sahen sich gelegentlich.«

»Was taten sie zusammen?«

»Das steht alles in meiner Aussage.«

»Machen Sie mir die Freude.«

»Sie lernten, sahen sich Filme an, schwammen, spielten Tennis. Der Botschafter und ich sind Mitglieder desselben Privatclubs.«

»Wo ist Ihr Sohn, Señor Gerardi?«

»Mario hat eine Golfstunde.«

»Aha. War Chantale Specter auch hier in Ihrem Haus?«

»Ich möchte eins klarstellen: Trotz der Stellung ihres Vaters war ich kein Befürworter der Beziehung meiner Tochter zu diesem Specter-Mädchen.«

»Warum nicht?«

Gerardi zögerte einen Augenblick.

»Chantale Specter ist eine verwirrte junge Frau.«

»Verwirrt?«

»Ich hatte den Eindruck, dass sie keinen guten Einfluss auf meine Tochter hat.«

»Was ist mit Jungs?«

»Ich gestatte meiner Tochter nicht, sich mit welchen zu treffen.«

»Ich kann mir vorstellen, dass sie darüber sehr begeistert war.«

»Meine Tochter stellt meine Vorschriften nicht in Frage.«

Ich faltete die Hände im Schoß, starrte sie an. Lucy, dachte ich. Deine Tochter heißt Lucy, du kaltes, arrogantes Arschloch.

»Ja.« Galiano grinste zynisch. »Gibt es sonst noch etwas, das Ihnen seit unserem letzten Gespräch eingefallen ist?«

»Ich weiß nicht mehr als das, was Sie wissen. Das habe ich bereits am Telefon deutlich gemacht.«

»Und ich habe deutlich gemacht, dass ich heute mit Mario reden wollte.«

»Die Golfstunden werden Wochen im Voraus vereinbart.«

»Ach so. Das Handicap Ihres Jungen geht natürlich vor.«

Gerardi unterdrückte mit Mühe ein verärgertes Zucken.

»Ehrlich gesagt, Detective, ich hatte mir Fortschritte erhofft. Diese Affäre zieht sich nun schon über vier Monate hin. Die Belastung für meine Gattin und meinen Sohn ist unglaublich. Der jüngste Überfall auf unsere Haustiere war barbarisch.« Eine Anspielung auf die Haarprobeentnahme durch die Polizei, wie ich annahm.

Galiano schnalzte mit der Zunge. »Ich rede mal mit dem Schnauzer.«

»Sprechen Sie nicht so herablassend mit mir, Detective.«

Galiano beugte sich über den Schreibtisch, bis sein Gesicht nur Zentimeter von Gerardis entfernt war.

»Unterschätzen Sie mich nicht, Señor.«

Galiano trat zurück.

»Ich werde Lucy finden«, sagte er und sah unseren Gastgeber kalt an. »Mit oder ohne Ihre Hilfe.«

»Ich habe Ihnen geholfen, so gut ich konnte, und ich wehre mich gegen Ihre Unterstellung. Niemand macht sich mehr Sorgen um meine Tochter als ich.«

Irgendwo außerhalb des Zimmers schlug eine Uhr. Volle zehn Sekunden lang sagte keiner etwas. Schließlich brach Galiano das Schweigen.

»Ein Gedanke geht mir die ganze Zeit nicht mehr aus dem Kopf.«

Gerardis Gesicht war eine geschlossene Tür.

»Ich erzähle Ihnen, dass ein Skelett aufgetaucht ist, und Sie zeigen ungefähr so viel Interesse wie am Wetterbericht.«

»Ich nehme an, wenn dieses Skelett irgendeine Relevanz für das Verschwinden meiner Tochter hat, werden Sie mir das sagen.« Vom perfekt weißen Kragen ausgehend, breitete sich Röte über Galianos Gesicht aus.

»Anscheinend haben Sie auch eine Menge über das Leben Ihrer Tochter angenommen.«

»*Ist* diese Person, die Sie gefunden haben, meine Tochter?« Gerardis Oberlippe war weiß vor Zorn.

Galiano antwortete nicht.

»Offensichtlich wissen Sie es nicht.«

Mein Gesicht glühte vor Verlegenheit. Richtig, Mr. Gerardi. Weil mir übel war und ich mich von rosafarbenen Brillengläsern einschüchtern ließ.

Gerardi streckte sein Rückgrat noch mehr als zuvor. »Ich glaube, es ist Zeit, dass Sie mein Haus verlassen.«

»*Buenos días, Señor Gerardi.*« Galiano nickte mir zu. »*Regresaré.*« Ich komme wieder.

Er ging zur Tür.

Ich stand auf und folgte ihm.

»*¡Hijo de la gran puta!*« Galiano streckte die Hand aus und drehte einen Knopf am Funkgerät. Aus dem statischen Rauschen wurde ein Stottern.

»Sagen Sie mir, was Sie wirklich von ihm halten.«

»Er ist ein aufgeblasenes, tyrannisches, selbstgerechtes Arschloch.«

»Nur kein Blatt vor den Mund.«

»Was ist das für ein Vater, der Jugendfreundschaften als Zügellosigkeit betrachtet?« Galianos Stimme triefte vor Verachtung.

»Genau das dachte ich mir auch. Was macht Daddy eigentlich, um sich Mercedes und Beshir leisten zu können?«

»Gerardi und sein Bruder sind die größten Autohändler Guatemalas.«

Wir saßen im Wagen und fuhren auf die Residenz des Botschafters zu.

»Aber er hatte Recht.« Ich machte mit meinem Zeigefinger einen Abdruck am Armaturenbrett und wischte ihn mit dem Handballen weg. »Wir wissen rein gar nichts über dieses Skelett.«

»Wir werden es herausfinden.«

Ich machte noch einen Abdruck.

»Meinen Sie, dass Lucy so fügsam war, wie ihr Vater glaubt?«

Galiano drehte eine Handfläche nach oben und hob Schultern und Augenbrauen, für einen guatemaltekischen Polizisten eine sehr französische Geste.

»Wer weiß. Die Erfahrung lehrt uns, dass sie es fast nie sind.«

Noch zwei Abdrücke. Bäume huschten an den Seitenfenstern vorbei. Wir bogen einige Male ab und kamen dann in eine Straße mit großen Wohnhäusern weit hinten auf großen und professionell gepflegten Grundstücken. Meistens waren nur die Ziegeldächer zu sehen.

»In einem Punkt könnte Gerardi allerdings Recht gehabt haben.«

»In welchem?«

»Chantale Specter.«

Der Botschafter und seine Familie lebten hinter einer Hecke, die genauso aussah wie die um das Grundstück der Gerardis. Zusätzlich lebten sie hinter einem Elektrozaun mit einem mächtigen schmiedeeisernen Tor und einem dazu passenden Paar uniformierter Wachen.

Galiano bog in die Auffahrt ein und hielt für Wache Nummer eins seine Marke ans Fenster. Der Mann bückte sich zur Scheibe und ging dann zu einer Kontrollkonsole. Sekunden später schwangen die Torflügel nach innen.

Wir fuhren in weitem Bogen zur Vorderseite des Hauses, wo Wache Nummer zwei unsere Ausweise kontrollierte. Danach klingelte er. Die Tür ging auf, und die Wache übergab uns einem Hausbediensteten.

»Mrs. Specter erwartet Sie.« Der Mann sah uns an, ohne uns zu sehen. »Bitte folgen Sie mir.«

Die Szenerie schien nach dem Besuch bei Gerardis wie ein Déjà vu. Holzgetäfeltes Arbeitszimmer, teurer Fliesenboden, erlesene Möbel und Kunstgegenstände. Der Teppich war diesmal ein Bakhtiari.

Die Begegnung hätte unterschiedlicher nicht sein können.

Mrs. Specters Haare waren kupferfarben, Lippen und Nägel chinesisch rot. Sie trug einen dreiteiligen seidenen Hosenanzug in der Farbe von Sonnenblumen und passende Sandalen an den Füßen. Der zarte Stoff umfloss sie, als sie zur Begrüßung auf uns zukam. Ebenso eine Wolke Issey Miyaki.

»Detective Galiano, es ist immer eine Freude, Sie zu sehen.« Französischer Akzent. »Wobei es mir unter anderen Umständen natürlich noch lieber wäre.«

»Wie geht es Ihnen heute, Mrs. Specter?« In Galianos brauner Hand sahen ihre Finger gespenstisch bleich aus.

»Mir geht es gut.« Sie wandte ihr Lächeln mir zu. Ein gekünsteltes Lächeln. »Ist das die junge Frau, von der Sie mir erzählt haben?«

»Tempe Brennan«, stellte ich mich vor.

Die chinaroten Nägel schossen vor. Ihre Haut war so weich, ihre Knochen so zart, dass es sich anfühlte, als würde ich einem Kind die Hand schütteln.

»Vielen herzlichen Dank, dass Sie sich den örtlichen Behörden zur Verfügung gestellt haben. Das bedeutet meinem Gatten und mir sehr viel.«

»Ich hoffe, ich kann helfen.«

»Bitte verzeihen Sie mir meine abscheulichen Manieren.« Sie legte eine Hand an die Brust und deutete mit der andern. »Bitte. Setzen wir uns doch.«

Sie führte uns zu einer Sitzecke in einer Nische auf der rechten Seite des Zimmers. Jedes Fenster war mit drei Zoll dicken Läden verschlossen, die Lamellen sperrten die Morgensonne aus.

»Möchten Sie Tee oder Kaffee?«

Wir lehnten beide ab.

»Nun, Detective. Bitte sagen Sie mir, dass Sie gute Nachrichten haben.«

»Ich fürchte nicht.« Galianos Stimme klang sanft.

Die Farbe wich aus ihrem Gesicht. Das Lächeln zuckte, hielt aber.

»Aber auch keine schlechten«, fügte er schnell hinzu. »Ich wollte mich nur mal wieder melden, ein paar Fakten überprüfen und hören, ob Ihnen seit unserem letzten Gespräch noch etwas eingefallen ist.«

Sie ließ die Hand von der Brust auf die Armstütze sinken und lehnte sich in ihrem Sessel zurück.

»Ich habe mich bemüht, das habe ich wirklich, aber außer dem, was ich Ihnen erzählt habe, ist mir nichts eingefallen.«

Obwohl sie sich sehr bemühte, verschwand ihr Lächeln nun. Sie begann, an einem von mehreren losen Fäden in der Polsterung neben ihrem Knie zu zupfen.

»Nachts liege ich wach und lasse dieses letzte Jahr Revue passieren. Ich – es fällt mir schwer, das zu sagen. Aber offensichtlich habe ich vieles übersehen, was vor meinen Augen passiert ist.«

»Chantale trieb es ziemlich wild.« Sein Tonfall war eine Galaxie von dem bei Gerardi entfernt. »Wie Sie gesagt hatten, war sie zu Ihnen und Ihrem Gatten alles andere als offen.«

»Ich hätte aufmerksamer sein sollen. Scharfsichtiger.«

Ihr Gesicht sah in dem Kranz orangefarbener Haare totenblass aus. Ein lackierter Nagel malträtierte wie ferngesteuert den losen Faden.

Sie tat mir Leid, und ich suchte nach tröstenden Worten.

»Geben Sie sich nicht selbst die Schuld, Mrs. Specter. Keiner von uns kann seine Kinder völlig kontrollieren.«

Ihre Augen wanderten von Galiano zu mir. Trotz des trüben Lichts konnte ich sehen, dass sie das strahlende Grün von Kontaktlinsen hatten.

»Haben Sie Kinder, Dr. Brennan?«

»Meine Tochter ist auf der Universität. Ich weiß, wie schwierig Teenager sein können.«

»Ja.«

»Könnten wir ein paar Dinge noch einmal durchgehen?« Galiano.

»Wenn es Ihnen weiterhilft.«

»Das wird es.«

Er zog ein Notizbuch hervor und begann, Namen und Daten zu überprüfen. Während der Unterhaltung bearbeitete Mrs. Specter unbewusst die Fäden, wobei sie sie abwechselnd verzwirbelte und glatt strich. Hin und wieder schnippte ein Nagel gegen den Stoff und schickte Fasern in das All des Wohnzimmers.

»Chantale wurde vor einem Jahr im November zum ersten Mal verhaftet?«

»Ja.« Tonlos.

»Im Hotel Santa Lucía in Zone eins.«

»Ja.«

»Die zweite Verhaftung war im Juli.«

»Ja.«

»Im Hotel Bella Vista.«

»Ja.«

»Chantale war von August bis Dezember zur Behandlung ihrer Drogenabhängigkeit in Kanada.«

»Ja.«

»Wo?«

»In einem Reha-Zentrum in der Nähe von Chibougamau.«

Ich beobachtete, wie ein abgelöstes Fädchen zu Boden trudelte, und spürte plötzlich einen neuralen Stromstoß. Ich sah Galiano an. Es war ihm nicht anzusehen, ob er es bemerkt hatte.

»Das ist in Quebec?«

»Ein Camp, einige hundert Meilen nördlich von Montreal.«

Ich war einmal wegen einer Exhumierung nach Chibougamau geflogen. Das Gebiet war so dicht bewaldet, dass der Blick aus dem Flugzeug mich an Brokkoli erinnert hatte.

»Das Programm bringt jungen Leuten bei, persönliche Verantwortung für ihren Drogenmissbrauch zu übernehmen. Die Konfrontationen können ziemlich grausam sein, aber mein Gatte und ich waren der Ansicht, dass der ›harte Weg‹ der beste wäre.« Sie zeigte eine schwache Version des Diplomatenlächelns. »Die abgeschiedene Lage garantiert, dass die Teilnehmer die Therapie auch zu Ende führen.«

Galiano fragte noch einige Minuten weiter. Ich konzentrierte mich auf die roten Nägel am Polster. Schließlich: »Haben Sie irgendwelche Fragen an mich, Mrs. Specter?«

»Was wissen Sie über diese Knochen, die gefunden wurden?«

Galiano zeigte sich nicht überrascht, dass sie über das Skelett im Paraíso Bescheid wusste. Zweifellos hielten sie die Verbindungen ihres Gatten immer gut informiert.

»Ich wollte eben darüber sprechen, aber es gibt wenig zu berichten, bis Dr. Brennan ihre Untersuchung abgeschlossen hat.«

»Können Sie mir irgendetwas sagen?« Ihr Blick wanderte zu mir.

Ich zögerte, denn ich wollte nur auf Grund der Fotos und einer flüchtigen Untersuchung vor Ort keine Meinung abgeben.

»*Irgendetwas?*« Flehend.

Mein Mutterherz kämpfte mit meinem Wissenschaftlerhirn. Was, wenn Katy an Stelle von Chantale verschwunden wäre? Was, wenn ich diejenige wäre, die mit den Fäden eines Polstersessels spielte?

»Ich bezweifle, dass das Skelett Ihre Tochter ist.«

»Warum?« Die Stimme klang ruhig, doch die Finger arbeiteten wie eine Nähmaschine.

»Ich vermute, dass die Person nicht kaukasisch ist.«

Sie starrte mich an, und hinter ihren elektrisch grünen Augen ratterte es.

»Guatemaltekisch?«

»Wahrscheinlich. Aber vor Abschluss meiner Untersuchung ist das kaum mehr als ein erster Eindruck.«

»Wann wird es so weit sein?«

Ich sah Galiano an.

»Wir haben da gewisse Zuständigkeitsprobleme«, sagte Galiano.

»Inwiefern?«

Galiano erzählte ihr von Díaz.

»Warum hat der Richter das getan?«

»Das ist unklar.«

»Ich werde mit meinem Gatten darüber sprechen.«

Sie wandte sich wieder an mich. »Sie sind ein liebenswürdiger Mensch, Dr. Brennan. Das sehe ich an Ihrem Gesicht. *Merci.*«

Sie lächelte, nun wieder ganz die Frau des Botschafters.

»Sind Sie sicher, dass Sie beide nichts zu trinken wollen? Limonade vielleicht?«

Galiano lehnte ab.

»Dürfte ich Sie um einen Schluck Wasser bitten?«

»Selbstverständlich.«

Als sie gegangen war, stürzte ich zum Schreibtisch, riss einen Streifen Klebefilm aus einem Spender, rannte zu Mrs. Specters Sessel und drückte die klebrige Seite auf die Polsterung. Galiano sah mir wortlos zu.

Mit einem Kristallglas voller Eiswasser, an dessen Rand eine Zitronenscheibe steckte, kehrte Mrs. Specter zurück. Während ich trank, redete sie mit Galiano.

»Es tut mir Leid, dass ich sonst nichts für Sie habe. Ich bemühe mich. Das tue ich wirklich.«

Im Foyer überraschte sie mich mit einer Bitte.

»Haben Sie eine Visitenkarte, Dr. Brennan?«

Ich zog eine aus der Tasche.

»Vielen Dank.« Ein Bediensteter eilte herbei und erntete eine abwinkende Handbewegung. »Kann man Sie auch hier vor Ort erreichen?«

Überrascht kritzelte ich die Nummer meines geleasten Handys auf die Karte.

»Bitte, bitte, Detective. Finden Sie meine Kleine.«

Hinter unserem Rücken fiel die schwere Eichentür ins Schloss.

Galiano sagte nichts, bis wir im Auto saßen.

»Was war das für eine Aktion mit dem Polster?«

»Haben Sie diesen Sessel gesehen?«

Er schnallte sich an und startete den Motor.

»Ein Aubusson. Teuer.«

Ich hielt den Klebefilm in die Höhe. »Dieser Aubusson hat einen Fellüberzug.«

Die Hand am Schlüssel, drehte er sich mir zu.

»Die Specters haben keine Haustiere gemeldet.«

10

Den Rest des Sonntags brachte ich mit der Untersuchung der Skelette aus Chupan Ya zu. Elena und Mateo arbeiteten ebenfalls und brachten mich auf den neuesten Stand der Entwicklungen in der Sololá-Ermittlung. Es dauerte fünf Minuten.

Carlos' Leiche war freigegeben worden. Sein Bruder war gekommen, um ihn zur Beerdigung nach Buenos Aires zu bringen. Mateo arrangierte einen Gedenkgottesdienst in Guatemala City.

Elena war am Freitag im Krankenhaus gewesen. Molly lag noch immer im Koma. Die Polizei hatte keine Spuren.

Das war alles.

Aber sie berichteten mir Neuigkeiten aus Chupan Ya. Am

Donnerstagabend war Señora Ch'i'ps Sohn zum vierten Mal Großvater geworden. Die alte Dame hatte nun sieben Urenkel. Ich hoffte, dass dieses neue Leben Freude in ihres bringen würde.

Das Labor war wochenendstill. Kein Geplapper. Kein Mikrowellensurren.

Kein Ollie Nordstern auf der Jagd nach Zitaten.

Trotzdem fiel es mir schwer, mich zu konzentrieren. Meine Gefühle rotierten wie Zahnräder in einem Uhrgehäuse. Ich vermisste mein Zuhause, Katy, Ryan. Ich trauerte um die Toten, die in Kartons um mich herumlagen. Ich sorgte mich um Molly. Und ich hatte ein schlechtes Gewissen wegen meiner Rückgratlosigkeit am Paraíso.

Das Schuldgefühl war das stärkste. Ich schwor mir, für die Opfer aus Chupan Ya mehr zu machen, als ich für das Mädchen im Faultank geschafft hatte, und arbeitete noch lange, nachdem Elena und Mateo gegangen waren.

Opfer Nummer vierzehn war weiblich, knapp unter zwanzig und wies mehrfache Brüche des Unterkiefers und des rechten Arms sowie Machetenhiebe am Hinterkopf auf. Die Mutanten, die das verbrochen hatten, arbeiteten gern aus kurzer Distanz und eigenhändig.

Während ich die zarten Knochen untersuchte, wanderten meine Gedanken wieder zum Paraíso-Opfer. Zwei junge Frauen, die im Abstand von Jahrzehnten ermordet wurden. Ändert sich je irgendetwas? Meine Traurigkeit war fast greifbar.

Opfer Nummer fünfzehn war ein fünfjähriges Kind. Die andere Wange hinhalten. Ganz bestimmt.

Am späten Nachmittag rief Galiano an. Hernández hatte von den Eltern von Patricia Eduardo und Claudia de la Alda nur wenig erfahren. Señora Eduardos einzige Erinnerung war, dass ihre Tochter einen Vorgesetzten im Krankenhaus nicht gemocht hatte, und dass die beiden sich kurz vor Patricias Verschwinden gestritten hatten. Sie konnte sich weder an den Namen noch an das Geschlecht oder die genaue Position dieses Vorgesetzten erinnern.

Señor de la Alda meinte sich zu erinnern, dass seine Tochter kurz vor ihrem Verschwinden stark abgenommen hätte. Señora de la Alda war anderer Meinung. Das Museum hatte angerufen, um ihnen mitzuteilen, dass sie Claudias Stelle nicht länger für sie freihalten könnten. Sie würden einen Ersatz einstellen.

Am Montag arbeitete ich an Opfer Nummer sechzehn, ein präpubertäres Mädchen mit durchbrechenden zweiten Backenzähnen. Ich schätzte ihre Größe auf etwa einszwanzig. Sie war erschossen und mit einer Machete enthauptet worden.

Mittags fuhr ich ins Polizeirevier und ging dann mit Galiano zur Spurensicherung des forensischen Labors. Dort sahen wir einen kleinen Mann mit schütteren Haaren sitzen, der sich über ein Präpariermikroskop beugte. Als Galiano ihn ansprach, fuhr er zu uns herum und hakte sich eine goldgerahmte Brille hinter seine Schimpansenohren.

Der Schimpanse stellte sich als Fredi Minos vor, einer von zwei Spezialisten für Haar- und Faseranalyse. Minos hatte Proben von der Jeans aus dem Faultank, aus den Häusern der Gerardis und Eduardos und von Mrs. Specters Sessel erhalten.

»Es ist Wookie, nicht?« Galiano.

Minos machte ein verwirrtes Gesicht.

»Chewbacca?«

Keine Reaktion.

»*Krieg der Sterne?*«

»Ach ja. Der amerikanische Film.«

Man musste Minos zugute halten, dass der Witz auf Spanisch ziemlich lahm klang.

»Egal. Was haben Sie herausgefunden?«

»Ihre unbekannte Probe ist Katzenhaar.«

»Wie können Sie da so sicher sein?«

»Dass es Haar ist oder dass es von einer Katze ist?«

»Dass es von einer Katze ist«, warf ich ein, als ich Galianos Gesichtsausdruck sah.

Minos rollte mit seinem Stuhl nach rechts und zog ein Kästchen mit Objektträgern aus einem Stapel auf der Arbeitsfläche. Dann rollte er zum Mikroskop zurück und schob einen Träger unter das Okular. Nachdem er die Schärfe eingestellt hatte, stand er auf und bot mir seinen Platz an.

»Schauen Sie mal.«

Ich warf Galiano einen Blick zu. Er ließ mir den Vortritt.

»Wäre es Ihnen lieber, wenn ich Englisch spreche?«, fragte Minos.

»Wenn es Ihnen nichts ausmacht.« Ich kam mir zwar vor wie ein Trottel, aber mein Spanisch war ziemlich wackelig, und ich wollte seine Erklärungen ganz verstehen.

»Was sehen Sie?«

»Sieht aus wie ein Draht mit einem spitzen Ende.«

»Sie betrachten ein unbeschnittenes Haar. Es ist eins von siebenundzwanzig, die in der Probe mit der Aufschrift Paraíso enthalten waren.«

Minos' Englisch hatte ein merkwürdiges Auf und Ab, wie eine Dampfpfeifenorgel.

»Beachten Sie, dass das Haar keine charakteristische Form hat.«

»Charakteristisch?«

»Bei einigen Spezies ist die Form ein gutes Identifikationsmerkmal. Pferdehaar ist rau, mit einem scharfen Knick kurz vor der Wurzel. Rotwildhaar ist gekräuselt und hat eine sehr schmale Wurzel. Sehr charakteristisch. Die Paraíso-Haare sind ganz anders.« Er rückte sich die Brille wieder zurecht. »Jetzt schauen Sie sich die Pigmentverteilung an. Sehen Sie irgendwas Charakteristisches?«

Minos liebte das Wort »charakteristisch«.

»Scheint ziemlich homogen«, sagte ich.

»Ist sie. Darf ich?«

Er zog den Objektträger aus dem Gerät, rollte zu einem Lichtmikroskop, schob den Träger hinein und stellte die Schärfe ein. Jetzt sah das Haar aus wie ein dickes Rohr mit einem schmalen Kern.

»Beschreiben Sie die Markschicht.«

Ich konzentrierte mich auf das hohle Innere, den Bereich, der der Markhöhle eines langen Knochens entspricht.

»Erinnert an eine Leiter.«

»Ausgezeichnet. Die Form der Markschicht ist äußerst variabel. Einige Spezies haben zweigeteilte oder sogar mehrteilige Markschichten. Die Lama-Gruppe ist dafür ein gutes Beispiel. Sehr charakteristisch. Lamas haben außerdem große Pigmentanhäufungen. Wenn ich diese Kombination sehe, denke ich sofort an ein Lama.«

Lama?

»Die Markschicht Ihrer Proben zeigt eine einfache Leiter. Wie Sie sehen.«

»Und das bedeutet Katze?«

»Nicht unbedingt. Rind, Ziege, Chinchilla, Nerz, Bisamratte, Dachs, Fuchs, Biber, Hund, viele verschiedene Arten können eine Markschicht in Form einer einfachen Leiter haben. Bisamratte hat ein winkelförmiges Schuppenmuster, also wusste ich gleich, dass es keine Bisamratte ist.«

»Schuppen?«, fragte Galiano. »Wie bei Fischen?«

»In der Tat, ja. Zu den Schuppen komme ich gleich. Rinderhaare haben häufig eine streifige Pigmentverteilung, oft mit großen Häufungen, Rind konnte ich deshalb ausschließen. Und für Ziege hatten die Schuppen nicht das richtige Aussehen.«

Minos schien mehr mit sich selber als mit uns zu reden, er

wiederholte einfach die Gedanken, die ihn während seiner Analyse begleitet hatten.

»Auch Dachs kam wegen der Pigmentverteilung nicht in Frage. Ausschließen konnte ich –«

»Was konnten Sie nicht ausschließen, Señor Minos?«, warf Galiano dazwischen.

»Hund.« Minos klang, als hätte ihn Galianos mangelndes Interesse für Säugetierhaare tief getroffen.

»*Ay, Dios.*« Galiano stieß unwirsch die Luft aus. »Wie oft tauchen Hundehaare auf Kleidung auf?«

»Ach, das ist sehr häufig.« Minos hatte Galianos Sarkasmus nicht erkannt. »Also beschloss ich, mir die Sache genauer anzusehen.«

Er ging zu einem Tisch und zog eine braune Mappe aus einem Fach.

»Nachdem ich alles außer Katze und Hund ausgeschlossen hatte, stellte ich Messungen an und machte etwas, das ich Markschichtsanteils-Analyse nenne.«

Er zog einen Ausdruck aus der Mappe und legte ihn auf die Arbeitsplatte.

»Da Hunde- und Katzenhaare ziemlich häufig an Tatorten auftauchen, habe ich in Bezug auf die Unterscheidungsmerkmale ein bisschen geforscht. Ich habe hunderte von Hunde- und Katzenhaaren vermessen und eine Datenbank angelegt.«

Er blätterte um und deutete auf eine Verteilungsgrafik, die von einer diagonalen Linie unterteilt wurde. Die Linie trennte dutzende von Dreiecken in der oberen Hälfte von dutzenden von Kreisen in der unteren Hälfte ab. Nur wenige Symbole überquerten den metrischen Rubikon.

»Ich berechne den Markschichtsanteil, indem ich die Markschichtsbreite durch die Haarbreite dividiere. Diese Grafik stellt diese Zahl, ausgedrückt als Prozentsatz, im Verhältnis zur einfachen Haarbreite, gemessen in Tausendstel Millimetern, dar. Wie Sie sehen, häufen sich mit wenigen Ausnahmen die Werte für Katzen oberhalb einer gewissen Schwelle, während die für Hunde darunter liegen.«

Was heißt, dass die Markschicht in Katzenhaaren breiter ist.«

»Ja.« Er strahlte mich an, wie ein Lehrer, der sich über eine kluge Studentin freut. Dann deutete er auf eine Gruppe von Sternchen in dem Schwarm der Dreiecke oberhalb der Linie.

»Diese Punkte stellen Werte für willkürlich ausgewählte Haare aus der Paraíso-Probe dar. Jedes reiht sich eindeutig bei den Katzen ein.«

Minos suchte in der Mappe und zog einige Farbfotos hervor.

»Aber Sie haben sich nach den Schuppen erkundigt, Detective. Ich wollte mir die Oberflächenstruktur genauer ansehen, also habe ich ein paar Haare aus der Paraíso-Probe ins Elektronenmikroskop gelegt.«

Minos gab mir eine der Aufnahmen. Ich spürte, dass Galiano sich über meine Schulter beugte.

»Das ist das Wurzelende eines Paraíso-Haares in vierhundertfacher Vergrößerung. Betrachten Sie die Oberfläche.«

»Sieht aus wie ein Badezimmerboden.« Galiano.

Minos zeigte ein anderes Foto. »Das ist weiter oben am Schaft.«

»Blütenblätter.«

»Gut, Detective.« Diesmal war Galiano das Ziel des stolzen Lächelns. »Was sie so anschaulich beschrieben haben, nennen wir Schuppenmusterverlauf. In diesem Fall verändert sich das Schuppenmuster von etwas, das wir unregelmäßiges Mosaik nennen, zu etwas, das wir Blütenblätter nennen.«

Minos war, was wir einen Fachidioten nennen. Aber mit Haaren kannte der Mann sich aus.

Foto Nummer drei. Die Schuppen sahen eher wabenförmig aus, die Ränder waren rauer.

»Das ist die Haarspitze. Das Schuppenmuster ist, was wir ein regelmäßiges Mosaik nennen. Die Ränder sind ausgefranster.«

»Inwiefern ist das relevant für Katzen und Hunde?« Galiano.

»Hundehaare zeigen eine große Varianz im Schuppenmusterverlauf, aber dieser Verlauf kommt meiner Meinung nach ausschließlich bei Katzen vor.«

»Die Haare auf der Jeans stammten also von einer Katze.« Galiano richtete sich auf.

»Ja.«

»Stammen sie alle von derselben Katze?«, fragte ich.

»Ich habe nichts gesehen, was aufs Gegenteil hinweist.«

»Was ist mit der Specter-Probe?«

Minos blätterte in seiner Mappe.

»Das ist Probe Nummer vier.« Er lächelte mich an. »Katze.«

»Also alles Katzen.« Ich überlegte einen Augenblick. »Stimmt die Paraíso-Probe mit einer der anderen drei überein?«

»Hier wird's interessant.«

Minos suchte sich ein anderes Blatt heraus und überflog den Text.

»In Probe Nummer zwei war die durchschnittliche Länge der Haare größer als in den anderen drei Proben.« Er hob den Kopf. »Über fünf Zentimeter, was ziemlich lang ist.« Er richtete den Blick wieder auf den Bericht. »Außerdem gehörten die Haare überwiegend zur feineren Art.« Er hob wieder den Kopf. »Im Gegensatz zu grob.« Zurück zum Bericht. »Und die Oberflächenarchitektur jedes Haars zeigte eine Mischung aus glattrandigem regulärem Mosaik und glattrandigem Koronalschuppentyp.«

Minos schloss die Mappe, ließ sich aber nicht zu einer Erklärung herab.

»Was bedeutete das, Señor Minos?«, fragte ich.

»Probe zwei stammt von einer anderen Katze als die anderen drei Proben. Meine Vermutung – und das ist nur eine Vermutung, die im Bericht nicht auftaucht – ist, dass Nummer zwei eine Perserkatze ist.«

»Und die anderen Proben stammen nicht von Perserkatzen?«

»Normale kurze Haare.«

»Aber die Paraíso-Probe stimmt mit den anderen beiden Proben überein?«

»Übereinstimmung, ja.«

»Welche Beschriftung hatte Probe zwei?«

Wieder schaute Minos in die Mappe.

»Eduardo.«

»Das wäre Buttercup.«

»Perser?«, fragten Minos und ich gleichzeitig.

Galiano nickte.

»Buttercup war also nicht der Spender der Paraíso-Haare«, sagte ich.

»Der Spender der Paraíso-Haare war keine Perserkatze«, korrigierte mich Minos.

»Das schließt Buttercup aus. Was ist mit Gerardi- oder Specter-Katzen?«

»Eindeutige Kandidaten.«

Mich überkam plötzlicher Optimismus.

»Zusammen mit einer Million anderer kurzhaariger Katzen in Guatemala City«, ergänzte er.

Der Optimismus stürzte in sich zusammen.

»Können Sie nicht feststellen, ob eine der anderen Proben zu den Haaren aus der Jeans passt?«, fragte Galiano.

»Beide zeigen ähnliche Charakteristika. Mit Haarmorphologie kann man bestimmte Individuen nicht zuordnen.«

»Was ist mit DNS?«, fragte ich.

»Kann man wahrscheinlich machen.«

Minos warf die Mappe auf die Arbeitsplatte, nahm seine Brille ab und putzte sie mit dem Saum seines Labormantels.

»Aber nicht hier.«

»Warum nicht?«

»Wir haben einen Rückstau von sechs Monaten bei menschlichem Gewebe. Wenn Sie auf Resultate bei Katzenhaaren warten, können Sie ziemlich alt werden.«

Ich verdaute das eben, als Galianos Handy klingelte.

Sein Gesicht spannte sich an, während er zuhörte.

»*Ay, Dios mío! Dónde?*«

Er schwieg eine ganze Minute, dann kreuzten sich unsere Blicke. Als er wieder sprach, tat er es auf Englisch.

»Warum wurde ich nicht schon früher angerufen?«

Eine lange Pause.

»Xicay ist dort?«

Noch eine Pause.

»Wir sind unterwegs.«

11

Um drei Uhr nachmittags waren die Straßen bereits verstopft. Mit Blinklicht und heulender Sirene schlängelte Galiano sich durch die schmale Gasse zwischen den ausweichenden Wagen vor uns. Er blieb auf dem Gas, bremste auch an Kreuzungen kaum.

Hektisches Spanisch drang aus dem Funkgerät. Ich verstand nichts, aber das machte auch nichts. Ich dachte an Claudia de la Alda in ihren schlichten schwarzen Röcken und pastellfarbenen Blusen. Ich versuchte, mich an ihren Gesichtsausdruck auf den Fotos zu erinnern, aber es kam nichts.

Dafür tauchten andere Bilder aus der Vergangenheit auf. Flache Gräber. In Teppiche eingerollte, verwesende Leichen. Mit totem Laub bedeckte Skelette. Von Tieren verstreute modernde Kleidungsstücke.

Ein schlammgefüllter Schädel.

Mein Magen krampfte sich zusammen.

Die Gesichter bestürzter Eltern. Ihr Kind ist tot, und ich muss es ihnen berichten. Sie sind verwirrt, schwer getroffen, ungläubig, wütend. Diese Nachricht zu überbringen ist eine schreckliche Aufgabe.

Verdammt. Es passierte schon wieder.

Verdammt! Verdammt! Verdammt!

Während ich mich auf den Weg machte, um mehr über Katzenhaare zu erfahren, hatte Señora de la Alda einen Anruf erhalten. Eine männliche Stimme sagte ihr, dass ihre Tochter tot und wo ihre Leiche zu finden sei. Hysterisch hatte sie Hernández angerufen. Der hatte Xicay angerufen. Das Bergungsteam hatte in einer Schlucht am westlichen Rand der Stadt Knochen gefunden.

»Was hat Hernández Ihnen sonst noch gesagt?«

»Der Anruf kam aus einer öffentlichen Telefonzelle.«

»Wo?«

»Vom Busbahnhof Cobán in Zone eins.«

»Was hat der Anrufer gesagt?«

»Er sagte ihr, die Leiche liege in Zone sieben. Beschrieb den Ort. Hängte auf.«

»In der Nähe der archäologischen Ausgrabungsstätte?«

»Auf der Hintertreppe.«

Zone sieben ist ein Tentakel der Stadt, der sich um die Ruinen von Kaminaljuyú windet, einem Zentrum der Maya, das in seiner Blütezeit über dreihundert Wälle, dreizehn Ballspielplätze und fünfzigtausend Wohnstätten hatte. Im Gegensatz zu den Tiefland-Mayas gaben die Erbauer von Kaminaljuyú Lehm den Vorzug vor Stein, in tropischem Klima eine unkluge Entscheidung. Erosion und die Ausbreitung der Stadt hatten ihren Tribut gefordert, und heute ist die alte Metropole kaum mehr als eine Reihe erdbedeckter Kuppen, eine Grünfläche für Liebespaare und Frisbee-Spieler.

»Claudia hat im Ixchel-Museum gearbeitet. Ob's da einen Zusammenhang gibt?«

»Ich werde es auf jeden Fall herausfinden.«

Gestank drang ins Auto, als wir an der Müllkippe vorbeifuhren.

»Konnte Señora de la Alda die Stimme wieder erkennen?«

»Nein.«

Während wir durch die Stadt rasten, wurden die vorbeifliegenden Viertel immer ärmlicher und heruntergekommener. Schließlich schoss Galiano auf eine schmale Straße mit *comedores* und Gemischtwarenläden an allen vier Ecken. Wir rasten vorbei an windschiefen Holzhäusern mit durchhängenden Veranden und Wäsche auf den Leinen. Vier Blocks weiter unten kamen wir zu einer T-Kreuzung mit einer Straße, die links wie rechts in einer Sackgasse endete.

Wir bogen nach links ab und sahen eine trist vertraute Szene. Streifenwagen mit blinkenden Lichtern und knisternden Funkgeräten säumten den einen Straßenrand. Ein Leichenwagen wartete auf der anderen Seite. Neben dem Transporter ein metallenes Geländer, daneben ein steiler Abhang in eine *barranca*.

Zwanzig Meter vor uns endete die Fahrbahn vor einem Maschendrahtzaun. Gelbes Absperrband spannte sich drei Meter geradeaus, bog dann links ab und folgte dem Verlauf des Zauns in die Schlucht hinunter.

Uniformierte Polizisten liefen im abgesperrten Areal herum. Eine Hand voll Männer schaute von außerhalb zu, einige hielten Kameras, andere schrieben in Notizbücher. Hinter uns konnte ich Autos und einen TV-Übertragungswagen sehen. Presse-Teams saßen halb in, halb außerhalb der Fahrzeuge und rauchten, redeten, dösten.

Als Galiano und ich die Autotüren zuwarfen, drehten sich Kameras in unsere Richtung. Journalisten strömten zusammen.

»*Señor, esta* –«

»Detective Galiano –«

»*Una pregunta, por favor.*«

Wir ignorierten den Ansturm, tauchten unter dem Absperrband hindurch und gingen zum Rand der Schlucht. Hinter uns klickten Kameraverschlüsse. Fragen wurden uns nachgerufen.

Hernández war fünf Meter unter uns. Galiano kletterte zu ihm hinunter. Ich war direkt hinter ihm.

Obwohl dieser Teil der Hügelflanke vorwiegend aus Gras und Buschwerk bestand, war der Abhang steil, der Boden felsig. Ich stellte die Füße seitlich, trat vorsichtig und mit wenig Gewicht auf und hielt mich, wo es ging, an Pflanzen fest. Ich wollte mir nicht den Knöchel verstauchen oder den ganzen Abhang hinunterrutschen.

Zweige brachen in meinen Händen. Steine lösten sich und rieselten lärmend den Abhang hinunter. Über uns kreischten Vögel, wütend über die Störung.

Adrenalin, wo immer es sich zwischen Krisen auch versteckte, strömte durch meinen Körper. Vielleicht ist sie es gar nicht, sagte ich mir.

Mit jedem Schritt wurde der süße, faulige Gestank stärker.

Nach fünf Metern wurde der Boden für ein kleines Stück eben, bevor er noch einmal steil nach unten abfiel.

Der Anruf eines Perversen, dachte ich und trat auf das kleine Plateau. De la Aldas Verschwinden war durch die Medien gegangen.

Mario Colom bewegte einen Metalldetektor über den Boden. Juan-Carlos Xicay fotografierte etwas zu Hernández' Füßen. Wie beim Paraíso trugen beide Techniker Overalls und Kappen.

Galiano und ich gingen zu Hernández.

Die Leiche lag in einem Regenwassergraben an der Kante zwischen Abhang und Plateau. Sie war von Schlamm und Laub bedeckt und lag auf zerrissenem schwarzem Plastik. Obwohl bereits skelettiert, wurden die Knochen noch von Muskel- und Bänderresten zusammengehalten.

Nur ein kurzer Blick, und ich hielt den Atem an.

Armknochen ragten wie trockene Zweige aus den Ärmeln einer hellblauen Bluse. Beinknochen tauchten aus einem vermodernden schwarzen Rock auf, verschwanden wieder in schlammfleckigen Socken und Schuhen.

Verdammt! Verdammt! Verdammt!

»Der Schädel liegt ein Stückchen weiter oben im Graben.« Auf Hernández' Stirn glänzte Schweiß. Sein Gesicht war gerötet, sein Hemd klebte an seiner Brust wie die Toga an einer römischen Statue.

Ich kauerte mich hin. Fliegen flogen summend auf, ihre Körper glänzten grün im Sonnenlicht. Kleine runde Löcher perforierten das ledrige Gewebe. Winzige Furchen kerbten die Knochen. Eine Hand fehlte.

»Enthauptet?«, fragte Hernández.

»Tiere«, sagte ich.

»Was für Tiere?«

»Kleine Aasfresser. Vielleicht Waschbären.«

Galiano kauerte sich neben mich. Ohne sich von dem Gestank verfaulenden Fleisches abschrecken zu lassen, zog er einen Kuli aus der Tasche und löste eine Kette von den Halswirbeln. Sonnenlicht funkelte auf einem silbernen Kreuz, als er den Stift auf Augenhöhe hob.

Er legte das Kettchen wieder an seinen Platz zurück, stand auf und überflog den Schauplatz.

»Hier werden wir wahrscheinlich nicht mehr viel finden.« Seine Kiefermuskeln zuckten.

»Nicht nach zehn Monaten Liegezeit«, entgegnete Hernández.

»Sucht die ganze Gegend ab. Mit allem, was wir haben.«

»Okay.«

»Was ist mit den Nachbarn?«

»Wir gehen von Tür zu Tür, aber ich bezweifle, dass wir viel herausfinden werden. Die Leiche wurde wahrscheinlich nachts abgeladen.«

Er deutete zu einem alten Mann, der am Rand des Abhangs außerhalb der Absperrung stand.

»Opa wohnt einen Block entfernt. Sagt, dass er sich an ein Auto erinnert, das im letzten Sommer hier herumschlich. Es sei ihm aufgefallen, weil das hier eine Sackgasse ist und es normalerweise kaum Verkehr gibt. Sagt, der Fahrer sei zwei- oder dreimal gekommen, immer nachts, immer allein. Der alte Knabe dachte, ist vielleicht ein Perverser, der sich hier einen runterholen will, und ist deshalb auf Distanz geblieben.«

»Klingt er verlässlich?«

Hernández zuckte die Achseln. »Ist wahrscheinlich selber ein Pimmelzupfer. Wie würde er sonst auf so einen Gedanken kommen? Auf jeden Fall erinnert er sich, dass es ein altes Auto war. Vielleicht ein Toyota oder ein Honda. Er ist sich nicht ganz sicher. Hat das Ganze von seiner Veranda aus beobachtet, konnte also nicht allzu gut sehen und hat auch das Nummernschild nicht erkannt.«

»Habt ihr irgendwelche persönlichen Habseligkeiten gefunden?«

Hernández schüttelte den Kopf. »Wie bei der Kleinen im Faultank. Die Kleidung ist noch am Opfer, aber sonst nichts. Der Täter hat die Leiche von der Straße aus abgeladen, es kann also sein, dass er noch etwas in die *barranca* geworfen hat. Xicay und ich gehen runter, wenn wir hier fertig sind.«

Galiano schaute kritisch zu der Meute hinter der Absperrung hoch.

»Nichts, und ich meine absolut nichts zur Presse, bevor ich mit der Familie gesprochen habe.«

Dann wandte er sich mir zu.

»Was wollen Sie hier tun?«

Auf jeden Fall wollte ich meinen Patzer am Paraíso nicht wiederholen.

»Ich brauche einen Leichensack und ein paar Stunden.«

»Nehmen Sie sich Zeit.«

»Aber nicht zu viel«, sagte ich, und Selbstvorwürfe schärften meinen Tonfall.

»Nehmen Sie sich die Zeit, die Sie brauchen.«

Ich hörte in seiner Stimme, dass Díaz mich in diesem Fall nicht belästigen würde.

Ich holte Gummihandschuhe aus meinem Rucksack, ging zum Ende des Plateaus, sank auf alle viere und fing an, den Graben entlangzukriechen und Blätter und Erde mit den Fingern zu beharken. Wie beim Paraíso folgte Xicay mir mit seiner Nikon.

Der Schädel lag knappe zwei Meter vom Hals der Leiche entfernt. Offensichtlich hatten Aasfresser ihn geschubst oder gezerrt, bis sie das Interesse verloren hatten. Neben dem Schädel ein Büschel Haare. Sechzig Zentimeter hinter den Haaren führten verstreute Fingerglieder zu einer Ansammlung von Handknochen.

Als Xicay die Knochen fotografiert und ich die exakte Lage notiert hatte, trug ich die verstreuten Teile zum Hauptfundort zurück, schloss die Untersuchung des Grabens ab und ging dann das Plateau in einem Gittermuster ab. Dann ging ich es noch einmal ab, wobei das zweite Gitter diametral über dem ersten lag.

Nichts.

Ich kehrte zum Skelett zurück, zog eine Taschenlampe aus meinem Rucksack und ließ den Strahl über die Knochen wandern. Hernández hatte Recht. Nach zehn Monaten war es unwahrscheinlich, dass ich noch verwertbare Spuren finden würde, aber ich hoffte, dass das Plastik vielleicht einen gewissen Schutz geboten hatte, bis es von Tieren zerrissen wurde.

Ich entdeckte rein gar nichts.

Obwohl die Bergung von Spuren hoffnungslos schien, achtete ich doch darauf, direkt auf dem Plastik zu arbeiten. Wenn Fragmente, Haare oder Fasern vorhanden waren, würden wir sie im Labor finden.

Ich legte die Taschenlampe beiseite und drehte das Skelett vorsichtig auf den Rücken. Käfer und Tausendfüßler huschten in alle Richtungen. Über mir klickte Xicays Kamera.

In einem Klima wie im guatemaltekischen Hochland kann eine Leiche in wenigen Monaten oder sogar Wochen skelettiert werden, je nachdem, wie leicht sie für Insekten und Aasfresser zugänglich ist. Wenn der Kadaver dicht verpackt ist, kann die Verwesung deutlich verlangsamt werden. Muskel- und Bindegewebe kann sogar mumifiziert werden. Das war auch hier der Fall. Die Knochen waren noch relativ solide miteinander verbunden.

Ich betrachtete die verschrumpelte Leiche und dachte an die Fotos der achtzehnjährigen Claudia de la Alda. Meine Backenzähne knirschten.

Diesmal nicht, Díaz. Nicht diesmal.

Ich verlagerte wieder und wieder mein Gewicht, um in einer bequemeren Haltung zu knien, während ich das untersuchte, was einmal der Kopf der Leiche gewesen war. Dann arbeitete ich mich, ganz in meine Aufgabe versunken, Zentimeter um Zentimeter bis zu den Zehen vor. Die Zeit verging. Andere kamen und gingen. Meine Knie und der Rücken schmerzten. Augen und Haut juckten vor Pollen, Staub und herumschwirrenden Insekten.

Irgendwann merkte ich, dass Galiano gegangen war. Xicay und Colom dehnten ihre Suche auf den Grund der Schlucht aus. Ich arbeitete allein weiter, hörte hin und wieder eine gedämpfte Unterhaltung, Vogelgezwitscher, eine Frage, die von oben heruntergerufen wurde.

Zwei Stunden später lagen die Überreste, das Plastik, die Haare und die Kleidung in einem Leichensack. Das Kruzifix hatte ich in einen Klarsichtbeutel gesteckt. Mein Inventarformular sagte mir, dass nur fünf Fingerknochen und zwei Zähne fehlten.

Diesmal hatte ich nicht nur die Knochen identifiziert und in rechts und links unterschieden. Ich hatte mir alle Teile des Skeletts lange und eingehend angesehen.

Die Überreste gehörten einer jungen Frau knapp unter oder über zwanzig. Gesichts- und Schädelmerkmale deuteten auf mongoloide Abstammung hin. Sie hatte einen gut verheilten Bruch der rechten Speiche und Füllungen in vier ihrer Backenzähne.

Nicht feststellen konnte ich, was ihr zugestoßen war. Meine Voruntersuchung ergab keine Schusswunden, keine frischen Frakturen, keine Verletzungen durch stumpfe oder scharfe Gegenstände.

Galiano war zurückgekehrt.

»Passt zum Profil.«

»Was ist mit ihr passiert?«

»Keine Schläge. Keine Schnitte. Keine Kugeln. Keine Würgemale. Irgendwelche Ideen?«

»Zungenbein?«

Galiano meinte einen hufeisenförmigen Knochen im Bindegewebe an der Vorderseite der Kehle. Bei älteren Opfern kann das Zungenbein bei einer Strangulierung brechen.

»Intakt. Aber bei einem so jungen Opfer sagt das nichts aus.«

So jung. Wie die Kleine im Faultank. Ich sah in Galianos Augen etwas flackern und wusste, dass er dasselbe dachte.

Ich versuchte aufzustehen. Mein Knie protestierte, und ich taumelte nach vorne. Galiano fing mich auf, als ich gegen ihn fiel.

Einen Herzschlag lang rührte sich keiner von uns. Meine Wange fühlte sich heiß an seiner Brust an.

Überrascht trat ich zurück und konzentrierte mich aufs Ausziehen der Handschuhe. Ich spürte Guernsey-Augen auf meinem Gesicht, sah aber nicht hoch.

»Hat Hernández noch etwas erfahren?«

»Kein Mensch hat irgendwas gehört oder gesehen.«

»Haben Sie de la Aldas zahnärztliche Unterlagen?«

»Ja.«

»Dann sollte das eine problemlose dentale Identifikation werden.«

Ich schaute kurz zu Galiano hoch, dann wieder auf die Handschuhe. Hatte die Umarmung wirklich länger gedauert als eigentlich nötig, oder bildete ich mir das nur ein?

»Sind Sie hier fertig?«, fragte er.

»Bis aufs Graben und Sieben.«

Galiano schaute auf seine Uhr. Mit Pawlow'scher Promptheit schaute ich auf meine. Zehn nach fünf.

»Wollen Sie morgen damit anfangen?«, fragte er.

»Ich werde das hier fertig machen. Wenn da irgendwo ein kranker Mistkerl herumläuft, der jungen Frauen auflauert, dann könnte er sich jetzt in diesem Augenblick ein neues Opfer aussuchen.«

»Ja.«

»Und je mehr Leute hier herumtrampeln, desto unbrauchbarer wird der Tatort.«

Der Name Díaz musste nicht erwähnt werden.

»Und Sie haben die Meute da oben ja gesehen. Die Geschichte wird einschlagen wie ein Blitz.«

Ich schob die Handschuhe in den Leichensack.

»Das Transport-Team kann die Leiche abholen. Aber sorgen Sie dafür, dass sie den Sack festzurren.«

»Ja, Ma'am.«

Grinste der Mistkerl etwa? Oder bildete ich mir das auch nur ein?

Colom, Xicay und ich brachten die nächste Stunde damit zu, eine fünfzehn Zentimeter tiefe Schicht des Geländes, in dem die Leiche gelegen hatte, abzutragen und durchzusieben. Im Sieb blieben beide fehlenden Zähne, drei Fingerknochen, mehrere Finger- und Zehennägel und ein goldener Ohrring hängen.

Als Galiano zurückkehrte, zeigte ich ihm den Ohrstecker.

»Was ist das?«

»Was wir einen Hinweis nennen.« Ich klang wie Fredi Minos.

»De la Aldas?«

»Das ist eine Frage für die Familie.«

»Auf keinem der Fotos trug sie Schmuck.«

»Stimmt.«

Galiano steckte sich das Tütchen in die Tasche.

Die Nacht brach eben herein, als wir zum Rand hochkletterten und auf die Straße traten. Die TV-Transporter waren verschwunden, denn die obligatorischen Leichensack-Szenen hatten sie sicher im Kasten. Ein paar Reporter standen noch herum und warteten auf eine Erklärung.

»Wie viele, Galiano?«

»Ist es eine Frau? Wurde sie vergewaltigt?«

»Kein Kommentar.«

Als ich in Galianos Auto einstieg, knipste mich eine Frau mit einer ihrer drei Kameras, die ihr um den Hals hingen.

Ich verriegelte die Tür, legte den Kopf an die Nackenstütze und schloss die Augen. Galiano stieg ein und ließ den Motor an. Ich hörte ein Klopfen an meinem Fenster, ignorierte es aber.

Galiano schaltete in den Rückwärtsgang. Dann legte er den Arm um meinen Sitz, drehte den Kopf und schoss nach hinten. Als er sich wieder umdrehte, berührten seine Finger meinen Hals.

Meine Haut kribbelte.

Ich riss die Augen auf.

Mein Gott, Brennan. Eine junge Frau ist tot. Eine Familie wird am Boden zerstört sein. Du bearbeitest den Fall. Das hier ist kein Rendezvous.

Ich warf Galiano einen verstohlenen Blick zu. Scheinwerferlicht huschte über sein Gesicht und verzerrte Größe und Form seiner Züge.

Ich dachte an die Stiefmütterchen an dem Gemüsegummi. Hat Galiano gespürt, wie ich zusammenzuckte, als meine Wange sich gegen seine Brust drückte? Hat er mich wirklich länger als nötig festgehalten?

Ich dachte an den VW-Strauß in meinem Hotelzimmer.

O Gott.

»Verdammte Haie.« Galianos Stimme ließ mich aufschrecken. »Nein, sie sind schlimmer als Haie. Sie sind wie Hyänen, die einen Kadaver umschleichen.«

Er kurbelte das Fenster herunter. Ich stank nach Schlamm und verfaulendem Fleisch und fragte mich, ob ich der Grund war.

»Haben Sie bekommen, was Sie brauchen?«

»Ich habe eine vorläufige Untersuchung angestellt, die ich aber noch bestätigen muss.«

»Sie ist unterwegs in die Leichenhalle.«

»Soll das heißen, dass ich die Leiche nicht wieder sehe?«

»Nicht, wenn ich noch irgendwas zu sagen habe.«

»Es gibt vier Backenzahnfüllungen für die dentale Identifikation. Außerdem noch einen alten Armbruch, der zusätzliche Bestätigung liefern kann.«

Einige Augenblicke lang fuhren wir schweigend.

»Warum hat sich Díaz diesen Fall nicht auch geschnappt?«

»Vielleicht ist Montag sein Bridge-Tag.«

Zwanzig Minuten später hielt Galiano vor meinem Hotel. Ich

hatte die Tür geöffnet, bevor der Wagen ganz zum Stillstand kam. Als ich nach meinem Rucksack griff, fasste er mich am Arm.

O Mann.

»Sie haben da draußen tolle Arbeit geleistet.«

»Danke.«

»Wenn da irgendwo ein perverser Spinner herumläuft, kriegen wir ihn.«

»Ja.«

Er ließ meinen Arm los und strich mir mit den Fingerspitzen Haare von der Wange.

Wieder dieses Kribbeln.

»Gönnen Sie sich eine Mütze Schlaf.«

»O ja.«

Ich floh aus dem Auto.

Sie wartete in der Lobby, halb hinter einem der Gummibäume versteckt. Sie stand auf, als ich eintrat, und eine *Vogue* glitt zu Boden.

»Dr. Brennan?«

Die Frau des Botschafters trug einen Hosenanzug von Jones New York aus hellgrauer Seide und um den Hals eine enge Kette aus schwarzen Perlen. Sie wirkte in diesem Hotel so fehl am Platze wie ein Transvestit bei einem Baptistenkongress.

Ich war zu verblüfft, um etwas zu erwidern.

»Mir ist durchaus bewusst, dass dies ein bisschen ungewöhnlich ist.«

Sie musterte meine Haare, meine schlammverkrusteten Nägel und meine schmutzige Kleidung. Vielleicht schnupperte sie auch meinen Geruch.

»Ist es absolut und schrecklich unpassend für Sie?« Wieder das künstliche Lächeln.

»Nein«, sagte ich müde. »Detective Galiano hat mich eben hier abgesetzt. Vielleicht erreiche ich ihn noch.«

Ich griff nach meinem Handy.

»Nein!«

Ich hob den Kopf. Die elektrisch grünen Augen waren weit aufgerissen vor Schreck.

»Ich – ich würde lieber mit Ihnen sprechen.«

»Detective Galia –«

»Allein. *Comprenez-vous?*«

Nein. Ich verstand nicht. Aber ich war bereit dazu.

12

Mrs. Specter kehrte zu ihrer *Vogue* zurück, während ich nach oben ging. Ich war mir nicht sicher, ob Höflichkeit der Grund für ihre Geduld war oder etwa der Ekel vor meinem hygienischen Zustand. Es war mir egal. Ich war schmutzig, der ganze Körper juckte, und ich war erschöpft und deprimiert nach dieser sechsstündigen Leichenbergung. Ich brauchte eine Dusche.

Ich nutzte alles, was mein Toilettenbeutel zu bieten hatte. Kamillenshampoo und Conditioner, Badeschaum mit Zitronenextrakt, Honig- und Mandel-Körperlotion, Gel mit Grüntee- und Zypressenextrakt.

Während ich mich wieder anzog, schaute ich sehnsüchtig zu meinem Bett. Was ich wollte, war Schlaf. Was ich nicht wollte, war eine lange, intensive Unterhaltung mit einer verletzten und leidenden Mutter. Aber ich verhedderte mich in Was-wenns. Was, wenn Mrs. Specter Informationen zurückgehalten hatte und sie jetzt preisgeben wollte? Was, wenn es sich dabei um Enthüllungen handelte, die vielleicht der Schlüssel zu einem oder mehreren Fällen sein konnten?

Was, wenn sie wusste, wo Chantale war?

Träum weiter, Brennan.

Als ich mich wieder zu Mrs. Specter gesellte, roch ich wie ein Bodyshop. Sie schlug einen Park zwei Blocks nördlich des Hotels vor. Ich war einverstanden.

Parque de las Flores war ein kleines, von Rosensträuchern eingerahmtes Quadrat mit Wegen, die diagonal von Ecke zu Ecke verliefen. Bäume und Holzbänke säumten die vier von den Kieswegen gebildeten Dreiecke.

»Ein wunderschöner Abend«, sagte Mrs. Specter, schob eine alte Zeitung beiseite und setzte sich auf eine Bank.

Es ist elf Uhr, dachte ich.

»Er erinnert mich an die Sommernächte in Charlevoix. Wussten Sie, dass ich dort zu Hause bin?«

»Nein, Ma'am, das wusste ich nicht.«

»Waren Sie je in diesem Teil von Quebec?«

»Er ist sehr malerisch.«

»Mein Mann und ich haben ein kleines Haus in Montreal, aber ich fahre nach Charlevoix, so oft ich kann.«

Ein Paar ging an uns vorüber. Die Frau schob einen Kinderwagen, dessen Räder im Kies leise knirschten. Der Mann hatte ihr den Arm um die Schulter gelegt.

Ich dachte an Galiano. Meine linke Wange brannte, wo seine Finger mich berührt hatten. Ich dachte an Ryan. Beide Wangen brannten.

»Heute ist Chantales Geburtstag.« Mrs. Specters Worte holten mich in die Wirklichkeit zurück. »Sie wird siebzehn.«

Gegenwart.

»Inzwischen ist sie seit über vier Monaten verschwunden.«

Es war zu dunkel, um ihren Gesichtsausdruck erkennen zu können.

»Chantale hätte nicht zugelassen, dass ich so leide, wie ich es jetzt tue. Wenn sie die Möglichkeit hätte, mich zu erreichen, würde sie es tun.«

Sie spielte mit dem Verschluss ihrer Handtasche. Ich ließ sie weiterreden.

»Dieses letzte Jahr war furchtbar schwierig. Wie nannte es Detective Galiano? Chantale hat es ziemlich wild getrieben. *Oui*, das hat sie wirklich. Aber auch wenn Chantale *fait une fugue* – wie sagt man das?«

»Ausriss.«

»Auch wenn sie ausriss, ließ sie mich immer wissen, dass es ihr gut ging. Sie weigerte sich vielleicht, nach Hause zu kommen, weigerte sich, mir zu sagen, wo sie war, aber sie rief immer an.«

Sie hielt inne, sah einer alten Frau zu, die im angrenzenden Dreieck in einem Abfallkorb wühlte.

»Ich weiß, dass ihr etwas Furchtbares zugestoßen ist.«

Ihr Gesicht wurde kurz von einem Autoscheinwerfer erhellt, versank dann wieder in der Dunkelheit. Augenblicke später sprach sie weiter.

»Ich fürchte, dass Chantale in diesem Faultank lag.«

Ich wollte etwas sagen, doch sie schnitt mir das Wort ab.

»Die Dinge sind nicht immer so, wie sie aussehen, Dr. Brennan.«

»Was wollen Sie mir damit sagen?«

»Mein Gatte ist ein wunderbarer Mann. Ich war sehr jung, als wir heirateten.« Stotternd. Sprudelte die Gedanken heraus, wie sie ihr kamen. »Er ist ein Jahrzehnt älter als ich. In den Anfangsjahren gab es Zeiten –«

Sie hielt inne, hatte offensichtlich Angst vor dem Erzählen, musste aber etwas loswerden, das sie auf dem Herzen hatte.

»Ich war noch nicht bereit für ein geruhsames Leben. Ich hatte eine Affäre.«

»Wann?« Allmählich beschlich mich eine Ahnung davon, warum ich hier war.

»1983. Mein Gatte wurde nach Mexico City versetzt, war aber dauernd auf Reisen. Ich war die meiste Zeit allein und fing an, abends auszugehen. Ich war nicht auf der Suche nach irgendjemand oder irgendetwas, wollte einfach nur die Zeit totschlagen.« Sie holte tief Luft, ließ sie wieder aus. »Ich lernte einen Mann kennen. Wir trafen einander häufiger. Schließlich dachte ich daran, André zu verlassen und ihn zu heiraten.«

Noch eine Pause, in der sie offensichtlich überlegte, was sie mir sagen und was sie verschweigen sollte.

»Bevor ich diese Entscheidung treffen konnte, fand Miguels Frau es heraus. Er beendete die Beziehung.«

»Sie waren schwanger«, riet ich.

»Chantale wurde im folgenden Frühjahr geboren.«

»Ihr Liebhaber war Mexikaner?«

»Guatemalteke.«

Ich erinnerte mich an Chantales Gesicht auf den Fotos. Sie hatte dunkelbraune Augen, hohe Wangenknochen, ein breites Kinn. Die blonden Haare hatten mich abgelenkt. Vorgefasste Meinungen hatten meine Wahrnehmung beeinträchtigt.

O Gott. Was würde ich sonst noch alles vermasseln?

»Gibt es sonst noch etwas?«

»Reicht denn das noch nicht?«

Sie ließ den Kopf zur Seite sinken, als wäre er zu schwer für ihren Hals.

»Viele Eheleute betrügen ihre Partner.« Das wusste ich aus erster Hand.

»Ich habe jetzt fast zwei Jahrzehnte mit diesem Geheimnis gelebt, und es war die reinste Hölle.« Ihre Stimme war zugleich zittrig und wütend. »Ich habe nie zugeben können, wer meine Tochter wirklich ist, Dr. Brennan. Nicht vor ihr, nicht vor ihrem Vater, nicht vor meinem Gatten, vor niemandem. Dieser Betrug hat jeden Teil meines Lebens befleckt. Er hat Gedanken und Träume vergiftet, die ich überhaupt nie hatte.«

Ich fand das eine merkwürdige Aussage.

»Wenn Chantale tot ist, bin ich daran schuld.«

»Das ist eine ganz normale Reaktion, Mrs. Specter. Sie fühlen sich einsam und schuldig, aber –«

»Im letzten Januar habe ich Chantale die Wahrheit gesagt.«

»Über ihren leiblichen Vater?«

Ich spürte ihr Nicken.

»An dem Abend, als sie verschwand?«

»Sie wollte mir nicht glauben. Sie warf mir schreckliche Beleidigungen an den Kopf. Wir hatten einen furchtbaren Streit, und sie stürmte aus dem Haus. Das war das letzte Mal, dass wir sie gesehen haben.«

Ganze zwei Minuten lang sagte keiner von uns beiden etwas.

»Weiß der Botschafter Bescheid?«

»Nein.«

Ich stellte mir den Bericht vor, den ich über die Knochen im Faultank schreiben würde.

»Wenn das im Paraíso wirklich Ihre Tochter war, dann könnte ans Licht kommen, was Sie mir eben gesagt haben.«

»Ich weiß.«

Sie hob den Kopf wieder und hob eine Hand an die Brust. In der nächtlichen Dunkelheit wirkten ihre Finger bleich, die lackierten Nägel schwarz.

»Ich weiß auch von der Leiche, die sie heute bei Kaminaljuyú gefunden haben, kann mich allerdings nicht an den Namen des armen Mädchens erinnern.«

Die Quellen der Specters waren gut.

»Das Opfer wurde noch nicht identifiziert«, sagte ich.

»Chantale ist es nicht. Also bleiben nur noch drei.«

»Woher wollen Sie das wissen?«

»Meine Tochter hat perfekte Zähne.«

Die Quellen der Specters waren wirklich sehr gut.

»War Chantale bei einem Zahnarzt?«

»Sie ging für Zahnreinigungen und Kontrolluntersuchungen hin. Die Polizei hat die Unterlagen. Leider ist mein Gatte kein Freund unnötiger Röntgenaufnahmen, die Akte enthält deshalb keine.«

»Das Skelett vom Paraíso kann auch keines der vermissten Mädchen sein, die wir suchen«, sagte ich.

»Oder es ist meine Tochter.«

»Haben Sie eine Katze, Mrs. Specter?«

Dass sie sich verkrampfte, spürte ich eher als dass ich es sah.

»Was für eine seltsame Frage.«

Die Quellen der Specters waren also nicht unfehlbar. Von Minos Befunden wusste sie nichts.

»Wir fanden Katzenhaare in den aufgerollten Jeans im Faultank.« Die Probe, die ich von ihrem Sessel genommen hatte, erwähnte ich nicht. »Detective Galiano haben Sie gesagt, Sie hätten keine Haustiere.«

»Wir haben unsere Katze letztes Weihnachten verloren.«

»Verloren?«

»Guimauve ist ertrunken.« Schwarze Fingernägel tanzten auf schwarzen Perlen. »Chantale fand seine kleine Leiche im Pool. Es brach ihr fast das Herz.«

Sie verstummte einen Augenblick, sagte dann: »Es ist spät, und Sie müssen sehr müde sein.«

Sie stand auf, strich imaginäre Falten in der perfekten grauen Seide glatt und trat auf den Kiesweg. Ich folgte ihr.

Sie sprach erst wieder, als wir den Bürgersteig erreicht hatten. Im fahlen orangen Licht der Straßenbeleuchtung konnte ich erkennen, dass ihr perfekt geschminktes Gesicht wieder das typische Aussehen einer Diplomatenfrau angenommen hatte.

»Mein Gatte hat ein paar Anrufe getätigt. Der Bezirksstaatsanwalt wird sich bei Ihnen melden, um einen Termin für Ihre Untersuchung der Überreste aus dem Paraíso zu vereinbaren.«

»Ich bekomme Zugang?« Ich war verblüfft.

»Ja.«

Ich fing an, ihr zu danken.

»Nein, Dr. Brennan. Ich bin es, die Ihnen dankbar sein muss. Einen Augenblick, bitte.«

Sie zog ein Handy aus ihrer Handtasche und sagte ein paar Worte.

Wir gingen schweigend weiter. Musik drang aus offenen Türen, als wir an Bars und Bistros vorbeikamen. Ein Fahrrad fuhr vorüber. Ein Betrunkener. Eine Oma mit einem Einkaufswagen. Ich fragte mich beiläufig, ob es die alte Frau war, die wir im Park gesehen hatten.

Als wir uns dem Hotel näherten, hielt ein schwarzer Mercedes am Bordstein. Ein Mann im dunklen Anzug stieg aus und öffnete die hintere Tür.

»Ich werde für Sie beten.«

Sie verschwand hinter getöntem Glas.

Um zehn Uhr am nächsten Vormittag lag das Skelett aus Kaminaljuyú auf rostfreiem Stahl im Morgue del Organismo Judicial, dem Staatlichen Leichenschauhaus, in der Zone drei. Ich stand davor, Galiano neben mir. Dr. Angelina Fereira stand am anderen Ende des Tisches, flankiert von einem Autopsietechniker.

Auf Fereiras Anweisungen hin waren die Überreste vor unserer Ankunft fotografiert und geröntgt worden. Die Kleidung hatte man entfernt und auf der Arbeitsfläche hinter mir ausgebreitet. Der Beutel mit den Haaren und der Leichensack waren auf Spuren hin untersucht worden.

Kalte Fliesen, Edelstahltisch, glänzendes Werkzeug, Neonbeleuchtung, Ermittler in Masken und Handschuhen. Eine nur zu vertraute Szene.

Wie auch das Verfahren, das nun begann. Das Stochern und

Schaben, das Messen und Wiegen, das Abnehmen von Gewebe, das Sägen von Knochen. Die erbarmungslose Bloßlegung würde eine letzte Entehrung werden, ein Angriff nach dem Tod, der alles übertraf, was sie am Ende ihres Lebens vielleicht hatte erleiden müssen.

Ein Teil von mir wollte sie bedecken, sie von diesen sterilen Fremden weg und in die Obhut derjenigen schaffen, die sie geliebt hatten. Ihrer Familie gestatten, das, was von ihr noch geblieben war, zur Ruhe zu betten.

Aber die rationale Tempe in mir besann sich eines Besseren. Dieses Opfer brauchte einen Namen. Nur dann konnte die Familie sie bestatten. Ihre Knochen verdienten eine Chance zu sprechen, stumm zu schreien über die Ereignisse ihrer letzten Stunden. Nur dann konnte die Polizei versuchen zu rekonstruieren, was mit ihr geschehen war.

Also versammelten wir uns mit unseren Formularen, unseren Klingen, unseren Linealen, unseren Greifzirkeln, unseren Notizbüchern, unseren Probengläsern, unseren Kameras.

Fereira stimmte mit mir in meiner Schätzung von Alter, Geschlecht und Rasse überein. Wie ich fand sie keine frischen Brüche oder andere Hinweise auf Gewalteinwirkung. Gemeinsam maßen und berechneten wir die Statur. Gemeinsam entnahmen wir Knochenproben für eine eventuelle DNS-Analyse. Es war nicht notwendig.

Neunzig Minuten nach Beginn der Autopsie traf Hernández mit Claudia de la Aldas zahnärztlichen Unterlagen ein. Schon ein Blick sagte uns, wer da auf dem Tisch lag.

Kurz nachdem Galiano und sein Partner gegangen waren, um der Familie de la Alda die Nachricht zu überbringen, ging die Tür noch einmal auf. Herein kam ein Mann, den ich vom Paraíso als Dr. Hector Lucas kannte. Sein Gesicht wirkte in dem grellen Licht grau. Er begrüßte Fereira und bat sie dann, den Raum zu verlassen.

Überraschung blitzte in den Augen über ihrer Maske auf. Oder Wut. Oder Groll.

»Natürlich, Doktor.«

Sie zog ihre Handschuhe aus, warf sie in einen Biomüll-Container und ging. Lucas wartete, bis die Tür ins Schloss gefallen war.

»Sie haben zwei Stunden für das Paraíso-Skelett.«

»Das reicht nicht.«

»Es muss. Vor vier Tagen wurden bei einem Busunfall siebzehn Menschen getötet. Seitdem sind noch drei gestorben. Mein Personal und meine Einrichtungen sind überlastet.«

Auch wenn ich mit den Unfallopfern und ihren Familien fühlte, war meine Sympathie für die schwangere junge Frau, deren Überreste entsorgt worden waren wie der Müll der letzten Woche, doch stärker.

»Ich brauche keinen Autopsieraum. Ich kann überall arbeiten.«

»Nein. Das dürfen Sie nicht.«

»Auf wessen Anordnung hin bin ich auf zwei Stunden beschränkt?«

»Das Büro des Bezirksstaatsanwalts. Señor Díaz ist weiterhin der Überzeugung, dass fremde Hilfe nicht nötig ist.«

»Fremd in welcher Sache?«, fragte ich in einer plötzlichen Aufwallung von Zorn.

»Was wollen Sie damit andeuten?«

Ich atmete tief ein und wieder aus. Ganz ruhig.

»Ich will gar nichts andeuten. Ich versuche nur zu helfen und verstehe nicht, warum der Staatsanwalt mich daran hindern will.«

»Tut mir Leid, Dr. Brennan. Das ist nicht meine Entscheidung.« Er gab mir einen Zettel. »Die Knochen werden in diesen Raum gebracht, wann Sie es wünschen. Rufen Sie diese Nummer an.«

»Das ergibt doch alles keinen Sinn. Ich bekomme uneingeschränkten Zugang zu den Überresten aus Kaminjuyú, werde aber von denen, die wir am Paraíso gefunden haben, so gut wie ausgesperrt. Was befürchtet Señor Díaz denn, dass ich finden könnte?«

»So sind die Vorschriften, Dr. Brennan. Und noch etwas. Sie dürfen nichts entfernen oder fotografieren.«

»Dann klafft aber eine Lücke in meiner Souvenirsammlung«, blaffte ich. Wie Díaz brachte auch Lucas meine schlechteste Seite zum Vorschein.

»*Buenos días.*«

Lucas stakste hölzern aus dem Raum.

Sekunden später kehrte Fereira zurück. Sie roch nach Rauch, an ihrer Unterlippe klebte ein Papierfitzelchen.

»Eine Audienz bei Hector Lucas. Ihr Glückstag.« Obwohl wir während der gesamten Autopsie Spanisch gesprochen hatten, sprach sie jetzt Englisch. Es klang texanisch.

»Ja.«

Fereira stützte die Ellbogen auf die Arbeitsfläche, lehnte sich zurück und legte die Füße an den Knöcheln übereinander. Sie hatte graue, sehr kurz geschnittene Haare, Augenbrauen wie Pete Sampras über dunkelbraunen Augen und einen Körper wie ein Kühlschrank.

»Er wirkt vielleicht wie ein Bluthund, aber er ist ein ausgezeichneter Arzt.«

Ich erwiderte nichts.

»Ihr beiden seid euch wohl nicht grün, was?«

Ich erzählte ihr von dem Faultank. Sie hörte mit ernstem Gesicht zu.

Danach betrachtete Fereira, was von Claudia de la Alda noch übrig war.

»Galiano vermutet, dass die Fälle in Verbindung stehen?«

»Ja.«

»Ich bete zu Gott, dass sie es nicht tun.«

»Amen.«

Sie zupfte sich das Papierfitzelchen von der Lippe, warf einen Blick darauf und schnippte es dann weg.

»Glauben Sie, dass das Paraíso-Skelett die Tochter des Botschafters sein könnte?«

»Möglich wär's.«

»Ist das vielleicht der Grund, warum Díaz mauert? Um sich diplomatische Peinlichkeiten zu ersparen?«

»Das ergibt doch keinen Sinn. Specter war derjenige, der mir den Zugang ermöglicht hat.«

»Für zwei Stunden.« Ihre Stimme triefte vor Sarkasmus.

Fereira hatte Recht. Wenn Specter mächtig genug war, um Díaz' Entscheidungen aufzuheben, warum räumte er dann den Weg nicht ganz frei?

»Wenn auch nur die entfernte Möglichkeit besteht, dass es sich um seine Tochter handelt, warum will Specter dann nicht Gewissheit haben?« Fereira stellte genau die Frage, die mir auch im Kopf herumging.

»Könnte Díaz andere Gründe dafür haben, mich nicht an diese Knochen zu lassen?«

»Zum Beispiel?«

Mir fielen keine ein.

»Lucas behauptet, es sei der Busunfall«, sagte ich.

»In den letzten Tagen ging's hier ziemlich rund.« Sie stieß sich von der Arbeitsfläche ab. »Falls es ein Trost für Sie ist, es liegt nicht an Ihnen persönlich. Sowohl Lucas wie Díaz hassen jegliche Einmischung.«

Als ich protestieren wollte, hob sie die Hand.

»Ich weiß, dass Sie sich nicht einmischen. Aber vielleicht sehen die beiden es so.« Sie schaute auf die Uhr. »Wann haben Sie vor, die Knochen zu untersuchen?«

»Heute Nachmittag.«

»Kann ich was für Sie tun?«

»Ich habe eine Idee, aber dazu bräuchte ich Hilfe.«

»Schießen Sie los.«

Ich erzählte ihr von meinem Plan. Ihr Blick wanderte zu Claudia de la Alda, dann wieder zu mir.

»Das lässt sich machen.«

Drei Stunden später hatten Fereira und ich Claudia de la Aldas Autopsie abgeschlossen und einen Happen zu Mittag gegessen. Danach kümmerte sich Fereira um eines der Busopfer. Claudia de la Alda war in ein Kühlfach geschoben worden, und das Paraíso-Skelett lag jetzt auf demselben Tisch. Der Autopsietechniker saß auf einem Hocker in einer Ecke des Raums, aus dem Helfer war nun ein Beobachter geworden.

Die Knochen waren so, wie ich sie in Erinnerung hatte, nur inzwischen von Schlamm und Unrat gesäubert. Ich betrachtete Rippen und Becken, notierte den Verschmelzungsgrad von Knochenleisten, Gelenkkugeln und Schädelnähten und untersuchte dann die Zähne.

Meine Geschlechts- und Altersschätzungen bestätigten sich. Die Überreste waren die einer jungen Frau knapp unter zwanzig.

Korrekt war auch meine Hypothese der mongoloiden Abstammung gewesen. Um meine Beobachtungen zu bestätigen, vermaß ich Gesicht und Schädel für eine Computeruntersuchung.

Ich suchte nach Hinweisen auf perimortale Verletzungen, fand aber keine. Auch konnte ich keine skelettalen Eigentümlichkeiten entdecken, die für eine Identifikation von Nutzen gewesen wären. Die Zähne wiesen keine Anomalien oder Füllungen auf.

Ich hatte eben die Vermessung der langen Knochen für die Staturberechnung abgeschlossen, als das Telefon klingelte. Der

Techniker hob ab, kam dann zu mir und sagte, dass meine Zeit um sei.

Ich trat vom Tisch zurück, nahm die Maske ab und zog die Handschuhe aus. Kein Problem. Ich hatte, was ich brauchte.

Draußen senkte sich die Sonne in Zuckerwattewolken, die sich am Horizont auftürmten. Die Luft roch nach dem Rauch eines brennenden Müllhaufens. Eine leichte Brise wehte Papiertüten und Zeitungen über den Bürgersteig.

Ich atmete tief durch und schaute zum Friedhof nebenan. Grabsteine und billige Vasen und Marmeladengläser mit Plastikblumen warfen schräge Schatten. Auf einer Holzkiste saß eine alte Frau mit verschleiertem Gesicht und schwarz verhülltem, welkem Körper. Ein Rosenkranz baumelte an ihren knochigen Fingern.

Ich hätte mich gut fühlen sollen. Es war zwar nur ein halber, aber immerhin ein Sieg über Díaz. Und meine ursprünglichen Annahmen waren korrekt gewesen. Aber ich fühlte mich nur traurig.

Und ich hatte Angst.

Drei Monate lagen zwischen dem Tag, an dem Claudia de la Alda zum letzten Mal lebend gesehen wurde, und dem Tag, an dem Patricia Eduardo verschwand. Gut zwei Monate lagen zwischen dem Verschwinden von Patricia Eduardo und Lucy Gerardi. Chantale Specter verschwand zehn Tage nach Lucy Gerardi.

Wenn ein einziger Verrückter dafür verantwortlich war, wurden die Intervalle immer kürzer.

Seine Blutgier wurde immer stärker.

Ich holte mein Handy heraus und tippte Galianos Nummer. Bevor ich auf Senden drücken konnte, klingelte das Gerät in meiner Hand. Es war Mateo Reyes.

Molly Carraway war wieder bei Bewusstsein.

13

Kurz nach Tagesanbruch rasten Mateo und ich auf der hügeligen Teerstraße nach Sololá, durch rosafarbenes, streifiges Sonnenlicht auf den Kuppen und durch Nebel in den Senken. Die Luft war kühl, der Horizont von einem feuchten Morgendunst verhüllt. Mateo holte, mit ausdruckslosem Gesicht, die Hände fest am Lenkrad, alles aus dem Jeep heraus.

Ich saß auf dem Beifahrersitz und streckte den Ellbogen zum Fenster hinaus wie ein Lastwagenfahrer in Tuscon. Der Fahrtwind wirbelte mir die Haare ins Gesicht. Abwesend wischte ich sie weg, denn in Gedanken war ich bei Molly und Carlos.

Carlos hatte ich nur ein- oder zweimal gesehen, doch Molly kannte ich bereits seit einem Jahrzehnt. Sie war ungefähr in meinem Alter und als Anthropologin eine Spätberufene. Als High-School-Lehrerin für Biologie, die keine Lust mehr hatte auf Cafeteria-Aufsicht und Toilettenkontrollen, hatte Molly mit einunddreißig noch einmal die Richtung geändert und war an die Universität zurückgekehrt. Nach ihrer Dissertation in Bio-Archäologie hatte sie eine Stellung in der Anthropologischen Fakultät der University of Minnesota angenommen.

An die Gräber von Toten war Molly dann wie auch ich von Polizisten und Leichenbeschauern gerufen worden, die den Unterschied zwischen biologischer und forensischer Anthropologie nicht kannten. Wie ich widmete sie einen Teil ihrer Zeit der Untersuchung von Menschenrechtsverletzungen.

Im Gegensatz zu mir hatte Molly die Arbeit an uralten Toten nie aufgegeben. Obwohl sie einige gerichtsmedizinische Fälle bearbeitete, blieb sie der Archäologie treu. Es fehlte ihr auch noch die amtliche Zulassung durch das American Board of Forensic Anthropology.

Aber die wirst du bekommen, Molly. Ganz sicher.

Mateo und ich spulten die Meilen schweigend ab. Der Verkehr wurde lichter, als wir Guatemala City hinter uns ließen, und dann wieder stärker, als wir uns Sololá näherten. Wir rasten vorbei an tiefgrünen Tälern, gelben Weiden, auf denen schmuddelige braune Kühe grasten, und Dörfern, in denen Horden von Straßenhändlern die Ware dieses Morgens auslegten.

Nach neunzig Minuten sagte Mateo zum ersten Mal etwas.

»Der Arzt sagte, sie sei aufgeregt gewesen.«

»Wenn du die Augen aufschlägst und merkst, dass dir zwei Wochen deines Lebens fehlen, wärst du auch aufgeregt.«

Wir flogen um eine Kurve. Zwei Fahrzeuge fuhren auf der Gegenfahrbahn an uns vorbei und bliesen Luft durch unsere geöffneten Fenster.

»Vielleicht ist es das.«

»Vielleicht?« Ich sah ihn an.

»Ich weiß auch nicht. Da war irgendwas in der Stimme dieses Arztes.«

Er fuhr dicht auf einen langsamen Lastwagen auf, schaltete zurück und überholte.

»Was?«

Er zuckte die Achseln. »Es war eher der Tonfall.«

»Was hat er dir sonst noch gesagt?«

»Nicht viel.«

»Bleiben permanente Schäden?«

»Er weiß es nicht. Oder will es nicht sagen.«

»Ist irgendjemand aus Minnesota gekommen?«

»Ihr Vater. Ist sie denn nicht verheiratet?«

»Geschieden. Ihre Kinder sind auf der High School.«

Den Rest der Strecke fuhr Mateo schweigend, Wind blähte sein Jeanshemd auf, und in seiner dunklen Sonnenbrille spiegelten sich die gelben Mittelstreifen der Straße.

Das Krankenhaus von Sololá war ein sechsstöckiges Gewirr aus Backstein und schmutzigem Glas. Mateo hielt in einer von mehreren kleinen Parkbuchten, und wir gingen auf einem von Bäumen beschatteten Weg zum Haupteingang. Auf dem Vorplatz begrüßte uns ein Betonjesus mit ausgebreiteten Armen.

Die Halle war voller Menschen, die herumschlenderten, beteten, Limonade tranken, auf Holzbänken lümmelten oder nervös herumrutschten. Einige trugen Hauskleider, andere Anzüge oder Jeans, die meisten aber die für Sololá typische Maya-Tracht. Frauen in gestreiftem rotem Tuch, ihre Babys auf den Rücken oder vor den Bauch gebunden. Männer in Wollponchos, Gaucho-Hüten und reich bestickten Hemden und Hosen. Hin und wieder schob sich ein Krankenhausangestellter in gestärktem Weiß durch die bunte Menge.

Ich sah mich um. Die Atmosphäre war mir vertraut, das Gebäude selbst jedoch fremd. Schilder wiesen Besuchern den Weg zur Cafeteria, dem Geschenkekiosk, zur Verwaltung und zu einem Dutzend medizinischer Abteilungen. *Radiografía. Urología. Pediatría.*

Mateo ignorierte die allgegenwärtigen Hinweispfeile zur Besucheranmeldung und führte mich direkt zu einer Reihe von Aufzügen. Wir stiegen im fünften Stock aus und wandten uns nach links. Unsere Absätze klackerten über polierte Fliesen. Während wir den Korridor entlanggingen, sah ich mein Spiegelbild in den kleinen rechteckigen Fenstern von einem Dutzend geschlossener Türen.

»*¡Alto!*«, wurde uns von hinten zugerufen.

Wir drehten uns um. Eine Feuer speiende Schwester stürmte auf uns zu, ein Klemmbrett an die makellos weiße Brust gepresst. Flügelhaube. Die Haare so straff nach hinten gezurrt, dass sich ein Graben quer durch ihr Gesicht zog.

Schwester Drache streckte den Arm mit dem Klemmbrett aus und umkreiste uns, die Torwächterin des fünften Stocks.

Mateo und ich lächelten gewinnend.

Der Drache fragte nach dem Grund unseres Kommens.

Mateo sagte es ihr.

Sie zog das Klemmbrett ein und musterte uns, als wären wir die Natural Born Killers.

»*¿Familia?*«

Mateo deutete auf mich. »*Americana.*«

Wieder ein kritischer Blick.

»*Numero treinta y cinco.*«

»*Gracias.*«

»*Veinte minutos. Nada mas.*« Zwanzig Minuten. Nicht mehr.

»*Gracias.*«

Molly sah aus wie ein Stillleben des betrogenen Todes. Ihr dünnes Baumwollhemd war farblos von millionenfachem Waschen und hing an ihrem Körper wie ein federiges Leichentuch. Ein Schlauch steckte in ihrer Nase, ein anderer in einem Arm, der kaum mehr Fleisch hatte als die Skelette in der Leichenhalle.

Mateo zog scharf die Luft ein. »*Jesucristo.*«

Ich legte ihm die Hand auf die Schulter.

Mollys Augen waren violette Höhlen. Sie öffnete sie, erkannte uns und versuchte, sich ein Stückchen aufzurichten. Ich eilte zu ihr.

»*¿Qué hay de nuevo?*« Verwaschen.

»Was gibt's Neues bei *dir*?«, fragte ich zurück.

»Hatte 'ne tolle Siesta.«

»Hab ich's doch gewusst, dass wir dich zu hart rannehmen.« Mateos Worte klangen unbeschwert, aber sein Tonfall war es nicht.

Molly lächelte schwach und blickte zu einem Wasserglas auf dem Nachttisch.

»Könntest du vielleicht?«

Ich drehte den Tisch zu ihr und hielt den Strohhalm schräg. Sie schloss trockene Lippen darum, trank und legte sich zurück.

»Kennt ihr meinen Vater?« Sie hob die Hand, ließ sie aber gleich wieder auf die Wolldecke sinken.

Mateo und ich drehten uns um.

Ein alter Mann saß in einem Sessel in der Zimmerecke. Er hatte weiße Haare, und tiefe Falten furchten seine Wange, seine Stirn und sein Kinn. Obwohl das Weiße seiner Augen altersgelb war, strahlten die blauen Pupillen klar wie ein Bergsee.

Mateo ging zu ihm und streckte die Hand aus. »Mateo Reyes. Ich schätze, man könnte sagen, ich bin hier unten Mollys Chef.«

»Jack Dayton.«

Sie schüttelten sich die Hände.

»Freut mich, Ihre Bekanntschaft zu machen«, sagte ich vom Bett aus.

Er nickte.

»Nur schade, dass es unter diesen Umständen sein muss.«

»Die wären?«

»Wie bitte?«

»Was ist mit meinem Mädchen passiert?«

»Daddy. Sei höflich.«

Ich legte Molly die Hand auf die Schulter.

»Die Polizei ermittelt.«

»Seit zwei Wochen.«

»So etwas braucht seine Zeit«, sagte Mateo.

»Ja.«

»Hält man Sie auf dem Laufenden?«, fragte ich.

»Es gibt ja nichts Neues.«

»Ich bin mir sicher, dass sie an dem Fall arbeiten.« Ich war mir nicht sicher, dass ich das selbst glaubte, aber ich wollte ihn trösten.

»Seit zwei Wochen.« Er senkte den Blick zu den knotigen Fingern in seinem Schoß.

Stimmt, Jack Dayton. Leider.

Ich nahm Mollys Hand in die meine.

»Wie geht's dir?«

»In einer kleinen Weile mach ich mich hier vom Acker.« Noch ein schwaches Lächeln. »Ich habe diese Redewendung nie verstanden. Muss von Farmern geprägt worden sein.« Sie drehte den Kopf, um ihren Vater anzuschauen. »Stimmt's, Daddy?«

Der alte Mann rührte keinen Muskel.

»Ich bin zweiundvierzig, aber meine Eltern halten mich immer noch für ein kleines Mädchen.« Molly wandte sich wieder mir zu. »Sie waren dagegen, dass ich nach Guatemala gehe.«

Die eisblauen Augen in der Ecke schauten hoch.

»Siehst doch, was passiert ist.«

Sie warf mir ein verschwörerisches Lächeln zu.

»Ich hätte auch in Mankato überfallen werden können, Daddy.«

»Zu Hause fangen wir Gesetzesbrecher und sperren sie ein.«

»Du weißt, dass das nicht immer stimmt.«

»Wenigstens reden die Polizisten eine Sprache, die ich verstehe.«

Dayton stand auf und zog seinen Gürtel hoch.

»Ich komme wieder.«

Er schlurfte aus dem Zimmer, und seine Air Jordan quietschten über die Fliesen.

»Ihr müsst Daddy entschuldigen. Er kann ziemlich mürrisch sein.«

»Er liebt dich, und er ist verängstigt und wütend. Da ist es sein gutes Recht, mürrisch zu sein. Was sagen die Ärzte?«

»Physiotherapie und dann vom Acker machen. Mit den Details will ich euch gar nicht langweilen.«

»Ich bin ja so froh. Wir waren alle verrückt vor Sorge. Fast jeden Tag war jemand von uns da.«

»Ich weiß. Wie läuft Chupan Ya?«

»Wir arbeiten mit Volldampf an den Skelettanalysen«, sagte Mateo. »In ein paar Wochen sollten wir alle identifiziert haben.«

»Ist es so schlimm, wie die Augenzeugenberichte andeuten?«

Ich nickte. »Viele Schuss- und Machetenwunden. Fast nur Frauen und Kinder.«

Molly sagte nichts.

Ich sah Mateo an. Er nickte. Ich schluckte.

»Carlos –«

»Die Polizei hat es mir gesagt.«

»Haben sie dich befragt?«

»Gestern.«

Sie seufzte.

»Ich konnte ihnen nicht viel sagen. Ich erinnerte mich nur an Bruchstücke, wie Schnappschüsse. Scheinwerfer in der Heckscheibe. Ein Auto, das uns von der Straße drängt. Zwei Männer, die in den Graben herunterkommen. Ein Streit. Schüsse. Eine Gestalt, die zu meiner Seite des Transporters kommt. Dann nichts mehr.«

»Weißt du noch, dass du mich angerufen hast?«

Sie schüttelte den Kopf.

»Hast du die Männer erkannt?«

»Es war dunkel. Ich habe ihre Gesichter nicht gesehen.«

»Kannst du dich an irgendetwas erinnern, das gesagt wurde?«

»Nicht viel. Carlos sagte etwas wie *›mota, mota‹*.«

Ich sah Mateo an.

»Bestechung.«

Sie hob den Arm zur Stirn und schob sich die Haare zurück. Ihr Unterarm war so bleich wie ein Fischbauch.

»Der eine Mann hatte es sehr eilig.«

»Sonst noch was?«, fragte ich.

Irgendwo im Gang lärmte ein Aufzug.

Mollys Augen huschten zur Tür, dann wieder zu mir. Als sie fortfuhr, war ihre Stimme leiser.

»Mein Spanisch ist nicht sehr gut, aber ich glaube, dass einer etwas über einen Inspektor sagte. Glaubst du, dass es Polizisten waren?«

Wieder schaute sie zur Tür. Ich dachte an Galiano im Gucumatz.

»Oder Soldaten, die mit dem Massaker in Chupan Ya zu tun hatten?«

In diesem Augenblick rauschte Schwester Drache herein und starrte Mateo herrisch an. »Die Patientin braucht jetzt Ruhe.«

Mateo hob die Hand vor den Mund und flüsterte theatralisch. »Mission abbrechen. Wir wurden entdeckt.«

Der Drache sah nicht eben amüsiert aus.

»Noch fünf Minuten?«, fragte ich mit einem Lächeln.

Sie sah auf die Uhr.

»Fünf Minuten. Ich komme wieder.« Ihre Miene sagte, dass sie bereit war, Verstärkung zu holen.

Molly wartete, bis der Drachen verschwunden war, senkte dann den Arm und stützte sich auf die Ellbogen.

»Da war noch etwas anderes. Ich habe es der Polizei nicht gesagt. Ich weiß auch nicht, warum. Hab's einfach nicht getan.«

Sie schaute von Mateo zu mir.

»Ich –« Sie schluckte. »Ein Name.«

Wir warteten.

»Ich könnte schwören, dass ich einen der Männer Brennan sagen gehört habe.«

Ich fühlte mich wie gegen eine Wand geschleudert. Mateo in der anderen Zimmerecke fluchte.

»Bist du sicher?« Ich starrte Molly entsetzt an.

»Ja. Nein. Ja. Ach Gott, Tempe, ich glaube schon. Alles ist so durcheinander.« Sie ließ sich aufs Kissen sinken. Der Arm wanderte wieder zur Stirn, und Tränen traten ihr in die Augen.

Ich drückte ihr die Hand.

»Ist schon okay, Molly.« Mein Mund war trocken, das Zimmer wirkte plötzlich kleiner.

»Was, wenn sie es jetzt auf *dich* abgesehen haben?« Sie wurde erregt. »Was, wenn *du* ihr nächstes Ziel bist?«

Ich streckte die freie Hand aus und strich ihr über den Kopf.

»Es war dunkel. Du hattest Angst. Alles passierte so schnell. Wahrscheinlich hast du etwas falsch verstanden.«

»Ich könnte es nicht ertragen, wenn noch jemand verletzt wird. Versprich mir, dass du vorsichtig bist, Tempe.«

»Natürlich bin ich vorsichtig.«

Ich lächelte, aber in mir machte sich Beklommenheit breit.

Nachdem wir das Krankenhaus verlassen hatten, aßen Mateo und ich im Hotel Paisaje, einen Block von der Plaza von Sololás entfernt, zu Mittag. Wir redeten über Mollys Geschichte und beschlossen, eine Meldung darüber zu machen.

Bevor wir nach Guatemala City zurückfuhren, schauten wir im Polizeirevier vorbei. Der verantwortliche Detective hatte uns nichts Neues zu berichten. Er nahm unsere Aussage auf, aber es war klar, dass er der Sache mit meinem Namen wenig Glauben schenkte. Über die Erwähnung eines Inspektors sagten wir nichts.

Während der ganzen Rückfahrt nach Guatemala City fiel Dunst aus einem weichen grauen Himmel. In den Tälern war der Nebel so dicht, dass er die Welt außerhalb unseres Jeeps verschluckte. Auf den Hügelkuppen wehte er über die Straße wie Meeresgischt.

Wie auf der Hinfahrt redeten Mateo und ich nur wenig. Gedanken taumelten mir durch den Kopf, jeder mit einem Fragezeichen am Ende.

Wer hatte auf Carlos und Molly geschossen? Warum? Die Polizei irrte sich bestimmt, was den Raubüberfall anging. Ein amerikanischer Pass ist Gold wert. Warum wurde Mollys nicht mitgenommen? Wollte die Polizei etwas anderes als einen Raubüberfall vielleicht gar nicht in Betracht ziehen? Was waren *deren* Motive?

Konnte Molly Recht haben? Sollten mit dem Überfall die Ermittlungen in Chupan Ya behindert werden? Fürchtete jemand mögliche Enthüllungen über das Massaker?

Molly war sich ziemlich sicher, dass ihre Angreifer den Namen Brennan genannt hatten. Mir fiel nur eine Brennan ein. Warum interessierten sie sich für mich? Sollte ich ihr nächstes Opfer sein?

Wer war dieser Inspektor? Waren die Polizisten einfach nur widerwillige Ermittler, oder waren sie Beteiligte an diesem Verbrechen?

Wieder und wieder ertappte ich mich dabei, wie ich in den Rückspiegel schaute.

Nach einer Stunde Fahrt legte ich den Kopf auf die Nackenstütze und schloss die Augen. Ich war seit fünf Uhr auf den Beinen. Mein Hirn wurde träge, meine Lider immer schwerer.

Das Schaukeln des Jeeps. Der Wind auf meinem Gesicht.

Trotz meiner Angst fing ich an zu dösen und ließ meinen Assoziationen freien Lauf.

Inspektor. Was für ein Inspektor?

Bauinspektor. Agrarinspektor. Autobahn. Autoabgase. Regenwasser. Abwasser.

Abwasser.

Faultank.

Paraíso.

Ich schoss in die Höhe.

»Was, wenn es gar nicht um einen Inspektor ging?«

Mateo schaute mich kurz an, dann wieder auf die Straße.

»Was, wenn Molly mehr als einen Namen gehört hat?«

»Señor Inspektor?«

Mateo brauchte nur eine Nanosekunde.

»Señor Specter.«

»Genau.« Ich war froh, dass Galiano ihm von Chantale Specter erzählt hatte.

»Du glaubst, dass sie über André Specter gesprochen haben?«

»Vielleicht hatte der Überfall etwas mit der Tochter des Botschafters zu tun?«

»Warum dann die Schüsse auf Carlos und Molly?«

»Vielleicht haben sie Molly für mich gehalten. Wir sind beide Amerikanerinnen, beide ungefähr gleich groß, und wir haben beide braune Haare.«

Mein Gott. Das klang alles viel zu plausibel.

»Vielleicht wurde deshalb mein Name genannt.«

»Aber Galiano hat dich erst nach den Schüssen auf Carlos und Molly zum Paraíso-Fall hinzugezogen.«

»Vielleicht erfuhr jemand von seiner Absicht und wollte mich aus dem Verkehr ziehen.«

»Wer könnte solche Informationen haben?«

Wieder das Bild von Galiano in der Nische im Gucumatz. Mich fröstelte.

Minuten später:

»¡Maldición!« Verdammt!

Mateo starrte in den Rückspiegel. Ich schaute in den auf meiner Seite.

Rot pulsierte im Nebel hinter uns. Eine Sirene, schwach, aber unverkennbar.

Mateos Blick sprang zwischen dem Rückspiegel und der Windschutzscheibe hin und her. Ich konzentrierte mich auf den Streifenwagen.

Das Licht wurde greller, wie ein rotes Gewitter. Die Sirene wurde lauter.

Mateo wechselte auf die Kriechspur.

Der Streifenwagen raste auf uns zu. Rot zuckte durch den Jeep. Die Sirene heulte. Mateo hielt den Blick stur geradeaus gerichtet. Ich starrte einen Rostfleck am Armaturenbrett an.

Der Streifenwagen scherte nach links aus, schoss vorbei und verschwand im Nebel.

Mein Herz beruhigte sich erst wieder, als wir sicher hinter dem verschlossenen Tor der FAFG-Zentrale waren.

Galiano war nicht da, als ich in seinem Büro anrief, meldete sich aber wenige Minuten nach meiner Piepsernachricht. Er war bis zum Abend beschäftigt, wollte aber unbedingt wissen, was ich von Molly erfahren hatte. Er schlug ein Abendessen im Las Cien Puertas vor. Hervorragendes Essen. Moderate Preise. Gute Latinomusik. Er klang, als besäße er Aktienanteile.

Die nächsten drei Stunden widmete ich Chupan Ya und kehrte um Viertel nach sechs völlig deprimiert über die so quälend sinnlose Vernichtung von Leben in mein Hotel zurück. Ich hatte das Gefühl, als würde der Tod mich nie in Ruhe lassen.

Während ich mich umzog, zwang ich mich, an etwas anderes zu denken. Und zwar an Galiano.

Wo waren seine Frau und der junge Alejandro?

Ich besprühte mich mit Deodorant, tupfte mir Rouge auf die Wangen.

Hielt ich Galiano von seiner Familie fern?

Lächerlich. Das Abendessen war rein beruflich.

Wirklich?

Wir hatten eben ein Terminproblem. Tagsüber waren wir beide sehr beschäftigt.

Ich grub Wimperntusche aus den Tiefen meines Kosmetikkoffers. Schwarze Flocken rieselten ins Waschbecken, als ich den Applikator aufschraubte.

Waren diese Abendessen mit Galiano gerechtfertigt?

Rein geschäftlich?

Warum dann die langen Wimpern?

Ich schraubte das Ding wieder zu und steckte es unbenutzt zurück in das Köfferchen.

Galiano holte mich um sieben ab.

Das Restaurant befand sich in einer Arkade, die typisch war für Zone eins. Früher musste sie sehr schön gewesen sein, aber koloniale Pracht und Würde waren längst abblätternder Farbe und Graffiti gewichen.

Zumindest Galiano hatte Recht, was das Essen betraf. Es war ausgezeichnet.

Während wir aßen, erzählte ich von meinem Besuch in Sololá. Galiano war auch der Meinung, dass Molly möglicherweise mit mir verwechselt worden war, und bestand darauf, dass ich mich vorsehen sollte. Dagegen hatte ich nichts einzuwenden. Ich versicherte ihm, dass ich auf der Hut sein würde. Er schlug vor, ich solle eine Waffe tragen, und bot mir an, eine zu besorgen. Ich lehnte ab mit dem Argument, dass ich ein schlechter, weil ungeübter Schütze sei. Ich sagte ihm nicht, dass Waffen mir mehr Angst machen als der Gedanke an unbekannte Angreifer.

Galiano und ich waren uns darin einig, dass die Ermittlungen in Chupan Ya ein Motiv für die Schießerei hätten sein können. Demnach würde es wahrscheinlich keine weiteren Überfälle mehr geben, da die Ausgrabung abgeschlossen war. Trotzdem riet er mir, keine Ausflüge in abgeschiedene Gegenden zu unternehmen. Riet? Er bestand darauf.

Galiano hatte seine Zweifel an meiner Specter-Theorie.

»Es könnte erklären, warum ich keinen unbeschränkten Zugang zu den Paraíso-Knochen bekommen habe.«

»Warum?«

»Jemand hat den Staatsanwalt unter Druck gesetzt.«

»Wer?«

»Das weiß ich nicht.«

»Warum?«

»Das weiß ich nicht.«

Seine Skepsis irritierte mich. Oder meine Ratlosigkeit.

Völlig irrational kehrten meine Gedanken zu der Szene im Graben zurück. Gab es so etwas wie ein taktiles Gedächtnis? Kribbelte meine Wange wirklich an der Stelle, wo sie seine Brust berührt hatte?

Natürlich nicht.

Ich hörte schweigend zu, während er über die Ermittlungen im Mordfall Claudia de la Alda berichtete. Galianos Englisch war akzentfrei, er sprach es jedoch mit lateinamerikanischer Modulation. Ich mochte seine Stimme. Ich mochte sein schiefes Gesicht.

Ich mochte die Art, wie er mich ansah. Ich mochte die Art, wie er aussah.

Zur Sache, Brennan. Du bist Wissenschaftlerin, kein Schulmädchen.

Als die Rechnung kam, schnappte ich sie mir, holte meine American-Express-Karte heraus und drückte sie dem Kellner in die Hand. Galiano erhob keinen Einspruch.

Im Auto drehte sich Galiano mir zu und hängte den rechten Arm über die Rückenlehne.

»Was geht Ihnen im Kopf herum?« Ein Neonschild jagte blaue und gelbe Streifen über sein Gesicht.

»Nichts.«

»Sie verhalten sich wie eine Frau, die eben erfahren hat, dass sie umgebracht werden sollte.«

»Eine scharfsinnige Beobachtung.« Aber eine Fehldiagnose.

»Ich bin ein sensibler Bursche.«

»Wirklich?«

»Ich habe *Mars und Venus* gelesen.«

»Hm.«

»*Die Brücken am Fluss.*«

Er streckte die Hand aus und strich mir mit dem Daumen am Mundwinkel entlang.

»Hab mir sogar Notizen gemacht.«

»Wo ist Mrs. Galiano heute Abend?«

Einen Augenblick lang machte er ein verwirrtes Gesicht. Dann lachte er.

»Ich schätze, bei Ihrem Mann.«

»Sie sind geschieden?«

Galiano nickte. Er hob meine Haare an und strich mir mit dem Finger am Hals entlang. Er hinterließ eine schwelende Spur.

»Was ist mit Ryan?«, fragte er.

»Eine Arbeitsbeziehung.«

Richtig. Wir haben zusammen gearbeitet.

Galiano beugte sich zu mir. Ich spürte seinen feuchten Atem auf meiner Wange. Dann seine Lippen hinter meinem Ohr. In meinem Nacken. An der Kehle.

O Mann.

Galiano nahm mein Gesicht in beide Hände und küsste mich auf die Lippen.

Ich roch Männerschweiß, Baumwolle, etwas Scharfes, wie Zitrone. Die Welt schaltete auf Zeitlupe.

Galiano küsste mein linkes Lid, mein rechtes.

Galianos Handy schrillte.

Wir flogen auseinander.

Er zog sich das Gerät vom Gürtel und schaltete es ein. Eine Hand blieb in meinen Haaren.

»Galiano.«

Pause.

»*Ay. Dios.*«

Ich hielt den Atem an.

»Wann?«

Längere Pause.

»Weiß der Botschafter Bescheid?«

Ich schloss die Augen, spürte, wie meine Hände sich zu Fäusten ballten.

»Wo sind sie jetzt?«

Gott, bitte. Nicht noch eine Leiche.

»Ja.«

Galiano schaltete ab, strich mir über den Kopf und legte mir dann die Hand auf die Schulter. Einen Augenblick lang starrte er mich einfach nur an, und die Guernsey-Augen blitzten in der Dunkelheit des Autos.

»Chantale Specter?« Ich brachte die Frage kaum heraus.

Er nickte.

»Tot?«

Sie wurde gestern Nacht in Montreal verhaftet.«

14

»Sie lebt?« Ich wusste, wie dumm die Frage war, kaum dass ich sie ausgesprochen hatte.

»Lucy Gerardi war bei ihr.«

»Das gibt's doch nicht.«

»Sie wurden wegen Diebstahls von CDs im MusiGo in Le Fauburg verhaftet.«

»Ladendiebstahl?« Ich klang wie ein Trottel, aber das alles ergab für mich keinen Sinn.

»*Cowboy Junkies.*«

»Warum?«

»Schätze, sie stehen auf Folk-Rock.«

Ich verdrehte die Augen, im Dunkeln noch eine sinnlose Reaktion.

»Was hat sie nur nach Montreal gebracht?«

»Air Canada.«

Arschloch. Diese Antwort verkniff ich mir.

Galiano ließ den Motor an und fuhr vom Parkplatz.

Während der Rückfahrt saß ich mit an die Brust gezogenen Knien da. Die Schutzhaltung war unnötig. Die Nachricht über Chantale Specter hatte jedes amouröse Gefühl, das vielleicht in uns beiden aufgekommen war, weggewischt.

Vor dem Hotel öffnete ich die Tür, bevor das Auto ganz zum Stehen kam.

»Ruf mich an, sobald du etwas weißt.«

»Mach ich.«

Ich wedelte kurz die Hand in die Luft zwischen Galiano und mir.

»Wird das jetzt ein Problem?«

Galiano grinste. »Absolut nicht.«

Da ich zu aufgewühlt war, um zu schlafen, hörte ich meine Anrufbeantworter in Montreal und Charlotte ab. Pierre LaManche hatte angerufen, um mir mitzuteilen, dass man auf einem Dachboden in Quebec City einen mumifizierten Kopf gefunden hatte. Die Zeitungen, in die er eingewickelt war, stammten aus den Dreißigern. Der Fall war nicht dringend. Allerdings war in Lac des Deux-Montagnes ein verwester menschlicher Torso an Land gespült worden, und er wollte, dass ich ihn so bald wie möglich untersuchte.

In North Carolina gab es keine Anthropologiefälle.

Pete sagte, dass es Boyd und Birdie gut gehe.

Katy war nicht zu Hause.

Ryan war nicht zu Hause.

Ich aß zwei Donuts aus einer Schachtel, die ich in der Kochnische verstaut hatte, und schaltete CNN ein.

Der Tropensturm Armand bedrohte die Landzunge Floridas. Drei Kanadier waren wegen Börsenbetrugs in Buenos Aires festgenommen worden. Eine Bombe hatte in Tel Aviv fünf Menschen getötet. Bei einem Zugunglück in der Nähe von Chicago waren über hundert Menschen verletzt worden. Glückliche Anwälte.

Als Nächstes badete ich, massierte mir Conditioner in die Haare, rasierte Achselhöhlen und Beine, zupfte mir die Augenbrauen und cremte meinen ganzen Körper ein.

Haarlos und glatt kletterte ich ins Bett.

Mein Hirn arbeitete noch immer auf Hochtouren, und der Schlaf wollte einfach nicht kommen.

Claudia de la Alda war ein Mordopfer hier in Guatemala. Patricia Eduardo wurde noch immer vermisst, aber sie konnte das Mädchen im Faultank sein. Chantale Specter und Lucy Gerardi waren am Leben und in Kanada unter Arrest.

Was hatte Chantale und Lucy nach Montreal gelockt? Wie waren sie dorthin gelangt, ohne eine Spur zu hinterlassen? Wo hatten sie sich versteckt und warum?

Gab es eine Verbindung zwischen dem Mädchen im Faultank und dem Mord an Claudia de la Alda, oder hatten die beiden Fälle nichts miteinander zu tun? Löste sich Galianos Serienmörder-Theorie in Luft auf? Wer hatte wegen Claudias Leiche angerufen?

Wer kümmerte sich um Claudias Familie? War jemand bei ihnen, um ihnen in ihrem unerträglichen Leid beizustehen?

Wo war Patricia Eduardo? War die Leiche im Faultank wirklich die ihre? Ein merkwürdig zusammenhangloser Gedanke: Wer kümmerte sich um Patricias Pferd?

Wer hatte Galiano wegen Chantale Specter angerufen? Ich war so überrascht gewesen von der Nachricht, dass ich gar nicht daran gedacht hatte, ihn zu fragen.

Galiano.

Ich zuckte innerlich zusammen. Ich kam mir vor wie ein Mädchen, das man beim Petting auf der Couch ertappt hatte.

Und was war mit Ryan?

Was *war* mit Ryan?

Ryan und ich trafen uns hin und wieder. Wir waren zum Essen gegangen, ins Musée des Beaux-Arts, auf einige Partys, hatten zusammen Tennis gespielt. Er hatte mich sogar zum Bowling überredet.

Waren wir ein Paar?

Nein.

Konnten wir eins werden?

Die Jury kam zu keiner Entscheidung.

Wo standen Ryan und ich? Ich mochte ihn sehr, hatte Respekt vor seiner Integrität, genoss seine Gesellschaft.

Hitze breitete sich über meinen Bauch aus.

Ich fand ihn verdammt sexy.

Warum fühlte ich mich dann zu Galiano hingezogen?

Wieder diese Hitze.

Warum wohl, Flittchen.

Ryan und ich hatten ein Abkommen geschlossen. Nein, kein Abkommen, eine Übereinkunft. Eine stillschweigende Übereinkunft. Frag nichts, erzähl nichts. Die Taktik funktionierte beim amerikanischen Militär, und bis jetzt funktionierte sie auch bei uns.

Außerdem hatte ich nicht vor, mit Galiano etwas anzufangen.

Sieh's doch mal von der positiven Seite, sagte ich mir. Du hast es weder mit Ryan noch mit Galiano getan. Es gibt nichts zu erzählen.

Das war das Problem.

Nachdem ich mich noch eine halbe Stunde im Bett hin und her geworfen hatte, schliefen meine frustrierte Libido und ich endlich ein.

Das Telefon weckte mich aus tiefem Schlaf. Trübes Licht sickerte durch die Vorhänge, die schlaff vor meinem Fenster hingen.

Dominique Specter klang aufgeregt.

»Haben Sie's schon gehört?«

»Habe ich.«

Ich schaute zur Uhr. Zwölf nach sieben.

»*C'est magnifique.* Nicht das Stehlen, natürlich. Aber Chantale geht es gut.« Ihre Stimme klang schrill und angespannt, der Akzent war stärker, als ich ihn in Erinnerung hatte.

»Das ist eine wunderbare Nachricht.« Ich setzte mich auf.

»*Oui.* Mein Baby ist am Leben.«

»Wissen Sie, ob man Chantale außer dem Ladendiebstahl noch etwas anderes vorwirft?«

»Nein. Wir müssen hin und sie holen.«

Ich wies sie nicht darauf hin, dass ein Richter diesbezüglich anderer Meinung sein könnte.

»Wenn Drogen im Spiel sind, finden wir eine neue Therapie. Eine bessere.«

»Das ist eine gute Idee.«

»Wir werden darauf bestehen.«

»Ja.«

»Auf Sie wird sie hören.«

»Auf mich?«

Plötzlich war ich hellwach.

»*Mais oui.*«

»Ich fliege nicht nach Montreal.«

»Ich habe in der Maschine heute Nachmittag zwei Plätze gebucht.« Mrs. Specter war eine Frau, die Widerworte nicht oft hörte.

»Ich kann Guatemala jetzt nicht verlassen.«

»Aber ich brauche Sie.«

»Ich arbeite hier an einem Projekt.«

»Ich kann das nicht allein machen.«

»Wo ist Mr. Specter?«

»Mein Gatte ist bei einer Agrarkonferenz in Mexico City.«

»Mrs. Spect–«

»Chantale war an dem Abend, als sie ging, sehr wütend. Sie sagte schreckliche Dinge. Sie sagte, sie wolle mich nie wieder sehen.«

»Ich bin mir sicher –«

»Vielleicht weigert sie sich, mit mir zu reden!«

Probier's mit Valium.

»Kann ich Sie zurückrufen?«

»Bitte lassen Sie mich nicht im Stich. Ich brauche Ihre Hilfe. Chantale braucht Ihre Hilfe. Sie sind einer der wenigen Menschen, die die ganze Situation kennen.«

»Ich werde sehen, was ich tun kann.« Etwas Besseres fiel mir nicht ein.

Ich schlug die Decke zurück und schwang die Beine über die Bettkante.

Warum eilte der Botschafter nicht sofort herbei, um bei seiner Frau und seiner Tochter zu sein? Die Frau klang völlig außer sich.

Ich starrte eine Abschürfung auf meinem Knie an.

Würde ich mich in einer solchen Situation anders verhalten? Wahrscheinlich, aber das war nicht wichtig.

Ich schlurfte in die Küche, löffelte Kaffee in die Maschine, goss Wasser dazu. Dann holte ich die Donuts heraus und aß einen, während der Kaffee durchlief.

Ich könnte Ryan sehen.

Ich tupfte Puderzucker von der Anrichte, leckte die Fingerspitzen ab.

LaManche wollte meine Meinung zu dem Torso aus Lac des Deux-Montagnes. Sagte, es sei dringend.

Ich stellte mir Chupan Ya vor, dachte an die Skelette, die im FAFG-Labor auf den Tischen lagen. Diese Arbeit war so wichtig. Aber die Opfer waren seit fast zwei Jahrzehnten tot. Wurde ich hier so dringend gebraucht, wie LaManche meine Hilfe brauchte? Da Carlos und Molly nicht mehr dabei waren, mangelte es Mateo jetzt schon an Personal. Aber konnte er nicht für ein paar Tage ohne mich auskommen?

Ich schenkte Kaffee ein, goss Milch dazu.

Ich dachte an die Leiche in dem Graben und empfand die wohl bekannte Traurigkeit. Claudia de la Alda, achtzehn Jahre alt. Ich dachte an die Knochen im Faultank und wurde überwältigt von Schuldgefühlen.

Und Frustration. Je härter Galiano und ich arbeiteten, desto weiter schienen wir von Antworten entfernt.

Ich musste etwas Konkretes finden.

Ich brauchte eine Meinung über Katzenhaare.

Ich schaute auf die Uhr. Sieben Uhr vierzig.

Und noch etwas. Aber hatte Fereira das geschafft?

Im Karton waren noch zwei Donuts. Wie viele Kalorien wären das? Eine Million oder zwei? Aber morgen wären sie alt.

Der Abstecher nach Montreal würde nur ein paar Tage dauern. Ich könnte die Wogen zwischen Mrs. Specter und Chantale glätten und dann zu den Opfern aus Chupan Ya zurückkehren.

Ich aß die Donuts, trank meinen Kaffee aus und ging ins Bad.

Um acht rief ich das Institut in Montreal an und ließ mich mit der DNS-Abteilung verbinden. Als Robert Gagné sich meldete, schilderte ich ihm kurz den Paraíso-Fall und erklärte ihm, was ich brauchte. Er meinte, das könne gehen, und er würde es vorrangig behandeln, falls ich die Probe persönlich ablieferte.

Ich rief Minos an. Er versprach, die Katzenhaare in einer Stunde verpackt und abholbereit zu haben.

Ich rief in der Leichenhalle von Guatemala City an. Dr. Fereira hatte geschafft, worum ich sie gebeten hatte.

Dann rief ich Susanne Jean im Fabrikationsbetrieb der RP Corporation in St. Hubert an und erzählte ihr dasselbe, was ich Gagné erzählt hatte. Sie meinte, meine Idee könne funktionieren.

Ich rief Mateo an. Er sagte, ich solle mir alle Zeit nehmen, die ich brauchte.

Dasselbe bei Galiano.

Ich legte auf und ging zur Tür.

Okay, Mrs. Botschafterin. Sie haben eine Reisegefährtin. Und ich hoffe, dass Sie und Ihre Begleiterin vom guatemaltekischen Zoll einfach durchgewunken werden.

Angelina Fereira war gerade mit einem der Unfallopfer beschäftigt, als ich den Autopsiesaal betrat. Ein Mann lag auf dem Tisch, Kopf und Arme stark verkohlt, der Bauch klaffend wie ein Mund in einem Gemälde von Bacon. Die Pathologin zerschnitt eben eine Leber auf einem Tablett neben dem Tisch. Sie schwang ein großes, flaches Messer und sprach ohne aufzusehen.

»*Un momento.*«

Fereira musterte eingehend die präparierten Querschnitte, nahm dann drei Scheiben und legte sie in ein Probenglas. Das Gewebe sank zu Boden und legte sich zu seinen Gegenstücken aus Lunge, Magen, Milz, Nieren und Herz.

»Machen Sie bei jedem eine volle Autopsie?«

»Bei den Fahrgästen machen wir nur äußerliche Untersuchungen. Das hier ist der Fahrer.«

»Haben Sie ihn sich fürs große Finale aufgehoben?«

»Die meisten Opfer sind so schlimm verbrannt, dass wir nicht sicher sein konnten, wer wer ist. Haben ihn erst gestern gefunden.«

Fereira zog Maske und Handschuhe aus, wusch sich die Hände, ging zur Pendeltür und bedeutete mir, ihr zu folgen. Sie führte mich einen düsteren Korridor entlang in ein kleines fensterloses Büro und schloss die Tür. Dann öffnete sie einen zerbeulten Metallschrank und nahm einen großen braunen Umschlag heraus.

»Ein Radiologe im Hospital Centro Médico war mir noch einen Gefallen schuldig.« Sie sprach Englisch. »Den musste ich dafür einfordern.«

»Vielen Dank.«

»Hab den Schädel erst herausgeschmuggelt, als Lucas am Donnerstag schon weg war. Ich wollte nicht, dass er etwas mitbekommt.«

»Von mir erfährt keiner was.«

»Aber gut, dass ich es getan habe.«

»Wie meinen sie das?«

Fereira zog einen von mehreren großformatigen Filmbögen aus dem Umschlag. Darauf waren sechzehn CT-Aufnahmen zu sehen, von denen jede einen Fünf-Millimeter-Schnitt durch den Schädel aus dem Faultank darstellte. Sie hob einen Transparentfilm vor das Deckenlicht und deutete auf einen kleinen weißen Klecks im neunten Bild. Auf den folgenden Bildern vergrößerte sich die Trübung, änderte die Form und verkleinerte sich wieder. Im vierzehnten Bild war sie nicht mehr zu sehen.

»Ich entdeckte etwas im Siebbein, dachte, das könnte Sie weiterbringen. Nachdem Sie heute Morgen anriefen, wollte ich mir den Schädel noch einmal anschauen. Die Überreste waren verschwunden.«

»Wohin verschwunden?«

»Kremiert.«

»Nach nur einer Woche?« Ich war sprachlos.

Fereira nickte.

»Ist das üblich?«

»Wie Sie sehen können, haben wir Platzprobleme. Auch unter normalen Umständen können wir uns den Luxus nicht leisten, Unbekannte für längere Zeiträume aufzubewahren. Dieser Busunfall hat uns an die Kapazitätsgrenze gebracht.« Sie senkte die Stimme. »Aber eine Woche ist ungewöhnlich.«

»Wer hat das angeordnet?«

»Ich habe versucht, das herauszufinden. Aber niemand scheint es zu wissen.«

»Und die Unterlagen fehlen«, vermutete ich.

»Der Techniker schwört, er hätte den Ordner nach der Kremierung in den Ablagekorb getan, aber jetzt ist er nirgends zu finden.«

»Irgendwelche Theorien?«

»Ja.«

Sie steckte die Aufnahme zurück und gab mir den Umschlag.

»*Vaya con dios.*«

Um zwölf Uhr siebenundfünfzig saß ich angeschnallt in einem Erster-Klasse-Sitz in einer Maschine der American Airlines nach Miami. Dominique Specter saß neben mir und trommelte mit lackierten Nägeln auf die Sessellehne. Dr. Fereiras Aufnahmen steckten in einer verschlossenen Aktentasche zu meinen Füßen. Die Katzenhaarproben lagen daneben.

Während der Fahrt in der Limousine und der Wartezeit in der Flughafen-Lounge hatte Mrs. Specter unaufhörlich geredet. Sie beschrieb Chantale, erzählte Anekdoten aus der Kindheit, erging sich in Theorien über die möglichen Gründe für Chantales Probleme, schmiedete Pläne für ihre Rehabilitation. Sie war wie ein DJ zwischen zwei Platten, und aus lauter Angst vor der Stille war sie nicht sehr wählerisch in Bezug auf die Banalitäten, mit denen sie sie füllte.

Da ich dieses Gerede als ihre Art der Entspannung begriff, gab ich ermutigende Geräusche von mir, sagte aber kaum etwas. Sie brauchte kein Feedback. Der Wortfluss ließ keine Sekunde nach.

Schließlich verstummte Mrs. Specter, als wir beim Start die Rollbahn hinunterdonnerten. Sie presste die Lippen zusammen, stützte den Kopf gegen die Rückenlehne und schloss die Augen. Als wir unsere Reisehöhe erreicht hatten, zog sie ein Magazin aus ihrer Handtasche und blätterte darin.

Das Geplapper ging weiter während unseres Zwischenstopps in Miami und erstarb dann wieder auf dem Flug nach Montreal. Da meine Begleiterin offensichtlich unter Flugangst litt, überließ ich ihr die Gestaltung des Gesprächs.

Das Reisen mit der Frau eines Botschafters hat seine Vorteile. Als unsere Maschine um zehn Uhr dreißig landete, wurden wir von Männern im Anzug abgeholt und durch den Zoll geschleust. Um elf saßen wir schon im Fond einer anderen Limousine.

Mrs. Specter behielt ihr Flugschweigen bei, während wir ins Centre-ville rasten, an der Guy herauskamen und nach rechts in die Rue St. Catherine einbogen. Vielleicht waren ihr die Wörter ausgegangen, oder sie hatte sich bereits ruhig geredet. Vielleicht tröstete es sie, dass sie wieder einmal zu Hause war. Gemeinsam lauschten wir Robert Charlebois.

Je reviendrai à Montréal… Ich werde zurückkehren nach Montreal…

Gemeinsam sahen wir zu, wie die Lichter der Stadt an uns vorbeizogen.

Nach wenigen Minuten hielten wir vor meiner Wohnung. Der Fahrer stieg aus.

Während ich meine Aktentasche nahm, griff Mrs. Specter nach meiner Hand. Ihre Finger waren kalt und feucht, wie Fleisch aus dem Kühlschrank.

»Vielen Dank«, sagte sie fast unhörbar.

Ich hörte, wie der Kofferraum geöffnet und wieder geschlossen wurde.

»Ich freue mich, dass ich Ihnen helfen kann.«

Sie atmete tief durch.

»Sie wissen ja gar nicht, wie sehr.«

Die Tür auf meiner Seite wurde geöffnet.

»Sagen Sie mir Bescheid, wann wir Chantale sehen können. Ich begleite Sie.«

Ich legte meine Hand auf die ihre. Sie drückte und küsste sie.

»Danke.« Sie richtete sich auf. »Soll Claude Ihnen mit dem Gepäck helfen?«

»Ich komme schon zurecht.«

Claude begleitete mich bis zum Eingangstreppchen und wartete, bis ich den Schlüssel in die Haustür gesteckt hatte. Ich dankte ihm. Er nickte, stellte den Koffer neben mich und ging zur Limousine zurück.

Wieder sah ich zu, wie Mrs. Specter in die Nacht verschwand.

15

Um sieben am nächsten Morgen fuhr ich durch den asphaltierten Bauch von Montreal. Über mir erwachte und streckte sich die Stadt. Der Ville-Marie-Tunnel um mich herum war so grau wie meine Stimmung.

Quebec erlebte eben eine der seltenen Hitzewellen im Frühling. Als ich gegen Mitternacht zu Hause angekommen war, zeigte das Thermometer auf meiner Terrasse noch immer deutlich über fünfundzwanzig Grad, und in der Wohnung fühlte es sich an wie neunhundert.

Der Klimaanlage war meine Vorliebe für kühles Schlafen völlig gleichgültig. Nach zehn Minuten Knöpfedrücken, Hämmern und Fluchen war sie noch immer nicht angesprungen. Schwitzend und wütend hatte ich schließlich alle Fenster geöffnet und war ins Bett gefallen.

Auch den Jungs auf der Straße waren meine Bequemlichkeit und mein Schlafbedürfnis ziemlich egal. Ein Dutzend von ihnen feierten auf der hinteren Veranda einer Pizzabude, zehn Meter von meinem Schlafzimmerfenster entfernt. Schreien konnte ihre Partystimmung nicht dämpfen. Oder Drohungen. Oder Flüche.

Ich hatte schlecht geschlafen, mich unter schlaffen Laken hin und her geworfen und war immer wieder von Gelächter, Singen oder wütenden Ausbrüchen geweckt worden. Den Morgen hatte ich mit stechenden Kopfschmerzen begrüßt.

Das Bureau de Coroner und das Laboratoire de Sciences Judiciaires et de Médecine Légale befinden sich in einem dreizehnstöckigen Glas- und Beton-T in einem Viertel östlich von Centre-Ville. Mit der Provinzpolizei, der Sûreté du Québec, als Hauptnutzer hatte sich im Lauf der Jahrzehnte für das T der Name SQ-Gebäude eingebürgert.

Vor einigen Jahren hatte das Gouvernement du Québec beschlossen, mehrere Millionen in Strafverfolgung und Forensik zu pumpen. Das Gebäude wurde restauriert, das LSJML wurde vergrößert und zog aus dem fünften in den zwölften und dreizehnten Stock, in Räume, die früher als Arrestzellen gedient hatten. In einer offiziellen Zeremonie wurde der Turm als Édifice Wilfrid-Derome wieder geboren.

Alte Gewohnheiten sind schwer auszurotten. Für die meisten bleibt es das SQ-Gebäude.

Ich verließ den Tunnel bei der Molson-Brauerei, fuhr unter

der Jacques-Cartier-Brücke hindurch, sauste über die de Lorimer und schlängelte mich dann durch ein Viertel, in dem weder die Straßen noch die Bewohner schön waren. Dreistöckige Mietshäuser mit briefmarkengroßen Vorgärten und metallenen Wendeltreppen an der Frontseite. Graue Steinkirchen mit silbernen Türmchen. *Dépanneurs* an den Straßenecken. Ein paar Geschäfte mit Schaufenstern. Das Wilfrid-Derome/SQ-Gebäude, das alles überragte.

Nach zehn Minuten Suche fand ich einen Parkplatz, der offensichtlich, dank eines bürokratischen Schlupflochs, legal war, ohne Sondergenehmigung und für die ganze Zeit, die ich hier zu parken beabsichtigte. Ich las noch einmal die monatlichen, stündlichen und täglichen Einschränkungen, parkte ein, nahm Laptop und Aktentasche und ging den Block hoch. Kinder strömten zu zweit und zu dritt in eine nahe Schule, wie Ameisen, die von einer schmelzenden Eiskugel angelockt werden. Frühankömmlinge tummelten sich auf dem Spielplatz, kickten Bälle, übten Seilspringen, schrien oder jagten einander. Ein kleines Mädchen spähte durch das schmiedeeiserne Gitter, die Finger um die Längsstangen geklammert wie das Kind in Chupan Ya. Sie beobachtete mich mit ausdruckslosem Gesicht.

Ich beneidete sie nicht um die nächsten sechs Stunden, so eingesperrt in einem heißen Klassenzimmer, die Sommerferien noch einen ganzen Monat entfernt.

Ich beneidete aber auch mich nicht um den Tag, der vor mir lag.

Ich hatte keine große Lust auf einen mumifizierten Schädel. Ich hatte keine große Lust auf einen verwesenden Torso. Mir graute vor meiner Vermittlerrolle beim Wiedersehen von Chantale und ihrer Mutter. Es war einer dieser Vormittage, an denen ich mir wünschte, ich hätte einen Job bei der Telefongesellschaft angenommen.

Bezahlter Urlaub. Großzügige Sozialleistungen. Keine Leichen.

Ich schwitzte, als ich die Lobby betrat. Die morgendliche Mischung aus Smog, Autoabgasen und dem Cocktail, der aus der Brauerei drang, waren für die Blutgefäße in meinem Hirn nicht gerade heilsam gewesen. Mein Schädel fühlte sich an, als hätte der Inhalt seine Füllgrenze überschritten und würde jetzt nach außen drängen.

In meiner Wohnung hatte ich keinen Kaffee mehr gehabt. Während ich meine Codekarte für das Gebäude in den Scanner legte, durch die Sicherheitsschranken ging und auf einen Lift wartete, meine Laborkarte durch den Scanner zog und im zwölften Stock ausstieg, hatte ich nur dieses einzige Wort auf den Lippen.

Kaffee!

Noch ein Scanner, Glastüren gingen auf, und ich betrat den gerichtsmedizinischen Flügel.

Rechts des Korridors lagen Büros, die Labore links. *Microbiologie. Histologie. Pathologie. Anthropologie/Odontologie.* Die Fenster reichten von der Decke bis zur halben Höhe der Wand, um optimale Sicht zu gewährleisten, ohne die Sicherheit zu beeinträchtigen. Durch das Glas konnte ich sehen, dass alle Labors noch leer waren.

Ich sah auf die Uhr. Sieben Uhr fünfunddreißig. Da die meisten Hilfskräfte, Techniker und das akademische Personal ihren Tag erst um acht begannen, hatte ich noch fast eine halbe Stunde für mich.

Mit der Ausnahme von Pierre LaManche. In dem Jahrzehnt, das ich nun schon im LSJML arbeitete, war der Direktor der gerichtsmedizinischen Abteilung immer um sieben gekommen und hatte das Institut erst lange nach seinen Angestellten verlassen. Der alte Mann war so zuverlässig wie eine Quarzuhr.

Außerdem war er ein Rätsel. LaManche machte im Juli drei Wochen Urlaub und dann noch eine Woche über Weihnachten. In dieser Zeit rief er täglich von zu Hause im Institut an. Er reiste, kampierte, gärtnerte, fischte oder golfte nicht. Soweit bekannt, hatte er keine Hobbys. Bei Nachfragen weigerte LaManche sich höflich, über seinen Urlaub zu sprechen. Inzwischen machten sich Freunde und Kollegen erst gar nicht mehr die Mühe.

Mein Büro ist das letzte in einer Reihe von sechs und liegt dem Anthropologielabor direkt gegenüber. Diese Tür erfordert einen Schlüssel.

Ein Berg von Papier türmte sich auf meinem Schreibtisch. Ich ignorierte ihn, stellte Computer und Aktenmappe ab und ging zum Pausenraum.

Wie erwartet, war LaManches die einzige offene Tür. Auf dem Rückweg steckte ich den Kopf hinein.

Die halbmondförmige Brille auf der Nasenspitze, hob LaManche den Kopf. Eine lange Nase. Lange Ohren. Ein langes Gesicht, mit langen, senkrechten Falten. Mr. Ed mit Lesebrille.

»Temperance.« LaManche benutzte als einziger meinen vollen Namen. In seinem präzisen, förmlichen Französisch endete die letzte Silbe in dem typischen Nasal. »*Comment ça va?*«

Ich versicherte ihm, dass es mir gut gehe.

»Bitte kommen Sie rein.« Er deutete mit einer riesigen, altersfleckigen Hand auf zwei Stühle vor seinem Schreibtisch. »Setzen Sie sich.«

»Danke.« Ich stellte meinen Kaffee auf die Armlehne.

»Wie war's in Guatemala?«

Wie fasst man Chupan Ya kurz zusammen?

»Schwierig.«

»Auf vielen Ebenen.«

»Ja.«

»Die guatemaltekische Polizei wollte Sie unbedingt haben.«

»Dieser Meinung war nicht jeder.«

»Ach so?«

»Wie viel wollen Sie wissen?«

Er nahm die Lesebrille ab, warf sie auf den Schreibtisch und lehnte sich zurück.

Ich berichtete ihm von der Paraíso-Ermittlung und über Díaz' Versuche, meine Mitarbeit zu verhindern.

»Aber gegen Ihre Mitarbeit im Fall Claudia de la Alda hatte er nichts?«

»Da tauchte er nie auf.«

»Gibt es für diesen Mord irgendwelche Verdächtigen?«

Ich schüttelte den Kopf.

»Die Tochter des Botschafters und ihre Freundin sind hier, es bleibt also nur noch eine junge Frau vermisst?«

»Patricia Eduardo.«

»Und das Faultankopfer.«

»Ja. Das könnte allerdings Patricia sein.«

Offensichtlich hatte sich auf meinem Gesicht Verlegenheit breit gemacht.

»Sie hatten keine Möglichkeit, diesen Díaz zu stoppen?«

»Ich hätte eine gründlichere Untersuchung durchführen können, solange ich noch die Chance dazu hatte.«

Wir schwiegen einen Augenblick.

»Aber ich habe ein paar Ideen.«

Ich erzählte ihm von der Katzenhaarprobe.

»Was hoffen Sie zu erreichen?«

»Ein Profil kann hilfreich sein, falls ein Verdächtiger gefunden wird.«

»Ja.« Unverbindlich.

»Hundehaare haben Wayne Williams der Kindermorde in Atlanta überführt.«

»Sie brauchen sich nicht zu rechtfertigen. Ich stimme Ihnen zu.«

Ich schwenkte meinen Kaffee.

»Ist wahrscheinlich eine Sackgasse.«

»Aber wenn M. Gagné bereit ist, das Haarprofil zu erstellen, warum nicht?«

Ich berichtete ihm von meinen Plänen mit den CT-Scans.

»Das klingt viel versprechender.«

Ich hoffte es.

»Haben Sie die zwei Anfragen gefunden, die ich Ihnen auf den Schreibtisch gelegt habe?«

LaManche meinte damit das *Demande d'Expertise en Anthropologie*, das Formular, das meiner Mitarbeit an einem Fall vorausgeht. Es wird ausgefüllt vom anfragenden Pathologen und enthält Informationen über die Art der erforderlichen Untersuchungen, die an dem Fall beteiligten Ermittler sowie eine kurze Zusammenfassung der bekannten Fakten.

»Der Schädel könnte nicht menschlich sein. Auf jeden Fall scheint es kein frischer Todesfall zu sein. Der Torso ist eine andere Geschichte. Bitte fangen Sie mit dem an.«

»Irgendwelche Kandidaten?«

»Robert Clément ist ein kleiner Drogendealer im westlichen Quebec, der sich vor kurzem selbstständig gemacht hat.«

»Ohne den Hell's Angels Provision zu zahlen.«

LaManche nickte. »Das können die nicht zulassen.«

»Schlecht fürs Geschäft.«

»Clément kam Anfang Mai nach Montreal und verschwand kurz darauf. Vor zehn Tagen wurde er als vermisst gemeldet.«

Ich hob die Augenbrauen. Für gewöhnlich meiden Biker die Behörden.

»Eine anonyme Anruferin.«

»Ich mache mich sofort daran.«

Zurück in meinem Büro, rief ich Susanne Jean an. Weil sie nicht da war, hinterließ ich ihr eine Nachricht.

Als Nächstes brachte ich die Paraíso-Probe in die DNS-Abteilung. Gagné hörte sich meine Bitte an und klickte dabei abwesend mit einem Kugelschreiber.

»Interessante Frage.«

»Ja.«

»Habe noch nie eine Katze gemacht.«

»Könnte Ihre Chance sein, sich einen großen Namen zu machen.«

»König der Felinen Doppelhelix.«

»Ist eine Marktlücke.«

»Könnte das Projekt Felix Helix nennen.« Der Name der Comic-Katze klang auf Französisch merkwürdig.

Gagné griff nach Minos' Plastikröhrchen. »Soll ich einen Teil der Probe zurückbehalten?«

»Sie können alles benutzen. Das Labor in Guatemala hat noch mehr.«

»Was dagegen, wenn ich ein bisschen herumspiele, ein paar Techniken ausprobiere?«

»Lassen Sie's krachen.«

Wir unterzeichneten ein Beweismittel-Übergabe-Formular, und ich eilte in mein Büro zurück.

Bevor ich mich dem Kopf und dem Torso zuwandte, stöberte ich einige Minuten lang in dem Berg auf meinem Schreibtisch. Ich fand LaManches Antragsformulare, fischte die pinkfarbenen Telefonnachrichten heraus und schob den Rest beiseite. Ich hoffte auf irgendeine Botschaft von Ryan. *Bienvenue.* Willkommen zu Hause. Freut mich, dass du da bist. Hier war nichts los.

Detectives. Studenten. Journalisten. Ein Staatsanwalt hatte viermal angerufen.

Nichts von Ryan.

Toll. Ryan hatte seine Quellen. Sherlock wusste mit Sicherheit, dass ich zurück war.

Der Kopfschmerz pochte hinter meinem rechten Auge.

Ich ließ den Schreibtisch sein, schnappte mir die *Demande d'Expertise*-Formulare, zog einen Labormantel über und ging zur Tür. Ich war fast dort, als das Telefon klingelte.

Es war Dominique Specter.

»*Il fait chaud.*«

»Es ist wirklich warm«, stimmte ich ihr zu und überflog eins von LaManches Formularen.

»Angeblich könnte es heute einen Temperaturrekord geben.«

»Ja«, sagte ich abwesend. Der Schädel war in einem Koffer gefunden worden. LaManche registrierte stark abgenutzte Zähne und eine durch die Zunge gezogene Schnur.

»In der Stadt wirkt es ja immer so viel heißer. Ich hoffe, Sie haben eine Klimaanlage.«

»Ja«, antwortete ich, doch meine Gedanken kreisten um ein Thema, das längst nicht so harmlos war wie das Wetter.

»Sie sind beschäftigt?«

»Ich war fast drei Wochen weg.«

»Natürlich. Bitte entschuldigen Sie die Störung.« Sie schwieg kurz, was wohl Zerknirschtheit andeuten sollte. »Wir können Chantale um eins besuchen.«

»Wo ist sie?«

»In einem Polizeirevier an der Guy in der Nähe des Boulevard Lévesque.«

Sektion Süd. Das war nur ein paar Blocks von meiner Wohnung entfernt.

»Sollen wir Sie abholen?«

»Ich treffe Sie dort.«

Ich hatte kaum aufgelegt, als es schon wieder klingelte. Diesmal Susanne Jean. Sie sei den ganzen Vormittag mit Technikern von Volvo beschäftigt und habe mittags ein Treffen bei Bombardier, habe aber am Nachmittag Zeit für mich. Wir verabredeten uns für drei.

Dann ging ich ins Labor, legte eine Akte für jeden Fall an und überflog die Torsoanfrage. Männlicher Erwachsener. Arme, Beine und Kopf fehlten. Stadium fortgeschrittener Verwesung. Entdeckt in einem Abflusskanal am Lac des Deux-Montagnes. Leichenbeschauer: Leo Henry. Pathologe: Pierre LaManche. Ermittelnder Beamter: Lieutenant-détective Andrew Ryan, Sûreté du Québec.

So, so.

Die Überreste waren unten, also stieg ich in den Aufzug, zog meine Karte durch den Scanner und drückte den untersten der drei Knöpfe: LSJML. Leichenbeschauer. Leichenhalle.

Im Keller betrat ich einen weiteren Sperrbereich. Links führten Türen in Autopsieräume, von denen drei je einen Tisch enthielten, der größte aber zwei.

Durch das kleine Fenster in der Tür des mittleren Raums sah ich eine Frau in Chirurgengrün. Sie hatte lange, lockige, am Hinterkopf mit einer Spange zusammengehaltene Haare. Hübsch, großbusig, etwas über dreißig und immer zu einem Lächeln bereit, war Lisa der Liebling aller Mordermittler.

Sie war auch mein Liebling, weil sie es vorzog, Englisch zu sprechen.

Als sie die Tür hörte, drehte sie sich um und tat genau das.

»Guten Morgen. Ich dachte, Sie sind in Guatemala.«

»Ich fliege bald wieder zurück.«

»Urlaub?«

»Nicht unbedingt. Ich würde mir gern LaManches Torso anschauen.«

Sie verzog das Gesicht.

»Er ist erst vierundsechzig, Dr. Brennan.«

»Jeder ist ein Komiker.«

»Leichenhallennummer?«

Ich las sie laut von dem Formular ab.

»Raum vier?«

»Bitte.«

Sie verschwand durch eine Doppeltür. Dahinter lag eine von fünf Lagerkammern, jede unterteilt in vierzehn Kühlfächer mit Edelstahltüren. Kleine weiße Karten bedeuteten belegt. Rote Aufkleber warnten vor HIV-positivem Status. Die Leichenhallennummer sagte Lisa, hinter welcher Tür der Torso lag.

Ich ging in Raum vier, der mit einem zusätzlichen Belüftungssystem ausgestattet war. Der Raum für Wasserleichen und Verfaulte. Der Raum für Verkohlte. Der Raum, in dem ich normalerweise arbeitete.

Ich hatte mir kaum Maske und Handschuhe angezogen, als Lisa eine Rollbahre durch eine Pendeltür schob, die genauso aussah wie die im mittleren Raum. Als ich den Reißverschluss des Leichensacks aufzog, füllte ein Ekel erregender Gestank die Luft.

»Ich glaube, er ist reif.«

»Ein bisschen überreif.«

Lisa und ich ließen den Torso auf den Tisch gleiten. Die Genitalien waren zwar angeschwollen und entstellt, aber noch intakt.

»Es ist ein Junge.« Lisa Levine, Entbindungsschwester.

»Zweifelsohne.«

Ich machte mir Notizen, während Lisa die von LaManche angeordneten Röntgenaufnahmen holte. Sie zeigten vertebrale Arthritis und acht bis zehn Zentimeter lange Knochenreste der abgetrennten Glieder.

Mit einem Skalpell entfernte ich das weiche Gewebe über dem Brustknochen, und Lisa schaltete eine Knochensäge ein, mit der sie die Brustbeinenden der dritten, vierten und fünften Rippen durchtrennte. Ähnlich verfuhren wir am Becken, wo wir die Frontseite freilegten und heraussägten.

Alle sechs Rippen und die Schambeinfuge wiesen Porosität und viel erratisches Knochenmaterial auf. Der Kerl sah aus, als hätte er schon einige Jahre auf dem Buckel.

Das Geschlecht wurde anhand der Genitalien bestimmt. Die Rippenenden und die Schambeinfuge würden mir eine Altersschätzung ermöglichen. Die Abstammung würde jedoch ziemlich schwierig werden.

Die Hautfarbe ist deshalb bedeutungslos, weil eine Leiche, je nach den postmortalen Umweltbedingungen, dunkler werden, ausbleichen oder sich verfärben kann. Dieser Herr hatte sich eine Tarnfarbe ausgesucht: braun und grün gesprenkelt. Ich konnte ein paar subkraniale Maße nehmen, aber ohne Schädel und Gliedmaßen war eine rassische Einordnung so gut wie unmöglich.

Als Nächstes trennte ich den fünften Nackenwirbel, den obersten der verbliebenen Halswirbel, ab. Ich löste schmieriges Fleisch von den Resten der Arm- und Beinstümpfe, und Lisa schnitt eine Probe aus den abgetrennten Enden jedes Oberarm- und Oberschenkelknochens.

Eine schnelle Untersuchung ergab deutliche Absplitterungen und tiefe l-förmige Furchen auf jeder Schnittfläche. Ich vermutete, dass hier eine Kettensäge im Spiel war.

Dann dankte ich Lisa, fuhr mit den Proben in den zwölften Stock zurück und brachte sie dem Labortechniker. Denis würde die Knochen einweichen und dann das verbliebene Fleisch und die Knorpel vorsichtig ablösen. In einigen Tagen könnte ich sie dann untersuchen.

Auf meinem Fensterbrett steht eine Uhr mit dem Emblem der McGill University, die mir als Dank für eine Gastvorlesung von der Ehemaligenvereinigung überreicht worden war. Neben der

Uhr steht ein gerahmter Schnappschuss von Kathy und mir, der während eines Sommers auf den Outer Banks aufgenommen worden war. Als ich mein Büro betrat, fiel mein Blick auf dieses Foto. Ich spürte den üblichen Stich, gefolgt von einem Gefühl der Liebe, das so intensiv war, dass es schmerzte.

Zum millionsten Mal fragte ich mich, warum dieses Foto so starke Emotionen in mir auslöste. Sehnsucht nach meiner Tochter? Ein schlechtes Gewissen, weil ich so oft weg war? Trauer um die Freundin, bei deren Leiche es gelegen hatte?

Ich erinnerte mich, wie ich dieses Foto im Grab meiner Freundin gefunden hatte, erinnerte mich an das Entsetzen, den brennenden Zorn. Ich stellte mir den Mörder vor, fragte mich, ob er während seiner langen Gefängnistage und -nächte an mich dachte.

Warum behielt ich das Foto?

Keine Erklärung.

Warum hier?

Ich hatte keine Ahnung.

Oder? Wusste ich es tief in meinem Herzen nicht doch? Inmitten des betäubenden Wahnsinns von Mord, Verstümmelung und Selbstzerstörung erinnerte der rissige und ausgebleichte Schnappschuss mich daran, dass ich noch Gefühle hatte. Er löste Empfindungen aus.

Jahr um Jahr stand dieses Foto auf meinem Fensterbrett.

Ich ließ den Blick zur McGill-Uhr wandern. Zwölf Uhr fünfundvierzig. Ich musste mich beeilen.

16

Außerhalb des SQ fühlte die Luft sich schwer und feucht an. Eine Brise vom St. Lawrence her brachte kaum Linderung. Der Brauereigestank hatte sich verflüchtigt, dafür war jetzt der Geruch des Flusses stark. Während ich zum Auto ging, kreischte über mir eine Möwe, entweder um gegen diese frühzeitigen Abstecher des Sommers zu protestieren oder um ihn zu feiern.

Die Polizeistrukturen in Quebec sind kompliziert. Die SQ ist zuständig für alle Teile der Provinz, die nicht unter die Gerichtsbarkeit städtischer Einheiten fallen. Die Insel selbst wird von der Police de la Communauté Urbaine de Montréal, auch CUM genannt, geschützt.

Die CUM unterteilt sich in vier Abteilungen: die Sektionen Nord, Süd, Ost und West. Nicht sehr kreativ, aber geografisch korrekt. Jede Sektion hat eine Zentrale mit Ermittlungs-, Interventions- und Analyseabteilungen. Jede beherbergt außerdem einen Arrestbereich.

Verdächtige, die wegen Verbrechen außer Mord oder Vergewaltigung verhaftet werden, warten in einem der vier Sektionsgefängnisse auf die Anklageerhebung. Wegen des Ladendiebstahls im MusiGo im Le Faubourg waren Chantale Specter und Lucy Gerardi in die Sektion Süd gebracht worden.

Sektion Süd, zu der auch mein Viertel gehört, ist ein äußerst vielschichtiges Stück urbaner Geografie. Obwohl vorwiegend Französisch und Englisch gesprochen wird, hört man auch Griechisch, Italienisch, Libanesisch, Chinesisch, Spanisch, Parsi und ein Dutzend andere Dialekte. In dem Viertel liegen die McGill Universität und Wanda's Strip Club, das Sun Life Building und Hurley's Pub, die Cathédrale Marie-Reine-du-Monde und der Kondomladen an der Crescent Street.

Die Sektion Süd ist Heimat für Separatisten und Föderalisten, Drogendealer und Banker, wohlhabende Witwen und mittellose Studenten. Es ist ein Spielplatz für Eishockey-Fans und für Singles auf der Pirsch, ein Arbeitsplatz für vorstädtische Pendler und ein Schlafzimmer für Obdachlose, die aus braunen Tüten trinken und auf Bürgersteigen schlafen. Im Laufe der Jahre war ich an zahlreichen Mordermittlungen beteiligt, die in dieser Sektion begonnen hatten.

In Umkehrung meiner morgendlichen Route fuhr ich nun Richtung Westen durch den Tunnel, nahm die Axwater-Ausfahrt, schoss auf der St. Marc nach Norden, bog rechts in die St. Catherine ein und dann wieder rechts in die Guy. Einmal war ich nur Meter von meinem Zuhause entfernt, und lieber hätte ich diese Abkürzung genommen, als weiterzufahren zu meinem geplanten Rendezvous.

Im Auto dachte ich an die Eltern von Chantale und Lucy. Señor Gerardi, arrogant und herrisch. Seine verschüchterte Frau. Mrs. Specter mit gefärbten Augen und lackierten Nägeln. Der abwesende Mr. Specter. Sie waren die Glücklichen. Ihre Töchter waren am Leben.

Ich stellte mir Señora Eduardo vor, die sich noch immer verzweifelt fragte, was mit ihrer Tochter passiert war. Und die de la Aldas, die über Claudias Tod trauerten und sich vielleicht Vorwürfe machten, dass sie ihn nicht hatten verhindern können.

Ich fuhr auf den Parkplatz und stellte mich zwischen zwei Streifenwagen. Claude lehnte am Specterschen Mercedes, die Füße übereinander geschlagen, die Arme verschränkt. Er nickte, als ich vorbeiging.

Ich betrat das Revier durch den Haupteingang, ging zum Empfang, zeigte meinen Ausweis und nannte den Grund meines Besuchs. Die Beamtin studierte das Foto, verglich es mit meinem Gesicht und fuhr dann mit dem Finger eine Liste entlang. Als sie meinen Namen gefunden hatte, hob sie wieder den Kopf.

»Der Anwalt und die Mutter sind schon drin. Lassen Sie Ihre Sachen hier.«

Ich nahm die Handtasche von der Schulter und schob sie über die Theke. Sie steckte sie in ein Schließfach, schrieb etwas in ein Buch und drehte es dann mir zu.

Während ich Uhrzeit und Namen eintrug, griff sie zum Telefon und sagte ein paar Worte. Augenblicke später kam ein Wachposten durch die grüne Metalltür zu meiner Linken. Er tastete mich mit einem Metalldetektor ab und bedeutete mir dann, ihm zu folgen. Während er mich einen neonbeleuchteten Korridor entlangführte, folgten Videokameras unseren Bewegungen.

Die Ausnüchterungszelle lag direkt vor uns, ihre Insassen lungerten herum, schliefen oder klammerten sich an die Gitterstangen. Dahinter eine weitere grüne Metalltür. Hinter dieser Tür der eigentliche Zellenblock. Der Ausnüchterungszelle gegenüber eine Theke. Hinter der Theke eine Wand aus hölzernen Fächern, die Garderobe für eintreffende Gefangene. Das übliche Gefängnis-Design.

Wir kamen an mehreren Türen mit der Aufschrift ENTREVUE DÈTENU vorbei. Von früheren Besuchen wusste ich, dass hinter jeder eine winzige Kammer mit Wandtelefon, an den Boden genietetem Stuhl, Wandtheke und einem Fenster in einen spiegelbildlichen Raum lag. Unterhaltungen mussten durch Glas und über Telefon geführt werden.

Unterhaltungen mit Häftlingen, die keine Botschaftertöchter waren.

Der Posten ging an den Verhörzimmern vorbei, blieb vor einer Tür mit der Aufschrift ENTREVUE AVOCAT stehen und winkte mich hindurch. Auf der Anwaltsseite war ich noch nie gewesen, und ich war neugierig, was mich erwarten würde. Ledersessel? Cognacschwenker? Fotos von Menschen, die in Schottland Golf spielten?

Der Raum war zwar größer, aber genauso kahl wie diejenigen für die Familien und Freundinnen der Gefangenen. Neben einem Telefon bestand die Einrichtung nur aus einem Metalltisch und einigen Stühlen.

Am Tisch saßen Mrs. Specter, ihre Tochter und ein Mann, der wohl Anwalt der Familie war. Er war groß, und sein Bauchumfang stand seiner Höhe in nichts nach. Ein grauer Haarkranz zierte seinen Hinterkopf und kräuselte sich am Kragen seines Zweitausend-Dollar-Anzugs. Gesicht und Schädel leuchteten in Hochglanz-Rosa.

Mrs. Specter hatte zur sommerlichen Farbpalette gegriffen. Sie trug ein Leinenkostüm in Ecru, eine gedeckt weiße Strumpfhose und offene Pumps. Ein goldenes, mit zarten Staubperlen besetztes Band bändigte die kupferfarbenen Locken. Als sie mich sah, flackerte kurz ein angespanntes Lächeln auf, dann versteckte sich ihr Gesicht wieder hinter ihrer perfekten Estée-Lauder-Maske.

»Dr. Brennan, darf ich Ihnen Ihor Lywyckij vorstellen«, sagte sie.

Lywyckij erhob sich halb und streckte die Hand aus. Das einst wohl muskulöse Gesicht des Mannes war nach Jahren üppigen Essens und reichlichen Alkoholgenusses schlaff geworden. Ich lächelte ihn an, als wir uns die Hände gaben. Sein fleischiger Händedruck war kräftig.

»Tempe Brennan.«

»Angenehm.«

»Mr. Lywyckij wird Chantale vertreten.«

»Ach, bitte. Steckt mich nicht in den richtigen Knast.« Chantales Stimme triefte vor Sarkasmus.

Ich wandte mich ihr zu. Die Tochter des Botschafters saß mit ausgestreckten, schräg gestellten Füßen da, den Blick gesenkt, die Hände in den Taschen einer Jeansweste vergraben.

»Du musst Chantale sein.«

»Nein, ich bin das verdammte Schneewittchen.«

»Chantale!«

Mrs. Specter legte ihrer Tochter die Hand auf den Kopf. Chantale schüttelte sie ab.

»Das ist doch alles Blödsinn. Ich bin unschuldig.«

Chantale sah so unschuldig aus wie der Würger von Boston. Die blonden Haare waren jetzt schwarz wie Schuhcreme. Unter der Weste trug sie ein pinkfarbenes Spitzenbustier. Ein schwarzer Stretch-Minirock, schwarze Strumpfhose, schwarze Arbeitsstiefel und ein schwarzes Make-up vervollständigten das Ensemble.

Ich setzte mich auf einen Stuhl gegenüber der fälschlich Beschuldigten.

»Der Wachmann fand fünf CDs in Ihrem Rucksack, Miss Specter.« Lywyckij.

»Leck mich.«

»Chantale!« Diesmal fuhr Mrs. Specters Hand an ihre eigene Stirn.

»Ich bin hier, um Ihnen zu helfen, Miss. Das kann ich aber nicht tun, wenn Sie gegen mich kämpfen.« Lywyckij klang wie ein Pfarrer.

»Sie sind hier, um mich in irgendein Scheiß-Konzentrationslager zu schicken.«

Als Chantale den Kopf hob, hatte ich das Gefühl, in nackten Hass zu blicken.

»Und was zum Teufel will sie hier?« Sie deutete mit dem Ellbogen in meine Richtung.

Mrs. Specter meldete sich zu Wort, bevor ich etwas sagen konnte.

»Wir machen uns alle Sorgen, Darling. Wenn du ein Problem

mit Drogen hast, wollen wir die beste Lösung für dich finden. Dr. Brennan könnte in der Lage sein, dir dabei zu helfen.«

»Du willst mich nur irgendwie wegsperren, damit ich dich nicht in Verlegenheit bringen kann.« Sie trat gegen ein Tischbein, und ihr lodernder Blick wanderte wieder zu ihren Stiefeln.

»Chant–«

Lywyckij legte Mrs. Specter die Hand auf die Schulter und hob die andere, um sie zum Schweigen zu bringen.

»Was wollen *Sie* denn, Chantale?«

»Ich will hier raus.«

»Dafür werde ich sorgen.«

»Wirklich?« Zum ersten Mal schien ihre Stimme zu ihrem Alter zu passen.

»Sie haben keine Vorstrafen in Kanada, und Ladendiebstahl ist nur ein Vergehen. Unter den gegebenen Umständen bin ich mir sicher, den Richter davon überzeugen zu können, Sie in die Obhut Ihrer Mutter zu entlassen, wenn Sie versprechen, sich an seine und *ihre* Bedingungen zu halten.«

Chantale erwiderte nichts.

»Verstehen Sie, was das bedeutet?«

Keine Antwort.

»Wenn Sie Ihrer Mutter nicht gehorchen, verstoßen Sie gegen die Auflagen.«

Noch ein Tritt gegen das Tischbein.

»Verstehen Sie, Chantale?«

»Ja, ja.«

»Fügen Sie sich den Bedingungen, die Ihnen auferlegt werden?«

»Sie halten mich wohl für scheiß-dämlich.«

Mrs. Specter zuckte zusammen, hielt aber den Mund.

»Was ist mit Lucy?«

Lywyckij ließ die Hand sinken und wischte nicht vorhandenen Staub von der Tischplatte.

»Miss Gerardis Lage ist problematischer. Ihre Freundin ist illegal hier. Sie hat keine Papiere, die ihr den Aufenthalt in Kanada gestatten. Darüber wird man noch sprechen müssen.«

»Ohne Lucy gehe ich nirgendwohin.«

»Wir werden eine Lösung finden.«

Lywyckij faltete die Hände. Sie sahen aus wie geflochtene rosige Würste.

Einige Augenblicke sagte keiner etwas. Chantale bearbeitete weiter das Tischbein.

»Nun.« Lywyckij beugte sich vor und stützte sich auf die Unterarme. »Vielleicht sollten wir jetzt über das Drogenproblem sprechen.«

Schweigen.

»Chantale, Darling, du muss–«

Wieder brachte Lywyckij seine Klientin mit erhobener Hand zum Schweigen.

Wieder Stille. Wieder Tritte gegen den Tisch.

Ich ließ den Blick zwischen Mutter und Tochter hin und her wandern. Es war, als würde man abwechselnd in *Glamour* und *Metal Edge* blättern. Schließlich zuckte wieder ein Ellbogen in meine Richtung.

»Ist die so was wie ein Street Worker?«

»Die Dame ist eine Freundin Ihrer Mutt–«, begann Lywyckij.

»Ich habe meine Mutter gefragt.«

»Dr. Brennan hat mich von Guatemala City hierher begleitet.« Mrs. Specters Stimme klang dünn.

»Hat sie dir beim Start geholfen, dich zu schnäuzen?«

Ich hatte mir selbst versprochen, mir diese Chantale nicht unter die Haut gehen zu lassen, aber jetzt musste ich gegen den Drang ankämpfen, über den Tisch zu langen und dieses kleine Luder bei der Kehle zu packen. Zum Teufel mit den Samthandschuhen.

»Ich arbeite hier für die Polizei.«

Chantale nahm das nicht so einfach hin.

»Welche Polizei?«

»Für alle Dienststellen. Und deine Gossennummer beeindruckt hier niemand.«

Chantale zuckte die Achseln.

»Dein Anwalt gibt dir einen guten Rat.« Ich versuchte erst gar nicht, den Namen des Mannes auszusprechen.

»Der Anwalt meiner *Mutter* hat den IQ eines Rettichs.«

Lywyckijs Gesicht verdunkelte sich, bis es aussah wie eine große, reife Pflaume.

»Du spielst ein gefährliches Spiel, Chantale«, sagte ich.

»Na ja, ist doch mein Spiel, oder?«

»Sie müssen sich im Klaren sein –«, begann Lywyckij.

Chantale schnitt ihm wieder das Wort ab.

»Was soll das heißen, ›für die Polizei arbeiten‹?« Meine bewusst vage Formulierung war ihr nicht entgangen. Dumm war die Tochter des Botschafters nicht.

»Ich bin im Gerichtsmedizinischen Institut.«

»Beim Leichenbeschauer.«

»Genau.«

»Die bearbeiten Leichen in Guatemala City?«

»Ich wurde eingeladen, dort unten an einem Mordfall mitzuarbeiten.«

Ich überlegte, ob ich es dabei belassen sollte, entschied mich dann aber für eine Dosis Wirklichkeit.

»Beide Opfer waren junge Frauen deines Alters.«

Endlich schauten die Vampiraugen in die meinen.

»Claudia de la Alda«, sagte ich.

Ich wartete, ob sie auf den Namen reagierte. Nichts.

»Ihr Zuhause war nicht weit von deinem entfernt.«

»So ein Zufall.«

»Claudia arbeitete im Ixchel-Museum.«

Noch ein Achselzucken.

»Das zweite Opfer wurde noch nicht identifiziert. Wir fanden sie in einem Faultank in Zone eins.«

»Üble Gegend.«

Chantale und ich starrten uns jetzt unverwandt an, maßen unsere Willensstärke.

»Versuchen wir es mit einem anderen Namen«, sagte ich.

»Rumpelstilzchen?«

»Patricia Eduardo.«

Versteinerte Pupillen. Kein Wimpernzucken.

»Patricia arbeitete im Hospital Centro Médico.«

»Bettpfannen-Bingo. Nicht mein Spiel.«

»Sie wird seit letzten Oktober vermisst.«

»Manchmal machen sich Leute eben aus dem Staub.«

»Tun sie.«

Peng. Der Tisch machte einen Satz.

»Dein Name tauchte bei der Ermittlung auf.«

»Unmöglich«, schnaubte sie.

Peng.

»Inwiefern?«

»Zu viele Zufälle eben.«

»Soll das ein Witz sein?«

Chantales Blick huschte zu Lywyckij. Er hob abwehrend die Hände. Der Blick kehrte zu mir zurück.

»Das ist doch Blödsinn.«

»Die guatemaltekische Polizei ist nicht dieser Ansicht. Sie suchen Informationen.«

»Von mir aus können sie ein Mittel gegen den Tripper suchen. Ich weiß nicht, von was Sie reden.« Sie starrte mich mit Funkelblick an.

»Du bist im selben Alter, lebst nur ein paar Blocks entfernt.

Wenn sie auch nur eine Verbindung finden, ein Klo, auf dem du und Claudia de la Alda mal gemeinsam gepinkelt habt, dann holen sie dich zurück und drehen dich durch die Mangel.«

Das stimmte natürlich nicht, und Lywyckij wusste es. Doch der Anwalt sagte nichts.

»Sie können mich nicht zwingen, nach Guatemala zurückzugehen.« Chantales Stimme klang jetzt nicht mehr ganz so selbstsicher.

»Du bist siebzehn. Und damit minderjährig.«

»Das werden wir nicht zulassen.« Lywyckij mimte den guten Bullen.

»Vielleicht hast du keine andere Wahl.« Ich machte als böser Bulle weiter.

Chantale kaufte uns das Spiel nicht ab. Sie zog die Hände aus den Taschen und streckte sie mir mit überkreuzten Gelenken entgegen.

»Okay. Ich war's. Ich habe sie umgebracht. Und ich deale mit Heroin an der Junior High.«

»Niemand beschuldigt dich des Mordes«, sagte ich.

»Ich weiß. Das Ganze soll nur ein Wirklichkeits-Crash-Kurs für einen ungezogenen Teenager sein.« Sie schoss vor, riss die Augen weit auf und wackelte mit dem Kopf wie ein Hutablagen-Dackel. »Schlimmen Mädchen passieren schlimme Dinge.«

»So in der Richtung«, entgegnete ich ungerührt. »Du weißt natürlich, dass Lucys Rückkehr nach Guatemala nicht zu verhindern ist.«

Chantale stand so plötzlich auf, dass der Stuhl umkippte.

Mrs. Specter hielt sich die Hand ans Herz.

Der Wachposten kam, die Hand am Revolvergriff, durch die Tür geschossen. »Alles in Ordnung?«

Lywyckij richtete sich auf. »Wir sind fertig.« Er wandte sich an Chantale. »Ihre Mutter hat Ihnen für Ihr Erscheinen vor dem Richter etwas zum Anziehen mitgebracht.«

Chantale verdrehte die Augen. Tuscheklumpen hingen an den Wimpern wie Regentropfen an einem Spinnennetz.

»Wir sollten Sie in drei Stunden hier raus haben«, fuhr er fort. »Die Drogensache besprechen wir später.«

Nachdem der Posten Chantale aus dem Zimmer geführt hatte, wandte Lywyckij sich an Mrs. Specter.

»Glauben Sie, dass Sie sie unter Kontrolle halten können?«

»Natürlich.«

»Sie könnte ausreißen.«

»Diese schreckliche Umgebung macht Chantale aggressiv. Wenn Sie wieder zu Hause bei Ihrem Vater und mir ist, kommt sie wieder ganz in Ordnung.«

Lywyckijs Zweifel konnte ich sehen. Ich hatte meine eigenen.

»Wann trifft der Botschafter ein?«

»Sobald er kann.« Das Plastiklächeln huschte über ihr Gesicht.

Ein Liedtext kam mir in den Sinn. Ein Lied über ein immer parates Lächeln. Ich hatte es als Achtjährige gesungen.

Ich hab' was in der Tasche, das gehört auf mein Gesicht
Ich hab' es immer bei mir und hol' es schnell ans Licht…

»Was ist mit Miss Gerardi?« Lywyckijs Frage holte mich in die Wirklichkeit zurück.

»Was ist mit ihr?« Eine Gegenfrage von Frau Botschafter, die nicht gerade große Besorgnis ausdrückte.

»Werde ich sie vertreten?«

»Wahrscheinlich rühren Chantales Schwierigkeiten vom Einfluss dieses Mädchens her. Das Beschaffen von Pässen. Trampen mit Fremden. Den Kontinent in Bussen durchqueren. Von sich aus würde meine Tochter so etwas nie tun.«

»Ich bin mir da nicht so sicher«, sagte ich.

Die Smaragdaugen huschten überrascht zu mir.

»Woher wollen Sie das wissen?«

»Nennen Sie es ein Bauchgefühl.« Ich ließ mich nicht einschüchtern.

Eine Pause, dann eine Verlautbarung von Mrs. Specter.

»Auf jeden Fall ist es besser, wenn wir uns nicht in die Angelegenheiten guatemaltekischer Bürger einmischen. Lucys Vater ist ein wohlhabender Mann. Er wird sich schon um sie kümmern.«

Der wohlhabende Mann war bereits in Montreal und ging hinter einem Wachposten her, als wir wieder auf den Gang traten. Sein Begleiter war wie Lywyckij ausgestattet mit einem teuren Anzug, italienischen Schuhen und einer ledernen Aktenmappe.

Gerardi drehte sich um, als wir vorbeigingen, und sein Blick traf meinen.

Ich hatte Mitleid gehabt mit dem kleinen Mädchen am Schulhofzaun. Doch diese Empfindung war nichts im Vergleich zu dem Mitgefühl, das ich jetzt für Lucy Gerardi empfand. Was sie auch nach Kanada getrieben hatte, es würde ihr nicht verziehen werden.

17

Vierzig Minuten später ging ich zwischen schulterhohen Hecken hindurch auf einem Weg, der zu einer Glasdoppeltür führte. Auf jeder Scheibe war ein Logo aufgedruckt und darunter Firmeninformationen. Oben auf Französisch, darunter in kleinerer Schrift auf Englisch. Sehr *québecois*.

Dreißig Minuten hatte ich für die Fahrt gebraucht und noch einmal dreißig, um die Adresse zu finden. Die RP Corporation war eins von einem halben Dutzend Unternehmen, die alle in zweistöckigen Betonkästen in einem Gewerbegebiet in St. Hubert untergebracht waren. Jedes Gebäude war grau, drückte jedoch seine Individualität mit einem farbigen Streifen aus, der es umschlang wie ein Geschenkband. RPs Schleifchen war rot.

Die Lobby hatte den glänzendsten Boden, auf den ich je einen Fuß gesetzt hatte. Ich überquerte ihn zu einem Büro links des Haupteingangs. Als ich zur Tür hineinspähte, begrüßte mich eine Asiatin auf Französisch. Sie hatte glänzende schwarze Haare, die stumpf an den Ohren und in der Stirn zu einem geraden Pony geschnitten waren. Ihre breiten Wangenknochen erinnerten mich an Chantale Specter, und das brachte mich auf das Mädchen im Faultank. Wieder spürte ich das schon vertraute schlechte Gewissen.

»*Je m'appelle Tempe Brennan*«, sagte ich.

Als sie meinen Akzent hörte, antwortete sie auf Englisch.

»Was kann ich für Sie tun?«

»Ich habe um drei einen Termin mit Susanne Jean.«

»Bitte nehmen Sie Platz. Es dauert nur einen Augenblick.« Sie griff zu einem Hörer und sprach hinein.

In weniger als einer Minute erschien Susanne und winkte mir mit gekrümmtem Zeigefinger.

Sie hatte ungefähr mein Gewicht, war aber einen ganzen Kopf größer. Ihre Haut war aubergine. Ihre Haare waren um das Gesicht herum zu einem Gatter aus kurzen, straffen Zöpfchen geflochten, hinten hingen sie in dichten, von einem orangefarbenen Band gehaltenen Zopfgarben herab. Wie üblich sah Susanne eher wie ein Model aus denn wie eine Ingenieurin.

Ich folgte ihr in die Lobby, dann durch eine Doppeltür gegenüber dem Haupteingang. Wir durchquerten einen Saal voller Maschinen. Mehrere Angestellte in weißen Mänteln justierten Regler, betrachteten Monitore oder standen nur da und sahen der Technik bei dem zu, was immer sie tun mochte. Gedämpftes Surren, Summen und Klicken erfüllte die Luft.

Susannes Büro war so kühl elegant wie der Rest der Fabrik,

mit kahlen weißen Wänden und schlicht geometrischen Teak-Möbeln. Hinter ihrem Schreibtisch hing ein einsames Aquarell. Eine Orchidee in einer knospenförmigen Kristallvase. Ein einzelnes abgefallenes Blatt. Ein perfekter Wassertropfen.

Susanne hatte alles gern sauber und ordentlich. Wie ich hatte sie ihre chaotische Vergangenheit hinter sich gelassen. Wie ich hatte sie ihr Leben ordentlich aufgeräumt.

Meine Droge war Alkohol gewesen, Susannes dagegen Koks. Obwohl wir beide keine Mitglieder der Organisation waren, hatten wir uns über einen gemeinsamen Freund kennen gelernt, der sich sehr für die AA engagierte. Das war vor sechs Jahren. Wir waren in Kontakt geblieben, hatten hin und wieder mit unserem gemeinsamen Freund ein Treffen der AA besucht oder waren zu zweit zum Essen oder zum Tennisspielen gegangen. Ich wusste wenig von ihrer Welt, sie noch weniger von meiner, aber irgendwie verstanden wir uns gut.

Susanne setzte sich an ein Ende einer apricotfarbenen Couch und schlug Beine übereinander, die mindestens zwölf Meter lang waren. Ich setzte mich ans andere Ende.

»Was machst du für Bombardier?«, fragte ich.

»Wir bauen Prototypen für Plastikteile.«

»Volvo?«

»Metallstreben.«

Warenproduktion ist für mich so mysteriös wie ein tibetanischer Tempel. Rohmaterialien wandern hinein. Unkrautharken, Q-Tipps oder Buicks kommen heraus. Ich habe keine Ahnung, was dazwischen passiert.

»Ich weiß, dass du CAD-Daten nehmen und daraus echte Gegenstände produzieren kannst, aber ich habe nie so recht gewusst, was für Gegenstände«, sagte ich.

»Funktionale Plastik- und Metallteile, Gussformen und haltbare Metallguss-Einsatzstücke.«

»Aha.«

»Hast du die CT-Aufnahmen mitgebracht?«

Ich gab ihr Fereiras Umschlag. Sie zog den Inhalt heraus und schaute sich die Aufnahmen an, wobei sie sie gegen das Licht hielt, wie Fereira es getan hatte. Hin und wieder knickte eins der Großbilder und gab ein Geräusch wie entferntes Donnergrollen von sich.

»Das sollte lustig werden.«

»Ohne allzu sehr ins Detail zu gehen, was willst du machen?«

»Wir erzeugen eine STL-Datei aus den 3-D-CAD-Daten, dann –«

»STL?«

»Stereolithografie. Dann kopieren wir die STL-Datei in unser System.«

»Eine dieser Maschinen da draußen?«

»Genau. Die Maschine wird eine dünne Schicht pulverisierten Materials auf einer Bauplattform ausbreiten. Unter Verwendung der Daten aus der STL-Datei wird ein CO_2-Laser einen Querschnitt des Objekts, in deinem Fall des Schädels, auf die Pulverschicht zeichnen und dann sintern –«

»Sintern?«

»Selektiv erhitzen und verschmelzen. So entsteht eine solide Masse, die einen Querschnitt des Schädels darstellt. Das System wird weiter Pulver ausbreiten und sintern, Schicht um Schicht, bis der Schädel vollständig ist.«

»Das ist alles?«

»So ziemlich. Wenn der Schädel fertig ist, holen wir ihn aus der Produktionskammer und blasen lose Pulverpartikel weg. Du kannst ihn dann so verwenden, wie er ist, er kann aber auch geschmirgelt, gebrannt, beschichtet oder bemalt werden.«

Ich hatte Recht. Zeug rein. Zeug raus. In diesem Fall würden die Daten aus Fereiras CT-Aufnahmen hineingehen. Und herauskommen würde eine Gussform des Paraíso-Schädels. Hoffte ich zumindest.

»Die Technik heißt SLS. Selektives Laser-Sintern.«

»Was macht ihr außer Metallstreben und Plastikteilen sonst noch?«

»Flügelräder für Pumpen, Stecker, Gehäuse für Halogenlampen, Turboladergehäuse für Autos, Behälter für Bremsflüssigkeit –«

»Ringe für den Saturn.«

Wir lachten beide.

»Wie lang wird es dauern?«

Sie zuckte die Achseln. »Zwei, vielleicht drei Stunden, um aus den CT-Scans eine STL-Datei zu erzeugen, vielleicht einen Tag, um den Schädel zu formen. Wie wär's mit Montag später Nachmittag?«

»Phantastisch.«

»Du siehst überrascht aus.«

Das war ich auch. »Ich dachte, du würdest sagen, ein oder zwei Wochen.«

»Das Projekt klingt interessanter als Gehäuse für Hörgeräte.«

»Und die guatemaltekische Polizei wird dir ewig dankbar sein.«

»Gibt's da unten schnucklige Typen?«

Ich stellte mir Galianos schiefes Gesicht vor.

»Einen schon.«

»Was ist mit dem *caballero*, mit dem du dich hier triffst?«

Ich stellte mir Ryan vor.

»Pecos Bill hält sich ziemlich bedeckt.«

»Auf jeden Fall werde ich deinen Schädel selber machen.« Sie streckte einen langen, schlanken Finger in die Höhe. »Unter einer Bedingung.«

»Abendessen und Getränke auf mich.« Ich lachte. »Morgen Abend?«

»Klingt gut. Aber ich muss dich warnen, Freundin. Ich bestelle das teuerste Mineralwasser auf der Karte.«

Als ich die Eingangshalle meines Wohnhauses betrat, lag der *caballero* auf der Ledercouch, den Kopf auf der einen Lehne, die Beine über der anderen.

»Wie bist du hier reingekommen?«

»Das ist schon okay. Ich bin Polizist.«

Ich stellte meine Taschen und Einkaufstüten ab.

»Na gut. Machen wir weiter mit warum.«

»Es ist heiß draußen.«

Ich wartete.

Ryan setzte sich auf und stellte seine Riesenlatschen auf den Boden.

»Diese Dinger sind für Leute über eins fünfundachtzig einfach nicht gemacht.«

»Ist ein Dekorationsstück.«

»Das Stanley-Cup-Finale möchte ich mir auf diesem Ding jedenfalls nicht anschauen.«

»Es ist nicht zum Lümmeln gedacht.«

»Wofür denn dann?«

»Als Ablage für nicht zustellbare Post, Drogerieprospekte und alte Zeitungen.«

»Diese Halle ist nicht gerade besucherfreundlich.« Ryan rieb sich den Nacken.

»Sie hat immerhin Zimmerpalmen.«

Sein Lächeln war das eines vierzigjährigen Schuljungen. »Du hast mir gefehlt.«

»Bin gestern angekommen.«

»Ich war bei einer Beschattung.«

»Aha?«

»Drummondville.«

Durch die Haustür hörte ich gedämpft Hupen und Motorengeräusche. Die freitägliche Stoßzeit neigte sich langsam ihrem Ende zu.

»Der Besitzer einer Spelunke namens *Les Deux Originals* wollte ins Geschäft mit Handfeuerwaffen einsteigen. Die Doppelbelastung hat ihn anscheinend nervös gemacht.«

»Du hast mir nie gesagt, dass du Spanisch sprichst.«

»Was?«

»Egal.«

Ich hob meine Tüten auf.

»War ein langer Tag, Ryan.«

»Wie wär's morgen mit Abendessen?«

»Ich habe schon was vor.«

»Sag's ab.«

»Das wäre unhöflich.«

»Wie wär's mit Abendessen heute?«

»Ich habe eben Shrimps und Gemüse eingekauft.«

»Ich kenne ein Scampirezept, das in vier italienischen Städten verboten ist.«

Ich hatte genug für zwei eingekauft. Eigentlich hatte ich genug für zwölf eingekauft. Er war gebräunt von vielen Überwachungsstunden im Freien, und die braune Haut ließ seine Augen noch strahlender als sonst wirken, ein Blau, das menschliche Zellen eigentlich gar nicht produzieren können.

Normalerweise wird mit der Zeit auch die verblüffendste Schönheit altvertraut. So als würde man sich zu oft olympischen Eiskunstlauf anschauen. Man stumpft ab und vergisst, wie außergewöhnlich Anmut und Schönheit wirklich sind. So ging es mir mit Susanne. Ich war mir ihrer Eleganz bewusst, aber sie überraschte mich nicht mehr, wenn sie einen Raum betrat.

Nicht so bei Ryan. Sein gutes Aussehen überraschte mich jedes Mal wieder.

Und er wusste es.

»In welchen?«, fragte ich.

Er machte ein verdutztes Gesicht.

»In welchen Städten?«

»Turin, Mailand, Siena und Florenz.«

»Du hast diese Scampi schon mal gemacht?«

»Ich habe davon gelesen.«

»Wehe, sie sind nicht gut.«

Ryan nahm sich ein Bier, während ich mich umzog. Dann grillte er die Shrimps, und ich machte den Salat.

Beim Essen redeten wir unverbindlich und verließen nie die sichere Ebene der Banalität. Danach räumten wir den Tisch ab und gingen mit dem Kaffee nach draußen auf die Terrasse.

»Das war wirklich gut«, sagte ich zum zweiten Mal.

In den Fenstern auf der anderen Seite des Hofs gingen Lichter an.

»Habe ich dich je belogen?«

»Warum ist dieses Gericht nach toskanischem Gesetz verboten?«

Er zuckte die Achseln. »Vielleicht habe ich ein bisschen übertrieben.«

»Verstehe.«

»Ist nur ein Vergehen.«

Auf den Straßen kam die freitagabendliche Party langsam auf Touren. Autohupen. Sirenen. Nachtschwärmer, die am Wochenende aus ihren Maisonette-Wohnungen in Dorval und Pointe Claire hierher kamen. Hämmernder Hip-hop, der an und ab schwoll, wenn Autos vorbeifuhren.

Ryan zündete sich eine Zigarette an.

»Wie läuft's in Chupan Ya?«

»Du hast den Namen behalten.«

»Der Ort ist wichtig für dich.«

»Ja.«

»Muss ziemlich ekelhaft sein.«

»Ist es.«

»Erzähl mir davon.«

Ich fühlte mich, als würde ich von einem Paralleluniversum sprechen, in dem verfaulende Körper die Hauptrollen in einer Moralität spielen, die zu entsetzlich für Worte ist. Kopflose Mütter. Massakrierte Kleinkinder. Eine alte Frau, die überlebte, weil sie Bohnen zu verkaufen hatte.

Ryan hörte zu, und seine strahlend blauen Augen verließen kaum mein Gesicht. Er stellte nur wenige Fragen, und immer zur Sache. Er drängte mich nicht, lenkte nicht ab, sondern gab mir Zeit, ihm mein Herz auf meine Art auszuschütten.

Und er hörte zu.

Und ich erkannte eine Wahrheit.

Andrew Ryan ist einer dieser seltenen Männer, die einem, ob berechtigt oder unberechtigt, das Gefühl geben können, die Gedanken, die man ihm erzählt, seien die einzigen in dieser Galaxie, die ihn interessieren.

Die anziehendste Eigenschaft, die ein Mann haben kann.

Und sie blieb auch nicht unbemerkt von meiner Libido, die in letzter Zeit ziemlich viele Überstunden zu machen schien.

»Noch Kaffee?«, fragte ich.

»Danke.«

Ich ging in die Küche.

Vielleicht war es gar nicht so schlecht, dass Ryan vorbeigeschaut hatte. Vielleicht hatte ich dem *caballero* Unrecht getan. Vielleicht hätte ich ein wenig Make-up auflegen sollen.

Ich machte einen kurzen Abstecher ins Bad, fuhr mir mit der Bürste durch die Haare, legte ein wenig Rouge auf und entschied mich gegen Wimperntusche. Besser wimpernlos als verschmiert.

Als ich Ryan seine Tasse gab, streckte er die Hand aus und berührte meine frisch gepuderte Wange. Meine Haut brannte, wie sie es bei Galiano getan hatte.

Vielleicht war es ein Virus.

Ryan zwinkerte.

Ich betrachtete unsere Schatten, die auf den Ziegeln miteinander verschmolzen, und mein Herz pumpte auf allen Zylindern.

Vielleicht war es doch kein Virus.

Als ich mich wieder setzte, fragte Ryan, warum ich nach Montreal zurückgekehrt war.

Zurück zur Realität.

Ich überlegte, was ich ihm über den Paraíso-Fall sagen durfte. Über das Skelett hatte ich mit Ryan bereits gesprochen, aber sowohl Galiano wie Mrs. Specter hatten in Sachen Botschafter um Vertraulichkeit gebeten.

Ich beschloss, alles zu erzählen, die Specters aber nur als »Familie aus Quebec« zu bezeichnen.

Wieder hörte Ryan zu, ohne mich zu unterbrechen. Das Skelett. Die vier vermissten Frauen, dann nur noch drei, dann nur noch eine. Die Katzenhaare. Die Schädelgussform. Als ich fertig war, herrschte eine ganze Minute lang Schweigen, bevor er etwas erwiderte.

»Sie haben diese Mädchen in die Zelle gesteckt, nur weil sie CDs geklaut haben?«

»Anscheinend wurde eine von ihnen ziemlich unangenehm.«

»Unangenehm?«

»Hat sich gewehrt, wurde ausfallend, hat gespuckt.« Mrs. Specter hatte mir diese pikante Kleinigkeit während einer unserer Wartezeiten in einer Flughafenlounge gestanden.

»Schlechte Taktik. Was ich nicht verstehe, ist, warum die Jungs der Sektion Süd Chantale Specter überhaupt festgehalten haben.«

»Du weißt über den Botschafter Bescheid?« Ich konnte es nicht glauben. Ich gab mir solche Mühe, die Privatsphäre der

Specters zu schützen, und der Oberschnüffler hatte schon eine ganze Tasche voller Notizen.

»Diplomaten genießen Immunität«, fuhr er fort.

»Diplomatische Immunität«, blaffte ich.

Ich schloss die Augen und kämpfte gegen die Verärgerung an. Ryan hatte mich plappern lassen, obwohl er bereits Bescheid wusste. Und *warum* wusste er über die Specters Bescheid?

»Mein Gott, Ryan. Gibt es irgendeinen Fall, den ich bearbeiten kann, ohne dass du mitmischst?«

Ryan machte stur mit seinem Gedankengang weiter.

»Diplomatische Immunität gilt im Heimatland nicht. Warum war Chantale nicht sofort wieder draußen?«

»Vielleicht wollte sie den orangen Trainingsanzug nicht wieder zurückgeben. Seit wann weißt du schon von der Sache?«

»Sie hätte in weniger als einer Stunde schon wieder in einer Limousine sitzen müssen.«

»Chantale hat einen falschen Namen angegeben. Die Polizisten wussten überhaupt nicht, wer sie ist. Seit wann weißt du schon über die Specter-Verbindung Bescheid?«

Wieder ignorierte er meine Frage.

»Wer hat ihre wahre Identität aufgedeckt?«

»Der Anruf, der ihr zustand, ging an eine Freundin.« Auch das hatte Mrs. Specter mir erzählt.

»Und dieses Häschen hat dann Mommy angerufen.«

Ich atmete theatralisch ein.

»Ja.«

»Und die Männer in Nadelstreifen beschlossen, die ungezogene Chantale ein wenig abkühlen zu lassen, während Mommy Hals über Kopf nach Quebec sauste.«

»So in der Richtung.«

Schritte hallten von der Außenwand der Hofmauer wieder. Auf der anderen Seite der Gasse wurde ein Motor angelassen.

»Ein paar Stunden.«

»Was?«, blaffte ich wieder.

»Ich weiß es seit ein paar Stunden. Galiano hat's mir heute Nachmittag erzählt.« Ryan grinste und zuckte leicht die Achseln. »Der alte Bat ändert sich nie.«

Wenn ich verärgert bin, reagiere ich gereizt und werfe mit verbalen Granaten. Wenn ich richtig wütend bin, dann werde ich innerlich totenstill. Mein Hirn friert ein, meine Stimme wird flach, und jede Erwiderung wird eisig.

Ich war zum Thema eines Macho-Kumpel-Gesprächs geworden. Der Wutschalter kippte auf An.

»Du hast Galiano angerufen?« Ausdruckslos.

»Er mich.«

»Hatte Detective Galiano Fragen bezüglich meiner Kompetenz?«

»Er hatte Fragen über die Familie Specter.«

Ein Augenblick arktischen Schweigens verstrich. Ryan zündete sich eine Zigarette an.

»Habt ihr auf Spanisch über mich gesprochen?«

»Was?« Meine Anspielung auf seine Studentenzeit war ihm entgangen.

»Egal.«

Ryan nahm einen tiefen Zug, blies den Rauch in die Luft.

»Galiano hatte Neuigkeiten über einen Verdächtigen.« Er sagte es sehr beiläufig, als würde er das Fernsehprogramm laut vorlesen.

»Also rief er jemanden an, der mit dem Fall überhaupt nichts zu tun hat.«

»Er wollte hören, was ich über die Specters wusste, und er hat versucht, dich anzurufen.«

»Wirklich.«

»Er hat auf deinem Handy angerufen. Eigentlich bin ich hier, um dir das zu sagen.«

»Du lügst.«

»Hast du in den letzten Stunden deine Mailbox abgehört?«

Hatte ich nicht.

Wortlos ging ich ins Haus und holte das Handy aus meiner Handtasche. Vier Anrufe. Lauter Ferngespräche. Ich drückte den Knopf für die Mailbox. Zwei Nachrichten.

Die Erste war von Ollie Nordstern. Der Reporter aus der Hölle hatte ein paar Fragen. Ob ich ihn zurückrufen könne? Ich drückte auf Löschen.

Die Zweite war von Bat Galiano.

»Dachte mir, dass du das vielleicht wissen willst. Gestern Nacht haben wir den Mistkerl verhaftet, der Claudia de la Alda umgebracht hat.«

18

Galiano erwiderte meinen Anruf erst am späten Samstagvormittag. Als wir sprachen, war er gerade dabei, den besagten Mistkerl zu verhören.

»Wie heißt er?«

»Miguel Angel Gutiérrez.«

»Erzähl.«

»Gutiérrez suchte gestern Nacht seine Wurzeln bei den Kaminaljuyú-Ruinen. Opa, unser freundlicher Nachbarschaftsschnüffler, zeigte ein persönliches Interesse an dieser Exkursion und rief das Revier an. Gutiérrez wurde verhaftet, als er sich gerade fünf Meter vom Leichenfundort entfernt übers Geländer schwang.«

»Zufall?«

»Wie O.J.s Handschuh. Gutiérrez arbeitet als Gärtner. Die de la Aldas sind Stammkunden.«

»Im Ernst?«

»Im Ernst.«

»Was sagt er?«

»Nicht viel. Im Augenblick spricht er mit seinem Priester.«

»Und?«

»Ich glaube, dass das fünfte Gebot zur Sprache kommt. Derweil durchsucht Hernández seinen Wohnwagen.«

»Irgendeine Verbindung zum Paraíso oder Patricia Eduardo?«

»Soweit wir wissen nicht. Gibt's was Neues bei dir?«

Ich berichtete ihm von der Katzenhaarprobe und der Schädelrekonstruktion.

»Nicht schlecht, Brennan.«

Genau das würde Ryan auch sagen.

»Erzähl mir, was dabei herauskommt.«

Am Nachmittag putzte ich die Wohnung und wusch Wäsche. Dann zog ich meine Turnschuhe an und ging ins Fitness-Studio. Während ich drei Meilen auf dem Laufband abspulte, bestimmten zwei Namen meine Gedanken.

Ryan und Galiano.

Galiano und Ryan.

Meine Wut war zwar seit dem vergangenen Abend, als ich Ryan mit einem eisigen Abschied hinauskomplimentiert hatte, ein wenig verraucht, aber vorhanden war sie immer noch.

Warum?

Weil er und sein College-*compadre* über mich gesprochen hatten wie über den Bowling-Abend vom letzten Mittwoch.

Ryan und Galiano.

Galiano und Ryan.

Hatten sie es wirklich?

Natürlich hatten sie.

Oder bildete ich mir das nur ein?

Was hatten sie gesagt?

Ich erinnerte mich an einen Vorfall mit Ryan. Auf einem

Boot. Ich trug ein T-Shirt, abgeschnittene Jeans und keine Unterwäsche.

O Gott.

Galiano und Ryan.

Ich lief, bis meine Lunge brannte und meine Beinmuskeln zitterten. Als ich dann in die Dusche stieg, hatte meine Wut den roten Bereich verlassen.

An diesem Abend aß ich mit Susanne Jean im Le Petit Extra an der Rue Ontario. Sie hörte meiner Geschichte über die beiden Kumpels zu, und dabei umspielte ein Lächeln ihre Mundwinkel.

»Woher weißt du, dass ihre Unterhaltung nicht rein beruflich war?«

»Weibliche Intuition.«

Die zarten Brauen hoben sich. »Das ist alles?«

»Und die Theorie, dass alle Männer Schweine sind.«

»Und *die* ist nicht sexistisch?«

»Natürlich ist sie das. Aber sonst habe ich ja kaum was.«

»Entspann dich, Tempe. Du bist überempfindlich.«

Tief in mir hatte ich das auch schon befürchtet.

»Außerdem, nach dem, was du mir erzählt hast, haben sie ja nichts zu vergleichen.«

»Nach meiner Theorie malen Sie es sich aus.«

Sie lachte ihr volles, kehliges Lachen.

»Freundin, du verrennst dich.«

»Ich weiß. Wie geht's dem Schädel?«

Susanne hatte die CT-Scans konvertiert, und das Modell würde montags um vier fertig sein.

Als wir uns verabschiedeten, deutete sie mir mit langem Finger mitten zwischen die Augen.

»Schwester, du brauchst mal wieder 'ne richtige Nummer.«

»Dazu fehlt mir der Nummernjunge.«

»Wie's klingt, hast du einen zu viel.«

»Hm.«

»Wie wär's mit 'nem Bill?«

»Okay, du hast mich. Was ist ein Bill?«

»Batterieinduzierter Liebeslümmel.«

Susanne zeigte oft eine interessante Lebenseinstellung.

Am Sonntag erhielt ich einen Anruf von Mateo Reyes. Der Leiter der FAFG berichtete mir von guten Fortschritten bei den Opfern aus Chupan Ya. Nur neun Skelette waren noch unidentifiziert. Ich sagte ihm, die Specter-Sache sei unter Kontrolle und dass ich zurückkommen würde, sobald ich meine Fälle hier in Montreal abgeschlossen hätte.

Mateo gab eine Bitte von Ollie Nordstern weiter. Der Reporter hatte täglich angerufen und wollte dringend mit mir sprechen. Ich blieb unverbindlich.

Gute Nachrichten hatte Mateo über Molly Carraway. Die Archäologin war aus dem Krankenhaus entlassen worden und kehrte mit ihrem Vater nach Minnesota zurück. Eine vollständige Genesung wurde erwartet.

Mateo hatte aber auch eine traurige Nachricht. Señora Ch'i'p war Freitagnacht im Schlaf gestorben. Die Oma aus Chupan Ya war einundsechzig geworden.

»Weißt du, was ich glaube?« Mateos Stimme klang ungewöhnlich angespannt.

»Was?«

»Die alte Dame wollte nur noch erleben, wie ihre Kleinen ein anständiges Begräbnis erhalten.«

Ich stimmte ihm zu.

Beim Auflegen spürte ich, wie es mir warm die Wangen hinuntertröpfelte.

»*Vaya con Dios, Señora Ch'i'p.*«

Ich wischte mit dem Handrücken eine Träne weg.

»Wir kümmern uns jetzt darum.«

Die Knochen des Torsos lagen noch immer im Einweichbad, als ich am Montag ins Labor kam. Die morgendliche Besprechung war überraschend kurz, nach dem Wochenende lagen nur drei Fälle vor: eine Messerstecherei in Laval, ein Traktorunfall in der Nähe von St. Athanase, ein Selbstmord in Verdun.

Ich hatte eben den mumifizierten Schädel auf den Arbeitstisch gestellt, als ich an der Tür ein Klopfen hörte. Ryan lächelte vom Korridor herein.

Ich zeigte auf den Kopf und winkte ihn weg.

Er klopfte noch einmal. Ich ignorierte ihn.

Er klopfte ein drittes Mal, diesmal fester. Als ich den Kopf hob, hielt er seine Marke ans Glas.

Ich verdrehte die Augen, stand aber auf und ließ ihn ein.

»Geht's wieder besser?«

»Mir geht's gut.«

Ryans Blick fiel auf den Tisch.

»Mein Gott, was ist denn mit dem passiert?«

Das Ding war wirklich bizarr; es maß ungefähr fünfzehn Zentimeter im Durchmesser und hatte lange dunkle Haare und eine verschrumpelte Haut. Das Gesicht sah aus wie eine Fledermaus, die einen Menschen imitiert. Nadeln ragten aus den Lippen, in einem Loch in der Zunge steckte eine ausgefranste Schnur.

Ich stellte ein Vergrößerungsglas so hin, dass Ryan hindurchschauen konnte, und bewegte es über Nase, Wangen und Kiefer.

»Was fällt dir auf?«

»Winzige Schnitte.«

»Die Haut wurde abgeschält, damit man die Muskeln entfernen konnte. Die Wangen sind vermutlich mit irgendeinem Gewebe ausgestopft.«

Ich drehte den Schädel um.

»Die Basis wurde beschädigt, um das Hirn herauszuholen.«

»Und was zum Teufel ist das?«

»Ein peruanischer Trophäen-Schädel.«

Ryan sah mich an, als hätte ich ihm eben gesagt, ich sei das Kind außerirdischer Raumfahrer.

»Die meisten wurden an der Südküste zwischen dem ersten und dem sechsten Jahrhundert hergestellt.«

»Ein Schrumpfkopf?«

»Ja, Ryan. Ein Schrumpfkopf.«

»Wie kam er von Peru nach Kanada?«

»Sammler lieben solche Sachen.«

»Sind die legal?«

»In den Staaten sind sie seit siebenundneunzig illegal. Bin mir nicht sicher, wie es in Kanada ist.«

»Hast du davor schon mal einen gesehen?«

»Ich habe mir einige Fälschungen angeschaut. Aber noch nie einen echten.«

»Ist das ein originaler?«

»Mir scheint er authentisch zu sein. Und die Zahnabschleifungen deuten darauf hin, dass der kleine Kerl ziemlich alt geworden ist.«

Ich stellte den Schrumpfkopf auf den Tisch.

»Ob er wirklich echt ist, muss ein Archäologe feststellen. Was willst du eigentlich?«

Ryan betrachtete weiter den Schädel.

»Deine Meinung zu dem Torso.«

Er streckte die Hand aus, strich über die Haare, stupste gegen die geschrumpfte Wange.

»Werden flussaufwärts irgendwelche Siebzigjährigen vermisst?«

»Ach so?«

Er schaute hoch und wischte sich die Hände an den Jeans ab.

»Ich habe bis jetzt erst eine vorläufige Untersuchung gemacht, aber dieser Kerl hatte schon einige Jährchen auf dem Buckel.«

»Also wahrscheinlich nicht Clément?«

»Wahrscheinlich nicht.«

Ich nahm meinen Greifzirkel zur Hand, aber Ryan machte keine Anstalten zu gehen.

»Sonst noch was?«

»Galiano hat mich gebeten, mir die freche Chantale doch mal vorzuknöpfen. Erspart ihm die Reise. Er meinte, du möchtest vielleicht mitlatschen.«

Mitlatschen? Wut flackerte auf.

Ryan deutete auf den Schädel.

»Warum das Loch in der Stirn?«

»Seil.«

»Ich hasse es, wenn mir so was passiert.«

Mein Blick sagte: Lass das.

»Die Specters sind außen vor, was deinen Faultankfall angeht. Und nach der Verhaftung von Gutiérrez sieht es so aus, als würde sich die ganze Serienmörder-Theorie in Luft auflösen. Aber Galiano meinte, es könne nichts schaden, mal mit der kleinen Prinzessin zu reden.«

»Galiano hat noch mal angerufen?« Emotionslos.

»Heute Morgen.«

»Hat Gutiérrez gestanden?«

»Noch nicht, aber Galiano ist überzeugt, dass er zusammenbricht.«

»Freut mich, dass er dich auf dem Laufenden hält.«

»Ich bin hier, er ist dort. Ich mache die Befragung als kollegiale Gefälligkeit.«

»Das kannst du gut.«

»Ja.«

»Ein Hoch auf Testosteron.«

»Du bist Wissenschaftlerin, Brennan. Du schaust dir Knochen an. Ich bin Polizist. Ich befrage Leute.«

Ich wollte etwas erwidern, aber Ryans Piepser meldete sich. Er zog ihn von seinem Hosenbund und las das Display ab.

»Muss los. Hör mal, du musst nicht mitkommen zu Chantale. Galiano dachte nur, du wärst gern dabei.«

»Wann ist dieser kleine Ausflug?«

»Ich sollte so gegen sechs aus Drummondville zurück sein.«

Ich zuckte die Achseln. »Da schaue ich mir normalerweise den Home-Shopping-Kanal an.«

»Hast du deine Ta–?«

»*Was?*«

Er hob die Fäuste zu einer Verteidigungshaltung.

»Ich hole dich um Viertel vor sechs ab.«

»Ich bin schon ganz aufgeregt.«

»Und Brennan.« Ryan deutete mit dem Daumen auf den Tisch. »Lass dir eine Lehre sein, was mit unserem peruanischen Freund passiert ist. Streck den Kopf nie zu weit raus.«

Den Rest des Tages verbrachte ich mit unserem peruanischen Freund. Röntgenaufnahmen bestätigten, dass der Schädel wirklich menschlich war, nicht der eines Hundes oder eines Vogels, so wie sie Fälscher normalerweise verwenden. Ich fotografierte, schrieb meinen Bericht und rief dann den Dekan der Anthropologischen Fakultät der McGill-Universität an. Er versprach, den entsprechenden Experten zu suchen.

Um zwei kam Robert Gagné in meinem Büro vorbei, um mir zu sagen, dass die Profile bald fertig seien. Ich war über sein Tempo bei den Katzenhaaren so überrascht wie ich es bei Susanne mit dem Schädelguss gewesen war. Polizisten mussten Wochen auf DNS-Resultate warten.

Gagnés Reaktion war gleich der Susannes. Das Projekt sei außergewöhnlich. Es fasziniere ihn. Deshalb habe er sich beeilt.

Um drei war ich unterwegs nach St. Hubert.

Um halb fünf fuhr ich nach Hause, die Replik des Paraíso-Schädels in einer Schachtel neben mir. Die Rekonstruktion des Gesichts war nun meine Aufgabe.

Der dichte Verkehr strapazierte Brems- und Gaspedal. Ich zog entweder am Schalthebel oder trommelte mit den Fingern aufs Lenkrad. Nach einer Weile stand ich mehr als ich fuhr. Auf der Victoria Bridge ging schließlich gar nichts mehr, und ich saß fest, inmitten einer vierspurigen Blechlawine.

Ich stand seit zehn Minuten dort, als mein Handy klingelte. Froh über die Ablenkung, griff ich sofort danach.

Es war Katy.

»Hi, Mom.«

»Hi, Liebling. Wo bist du?«

»In Charlotte. Meine Seminare sind zu Ende.«

»Das ist aber ziemlich spät, oder?«

»Ich musste meine Arbeit für das Methodikseminar noch fertig machen.«

Katy studiert im fünften Jahr an der University of Virginia. Obwohl intelligent, witzig, attraktiv und blond, war meine Tochter noch unsicher, was das Leben ihr zu bieten hatte, und sie musste sich erst noch für eine Richtung entscheiden.

Was hatte das Leben ihr nicht zu bieten? In dieser Hinsicht war ich mit meinem Ex-Gatten einer Meinung.

»Was hast du untersucht?«, fragte ich und legte den Gang ein, um fünfzig Zentimeter vorwärts zu fahren.

»Die Wirkung von Käse-Crackern auf das Rattengedächtnis.«

Psychologie war im Moment ihr Hauptfach.

»Und?«

»Sie lieben das Zeug.«

»Hast du dich fürs nächste Semester eingeschrieben?«

»Ja.«

»Jetzt geht's langsam dem Ende zu, was?« Pete und ich finanzierten unserer Tochter zwölf Semester, damit sie den Sinn des Lebens herausfinden konnte.

»Ja.«

»Bist du bei Dad?«

»Nein, bei dir.«

»Oh?« Normalerweise zog Katy das Haus ihrer Kindheit meinem winzigen Stadthaus vor.

»Boyd ist bei mir. Ich hoffe, das ist okay.«

»Klar. Wo ist Birdie?«

Ich ruckelte zwei Meter vorwärts.

»Auf meinem Schoß. Deine Katze ist nicht gerade verrückt nach Boyd.«

»Nein.«

»Ist Dad nicht da?«

»Nein, aber sie kommen heute zurück.«

»Sie?«

»Ups.«

»Schon okay.«

»Er hat eine neue Freundin.«

»Das ist aber schön.«

»Ich glaube, ihr BH ist größer als ihr IQ.«

»Da kann sie nichts dagegen machen.«

»Sie mag keine Hunde.«

»Dagegen kann sie schon was machen.«

»Wo bist du?«

»Montreal.«

»Bist du in einem Auto?«

»Ich rase mit Lichtgeschwindigkeit dahin.«

Ich schlich jetzt mit zwölf Meilen pro Stunde.

»Woran arbeitest du gerade?«

Ich erzählte es ihr.

»Warum verwendest du nicht den echten Schädel?«

Ich erzählte ihr von Díaz und Lucas und dem beschlagnahmten Skelett.

»Ich hatte einen Soziologieprofessor namens Lucas. Richard Lucas.«

»Meiner heißt Hector.«

Ich wusste, was kam, kaum dass ich das gesagt hatte. In ihrem gesamten fünften Lebensjahr war Katy ganz versessen auf einen Kinderreim. Den rezitierte sie jetzt in einem Singsang.

Hector Protektor trug immer nur Grün,
Hector Protektor musste zur Queen …

»Hector Dissektor macht alles nur hin«, steuerte ich bei.

»Nicht gut.«

»Ist eine erste Fassung.«

»Mach keine zweite. Die Poesie sollte nicht leiden müssen, nur weil du frustriert bist.«

»*Hector Protektor* ist auch nicht gerade Coleridge.«

»Wann kommst du wieder nach Charlotte, Mom?«

»Weiß ich noch nicht. Ich will erst noch zu Ende bringen, was ich in Guatemala angefangen habe.«

»Viel Glück.«

»Hast du einen Ferienjob?«

»Bin gerade am Suchen.«

»Viel Glück.«

Gagné rief an, als ich in meine Einfahrt einbog.

»Wir haben eine Übereinstimmung.«

Ich verstand nicht, was er meinte.

»Wovon reden Sie?«

»Wir sind gerade dabei, unsere Mitochondrien-Technologie online zu bringen, und da habe ich beschlossen, ein bisschen damit herumzuspielen. Dachte mir, dass wir damit vielleicht mehr

Glück haben, falls die Probe aus dem Faultank schon sehr zersetzt ist.«

Ich drückte auf den Knopf meiner Garagen-Fernbedienung. Das Tor öffnete sich ratternd.

Als ich in die Garage fuhr, wurde Gagnés Stimme schwächer und verschwand teilweise ganz.

»Zwei Ihrer Proben stimmen überein.«

»Aber ich habe Ihnen doch nur eine gegeben.«

»In dem Paket waren vier Proben.« Ich hörte Papier rascheln. »Paraíso, Specter, Eduardo, de la Alda.«

Offensichtlich hatte Minos mich missverstanden. Als ich ihn um Haare gebeten hatte, hatte ich nur die Jeans aus dem Faultank im Sinn. Er hatte Proben von allen vier Katzen eingepackt.

Ich brachte die Frage kaum heraus.

»Welche Proben stimmen überein, M. Gagné?«

Hinter mir klickte das Tor und ruckelte wieder nach unten.

Gagnés Stimme war verzerrt. Ich bemühte mich, seine Worte zu verstehen. Dann piepste mein Gerät ein paar Mal.

Die Leitung war tot.

19

Ich hängte mir Laptop und Aktentasche über die Schulter, nahm Susannes Karton und rannte zum Aufzug. Die Türen hatten sich kaum geöffnet, da schoss ich schon heraus.

Und stieß mit Andrew Ryan zusammen.

»He, he. Wo brennt's denn?«

Wie üblich war Verärgerung meine erste Reaktion.

»Nettes Klischee.«

»Ich gebe mir Mühe. Was ist in der Kiste?«

Ich versuchte, an ihm vorbeizukommen, aber er trat nach links und versperrte mir den Weg. In diesem Augenblick kam ein Nachbar durch den Vordereingang in die Halle.

»Bonjour.« Der alte Mann tippte sich mit dem Spazierstock an die Kappe, nickte Ryan zu und dann mir.

»Bonjour, M. Gavel«, sagte ich.

M. Gavel schlurfte zu den Briefkästen.

Ich trat nach links. Ryan trat nach rechts. Susannes Karton füllte den Raum zwischen seiner und meiner Brust.

Ich hörte, wie ein Briefkasten geöffnet und wieder geschlossen wurde, dann das Klappern eines Spazierstocks auf Marmor.

»Ich muss telefonieren, Ryan.«

»Was ist in dem Karton?«

»Der Kopf aus dem Faultank.«

Das Klappern verstummte plötzlich.

Ryan legte beide Hände auf den Karton.

»Bitte, tu das nicht«, flehte er mit lauter, trillernder Stimme.

M. Gavel atmete so scharf ein, dass es klang wie eine Fehlzündung.

Ich starrte Ryan böse an.

Ryan, der meinem Nachbarn den Rücken zuwandte, grinste mich an.

»Komm mit«, zischte ich mit zusammengekniffenen Lippen.

Als ich zu meiner Tür ging, hörte ich, dass Ryan sich umdrehte, und ich wusste, dass er meinem Nachbarn zulächelte. Mein Ärger wuchs.

In der Wohnung stellte ich alles auf den Tisch und griff zu meinem schnurlosen Telefon.

»Gagné hat eben wegen der DNS-Resultate der Katzenhaare aus Guatemala angerufen.«

»Es ist Garfield!«

»Er hat eine Übereinstimmung zwischen zwei der vier Proben festgestellt.«

»Welche vier Proben?«

Ich erklärte ihm, dass Minos Haare aus den Häusern der Specters, Eduardos und de la Aldas zusammen mit einigen von den Jeans aus dem Tank eingepackt hatte. Dann drückte ich den Freisprechknopf und wählte die Nummer des Labors.

»Welche Proben stimmen überein?«, fragte Ryan.

Als die Rezeptionistin sich meldete, fragte ich nach Gagné.

»Genau das möchte ich ja wissen. Die Katze der Eduardos wurde bereits ausgeschlossen.«

»Warum?«

»Perser.«

»Armer Flausch.«

»Buttercup.«

Gagné meldete sich.

»Entschuldigung«, sagte ich. »Sie haben mich in der Tiefgarage erwischt.«

»Sie klingen, als wären Sie immer noch da unten.«

»Ich bin im Freisprechmodus. Detective Ryan ist bei mir.«

»Ryan mischt bei diesem Fall mit?«

»Und wie. Bitte wiederholen Sie, was Sie mir gesagt haben.«

»Ich sagte, ich habe es mit mitochondrischer DNS probiert. Drei der Proben sahen ganz okay aus, aber die Haare aus dem Päckchen mit der Beschriftung Paraíso hatten weder Wurzeln noch Wurzelschaden mit genügend Follikelanhang, die nötig sind für eine genomische DNS-Aufbereitung. Sie haben mir gesagt, ich soll alles testen.«

Das hatte ich. Aber ich hatte gemeint, Gagné könne die gesamte Paraíso-Probe verwenden, da das Labor in Guatemala Haare für zukünftige Untersuchungen zurückbehalten hatte. Ich hatte nicht gewusst, dass Minos' Päckchen auch andere Proben enthielt.

»Ich hätte nach Epithelzellen auf den Paraíso-Schäften suchen können, aber ich bezweifelte, dass ich unter den Umständen viel finden würde«, fuhr Gagné fort.

»Katzen haben in ihrer mitochondrischen DNS polymorphe Regionen?«, fragte ich.

»Wie die Menschen. Ein Katzengenetiker an einem Krebsinstitut in den USA forscht in diesem Bereich und hat exzellente Statistiken über Populationsvarianten.«

Ryan hielt sich den Finger an den Kopf und tat so, als würde er einen Abzug betätigen. Ein Linus Pauling ist er nicht.

»Wo gibt es die Übereinstimmung, M. Gagné?«

Papier raschelte. Ich hielt den Atem an.

»Die Probe mit der Beschaffung Paraíso hat dasselbe Profil wie die Probe mit der Beschriftung Specter.«

Ryan hörte auf, imaginären Rauch von seiner Fingerspitze zu blasen und starrte das Telefon an.

»Soll heißen, dass sie übereinstimmen?«

»Soll heißen, dass sie identisch sind.«

»Vielen Dank.«

Ich legte auf.

»Du kannst deine Knarre wieder in den Halfter stecken.«

Ryan beendete seine Vorführung und stemmte die Hände in die Hüften.

»Wie kann er so sicher sein, dass da eine Übereinstimmung ist?«

»Das ist sein Job.«

»Die Haare waren in einem verdammten Faultank.« Ryans Stimme triefte vor Skepsis.

»Was weißt du über DNS?«

»Ich habe das Gefühl, dass ich das, was ich nicht weiß, jetzt ziemlich schnell erfahren werde.« Er hob die Hand. »Die Fünf-Minuten-Version bitte.«

»Weißt du, wie ein DNS-Molekül aussieht?«, fragte ich.

»Wie eine Wendeltreppe.«

»Sehr gut. Zucker und Phosphate bilden die Handläufe und Basen die Stufen. Wie kann ich das nur so vereinfachen, dass sogar du es verstehst?«

Ryan öffnete den Mund, um zu protestieren, aber ich schnitt ihm das Wort ab.

»Stell dir die Basen als Legosteine vor, die es nur in vier Farben gibt. Wenn sich auf der einen Hälfte der Stufe ein rotes Lego befindet, dann auf der anderen immer ein blaues. Grün geht mit Gelb zusammen.«

»Und nicht jeder hat an einer bestimmten Stelle dasselbe Farbmuster.«

»Du bist nicht so dumm, wie du aussiehst, Ryan. Wenn für eine Sequenz von Stufen mehrere Variationen existieren, nennt man dies einen Polymorphismus. Wenn eine Position eine extreme Anzahl von Varianten hat, hunderte vielleicht, nennt man dies eine hypervariable Region.«

»Wie Manhattan.«

»Wolltest du es nicht in fünf Minuten?«

Ryan hielt die Hände in die Höhe.

»Variationen oder Polymorphismen können in der Farbsequenz oder in der Anzahl der Farbwiederholungen zwischen zwei spezifischen Stufen auftreten. Kannst du mir folgen?«

»Ein bestimmtes Fragment kann in Muster oder Länge variieren.«

»Die erste Technik, die für die forensische DNS-Analyse angewandt wurde, nannte man RFLP, Restriktionsfragmentlängenpolymorphismus. Die RFLP-Analyse bestimmt Variationen in der Länge eines definierten DNS-Fragments.«

»Produziert also das Ding, das aussieht wie diese Strichcodes auf Waren.«

»Man nennt das ein Autoradiogramm. Leider benötigt man für

die RFLP-Analyse DNS von einer besseren Qualität als die meisten Proben von Tatorten liefern. Deshalb war PKR ein solcher Durchbruch.«

»Vermehrung.«

»Genau. Ohne ins Detail gehen zu wollen«

»Aber ich liebe es, wenn du Schweinereien erzählst.« Ryan berührte meine Nase. Ich wischte seine Hand weg.

»Die Polymerasekettenreaktion ist eine Technik zur Erhöhung der für die Analyse verfügbaren DNS-Menge. Eine bestimmte Sequenz von Legostufen wird millionenfach vervielfältigt.«

»Genetisches Kopieren.«

»Außer dass sich bei jeder Runde die Anzahl der Kopien verdoppelt, der Zuwachs also exponentiell ist. Der Nachteil der PKR-Analyse ist der, dass weniger variable Regionen identifiziert werden und jede eher weniger Variationen zeigt.«

»Das heißt also, man kann miesere DNS zur PKR-Analyse verwenden, aber das Differenzierungsvermögen ist geringer.«

»Bisher war das zumindest die Regel.«

»Was ist dieses mitochondrische Zeugs?«

»RFLP und PKR und auch andere Prozeduren verwenden genomische DNS, die sich im Zellkern befindet. Zusätzliches genetisches Material findet sich in den Mitochondrien, kleine Kammern in der Zelle, in denen die Atmung stattfindet. Das mitochondrische Genom ist kleiner, knapp über sechzehntausend Basen, und bildet einen Kreis, keine Wendeltreppe. In diesem Kreis gibt es zwei Regionen, die sehr variabel sind.«

»Wo ist der Vorteil?«

»Mitochondrische DNS ist in hunderten bis tausenden von Kopien pro Zelle vorhanden, es kann deshalb aus kleinen oder zersetzten Proben, aus denen die genomische DNS längst verschwunden ist, entnommen werden. Forscher haben sogar in ägyptischen Mumien noch mitochondrische DNS gefunden.«

»Ich glaube nicht, dass dein Faultank von Pharaonen erbaut wurde.«

»Ich versuche, das Ganze nur besser verständlich zu machen.«

Ich überlegte mir ein besseres Beispiel.

»Mitochondrische DNS wurde benutzt, um festzustellen, dass die unlängst in Russland exhumierten Skelette tatsächlich die von Zar Nikolaus und seiner Familie waren.«

»Wie?«

»Mitochondrische DNS wird nur in der mütterlichen Linie weitergegeben.«

»Der ganze Kram kommt also von Mama?«

»Tut mir Leid, dass ich dir das sagen muss, Ryan.«

»Mein Geschlecht kann einiges ertragen.«

»Die Forscher verglichen DNS aus den russischen Knochen mit DNS, die sie von lebenden Verwandten erhielten, vor allem von Prinz Philip von Großbritannien.«

»Der Mann der Queen?«

»Prinz Philips Großmutter mütterlicherseits war Zarin Alexandras Schwester, und so erbten Alexandra und ihre Kinder und Philip die mitochondrische DNS von der Mutter von Alexandra und ihrer Schwester.«

»Zurück zu den Katzen.«

»Haarzellen haben keine Kerne und so auch keine genomische DNS. Aber in den Haarschäften ist mitochondrische DNS vorhanden.«

»Gagné sprach von Epithelzellen.«

»Speichel, Haut, Wangen- und Vaginalsekret. Auf Katzenhaaren kann man als Folge der Fellpflege Speichel finden – E-Zellen finden sich auch in Urin und Kot. Aber in diesem Fall bin ich Gagné für seinen Pessimismus in Bezug auf E-Zellen dankbar.«

»Weil's kaum eine Chance gibt, welche zu finden.«

»Nach Gagné waren die mitochondrischen Sequenzen der Specter-Katze identisch mit denen auf den Faultankhaaren.«

»Das heißt, das Paraíso-Opfer hatte Kontakt mit der Katze der Specters.«

»Ja.«

»Und wir wissen, dass das Skelett im Tank nicht Chantale ist.«

»Du hast Recht, Ryan. Polizisten können das gut.«

»Das Opfer war jemand, der im Haus der Specters gewesen war oder zumindest Kontakt mit ihrer Katze hatte.«

»Vor letztem Weihnachten.«

Er schaute mich fragend an.

»Zu der Zeit trieb Guimauve tot im Swimmingpool.«

Ryan überlegte einen Augenblick und sagte dann: »Ich glaube, die kleine Chantale weiß mehr als sie sagt.«

»Irgendjemand tut das«, bestätigte ich.

»Mrs. Specter?«

Ich zuckte die Achseln.

Ryan und ich schauten uns an, und beide hatten wir denselben Gedanken.

»Ich habe den Botschafter noch nie gesehen«, sagte ich.

»Wo ist er?«

»Diskutiert in Mexiko über Sojabohnen-Erträge.«

»Schon komisch, wo doch seine Tochter verhaftet wurde.«

»Galiano sagte, Specter meldete Chantales Verschwinden ziemlich spät. Und als die Polizei dann aktiv wurde, war er nicht sehr kooperativ.

»Das Kätzchen wirft ein ganz neues Licht auf die Sache.«

Westmount, direkt westlich des Centre-ville gelegen, erstreckt sich als Reihe baumschattiger Straßen die Bergflanke hinab. Als Dorn im Auge der Quebecer Separatisten, ist das Viertel bekannt für seinen hohen Anteil an Englischsprachigen und seine streng föderalistische Loyalität. Bis zur Reorganisation der Montrealer Insel und der Eingemeindung vieler Vorstädte und Außenbezirke in die Communauté Urbaine de Montreal war Westmount stolz auf seine Unabhängigkeit, seine niedrigen Steuern, das effiziente Management und den vornehm guten Geschmack.

Westmount kämpfte heftig gegen die Einverleibung durch die neue Megastadt. Als sie verloren, hüllten die Bürger sich in ihre Pelz- und Kaschmirmäntel, rümpften die wohlhabenden Näschen und warteten darauf, dass irgendeiner der im Viertel residierenden Anwälte eine Aufhebung der Eingemeindung erstritt.

Sie warten noch immer.

Ryan verließ den Tunnel bei Axwater, bog links auf The Boulevard ein, bog dann rechts ab und fuhr den Hügel hinauf. Ich sah zu, wie die Häuser immer größer wurden, und stellte mir das sich weitende Panorama des Flusses und der Stadt vor, wie es von der Südseite aus zu sehen sein musste.

Westmount ist wie Hongkong – je höher oben am Berg, desto besser ist die Adresse. Das Haus der Specters war eins der größten im oberen Westmount, eine hoch aufragende Steinfestung mit Türmchen, Gitterwerk und massiver Eichentür. Eine Zypressenhecke versperrte den Blick auf das Anwesen von der Straße aus. Der von der Hinterseite musste spektakulär sein.

»Nette Hütte«, sagte Ryan und fuhr an den Bordstein.

»Mrs. Specter nannte es ›ein kleines Häuschen‹.«

»Arrogant unprätenziös. Typisch Westmount.«

»Mrs. Specter ist aus Charlevoix.«

Ryan drückte auf den Klingelknopf. Irgendwo im Haus ertönte ein Glockenspiel.

»Wie viel verdient ein Botschafter?«, fragte er leise.

»Nicht genug für das alles hier. Normalerweise machen Botschafter den Job nicht wegen des Geldes. Die zahlen noch Geld, um ihn zu kriegen.«

Wir warteten eine ganze Minute. Ryan klingelte noch einmal.

Ich war entsetzt, als Mrs. Specter zur Tür kam. Obwohl sie Lippenstift und Rouge aufgelegt hatte, hatte ihr Gesicht die Farbe von Krankenhausleinen. Ihre kupferfarbenen Haare waren oben auf dem Kopf zusammengefasst, aber widerspenstige Strähnen kringelten sich an den Ohren und im Nacken.

»Nein, tut mir Leid. Es ist etwas passiert.« Sie hob die Hand an die Brust. »Ich kann jetzt nicht mit Ihnen sprechen.«

Sie wollte die Tür schließen, doch Ryan drückte mit der Hand dagegen.

»Bitte. Ich hatte einen Migräneanfall.«

»Sie wollen wir ja auch gar nicht belästigen, Mrs. Specter.« Er strahlte sie mit seinem Chorknaben-Lächeln an. »Wir wollen mit Chantale sprechen.«

»Ich kann nicht zulassen, dass Sie meine Tochter quälen.« Ihre Stimme klang abgehackt, die Fingerknöchel am Türknauf waren weiß.

»Es geht sehr schnell«, sagte ich.

»Chantale schläft.«

»Bitte wecken Sie sie.«

»Es geht ihr nicht gut.«

»Kopfschmerzen?« Ryans Stimme wurde schärfer.

»Ich leide selbst an Migräne«, bemerkte ich. »Ich weiß, wie Sie sich fühlen. Bitte schicken Sie Chantale herunter und gehen Sie dann wieder ins Bett.«

»Nein, vielen Dank.«

Die Erwiderung ergab keinen Sinn. Ich schaute mir Mrs. Specter genauer an. Ihre Pupillen waren groß wie Cocktailgläser. Die Frau des Botschafters hatte einige kräftige Schmerzmittel eingeworfen.

»Ist Mr. Specter –«

Sie schnitt mir mit einer Handbewegung das Wort ab.

»Ist Ihr Gatte hier, Mrs. Specter?«

»Hier?«

»Ist Mr. Specter im Haus?«

»Es ist niemand hier.«

»Niemand?«

Mrs. Specter schüttelte den Kopf, als sie ihren Fehler erkannte.

»Bis auf Chantale.«

Ryan und ich wechselten einen Blick.

»Wo ist Sie, Ma'am?«, fragte ich und legte meine Hand auf die ihre.

»Was?«

»Chantale ist ausgerissen, oder?«

Sie ließ den Kopf sinken und nickte einmal.

»Hat sie Ihnen gesagt, wohin sie geht?«

»Nein.« Der Dielenlüster betonte die Löckchen, die ihr vor dem Gesicht hingen.

»Hat sie sich bei Ihnen gemeldet?«

»Nein.« Ohne aufzusehen.

»Wissen Sie, wo sie ist?«

»Nein.« Ihre Stimme klang meilenweit entfernt.

»Mrs. Specter?«, drängte ich.

Sie hob den Kopf, schaute an uns vorbei zur Hecke.

»Chantale ist mit Leuten zusammen, die ihr wehtun werden. Und sie ist wütend. Sie ist sehr, sehr wütend.«

Sie atmete zitternd ein, schaute von den Zedern zu mir.

»Ihr Vater und ich haben ihr das angetan. Meine Affäre. Seine rachsüchtigen kleinen Spiele. Wie konnten wir nur glauben, dass das keine Auswirkungen auf unsere Tochter haben würde? Jetzt würde ich alles ganz, ganz anders machen.«

»Es gibt keine perfekten Eltern.«

»Aber nur wenige Eltern treiben ihre Kinder in die Drogensucht.«

Dagegen ließ sich kaum etwas einwenden.

»Fällt Ihnen irgendetwas ein, das uns dabei helfen könnte, Ihre Tochter zu finden?«

»Was?«

Ich wiederholte meine Frage.

Mrs. Specter durchsuchte die Teile ihres Hirns, die noch funktionierten.

»Tut mir Leid«, sagte sie. »Tut mir Leid.«

»Können wir ihr Zimmer sehen?«, fragte Ryan.

Sie nickte kurz und führte uns eine geschnitzte Holztreppe hoch zu einem Gang im ersten Stock.

»Chantales Zimmer ist das erste auf der linken Seite. Ich muss mich jetzt hinlegen.«

»Wir finden alleine hinaus«, sagte ich.

Das Zimmer war dunkel, aber an der Decke über Chantales Bett leuchteten hunderte winziger Punkte. Ich erkannte sie sofort. Nature Company Glow in the Dark Stars. Sterne, die im Dunkeln leuchten. Als Katy vierzehn war, hatten wir ein Set gekauft und einen Nachmittag damit zugebracht, einen Sternenhimmel zu erschaffen. Später hat sie sich das Sonnensystem dazugekauft. Stundenlang lag Katy auf ihrem Bett, starrte an die Decke und träumte von weit entfernten Welten.

Ich fragte mich, ob Mutter oder Tochter diese Decke geschmückt hatten.

Die Sterne verschwanden, als Ryan das Licht einschaltete.

Das Zimmer war dekoriert mit gelbem Gingham-Stoff und weißer Lochstickerei. Auf dem Himmelbett türmten sich Puppen und Spitzenkissen. Ein Orang-Utan aus Plüsch hing vom Fußbrett, die Augen glasig und leer. Auf Fenstersimsen und einem Schaukelstuhl saßen noch mehr Puppen und Stofftiere.

Auf einem Nachtkästchen lag ein schnurloses Telefon, auf dem anderen ein Radiowecker mit CD-Spieler von Bose. Der bemalte

Kleiderschrank gegenüber dem Bett sah aus, als hätte er mehr gekostet als meine gesamte Wohnungseinrichtung.

Während Ryan zum PC ging, öffnete ich den Wandschrank. An der Innenseite jeder Tür hing ein Poster. Rechts *White Trash Two Heebs and a Bean*, über vier Bäuche gekritzelt. Links *Punk Rock On-Girls Kick Ass*.

Der Schrank enthielt Bücher, einen Fernseher und eine teure CD-Sammlung. Ich überflog die Namen der Bands. Dropkick Murphy's. Good Riddance, Buck-O-Nine, AFI, Dead Kennedys, Rancid, Saves the Day, Face to Face, The Business, Anti-Flag, The Clash, Less Than Jake, The Unseen, Aquabats, The Vandals, NFG, Stiff Little Fingers. Viel von NOFX.

Ich fühlte mich so alt wie Zeus. Ich kannte keine einzige dieser Gruppen.

Die Bücher waren auf Englisch und Französisch. Tolstois *Anna Karenina*. Deepak Chopras *Der Weg des Zauberers,* Douglas Adams' *Per Anhalter durch die Galaxis*. Guy Corneaus *Abwesende Väter, verlorene Söhne*. Montgomerys *Anne auf Green Gables.* Mehrere *Harry Potter*.

Ich fühlte mich ein bisschen besser.

»Widersprüchliche Signale«, sagte Ryan und schaltete den Computer ein.

»Glaubst du, das Mädchen hat eine Identitätskrise?«

Das Zimmer war eine schizoide Mischung aus Kleinmädchenkitsch, pubertärer Angst und erwachsener Neugier. Ich versuchte, mir Chantale darin vorzustellen. Ich hatte ihre Punk-Aufführung mitbekommen, hatte das Papa-weiß-es-am-besten-Foto gesehen. Aber ich hatte kein Gefühl für die wahre Chantale, keine Ahnung, wer sie in diesem Zimmer war.

Ich hörte den hochfahrenden Prozessor piepsen und surren.

Mochte Chantale Gingham? Hatte sie sich die Puppen gewünscht? Hatte sie den Orang-Utan in einem Katalog entdeckt und darauf bestanden, ihn zu bekommen? Hatte sie nachts die Plastiksterne angestarrt und sich gefragt, was das Leben für sie wohl bereithielt? Hatte sie die Augen fest geschlossen, enttäuscht über das, was es ihr bis jetzt gebracht hatte?

Der Wasserfall kündigte Windows an. Ryan bewegte die Maus, tippte etwas. Noch etwas. Als ich zu ihm ging, sah ich, dass er AOL gestartet hatte und verschiedene Passwörter ausprobierte.

Er probierte eine andere Tastenkombination.

AOL sagte ihm, dass das Passwort ungültig sei und schlug eine Neueingabe vor.

»Das könnte ewig dauern«, seufzte ich.

»Die meisten Jugendlichen sind nicht sehr einfallsreich.«

Er probierte die Vornamen jedes Familienmitglieds, dann ihre Initialen, dann die Initialen in umgekehrter Reihenfolge, dann in verschiedenen Kombinationen.

Nichts passte.

»Wann hat sie Geburtstag?«

Ich sagte es ihm. Er probierte die Ziffern vorwärts und rückwärts. Doch AOL ließ sich nicht erweichen.

»Wie hieß die Katze?«

»Guimauve.«

»Also Marshmallow?«

»Schau mich nicht so an. Ich habe ihn nicht ausgesucht.«

G-U-I-M-A-U-V-E

AOL war nicht einverstanden.

E-V-U-A-M-I-U-G

Die Begrüßungsseite blitzte auf, und eine melodiöse Stimme wies auf wartende E-Mails hin.

»Mann, bin ich gut.«

»Du hast nicht mal den Namen der Katze gewusst.«

Ryan klickte ein Symbol an, und Chantales Mailbox erschien auf dem Monitor. Sie hatte zwei ungelesene Mails. Wir überflogen sie schweigend. Beide stammten von einer Schulfreundin in Guatemala City.

Ryan klickte auf Gesendete Mails. Seit ihrer Freilassung am Freitag hatte Chantale siebenmal metallass@hotmail.com angeschrieben. Jeder Brief berichtete von ihrem Unglücklichsein und flehte um Hilfe. Daneben hatte sie sich an Dirtdoggy, Rambeau, Bedhead, Sexchaton und Criperçant gewandt.

Chantales Ablage mit alten Mails enthielt zwei Einträge, einen von gestern, der andere von heute drei Uhr nachmittags. Beide waren von Metallass. Ryan öffnete die erste Nachricht.

MANN, BIN ICH FROH DASS DU WIEDER DA BIST. DIRT UD RAMBEAU SIND ABGETAUCHT. DER HEAD IST NACH WESTEN GEFAHREN. RUF AN. DU HAST EINEN FREUND.

»Klasse«, sagte Ryan und klickte die zweite Mail an. »Der Typ ist ein heimlicher James-Taylor-Fan.«

PLÄNE GEÄNDERT. TIM'S. GUY. ACHT. WENN ZOFF, GEH ZU CLEM'S.

»Glaubst du, Clem, Tim und Guy könnten die Cyber-Punks sein, denen sie gemailt hat?«

Ryan war in Gedanken versunken.

Ich griff zu Chantales Telefon und drückte Wahlwiederholung.

Nichts.

Ich starrte den Orang-Utan an und wollte ihn schütteln, bis er preisgab, wohin sein Frauchen verschwunden war.

Ryan schaltete den Computer aus und stand auf.

»Hast du 'ne Idee?«

»Und was für eine. Lass uns gehen.«

20

»Und wie sieht dein Plan aus?«, fragte ich Ryan, als er in die Sherbrooke einbog.

»Cannelloni im La Transition.«

Ich starrte ihn nur an.

»Und Pudding. Die machen dort tollen Pudding.«

»Ich dachte, wir wollten Chantale suchen.«

»Danach Donuts.«

»Donuts?«

»Ich mag die mit den Schokostreuseln.«

Bevor ich etwas erwidern konnte, bog er in die Grosvenor ein, parkte, ging ums Auto herum und öffnete mir die Tür. Als ich neben ihm auf dem Bürgersteig stand, fasste er mich am Ellbogen und schob mich zu einem Restaurant an der Ecke.

Die Geheimniskrämerei ging mir allmählich auf die Nerven. Ich sträubte mich.

»Was soll denn das?«

»Vertrau mir.«

»Ich will dir ja deine James-Bond-Nummer nicht verderben, Ryan, aber wir müssen Chantale finden.«

»Werden wir auch.«

»Mit Donuts und Cannelloni?«

»Vertrau mir doch einfach.«

»Was ist dein Problem?« Ich riss mich los. »Hast du die Top-Secret-Informationen nur auf Mikrofilm?«

Eine Frau mit flaschengrüner Sonnenbrille näherte sich mit einem Terrier, der mehr einer Ratte ähnelte als einem Hund. Als sie meinen Tonfall hörte, zog sie die Leine an, senkte den Blick und beschleunigte ihre Schritte.

»Du erschreckst die Anwohner. Komm rein, und ich erklär dir alles.«

Ich kniff skeptisch die Augen zusammen, folgte ihm aber. An der Tür fiel mir plötzlich mein Abendessen mit Galiano im Gucumatz wieder ein. Wenn der Maître uns einen Tisch in einer Nische gab, war ich sofort wieder draußen.

Das Restaurant war typisch mediterranes Kunterbunt. Düstere Beleuchtung, tannengrüne Holzvertäfelung, marineblaues und weinrotes Leinen. Eine junge Frau führte uns zu einem Tisch an einem Seitenfenster und lächelte Ryan dabei breit an.

Ryan grinste zurück, und wir setzten uns.

»Schon mal von Patrick Feeney gehört?«

»Wir schicken uns keine Weihnachtskarten.«

»Mein Gott, du kannst wirklich eine Nervensäge sein.«

»Ich arbeite daran.«

Ryan seufzte als Zeichen seiner unendlichen Geduld.

»Schon mal was von Chez Tante Clémence gehört?«

»Das ist ein Zufluchtsort für Straßenkinder.«

Eine andere junge Frau brachte uns die Speisekarte und noch mehr blitzende Zähne, goss Wasser in Gläser und fragte, was wir trinken wollten. Wir bestellten beide Perrier.

Ryan ignorierte seine Speisekarte.

»Die Cannelloni sind ausgezeichnet.«

»Habe ich gehört.«

Als die Kellnerin zurückkam, bestellte ich Linguine mit Pesto Genovese, und Ryan blieb bei dem, was er sich vorgenommen hatte. Beide bestellten wir noch kleine Cäsar-Salate.

Während wir Brot und dann Salat aßen, redeten wir kaum. Ich schaute zum Fenster hinaus, sah, die wie die Sonne dem Mond wich.

Die Kinder waren von den Bürgersteigen und den Gärten an der Grosvenor verschwunden und saßen jetzt beim Abendessen oder über ihren Hausaufgaben. In den Doppelhäusern auf beiden Seiten der Straße leuchteten gelbe Lichter.

An der Sherbrooke schlossen Banken und Büros, die Läden leerten sich. Neonschilder sprangen an, doch die meisten nächtlichen Etablissements waren noch geschlossen.

Fußgänger gerieten in Eile, denn sie spürten die Kühle, die das immer tiefer werdende Zwielicht mit sich brachte. Ich dachte an Chantale Specter. Zu welchem Ziel eilte sie wohl in der aufziehenden Dämmerung?

Nachdem das Essen gekommen war und wir Pfeffer und Käse darüber gestreut hatten, redete Ryan weiter.

»Tante Clémence wird von einem amtsenthobenen Priester namens Patrick Feeney geführt. Feeney erlaubt in seinen Räumlichkeiten keine Drogen oder Alkohol, ansonsten aber können die Jugendlichen kommen und gehen, wie sie wollen. Er gibt ihnen zu Essen und einen Platz zum Schlafen. Wenn jemand reden will, hört Feeney zu. Wenn jemand Beratung sucht, schickt er ihn zu den entsprechenden Stellen. Keine Predigten. Keine Sperrstunde. Keine verschlossenen Türen.«

»Klingt ziemlich liberal für einen katholischen Priester.«

»Ich sagte amtsenthobener Priester. Feeney wurde schon vor Jahren aus dem Klerus ausgestoßen.«

»Warum?«

»Soweit ich mich erinnere, hatte der Padre eine Freundin, und die Kirche sagte, entscheide dich. Feeney beschloss, auf die kirchliche Rehabilitierung zu verzichten und selber etwas aufzuziehen.«

»Und wer bezahlt die Rechnungen?«

»Clem bezieht ein wenig Geld von der Stadt, das meiste kommt aber aus Wohltätigkeitsveranstaltungen und privaten Spenden. Und Feeney arbeitet viel mit ehrenamtlichen Helfern.«

Plötzlich machte es bei mir Klick.

»Du glaubst, dass Clem Tante Clémence bedeutet?«

»Ich habe dir doch gesagt, dass ich bei so was gut bin.«

Noch einmal klickte es.

»Und Tim ist Tim Hortons Donut-Laden an der Guy.«

»Du bist auch nicht schlecht, Brennan.«

»Wir schlagen die Zeit bis zu dem Treffen mit Metallass tot.«

Wir sahen beide auf unsere Uhren. Es war zwei Minuten vor sieben.

Zivilisten betrachten Überwachungen als adrenalinbefeuerte, pulsbeschleunigende Polizeiarbeit. In Wirklichkeit sind die meisten Beschattungen so aufregend wie Valium.

Zwei Stunden lang beobachteten wir Tim Horton's, Ryan von seinem Auto aus, ich von einer Parkbank. Ich sah Pendler, die die Treppen der Metro-Station an der Guy hinauf- oder hinabstiegen. Ich sah Studenten aus Abendvorlesungen in der Concordia University kommen. Ich sah Rentner, die an der Statue Norman Bethunes Tauben fütterten. Ich sah Frisbeespieler und Leute, die ihre Hunde ausführten. Ich sah Geschäftsleute, Landstreicher, Nonnen und Nachtschwärmer.

Doch Chantale Specter sah ich nicht.

Um zehn rief Ryan auf meinem Handy an.

»Wie's aussieht, taucht unsere Kleine nicht auf.«

»Könnte Metallass uns entdeckt und sie gewarnt haben?«

»Ich vermute mal, Metallass hat den IQ einer Kichererbse.«

»Er müsste zumindest die Geduld einer solchen haben, um so lange zu warten.«

Ich sah mich um. Das einzige männliche Wesen, das in der Nähe des Tim Horton's herumlungerte, war mindestens fünfundsechzig. Der eine oder andere Cocktailtrinker im Java U auf der anderen Seite der de Maisonneuve hätte durchaus Metallass sein können, aber keiner interessierte sich für den Donut-Laden.

»Was jetzt?«

»Geben wir ihr noch eine halbe Stunde. Wenn sie nicht auftaucht, verziehen wir uns zu Clem's.«

Das winzige Dreieck, auf dem ich saß, war eine Insel inmitten der de Maisonneuve. Auf allen drei Seiten surrten Autos vorbei. Unwillkürlich fing ich an, sie zu zählen. Eins. Sieben. Zehn.

Gut, Brennan. Schön neurotisch.

Ich schaute auf die Uhr. Fünf nach zehn.

Warum hatte Chantale ihre Verabredung mit Metallass nicht eingehalten? War die Mail eine falsche Fährte gewesen? Hatte ich uns auffliegen lassen? War sie gekommen, hatte mich erkannt und war wieder verduftet?

Eine asiatische Familie näherte sich dem Laden. Die Frau wartete mit einem Kleinkind und einem Baby im Kinderwagen draußen, während der Mann Donuts kaufte.

Ich schaute noch einmal auf die Uhr. Zehn nach zehn.

Oder hatten wir sie übersehen? Hatte sie sich versteckt, bis Metallass eintraf, und ihm dann ein Zeichen gegeben? Oder hatte sie sich verkleidet?

Vierzehn nach zehn.

Ich warf einen Blick zur Kreuzung hinüber. Ryan schaute zurück und schüttelte langsam den Kopf.

Zwei Männer, die aussahen wie Models für Hugo Boss, betraten Tim Horton's. Durch das Fenster sah ich zu, wie sie ein Dutzend Donuts aussuchten und kauften. Zwei ältere Damen tranken Kaffee in einer Sitznische. An einem Tisch vor der Tür stritten drei Penner.

Siebzehn nach zehn.

Donuts für eine Gruppe Studenten. Ich sah mir jedes Gesicht genau an. Chantale war nicht darunter.

»Fertig?«

Ich hob den Kopf. Halogen und Neon beleuchteten den Rand

von Ryans Haaren, aber der Himmel über ihm war dunkel und sternenlos.

»Gehen wir?«

»Gehen wir.«

Chez Tante Clémence lag an der de Maisonneuve, nur wenige Blocks vom alten Forum entfernt. Das Zentrum war in einem Trio von dreistöckigen Backsteinhäusern untergebracht, die alle mit grell lackiertem Holz verziert waren. Clémence war der lavendelfarbene Vertreter in diesem Regenbogentriptychon.

Aber der Renovierungstrupp hatte es nicht bei den Tür- und Fensterstöcken belassen.

Clémences Veranda war senffarben, die Blumenkästen kirschrot. Letztere beherbergten welke Pflanzen, Erstere einen Teil von Feeneys Herde.

Zwei Mädchen lackierten sich auf dem Absatz der Feuerleiter im zweiten Stock die Zehennägel. Beide hatten kurze braune Haare, lange Ponys, Capri-Hosen und genug gepierctes Fleisch, um eine postoperative Betreuung zu rechtfertigen. Thelma und Louise, jetzt auch als Punks. Das Duo unterbrach seine Pediküre, um uns zu beobachten.

Die Truppe auf der Veranda schaute uns von der Treppe aus zu, Zigaretten zwischen die Finger geklemmt oder von Lippen baumelnd. Unter den Frisuren waren eine Freiheitsstatue, ein Mr. T, zwei Prinz Ivenhoes und eine Janis Joplin. Obwohl es zu dunkel war, um die Gesichter zu erkennen, wirkten alle fünf so, als hätten sie den Fall der Berliner Mauer noch im Kindergarten erlebt.

Ich bemerkte, dass die Statue Mr. T anstieß. Mr. T sagte etwas, und alle lachten.

»Bonjour«, grüßte Ryan vom Bürgersteig aus.

Keine Antwort.

»Hi.« Er probierte es auf Englisch.

Von drinnen hörte ich Lärm von den Sex Pistols, so als würde jemand die Lautstärke immer wieder auf- und herunterdrehen.

»Wir suchen Patrick Feeney.«

»Warum?« Mr. T trug eine Lederweste über einer haarlosen, nackten Brust. »Hat Papi in der Lotterie gewonnen?«

»Er wurde für einen Nobelpreis nominiert«, sagte Ryan mit flacher, humorloser Stimme.

Mr. T stieß sich vom Geländer ab und baute sich vor uns auf, die Beine gespreizt, die Schultern gestreckt, die Daumen in den Gürtelschlaufen seiner Jeans.

»Den schlafenden Hund wecken«, sagte die Statue und schnippte Asche auf den Bürgersteig. »Keine gute Idee.«

Während Mr. T aussah, als hätte er Lust auf ein bisschen Ärger, schien die Statue verzweifelt nach Aufmerksamkeit zu suchen. Seine Haarstacheln waren mit Farben besprüht, die ich in der Dunkelheit nicht erkennen konnte, und eine Kette hing von einem Nasenloch zum Ohrläppchen.

Ryan trat vor und hielt Mr. T seine Marke vors Gesicht.

»Patrick Feeney«, wiederholte er mit einer Stimme wie Granit.

Mr. T ließ die Hände sinken und ballte die Fäuste. Joplin schlang einen Arm um sein Bein.

»*À l'intérieur*«, sagte sie. Drinnen.

»*Merci.*«

Ryan stellte den Fuß auf die unterste Stufe, und die Gruppe machte ungefähr einen Millimeter Platz. Wir schlängelten uns hoch und bemühten uns dabei, Fingern und Zehen auszuweichen. Ich spürte zehn Augen im Rücken.

Eine einzelne rote Glühbirne brannte über der Haustür. Obwohl die Veranda stark durchhing, konnte ich in dem karmesinroten Licht neue Bretter zwischen den alten erkennen. Jemand hatte die Erde in einem Blumenkasten umgegraben, und daneben stand ein flacher Korb mit Ringelblumen.

Chez Tante Clémence würde zwar nie einen Heim & Garten-Preis gewinnen, eine pflegende Hand war aber zu spüren.

Die Fassade des Hauses schien dem Innenarchitekten gefallen zu haben. Lavendel auf den Holzteilen, an den Wänden naive Fresken. Tiere. Blumen. Sonnenuntergänge. Die Töne waren wie die aus dem Wasserfarbkasten, den ich im Kunstunterricht in der Grundschule benutzt hatte. Das Mobiliar stammte von der Heilsarmee, und jedes Zimmer hatte anderes Linoleum.

Ryan und ich durchquerten das vordere Zimmer, in dem sich mehrere Futons befanden, kamen links an einer hölzernen Treppe vorbei und traten in einen langen schmalen Korridor. Türen auf beiden Seiten führten in die Schlafräume, jedes mit abgenutzten Schränken und vier bis sechs Betten oder Pritschen. Aus einem drang der silbrig-blaue Schein eines Fernsehers, und ich hörte die Titelmelodie von »Die Aufrechten«.

Auf halber Höhe des Korridors lag die Küche. Hinter der Küche konnte ich links einen Speiseraum erkennen, rechts zwei weitere Schlafzimmer.

Feeney kniete auf dem Küchenboden und half einem Haufen Teenager auf den Spuren von Metallica, einen Lautsprecher entweder zu zerlegen oder zusammenzubauen.

Wie afrikanische Chamäleons, die grün werden und schwanken, um Blätter zu imitieren, übernehmen junge Sozialarbeiter oft Accessoires ihrer Klientel. Jeans, Pferdeschwänze, Birkenstock-Schuhe, Springerstiefel. Die Tarnung hilft ihnen bei der Kontaktpflege.

Aber nicht so Feeney. Mit seiner Schildpattbrille und den dichten weißen Haaren samt einem Scheitel, der so gerade war wie eine Startbahn, hätte er eher in ein Seniorenheim gepasst. Er trug eine Strickjacke mit Zopfmuster, ein Flanellhemd und eine graue, fast bis zu den Achseln hochgezogene Polyesterhose.

Als Feeney unsere Schritte hörte, drehte er sich um.

»Kann ich Ihnen helfen?«

Ryan zeigte seine Marke.

»Detective Andrew Ryan.«

»Ich bin Patrick Feeney. Ich leite dieses Zentrum.«

Feeney schaute mich an. Metallica ebenfalls. Ich erwartete fast, dass die vier mit hohen, krächzenden Stimmen *»Die, Die My Darling«* anstimmten.

»Tempe Brennan«, stellte ich mich vor.

Feeney nickte dreimal, was allerdings eher ihm selbst galt als uns. Die Jungs hinter ihm beobachteten uns mit Mienen, die von Neugier bis Feindseligkeit reichten.

Zwei Mädchen tauchten in einer Tür am anderen Ende des Korridors auf. Beide hatten pommesgelbe Haare und sahen aus, als würden sie zu viel derselben essen. Eine trug Jeans und ein Sweatshirt der University of British Columbia, die andere einen Folklorerock, der auf den Hüften auflag. Bei ihrem Gewicht war das eine schlechte Wahl.

Feeney rappelte sich mühsam hoch. Metallica griffen wie mit einer Hand zu, um ihm aufzuhelfen. Sehr breitbeinig, als litte er unter Hämorrhoiden, kam er auf uns zu.

»Wie kann ich Ihnen helfen, Detective?«

»Wir suchen nach einer jungen Frau namens Chantale Specter.«

»Hat sie ein Problem?«

»Ist Chantale hier?«, fragte Ryan.

»Warum?«

»Das ist eine einfache Frage, Vater.«

Feeney nahm eine abwehrende Haltung ein. Aus dem Augenwinkel heraus sah ich, dass der Folklorerock verschwand. Augenblicke später ging die Haustür auf und wieder zu.

Ich schlüpfte aus der Küche und lief ins Wohnzimmer. Durchs Fenster sah ich, dass auf der Veranda nur noch Mr. T und die Statue übrig geblieben waren. Folklorerock redete mit ihnen. Nach einem kurzen Wortwechsel schnippte Mr. T seine Zigarette weg, und die drei gingen auf der de Maisonneuve in westlicher Richtung davon. Ich ließ einen kleinen Sicherheitsabstand und folgte ihnen.

Das Eishockey-Team der Montreal Canadiens hatte Pech mit seinen ersten Spielstätten. Von 1909 bis 1910 war das Team in der Westmount Arena an der Kreuzung von St. Catherine und Atwater zu Hause. Als dieses Stadion abbrannte, kehrten die Jungs zu ihren Wurzeln im Ostteil der Stadt zurück. Nach einem weiteren Feuer wurde hastig die Mont-Royal-Arena errichtet, und vier Jahre lang schlugen sie dort nach dem Puck. 1924 wurde direkt gegenüber des alten Heimateises das Forum errichtet. Der Bau dauerte nur einhundertneunundfünfzig Tage und kostete 1,2 Millionen Dollar. Im Eröffnungsspiel schlugen die Canadiens die Toronto St. Pats mit sieben zu eins.

Eishockey ist in Kanada heilig. Im Lauf der Jahre erhielt das Forum die Aura eines Tempels. Je mehr Stanley Cups die Mannschaft gewann, desto heiliger wurde es. Doch das Ende nahte. Das Management wollte mehr Sitzplätze. Die Canadiens brauchten bessere Kabinen.

Am 11. März 1996 spielte das Team sein letztes Spiel im Forum. Vier Tage später waren fünftausend Montrealer für die »Umzugsparade« auf den Straßen. Am fünfzehnten März fand das Eröffnungsspiel im neuen Molson Centre statt, die Canadiens schlugen die New York Rangers mit vier zu zwei.

Könnte das letzte Spiel sein, das die faulen Kerle gewonnen haben, dachte ich, während ich die de Maisonneuve entlangeilte.

Eine Weile stand das Forum leer, einsam, verlassen, ein Schandmal am westlichen Rand der Stadt. 1998 kaufte Canderel Management die Anlage, gewann Pepsi als namensgebenden Sponsor und verpasste sich ein ordentliches Facelifting. Drei Jahre später wurde das Gebäude als *Centre de divertissement du Forum Pepsi* wiedereröffnet, und wo früher der Sport regierte, herrschen jetzt Gastronomie und Kurzweil.

Wo früher Schwarzhändler Karten für die erste Reihe verhökerten und Börsenmakler neben Lastwagenfahrern für Bier anstanden, nippen jetzt Endzwanziger an Smirnoff Ice und bowlen auf supermodernen Bahnen. Das Entertainment Center hat ein Multiplex-Kino mit zweiundzwanzig Sälen, einen feinen Weinladen, Restaurants, eine Indoor-Kletterwand und eine Großbildleinwand als Altar zur Huldigung der guten alten Zeit.

Mr. T, die Statue und Folklorerock bogen nach links in die Rue Lambert-Closse ein und betraten das Forum von der St. Catherine aus. Ich gab ihnen zehn Meter Vorsprung.

Ich orientierte mich an den Haarstacheln der Statue und folgte dem Trio durch eine Hand voll Bowler und Kinogeher, die in der Lobby herumschlenderten. Ich sah, wie die Stacheln mit der Rolltreppe in den ersten Stock hochfuhren und im Jillian's verschwanden. Ich folgte.

Tische und Sitznischen dominierten die rechte Seite des Restaurants, eine Bar säumte die linke Wand. Es gab zwar nur wenige Essensgäste, aber alle Barhocker waren besetzt, und ein Dutzend Trinkende standen in Zweier- und Dreierreihen dahinter.

Als ich eintrat, kämpfte das Trio sich eben zu einer jungen Frau am anderen Ende der Bar durch. Sie trug eine schwarze Seidenbluse, eine lange schwarze Holzperlenkette und fingerlose schwarze Handschuhe. Das Spitzenband, das ihren Haarknoten zusammenhielt, sah aus wie ein riesiger schwarzer Schmetterling oben auf ihrem Kopf.

Es war Chantale Specter.

Chantale lächelte, als sie ihre Freunde sah, deutete mit dem Daumen auf einen Mann zu ihrer Linken und verdrehte die Augen.

Ich betrachtete mir die Quelle ihres Abscheus.

Das konnte nicht sein.

Aber es war so.

Ich griff nach meinem Handy.

21

Minuten später war Ryan da.

»Wer ist der Trottel mit dem Haargel?«

»Ein Reporter aus Chicago, Ollie Nordstern.«

»Was treibt der denn hier?«

»Trinkt ein Bier.«

»Was treibt er in Montreal?«

»Versucht wahrscheinlich, mich zu finden. Nordstern recherchiert für einen Artikel über den Einsatz für Menschenrechte. Ich habe in Guatemala City mit ihm gesprochen, und seitdem verfolgt er mich.«

»Verfolgt dich?«

»Ruft auf meinem Handy an, hinterlässt dort unten Nachrichten für mich im Labor.«

Ryan starrte Chantale an.

»Tropft ihr da was aus dem Auge?«

»Wahrscheinlich ein Tattoo.«

»Warum interessiert sich Nordstern für das Specter-Mädchen?«

»Vielleicht ist Chantale sein Opfer, nicht ich.«

»Botschaftertöchterchen auf Abwegen.« Ryan schnippte mit dem Finger. »Ein Abo für den Pulitzerpreis.«

»Fertig?«

»Gehen wir's an.«

Mr. T spielte den Wachsamen, die Daumen in den Gürtelschlaufen, einen Kaugummi zwischen den Zähnen. Er entdeckte uns, als wir noch drei Meter entfernt waren, und verfolgte uns mit den Augen wie eine Schlange das Kaninchen. Die anderen waren in ihre Unterhaltung vertieft. Nordstern konzentrierte sich ganz auf Chantale.

Ryan ging um sie herum, schnappte sich von hinten Chantales Glas und schnupperte daran.

Alle verstummten.

»Ich bin sicher, wir können uns alle ausweisen.« Ryan schenkte ihnen ein väterliches Lächeln. Polizist Freundlich, der sich um die Jugendlichen kümmert.

»Verpisst euch«, sagte Mr. T. Im Licht sah er älter aus, als ich ihn auf der Veranda geschätzt hatte, wahrscheinlich Anfang zwanzig.

»Metallass?«, fragte ich.

Sein Blick wanderte zu mir.

»Nein, gehärteter Stahl. Was is mit deinem?« Er trommelte mit den Handflächen einen schnellen Wirbel auf die Bar. Chantale zuckte leicht zusammen.

»Benutzt du den Chat-Namen Metallass?«

»Nette Titten.«

»Ich nehme an, das war ein Kompliment.«

»Vielleicht könnten wir ja mal 'nen Cappuccino trinken.« Mr. T kratzte sich die Brust, und sein Grinsen hob einen Mundwinkel an. »Klar«, sagte ich. »Wenn du erst mal Besuch bekommen darfst, könnte ich es ja als Sozialarbeit absetzen.«

Ein nervöses Kichern.

»Scheiße, worüber lachst du?« Mr. T wirbelte zu Folklorerock herum.

Ryan stellte sich hinter Mr. T und drehte ihm den Arm auf den Rücken.

»Was soll der Sch–«

»Wir wollen doch unsere guten Manieren nicht vergessen.« Die Stimme von Polizist Freundlich war eisig geworden.

»Das is eine verdammte Nötigung durch die Polizei.« An Mr. Ts Hals pochte eine Ader. Als er sich loszureißen versuchte, verstärkte Ryan den Druck.

Chantale stand auf. Ich legte ihr die Hände auf die Schultern und drückte sie auf den Hocker zurück. Jetzt, aus der Nähe, konnte ich sehen, dass die tätowierten Tränen nur aufgeklebt waren. Die oberste rollte sich bereits auf.

Nordstern betrachtete die Situation mit ausdrucksloser Miene.

»Meine Kollegin hat dir eine legitime Frage gestellt«, flüsterte Ryan Mr. T ins Ohr. »Wir haben dich Mr. T genannt, aber das ist uns peinlich. Wir kommen uns so alt dabei vor.«

Keine Reaktion.

Ryan kniff Mr. T in den Oberarm.

»Verdammte Polizeibrutalität.« Durch zusammengebissene Zähne.

»Die steckst du aber recht gut weg.«

Nordstern fing an, eine Serviette in immer kleinere Dreiecke zu falten.

Noch ein Kneifen.

»Metallass.« Es war fast ein Jaulen.

Das Paar neben Nordstern machte sich mit ihren Bieren aus dem Staub.

»Ich glaube kaum, dass deine Mama Metallass in deine Geburtsurkunde hat schreiben lassen.«

»Ich glaube kaum, dass deine Mama lesen und schreiben konnte.«

Noch ein Kneifen.

»Scheiße!«

»Ich werde langsam ungeduldig.«

»Probier's mit Tabletten.«

Ryan kniff fester.

»Leon Hochmeister. Scheiße, lassen Sie mich los.«

Ryan gab Hochmeisters Arm frei.

Hochmeister bückte sich und spuckte den Kaugummi auf den Boden. Dann riss er den Oberkörper wieder hoch, drehte die Schultern und massierte sich den Bizeps.

»Du musst ein paar neue Adjektive lernen. Solltest dir vielleicht mal eins dieser Wortschatz-Softwareprogramme besorgen.«

Hochmeister öffnete den Mund zum Sch-Wort, überlegte es sich dann aber anders. Seine Augen glühten, Rasputin mit Irokesenschnitt.

Ryan wandte sich an die Statue.

»Und wer bist du?«

»Presley Iverson.« Iversons Gesicht zeigte verwirrte Neugier.

Folklorerock.

»Antoinette Gaudreau.«

»Habe ich das Vergnügen mit Dirtdoggy, Bedhead, Sexychaton oder Cripercant zu sprechen?«

»The Crier«, sagte Iverson und drehte als Geste der Begrüßung die Handfläche nach außen. »Cri perçant. Durchdringender Schrei.«

»Sehr poetisch.«

Eine rosafarbene Blase wuchs aus Iversons Mund. Als sie platzte, bearbeitete er den Gummi für einen zweiten Versuch. Ryan schaute Gaudreau an.

»Ich maile nicht so oft.«

»Und wenn du es tust?«

Gaudreau zuckte die Achseln. »Sexychaton.«

»Fühle mich geschmeichelt, Schnucki.«

Gaudreau sah ungefähr so sexy aus wie ein Pottwal.

»Scheiße, Sie können doch nicht einfach hier reinplatzen und die Leute fertig machen.« Hochmeister fand sein Selbstbewusstsein wieder.

»Leon, genau das kann ich tun. Und noch was kann ich tun,

nämlich deinen dürren Arsch in den Knast schaffen, weil du einer Minderjährigen zur Flucht verholfen hast. Meinst du, dass unter deinem Namen irgendwelche interessante Lektüre in unseren Akten auftaucht?«

Leon hörte auf, sich den Arm zu massieren. Er sah Chantale an, dann zur Decke hoch. Als er das Kinn wieder senkte, glitzerte Schweiß zwischen Bürste und Stirn.

»Wir wissen nichts über diese Scheiße.«

»Welche Scheiße ist das, Leon?«

»Die Scheiße, über die der da redet.«

Aus den Augenwinkeln heraus sah ich Nordstern erstarren.

»Wer ist ›er‹, Leon?«

Hochmeister drehte den Kopf in Nordsterns Richtung.

»Und Chantale weiß auch nichts.« Er deutete mit dem Daumen auf Nordstern. »Dieses Arschloch ist auch so ’n Psychopath wie Sie.«

»Und warum das?«

»Er glaubt, dass Chantale was über ’ne Tussi weiß, die in Guatemala City umgebracht wurde.«

»Leon!«, zischte Chantale.

»Ein bisschen weit weg von Ihrer Menschenrechts-Story«, sagte ich zu Nordstern.

Der hob den Blick von der Serviette und sah mich an.

»Vielleicht.«

»Wo wohnen Sie, Sir?«, fragte Ryan.

»Bitte.« Nordstern zerknüllte die Serviette. »Vergeuden Sie nicht meine Zeit oder Ihre. Meine Informationen und Quellen sind streng vertraulich.«

Nordstern warf die Serviette auf die Bar und schaute mich an.

»Außer wir können zu einer für beide Seiten vorteilhaften Übereinkunft kommen.« Seine Stimme war so ölig wie eine Bohrinsel.

»Ich weiß nicht, wovon Sie reden.«

Er betrachtete mich lange, bevor er etwas erwiderte.

»Sie haben keine Ahnung, was wirklich los ist.«

»Wirklich nicht?«

»Sie sind so sehr auf dem Holzweg, dass Sie ebenso gut auf Ganymed suchen könnten.« Nordstern stand auf. »Sie sind nicht mal in der richtigen Galaxie.«

»Als ich das letzte Mal nachgesehen habe, lag Ganymed noch in der Milchstraße.«

»Schlagfertig, Dr. Brennan.« Der Reporter trank sein Glas aus und stellte es auf die Bar. »Aber ich rede nicht von Astronomie.«

»Von was dann?«

»Von Mord.«

»An wem?«

Er hob die Augenbrauen und bewegte den Zeigefinger wie ein Metronom.

»Geheimnis.«

»Ach ja?«, fragte ich.

Wieder der Finger.

»Steht alles in den Knochen.«

Ich merkte, dass Nordstern angetrunken war.

»Sie müssen nur nachlesen.«

Er versuchte, das Grinsen beizubehalten, aber es verschwand, als hätte es einen eigenen Willen.

»Ich wohne im St. Malo«, sagte Nordstern zu Ryan.

Und zu mir: »Rufen Sie mich an, wenn Sie ein paar sehr erhellende Dinge lesen wollen.«

Ich sah zu, wie Nordstern zur Tür ging. Kurz davor drehte er sich um und formte mit dem Mund ein Wort: Ganymed. Dann hielt er sich zwei Finger an die Stirn und verschwand durch die Tür.

»Dieser Scheißkerl ist verrückt«, sagte Hochmeister. »Wenn der mir noch einmal über den Weg läuft, reiß ich ihm ein Arschloch so groß wie Cape Breton.«

»Leon, ich sag das jetzt nur einmal. Geht nach Hause.« Ryan hob die Hand. »Nein, ich will's allgemeiner formulieren.« Er deutete mit ausgestrecktem Zeigefinger auf Hochmeisters Nase. »Geht weg. Geht jetzt, und ihr könnt die Nacht damit verbringen, euch Wiederholungen von den Golden Girls anzuschauen. Bleibt, und ihr verbringt sie ohne Schnürsenkel und Gürtel.«

Iverson und Gaudreau schossen von ihren Hockern, als hätten sie Sprungfedern im Hintern. Hochmeister zögerte kurz und bildete dann die Nachhut, ein Alpha-Männchen im äffischen Rückzug. Als sie verschwunden waren, wandte Ryan sich an Chantale.

»Was wollte Nordstern denn?«

»Heißt der Wichser so?«

Chantale griff nach ihrem Bier. Ryan nahm es ihr ab und stellte es wieder auf die Theke.

»Ollie Nordstern«, sagte ich. »Er ist ein Reporter der *Chicago Tribune.*«

»Echt?«

Gute Frage, dachte ich. Ich hatte Mateos Erklärung akzeptiert und Nordsterns Behauptung nie in Frage gestellt.

»Was wollte er von dir wissen?«

»Meine Pläne für Silvester.«

»Chantale, ich glaube, dir ist nicht bewusst, wie ernst deine Lage ist. Du hast richterliche Auflagen missachtet. Der Richter kann dich sofort wieder ins Gefängnis stecken.«

Chantale hielt den Blick gesenkt. Schwarze Strähnen fielen ihr in das totenblasse Gesicht und verhüllten alles bis auf ihre Nasenspitze.

»Ich kann dich nicht verstehen, Chantale.«

»Er wollte was über diese toten Mädchen wissen.«

»Diejenigen, die ich im Gefängnis erwähnt habe?«

Sie nickte, und der Spitzenschmetterling hüpfte.

Ich erinnerte mich an Nordsterns merkwürdige Frage in der FAFG-Zentrale.

»Bei unserem Interview hat Nordstern mich nach dem Faultankfall gefragt«, sagte ich zu Ryan.

»Woher wusste er davon?«

»Keine Ahnung.«

Wieder hatten wir beide denselben Gedanken: Vermutete Nordstern eine Verbindung zwischen Specter und dem Paraíso?

Ich kümmerte mich wieder um Chantale.

»Wie hat Nordstern dich gefunden?«

»Woher soll ich denn das wissen? Hat wahrscheinlich vor unserem Haus rumgelungert.«

»Und ist dir zu Tim Horton's gefolgt.«

»So haben Sie mich doch auch gefunden, oder?«

»Hast du ihn vor heute Abend schon mal gesehen?«

»Wir haben uns heimlich in der Scheune getroffen.«

»Chantale?«

»Nein.«

»Was hat er dich sonst noch gefragt?«

Sie antwortete nicht.

»Chantale?«

Die Tochter des Botschafters hob den Kopf. Wut verzerrte ihre Züge zu einer kalten, harten Version des Kleinmädchengesichts auf dem Botschaftsfoto.

»Nach meinem Vater«, sagte sie mit zitternder Stimme. »Nach meinem berühmten, manipulierenden Scheiß-Vater. Es geht nicht um mich. Es geht nie um mich.«

Chantale griff in eine bestickte Tasche, die ihr quer über die Brust hing, zog eine dunkle Sonnenbrille heraus und setzte sie auf. Zerrbilder meiner selbst sprangen auf die Gläser, Vexierspiegel-Tempes, die beide dieselbe verwirrte Miene zeigten.

Ryan warf zwei Dollar auf die Bar.

»Deine Mutter macht sich Sorgen. Wir können morgen reden.«

Chantale ließ sich aus dem Restaurant, die Rolltreppe hinunter und durch die Lobby führen. Als wir auf die Glastür zur St. Catherine zugingen, warf Ryan mir einen Blick zu und deutete zum SAQ Weinladen. Ollie Nordstern stand neben dem Eingang und tat so, als würde er das Angebot von französischen Chardonnays studieren.

»Was denkst du?«, fragte ich.

»Einen Job beim CIA hat der auf jeden Fall nicht in Aussicht. Mal sehen, ob er uns folgt.«

Ryan und ich scheuchten Chantale zur Tür hinaus und um die Ecke. Sie verdrehte mal wieder die Augen, sagte aber nichts.

Zwanzig Sekunden nach uns trat Nordstern auf den Bürgersteig, sah sich um und eilte dann nach Westen. An der Atwater drehte er sich um und kehrte zurück.

Ich sah, wie er an der Lambert-Close stehen blieb, nach links zum Berg und dann rechts zum Cabot Square schaute. Mein Blick folgte seinem und wanderte dann an ihm vorbei zur Kreuzung. In diesem Augenblick entdeckte ich den Mann mit der Baseballkappe. Er ging auf Nordstern zu, und in seinem Hosenbund steckte eine Luger neun Millimeter.

Was nun folgte, waren neunzig kaleidoskopische Sekunden, die mir vorkamen wie eine dreifache Ewigkeit.

»Ryan!« Ich deutete auf den Mann.

Ryan zog seine Waffe. Ich drückte Chantale auf die Knie und kauerte mich neben sie.

«Polizei!«, bellte Ryan. »Alle auf den Boden! *Par terre!*«

Der Mann näherte sich Nordstern bis auf eineinhalb Meter, streckte den Arm aus und zielte mit seiner Pistole auf dessen Brust.

Eine Frau schrie.

»Waffe. *Arme à feu!*« Die Worte rollten die Ste-Catherine entlang wie die *la ola* in einem Fußballstadion.

Noch ein Schrei.

Zwei Explosionen zerrissen die Luft. Nordstern flog nach hinten, zwei rote Flecken verdunkelten sein Hemd.

Nicht mehr als fünfzehn Menschen waren auf der Straße. Die meisten fielen auf die Knie. Andere stürzten ins Forum. Ein Mann packte ein kleines Mädchen und schützte es mit seinem Körper. Das gedämpfte Weinen des Kindes drang durch den Tumult.

Autos fuhren an den Bordstein. Andere gaben Gas. Die Kreuzung leerte sich.

Der Schütze stand breitbeinig, mit leicht angewinkelten Knien da und schwang die Luger in weitem Bogen. Von links nach rechts. Von rechts nach links. Obwohl er etwa fünf Meter von mir entfernt war, konnte ich seinen Atem hören und seine Augen unter dem marineblauen Schild sehen.

Ryan kauerte hinter einem Taxi, das an der Lambert-Close stand, und richtete seine Waffe mit beiden Händen auf den Schützen.

»*Arrêtez!* Keine Bewegung!«

Ein dunkler Lauf schnellte herum und zielte auf Ryans Kopf. Der Finger des Schützen zuckte am Abzug. Ich hielt den Atem an. Ryan hatte nicht geschossen, weil er keine Unbeteiligten gefährden wollte. Der Schütze hatte solche Skrupel vermutlich nicht.

»Waffe fallen lassen! *Mettez votre arme par terre!*«, rief Ryan.

Das Gesicht des Schützen zeigte keine Regung.

Einen Block entfernt ertönte eine Hupe. Die Ampel über mir schaltete von Grün auf Gelb.

Ryan wiederholte seinen Befehl.

Gelb zu Rot.

In der Entfernung eine Sirene. Eine zweite. Eine dritte.

Der Schütze erstarrte. Dann ging er zwei Schritte zurück und bückte sich, die Waffe weiterhin auf Ryans Gesicht gerichtet, zu einer Frau, die auf dem Bürgersteig kauerte. Die Frau drückte den Kopf aufs Pflaster und schlang beide Arme darüber.

»Bitte töten Sie mich nicht. Ich habe ein Baby.« Die Frau kreischte vor Entsetzen.

Der Schütze packte sie an der Jacke und zerrte sie über den Bürgersteig.

Ryan schoss.

Der Körper des Schützen zuckte. Er ließ die Frau los und fasste sich an die linke Schulter. Blut breitete sich auf seinem Hemd aus.

Dann richtete der Schütze sich wieder auf, hob die Luger und drückte viermal ab. Kugeln knallten in die Wand hinter uns. Ziegelbrocken regneten auf unsere Köpfe.

»O Gott. O nein.« Chantales Stimme war hoch und zitterig.

Ryan feuerte noch einmal.

Die Frau schrie auf, als der Schütze über sie fiel. Ich hörte den Schädel aufs Pflaster schlagen, die Luger schlitterte und kippte dann vom Bordstein, die Frau krabbelte den Bürgersteig entlang.

Die Frau schluchzte. Das Baby weinte. Ansonsten Stille. Keiner sagte etwas. Keiner rührte sich.

Ryan stand auf, die Waffe zum Himmel gerichtet. Ich sah, wie er nach seiner Marke griff.

Neben mir höre ich Chantale abgehackt atmen. Ich sah zu ihr. Ihr Kinn zuckte, und ihre Wangen waren feucht. Ich strich ihr übers Haar.

»Es ist vorbei.« Meine Stimme klang gar nicht wie ich selbst. »Du bist in Sicherheit.«

Chantale schaute mich an. Auf ihrem Gesicht klebten nur noch zwei Tattoo-Tränen.

»Wirklich?«

Ich legte den Arm um sie. Sie sank gegen mich und weinte stumm.

22

Wie am Morgen nach dem Überfall in Sololá, erwachte ich mit einem unbestimmten Gefühl des Grauens. Augenblicke später stürzte die Szene wieder auf mich ein. Noch einmal erlebte ich die Explosion von Nordsterns Brust. Hörte das Knallen von Ryans Waffe. Sah den leblosen Körper des Schützen und wie sein Blut auf den Bürgersteig sickerte. Obwohl ich noch keine offiziellen Berichte gehört hatte, war ich mir sicher, dass beide Männer tot waren.

Ich rieb mir mit beiden Händen übers Gesicht, schloss dann die Augen und zog mir die Decke über den Kopf. Nahm das Morden denn nie ein Ende?

Vor mir sah ich Chantale, die Wangen tränenüberströmt, der Körper starr vor Angst. Ein Schauer überlief mich, als ich daran dachte, wie leicht wir beide hätten verletzt oder getötet werden können. Wie hätte ich das ihrer Mutter sagen sollen?

Ich stellte mir vor, wie erschüttert Kathy wäre, wenn jemand ihr die Nachricht meines Todes überbringen würde. Gott sei Dank war das nicht nötig.

Ich erinnerte mich an Nordstern, wie er in meinem Büro in Guatemala City saß, und wie er an der Bar im Jillian's stand, Minuten vor seinem Tod. Ich bekam Gewissensbisse. Ich hatte den Mann nie gemocht, war nicht nett zu ihm gewesen. Aber ich hatte ihm nicht den Tod gewünscht.

Himmel! Was hatte Nordstern aufgedeckt? War es so gewaltig, dass es ihn auf einer Straße mitten in Montreal das Leben kostete?

Meine Gedanken kehrten zu Chantale zurück. Welche Auswirkungen würden diese Ereignisse auf sie haben? Es gab so viele Wege, die eine aufgewühlte Jugendliche einschlagen konnte. Reue? Flucht? Drogen?

Obwohl sie nach außen so taff wirkte, spürte ich, dass Chantale im Innern so zerbrechlich war wie ein Schmetterlingsflügel. Ich schwor mir, dass ich ihr beistehen würde, ob sie es zu schätzen wusste oder nicht, schlug die Decke zurück und ging unter die Dusche.

Der Sommer hatte kurz vorbeigeschaut und sich über Nacht wieder verzogen. Ich fuhr aus der Garage in zehn Grad kalten Nieselregen.

Die morgendliche Besprechung war angenehm kurz und förderte keine neuen Leichen zu Tage. In der Stunde danach stutzte ich Stücke von Radiergummi auf die richtige Länge und klebte sie auf Susannes Replik des Paraíso-Schädels. Bis auf einen gewissen Glanz und die feine Schichtung sah ihr Modell genauso aus wie ein echter Schädel.

Um zehn Uhr saß ich an einem Monitor in der *Imagerie*, der für Fotografie und Computerbearbeitung zuständigen Abteilung. Lucien, unser Grafikguru, rückte eben den Modellschädel vor einer Videokamera in Position, als Ryan eintrat.

»Was klebt denn auf diesem Schädel?«

»Marker für Gewebetiefe.«

»Sonnenklar.«

»Jeder Marker zeigt an, wie viel Fleisch an diesem speziellen Punkt auf Gesicht oder Schädel war«, erklärte Lucien. »Dr. Brennan hat sie gemäß dem Standard für eine mongoloide Frau zurechtgeschnitten. Richtig?«

Ich nickte.

»Wir haben schon einen Haufen solcher Gesichtsrekonstruktionen gemacht.« Er brachte einen Scheinwerfer in Stellung. »Aber das ist die Erste mit einem Plastikschädel.«

Haufen?

»Lass mich raten. Die Kamera fängt das Bild ein, schickt es an den PC, und du verbindest die Punkte.«

Ryan hatte eine Gabe, komplizierte Dinge kindergarteneinfach klingen zu lassen.

»Es steckt noch ein bisschen mehr dahinter. Aber ja, wenn ich mithilfe der Marker die Gesichtskonturen gezeichnet habe, suche ich Gesichtszüge aus der Datenbank des Programms heraus, finde die, die am besten passen, und kopiere sie hinein.

»Ist das die Technik, die du auch bei den Leichen vom Inner Life Empowerment benutzt hast?«

Ryan meinte einen Fall, den er und ich vor einigen Jahren bearbeitet hatten. Ein paar McGill-Studenten waren in eine Randgruppensekte gedriftet und dem Unsterblichkeitswahn des Führers ausgesetzt gewesen. Als in einem flachen Grab nahe dieser Kommune in South Carolina ein Skelett gefunden wurde, fertigten Lucien und ich eine Zeichnung an, mit deren Hilfe wir die Überreste als die einer vermissten Studentin identifizieren konnten.

»Ja. Was ist mit Chantale?«

»Der Richter war damit einverstanden, ihr noch eine Chance für den häuslichen Arrest zu geben.«

Am Abend zuvor hatte ich Chantale nach Hause gebracht, während Ryan am Schauplatz blieb, um den Schusswechsel zu erklären. Heute Morgen hatte er bei den Specters vorbeigeschaut, um sich zu versichern, dass sie noch dort war.

»Glaubst du, dass Mommy jetzt besser aufpasst?«, fragte ich.

»Ich schätze, Manuel Noriega genießt mehr Freiheit als Chantale sich für die nächste Zeit erhoffen kann.«

»Gestern Abend war sie ziemlich niedergeschlagen.«

»Dieses ›Leck mich und lass mich in Ruh‹ ist auf jeden Fall fast verschwunden.«

»Wie geht's dir?«, fragte ich, als ich die Anspannung in seinem Gesicht bemerkte.

In Montreal folgt auf jeden polizeilichen Schusswaffengebrauch eine interne Untersuchung. Damit objektiv geurteilt wird, lassen sich SQ-Beamte im Morddezernat der CUM befragen, und die SQ untersucht solche Vorfälle bei der CUM. Als ich mit Chantale wegging, sah ich, dass Ryan seine Waffe einem Polizisten der CUM gab.

Ryan zuckte die Achseln. »Zwei Tote am Tatort. Einer ging auf meine Kappe.«

»War ein guter Schuss, Ryan. Das wissen alle.«

»Ich habe die St. Catherine in eine verdammte Westernkulisse verwandelt.«

»Der Kerl hatte Nordstern getötet und wollte eine Geisel nehmen.«

»Haben sie dich schon angerufen?«

»Noch nicht.«

»Freu dich drauf.«

»Ich werd ihnen genau das sagen, was passiert ist. Habt ihr den Schützen schon identifiziert?«

»Carlos Vicente. Hatte einen guatemaltekischen Pass.«

»Der Trottel hat seinen Pass zu einem Mordanschlag mitgenommen?«

Ryan schüttelte den Kopf. »Einen Schlüssel vom Days Inn an der Guy. Wir durchsuchten das Zimmer und fanden den Pass in einer Reisetasche.«

»Klingt nicht nach einem Profi.«

»Wir haben außerdem zweitausend Dollar und ein Ticket nach Phoenix gefunden.«

»Sonst noch was?«

»Schmutzige Unterwäsche.«

Ich schaute ihn schief an.

»Ich habe Galiano angerufen. Vicentes Name taucht nicht im Computer auf, aber er hat vor, tiefer zu graben.«

»Was ist mit Nordstern?«

»Mit dem Pulitzer sieht's schlecht aus.«

Noch ein schiefer Blick.

»Bin gerade unterwegs ins St. Malo. Und weil Nordstern dein Junge war, dachte ich, dass du vielleicht mitkommen willst.«

»Ich muss dieses Gesicht fertig machen.«

»Das kann ich doch machen, Dr. Brennan.« Lucien klang wie ein eifriger Junior auf der Ersatzbank.

Anscheinend machte ich ein skeptisches Gesicht.

»Lassen Sie's mich versuchen.« Bitte, Trainer, schick mich auf den Platz.

Warum nicht? Wenn Luciens Rekonstruktion nichts taugen sollte, konnte ich immer noch meine eigene machen.

«Okay. Machen Sie eine Frontalansicht. Aber erzwingen Sie nichts bei den Gesichtszügen. Achten Sie darauf, dass sie zur Knochenarchitektur passen.«

»*Allons-y*«, sagte Ryan.

»*Allons-y*.« Gehen wir.

Das St. Malo war ein winziges Hotel an der du Fort, ungefähr sechs Blocks östlich des Pepsi-Forums.

Der Besitzer war ein großer, knochendürrer Mann mit einem wandernden linken Auge und einer Hautfarbe von altem Tee. Obwohl er über unseren Besuch nicht gerade begeistert war, brachte ihn Ryans Marke doch dazu, das Richtige zu tun.

Nordsterns Zimmer hatte die Größe einer Zelle und ein entsprechendes Ambiente. Sauber, funktional, kein Schnickschnack. In drei Sekunden hatte ich eine Bestandsaufnahme gemacht.

Eisenbett. Abgenutzter Kleiderschrank. Abgenutzte Kommode. Die obligatorische Bibel. Kein einziger persönlicher Gegenstand. Nichts im Schrank oder in den Schubladen.

Das Bad wirkte ein wenig benutzter. Zahnbürste. Rasierpinsel. Einwegrasierer. Gillette Cool Wave für empfindliche Haut. Dippity Do Sportgel. Hotelseife.

»Kein Shampoo«, bemerkte ich, als Ryan den Duschvorhang mit seinem Kuli zur Seite schob.

»Du brauchst kein Shampoo, hast du Dippity Do.«

Wir kehrten ins Schlafzimmer zurück.

»Der Kerl reiste mit leichtem Gepäck«, sagte Ryan und zog eine Eishockeytasche unter dem Bett hervor.

»Raffiniert war er allerdings schon. Wusste sich den Eingeborenen anzupassen.«

»Das ist eine Sporttasche.«

»Eine *Eishockey*tasche«, betonte ich.

»Na und? Die National Hockey League hat südlich der Grenze vierundzwanzig Teams.«

»Eishockey hat aber den amerikanischen Modegeschmack nicht verdorben.«

»Wie auch? Deine Leute tragen ja schon Footballhelme und Schaumstoff-Finger.«

»Machst du die Tasche jetzt auf?«

Ich sah zu, wie Ryan mehrere Hemden und eine Khakihose herauszog.

»Gehörte zur Boxerfraktion.«

Mit Daumen und Zeigefinger holte er die Shorts heraus, griff dann tiefer hinein und zog einen Pass heraus.

»Amerikaner.«

»Lass mal sehen.«

Ryan schlug ihn auf und gab ihn mir.

Nordstern hatte, was seine Frisur betraf, keinen guten Tag gehabt, als das Foto aufgenommen wurde. Er sah auch aus, als hätte er nicht viel geschlafen. Sein Gesicht war blass, und die Haut unter den Augen sah dunkel und aufgequollen aus.

Wieder empfand ich ein schlechtes Gewissen. Ich hatte Nordstern zwar nicht gemocht, aber ein solches Ende hätte ich ihm nie gewünscht. Ich sah mir seine Habseligkeiten an, Bruchstücke eines zerschellten Lebens. Ich fragte mich, ob Nordstern eine Frau oder Freundin hatte. Wer würde sie von seinem Tod benachrichtigen?

»Muss den Pass beantragt haben, bevor er Dippity Do für sich entdeckte«, sagte Ryan.

»Der wurde letztes Jahr ausgestellt.« Ich las weiter. »Nordstern wurde am 17. Juli 1966 in Chicago geboren. Mein Gott, ich dachte, er wäre Mitte zwanzig.«

»Das ist das Gel. Macht Jahre jünger.«

Ryan nahm Nordsterns Tod nicht wirklich auf die leichte Schulter. Seine typischen Polizistensprüche sollten nur die Spannung lösen. Ich tat so etwas selbst. Allmählich aber ging mir diese Schnodderigkeit auf den Geist.

Ryan zog vier Bücher heraus. Ich kannte sie alle. Guatemala: *Getting Away with Murder, Les Massacres en Rabinal, State Violence in Guatemala: 1960–1999; Guatemala: Never Again.*

»Vielleicht hat Nordstern tatsächlich über Menschenrechtler recherchiert«, sagte ich.

Ryan öffnete eine Reißverschlusstasche.

»Aber hallo.«

Er fischte ein Flugticket, einen Schlüssel und einen Spiralblock heraus. Ich wartete, während Ryan das Ticket las.

»Ist letzten Donnerstag mit American Airlines nach Montreal geflogen.«

»Die Zwölf-Siebenundfünfzig über Miami?«

»Ja.«

»Das ist die Maschine, mit der Mrs. Specter und ich geflogen sind.«

»Du hast ihn nicht gesehen?«

»Wir saßen ganz vorne, stiegen als Letzte ein und als Erste aus. Beim Zwischenstopp gingen wir in die VIP-Lounge.«

»Vielleicht hat Nordstern ja dich verfolgt.«

»Oder die Frau des Botschafters.«

»Gutes Argument.«

»Rückflugticket?«

Ryan nickte. »Termin offen.«

Während Ryan den Schlüssel untersuchte, starrte ich Nordsterns Habseligkeiten an. Offensichtlich hatte der Mann vorgehabt, ins St. Malo zurückzukehren. War ihm seine gefährliche Lage bewusst gewesen? Hatte er jemals mit seinem Tod gerechnet?

Ryan hielt den Schlüssel in die Höhe. Ein Plastikschildchen wies den Eigentümer als das Hotel Todos Santos an der Calle 12 in Zone eins aus.

»Nordstern wollte also zurück nach Guatemala«, sagte ich.

Als Ryan den Spiralblock aufklappte, fiel ein quadratischer weißer Umschlag auf den Boden. Am Geräusch erkannte ich den Inhalt.

Ich schnappte mir den Umschlag und schüttelte eine CD heraus. Auf einem selbst fabrizierten Etikett standen fünf Buchstaben: SCELL.

»Was zum Teufel ist Scell?«

»Punk-Rock?« Ich ärgerte mich noch immer über meine Bildungslücke bei diesem Genre.

»Minirock?«

»Vielleicht ist es ein spanischer Code.« Schon als ich es aussprach, merkte ich, dass es nicht stimmen konnte.

»Skelett?«, schlug Ryan vor.

»Mit einem ›c‹?«

»Vielleicht hatte der Kerl Probleme mit der Rechtschreibung.«

»Er war Journalist.«

»Cell Phone?« Der schicke Ausdruck für Mobiltelefon.

»S?«

Wir sprachen den Namen simultan aus.

»O Mann, glaubst du, der Kerl hat das Handy des Mädchens abgehört?«

Ich erinnerte mich an Chantals Mutter im Migräne-Modus.

»Hast du Mrs. Specters Andeutung auf die Spielchen ihres Mannes mitbekommen?«

»Meinst du, der Göttergatte hat ein Problem mit seinem Reißverschluss?«

»Vielleicht war Nordstern gar nicht an Chantale interessiert.«

»Und benutzte sie nur, um einen größeren Fisch an die Angel zu bekommen?«

»Vielleicht meinte Nordstern das, als er sagte, ich sei auf dem Holzweg.«

»Ein Botschafter, der fremdgeht, ist kein großer Fang.«

»Nein, ist es nicht«, stimmte ich ihm zu.

»Scheint mir vor allem nicht genug zu sein, um deswegen einen Kerl umbringen zu lassen.«

»Wie wär's damit, dass Haare von der Katze des Botschafters in den Jeans eines Mordopfers auftauchen?«

»Ein fünfzigpfündiger Barsch.«

»O Scheiße.«

»Was ist?«

»Mir ist gerade etwas eingefallen.«

Ryan forderte mich mit einer Handbewegung zum Reden auf.

»Ich habe dir doch erzählt, dass auf zwei Leute unseres Teams bei einer Fahrt nach Chupan Ya geschossen wurde.«

»Ja.«

»Carlos ist tot, Molly hat überlebt.«

»Wie geht's ihr?«

»Die Ärzte sagen, sie wird wieder ganz gesund. Sie ist jetzt wieder in Minnesota, aber Mateo und ich haben sie im Krankenhaus in Sololá besucht, bevor sie Guatemala verließ. Es klang alles recht verschwommen, aber sie meinte sich daran zu erinnern, dass die Angreifer über einen Inspektor redeten. Mateo und ich haben dann spekuliert, dass die vielleicht *Specter* sagten.«

»Das wär ja 'n Ding.«

Ich steckte die CD wieder in den Umschlag zurück.

Als ich den Kopf hob, ruhte Ryans Blick auf mir. Und darin lag kein Lächeln.

»Was ist?«, fragte ich.

»Warum verfolgt ein Reporter aus Chicago Leute in Montreal für eine Story in Guatemala? Denk mal drüber nach.«

Das hatte ich bereits.

»Was immer Nordstern entdeckt hat, ist so heiß, dass es ihm in einem fremden Land das Leben kostete.«

Darüber hatte ich mit Sicherheit bereits nachgedacht.

»Halt die Augen offen, Brennan. Diese Leute waren bereit, Nordstern umzubringen. Sie sind skrupellos. Die schrecken vor nichts zurück.«

Ich bekam eine Gänsehaut auf den Armen. Doch das verging wieder. Ryan lächelte und kehrte zur alten Schnodderigkeit zurück.

»Ich werde Galiano sagen, er soll sich mal das Todos Santos vorknöpfen«, sagte Ryan.

»Ich würde auch vorschlagen, dass du dir Specter vorknöpfst, während ich meine Gesichtsrekonstruktion abschließe. Dann schauen wir uns die CD an, lesen Nordsterns Notizblock und kriegen so vielleicht heraus, wem er auf der Spur war.«

Ryans Grinsen wurde breiter.

»Verdammt. Die Gerüchte sind wahr.«

»Was für Gerüchte?«, fragte ich.

»Dass du der Kopf der ganzen Operation bist.«

Ich musste mich beherrschen, um ihm nicht gegen den Knöchel zu treten.

Der Anruf kam, als ich eben das Wasser von meinem Regenschirm schüttelte. Die Stimme am andern Ende war die Letzte, die ich hören wollte. Ich lud den dazugehörigen Körper in mein Büro ein, aber mit einer Begeisterung, die ich sonst nur für Steuerprüfer, Mitglieder des Ku Klux Klan und islamische Fundamentalisten aufbringe.

Sergeant-détective Luc Claudel erschien binnen Minuten, wie immer mit kerzengeradem Rücken und der üblichen geringschätzigen Miene. Ich stand auf, blieb aber hinter meinem Schreibtisch.

»*Bonjour, M. Claudel. Comment ça va?*«

Ich erwartete keine Antwort und wurde auch nicht enttäuscht.

»Ich muss Ihnen ein paar Fragen stellen.«

Claudel betrachtete mich als lästige Notwendigkeit, einen Status, den er mir nach der erfolgreichen Lösung einer Reihe von Mordfällen des CUM widerwillig zugestand. Claudels Verhalten mir gegenüber war immer kühl, reserviert und strikt frankophon. Dass er jetzt Englisch sprach, überraschte mich.

»Bitte setzen Sie sich«, sagte ich.

Claudel setzte sich.

Ich setzte mich.

Claudel stellte einen Kassettenrekorder auf meinen Tisch.

»Diese Unterhaltung wird aufgenommen.«

Natürlich habe ich nichts dagegen, du arroganter, spitznasiger Wichser.

»Kein Problem.«

Claudel schaltete den Rekorder ein, nannte Datum und Uhrzeit und dann die Namen der Gesprächsteilnehmer.

»Ich leite die Untersuchung der Schießerei gestern Abend.«

Ach, was für ein glücklicher Tag. Ich wartete.

»Sie waren dabei?«

»Ja.«

»Hatten Sie freie Sicht auf den Schauplatz?«

»Hatte ich.«

»Konnten Sie hören, ob zwischen Lieutenant-détective Andrew Ryan und seinem Ziel Worte gewechselt wurden?«

Ziel?

»Ja.«

Claudel hielt den Blick auf einen Punkt etwa in der Mitte zwischen uns gerichtet.

»War der Mann bewaffnet?«

»Er hatte eine Luger neun Millimeter.«

»Konnte man aus seinem Verhalten schließen, dass er beabsichtigte, seine Waffe abzufeuern?«

»Der Hurensohn hatte Nordstern erschossen und richtete die Waffe dann auf Ryan.«

»Bitte. Greifen Sie mir nicht vor.«

Der Raum zwischen meinen Backenzähnen schrumpfte gegen Null.

»Nach dem Schuss auf Nordstern, befahl Lieutenant-détective Ryan da dem Schützen, seine Waffe wegzulegen?«

»Mehr als einmal.«

»Folgte der Schütze dieser Anordnung?«

»Er packte eine Frau, die auf dem Bürgersteig kauerte. Sie flehte darum, wegen elterlichen Pflichten wieder freigelassen zu werden, aber ich glaube, diese Bitte sollte ihr abgeschlagen werden.«

Claudels Brauen bildeten ein V über seinen Augen.

»Dr. Brennan, ich muss Sie noch einmal bitten, mir zu gestatten, diese Befragung auf meine Art durchzuführen.«

Ruhig Blut.

»Versuchte der Schütze, eine Geisel zu nehmen?«

»Ja.«

»War Ihrer Meinung nach die Geisel eindeutig und unmittelbar in Gefahr?«

»Hätte Ryan nicht reagiert, wäre ihre Lebenserwartung auf drei Minuten gesunken.«

»Als Lieutenant-détective Ryan seine Waffe abfeuerte, erwiderte der Schütze das Feuer?«

»Er hätte fast meine Großhirnrinde auf der Wand des Forums verteilt.«

Claudels Lippen wurden zu einem schmalen, harten Strich. Er atmete ein und durch schmale, harte Nasenlöcher wieder aus.

»Warum waren Sie im Forum, Dr. Brennan?«

»Ich suchte nach der Tochter einer Freundin.«

»Waren Sie in offizieller Funktion dort?«

»Nein.«

»Warum war Detective Ryan im Forum?«

Was sollte denn das? Diese Fragen hatte doch Ryan mit Sicherheit schon beantwortet.

»Um sich dort mit mir zu treffen.«

Nun bohrten sich die Habichtaugen in meine.

»War Detective Ryan in offizieller Funktion dort?«

»Nein, im Auftrag des Herrn.«

Claudel und ich starrten einander an wie Catcher im Ring.

»Hat Andrew Ryan Ihrer Ansicht nach angemessen gehandelt, als er Carlos Vicente erschoss?«

»Er war ein Schatz.«

Claudel stand auf.

»Vielen Dank.«

»Das ist alles?«

»Für den Augenblick ja.«

Claudel schaltete den Rekorder aus und steckte ihn ein.

»*Bonjour, Madame.*«

Wie üblich war ich nach Claudels Besuch so wütend, dass ich schon befürchtete, eine Embolie zu bekommen. Um mich wieder zu fassen, ging ich in die Lobby, kaufte mir eine Diet Coke und kehrte in mein Büro zurück. Ich legte die Füße aufs Fensterbrett, trank die Cola und aß das Thunfisch-Sandwich und die Schokokekse, die ich mir von zu Hause mitgebracht hatte.

Zwölf Stockwerke unter mir fuhr ein Frachter den dunstigen St. Lawrence hoch. Liliputanische Lastwagen spritzten Wasser von den Rändern der Jacques-Cartier-Brücke. Autos glitten über glänzenden Asphalt, ihre Reifen scheuchten Gischt auf. Fußgänger liefen mit gesenkten Köpfen, ihre Schirme wie bunte Pilze in einer triefenden Welt.

Meine Tochter und ich lächelten auf einem Strand an der Küste von Carolina. Ein anderer Ort. Eine andere Zeit. Ein glücklicher Augenblick.

Beim letzten Keks kam ich zu der Überzeugung, dass ein wortkarger Claudel nur Gutes bedeuten konnte. Würde es irgendwelche Zweifel an Ryans Verhalten geben, hätte die Befragung viel länger gedauert.

Absolut.

Kurz ist gut.

Ich schaute auf die Uhr. Ein Uhr zwanzig. Zeit, sich Luciens Rekonstruktion anzuschauen.

Ich warf meine Papiertüten in Richtung Abfallkorb, landete zwei Treffer und ging zur *Imagerie.*

Lucien war in der Mittagspause, aber sein zusammengestelltes Bild starrte mich vom Monitor an.

Ein Blick, und meine eben errungene Fassung zersprang wie eine Windschutzscheibe in einem Schwarzenegger-Film.

23

Patricia Eduardo lächelte nicht. Sie runzelte nicht die Stirn und zeigte auch keine Überraschung. Auf einer Ansicht umrahmten dunkle, lange Haare ihr Gesicht. In einem zweiten Bild kringelten sie sich zu dichten, schwungvollen Locken. In einem dritten waren sie kurz geschnitten.

Ich atmete kaum, als ich die Varianten durchging, die Lucien produziert hatte. Mit Brille, ohne Brille. Gerade Augenbrauen, geschwungene Augenbrauen. Hängelider, Schlupflider. Die oberflächlichen Details änderten sich, die anatomische Grundlage aber blieb dieselbe.

Ich kehrte eben zur zweiten von Luciens Langhaarvarianten zurück, als er die Abteilung betrat.

»Können Sie einen Pony einfügen?«

»Klar.«

Ich rollte mit meinem Stuhl nach links. Lucien setzte sich vor den Computer und tippte.

Ponys. Er justierte die Feinabstimmung.

»Was ist mit einer Kopfbedeckung?«

»Welche denn?«

»Reiterhelm.«

Er durchsuchte die Datenbank.

»Haben wir nicht.«

»Irgendwas mit einem Schild.«

Er fand eine Kappe und passte sie ein.

Ich dachte an die Schnappschüsse von Patricia Eduardo und erinnerte mich an die Entschlossenheit in den dunklen, ernsten Augen, als sie neben ihrem Pferd stand.

Das Gesicht, das ich sah, war leer und ausdruckslos, das programmierte Resultat von Pixels und Bits. Aber das war egal. Es war das Gesicht des Mädchens auf dem Appaloosa.

Andere Erinnerungen schossen mir durch den Kopf. Ein Tank voller Abwasser und menschlicher Überreste. Ein Schädel, dem Schlamm aus jeder Öffnung drang. Winzige Knochen in einem verrottenden Ärmel. Konnte es sein? Konnte diese neunzehnjährige Krankenhausangestellte, die Pferde liebte und sich einen Abend lang in der Zona Viva vergnügen wollte, in einem so entsetzlichen Grab ihr Ende gefunden haben?

Ich starrte Patricia Eduardo an. Ich sah ertränkte Kätzchen. Ich sah Claudia de la Alda. Ich sah Chupan Ya.

»Was halten Sie davon?«

Luciens Stimme holte mich zurück.

»Es ist gut.« Ich zwang mich zu einer ruhigen Stimme. »Viel besser als ich es geschafft hätte.«

»Wirklich?«

»Wirklich.«

Das war es tatsächlich. Hätte ich eine so verblüffende Ähnlichkeit erzeugt, hätte ich meine Unvoreingenommenheit in Zweifel gezogen. Lucien hatte von Patricia Eduardo noch nie etwas gesehen oder gehört.

»Bitte machen Sie mir mehrere Kopien.«

»Ich bringe sie Ihnen ins Büro.«

»Danke.«

»Detective Galiano.«

»Tempe hier.«

»*Ay, buenos dias.* Gut, dass du mich noch erreicht hast. Hernández und ich wollten eben weg.«

»Die Leiche im Faultank war Patricia Eduardo.«

»Ohne jeden Zweifel?«

»Nicht den geringsten.«

»Die Gesichtsrekonstruktion?«

»Todsichere Sache.«

Schweigen.

»Schätze, das war eine unglückliche Wortwahl«, sagte ich. »Auf jeden Fall hat unser Grafikspezialist die Rekonstruktion blind gemacht. Patricias Mutter könnte das Ding nicht von ihrem Schulporträt unterscheiden.«

»*Dios mío.*«

Schweigen wehte von Guatemala nach Norden. Dann sagte Galiano: »Wir verhören noch immer Miguel Gutiérrez.«

»Den Gärtner der de la Aldas.«

»*Cerote.*« Scheißhaufen.

»Ich nehme an, das heißt, er ist ein Prachtexemplar eines Mannes. Was ist seine Geschichte?«

»Die Kurzversion lautet, dass er auf Claudia fixiert war und ihr nachspionierte. Brachte ganze Nächte im Auto vor ihrem Schlafzimmer zu.«

»Wie nett. Ein Spanner.«

»Schließlich wurde Gutiérrez aktiv. Er behauptet, das Opfer sei nicht abgeneigt gewesen.«

»Sie war vermutlich zu jung, um zu wissen, wie sie ihn abblitzen lassen sollte, ohne seine Gefühle zu verletzen.«

»Am 14. Juli fuhr er zum Museum und bot ihr an, sie nach Hause zu bringen. Claudia nahm an. Unterwegs bat er sie, ihm etwas über die Ruinen von Kaminaljuyú zu erklären. Sie war einverstanden. Dort angekommen, fuhr er in die Nebenstraße und machte sich über sie her. Sie wehrte sich, die Sache geriet außer Kontrolle. Nachdem er sie erwürgt hatte, kippte er die Leiche in den *barranca*. Der Rest ist Geschichte.«

»Hat Gutiérrez bei Señora de la Alda angerufen?«

»Ja. Er bekam spät nachts mal einen Besuch vom himmlischen Boten.«

»Einem Engel?«

»Ariel persönlich. Und der sagte Gutiérrez, er habe Scheiße gebaut und schlug einen Rosenkranz und eine Beichte vor.«

»O Gott.«

»Ich glaube nicht, dass sich der Boss auch eingemischt hat.«

»Hast du irgendwas gefunden, das Gutiérrez mit Patricia de la Alda in Verbindung bringen könnte?«

»*Nada.*«

»Mit dem Paraíso?«

»Noch nicht. Aber wir werden in diese Richtung jetzt viel intensiver recherchieren.«

Ich überlegte einen Augenblick.

»Die Haare bringen Patricia mit der Katze der Specters in Verbindung.«

»Daran arbeiten wir auch.«

»Ryan sieht eben zu, was er über den Botschafter herausfinden kann.«

»Ich habe ihn darum gebeten, aber ich bin nicht sehr optimistisch.«

»Diplomatische Feuertüren?«

»Die CIA ist ein Supermarkt dagegen.«

Nach einem kurzen Schweigen sagte Galiano: »Ryan hält uns über Nordstern auf dem Laufenden.«

»Wir wissen mehr, wenn wir seine Notizen durchgesehen haben.«

»Hernández und ich haben einen Laptop konfisziert, als wir sein Zimmer im Todos Santos durchsuchten.«

»Was Nützliches gefunden?«

»Ich geb dir Bescheid, wenn wir das Passwort geknackt haben.«

»Ryan ist bei so was ziemlich gut. Hör zu, Galiano. Ich will helfen.«

»Das würde mich freuen.« Ich hörte, wie er tief durchatmete. Als er wieder sprach, klang seine Stimme belegter. »Diese Todesfälle verfolgen mich, Tempe. Claudia. Patricia. Diese Mädchen waren so alt wie mein Sohn Alejandro. Das ist kein Alter zum Sterben.«

»Díaz wird schäumen, wenn er von den CT-Scans erfährt.«

»Dann besorg ich ihm 'ne Schaumbremse.« Die Melancholie war verschwunden.

»Ich bin hier fertig. Es wird Zeit, dass ich mich wieder um Chupan Ya kümmere. Wenn ich auch dabei helfen kann, Patricia Eduardos Mörder zu finden, dann werde ich als glückliche Frau sterben.«

»Aber nicht in meinem Revier.«

»Abgemacht.«

»Ironisch, was?«, fragte er.

»Was denn?«

»Der volle Name des Täters.«

Ich brauchte einen Augenblick.

»Miguel Angel Gutiérrez.«

»Ein von Schuld geplagtes Unterbewusstsein kann einem das Kreuz brechen.«

Ich schloss meine Berichte über den Schrumpfkopf und den Torso ab und sagte LaManche Bescheid, dass ich vorhatte, nach Guatemala zurückzureisen. Er sagte mir, ich solle auf mich aufpassen und wünschte mir alles Gute.

Ryan kam an, als ich eben mit Delta Airlines telefonierte. Er wartete, während ich mir einen Gangplatz reservierte, und nahm mir dann den Hörer aus der Hand.

»*Bonjour, Mademoiselle. Comment ça va?*«

Ich griff nach dem Telefon. *Meinem* Telefon. Ryan wich aus und grinste.

»*Mais oui*«, säuselte er. »Aber ich spreche Englisch.«

Ich krümmte die Finger zu einer »Gib-mir«-Geste. Ryan streckte die freie Hand aus und umfasste die meine.

»Nicht wirklich. Aber Ihr Job, der ist wirklich schwierig«, säuselte er voller Verständnis. »Ich könnte mir all diese Flüge und Terminpläne nie merken.«

Unglaublich. Der Kerl flirtete mit einer Reservierungsdame im vorstädtischen Atlanta! Ich verdrehte die Augen fast um hundertachtzig Grad.

»Montreal.«

Und diese Tussi fragte ihn auch noch, wo er war.

»Sie haben Recht. Das ist nicht weit.«

Ich riss meine Hand los, ließ mich in meinen Sessel sinken, nahm einen Kuli in die Hand und ließ ihn durch die Finger wirbeln.

»Meinen Sie, Sie könnten mich noch auf demselben Flug unterbringen, den Dr. Brennan eben gebucht hat, *chère?*«

Ich hielt mitten in der Bewegung inne.

»Lieutenant-détective Andrew Ryan.«

Pause.

»Provinzpolizei.«

Ich höre eine entfernte, metallische Stimme, als Ryan den Hörer von einem Ohr zum anderen führte.

»Man lernt, mit der Gefahr zu leben.«

Mir wäre beinahe alles hochgekommen.

Nach einer Pause:

»*Fantastique.*«

Was war phantastisch?

»Das wäre großartig.«

Was wäre großartig?

»Überhaupt kein Problem. Dr. Brennan weiß, dass ich ein großer Junge bin. Sie hat sicher nichts gegen einen Mittelplatz.«

Ich setzte mich auf.

»Dr. Brennan *hat* etwas gegen einen Mittelplatz.«

Ryan winkte mir zu. Ich warf den Kuli. Er wehrte ihn mit offener Handfläche ab.

»Eins fünfundachtzig.«

Und blaue Augen. Ich kannte ihre Antwort, ohne sie hören zu müssen.

»Ja, ich schätze, das sind sie.« Bescheidenes Lachen.

Das war absurd.

»Wirklich. Ich will nicht, dass Sie wegen mir Ihre Vorschriften verletzen.«

Lange Pause.

»2 A und 2 B bis G City. Sie sind wunderbar.«

Pause.

»Sie haben was gut bei mir, Nickie Edwards.«

Pause.

»Tun Sie das.«

Ryan gab mir den Hörer. Ich legte kommentarlos auf.

»Du brauchst mir nicht zu danken«, sagte er.

»Dir danken?«

»Wir sitzen ganz vorne.«

»Ich schicke Nickie eine Ansichtskarte.«

»Ich habe nicht um Sonderbehandlung gebeten.«

»Ich schätze, Nickie war einfach überwältigt von deinem französischen Charme.«

»Wahrscheinlich.«

»Strickt Nickie dir einen Pulli für die kühlen guatemaltekischen Nächte?«

»Meinst du, ich bekomme sie noch einmal an den Apparat?« Ryan stützte sich auf die Armlehne meines Sessels und griff nach dem Hörer. Ich drückte ihm die Hand an die Brust und schob ihn weg.

»Du kannst sie ja aufspüren lassen«, schlug ich eisig vor.

Er schüttelte den Kopf. »Amtsmissbrauch.«

»Denk dir nichts. Nickie wird dich anrufen, sobald sie mit den *Französisch im Selbstkurs*-Kassetten durch ist.«

»Meinst du, sie schickt den Pulli mit FedEX voraus?«

Ich drückte fester. Ryan richtete sich auf, vergrößerte aber den Abstand zwischen uns nicht.

»Willst du mit diesem kleinen Tête à tête weitermachen, oder sagst du mir jetzt, warum du einen Flug nach Guatemala City gebucht hast?«

»Die schnellste Art, dorthin zu kommen.«

»Ryan.«

»Freust du dich nicht über meine Gesellschaft? Du brichst mir das Herz.« Er legte beide Hände über das verletzte Organ.

»Du gehst doch nicht nach Guatemala, nur um mir eine Freude zu machen.«

»Würde ich schon.« Das Chorknabenlächeln.

»Würdest du mir auch sagen, warum?«

Ryan zählte die Gründe an den Fingern ab. »*Uno:* Olaf Nordstern wurde in Montreal ermordet, kurz nachdem er aus Guatemala ankam. *Dos:* Nordsterns Mörder hatte einen guatemaltekischen Pass. *Tres:* André Specter, kanadischer Botschafter in Guatemala und Bürger unserer schönen Stadt, ist augenblicklich der Gegenstand einer diskreten Ermittlung.«

»Hast du dich freiwillig gemeldet?«

»Ich habe meine Dienste angeboten.«

»Man hat dir den Fall übertragen.«

»Guatemala ist interessanter als Knöllchen schreiben.«

»Und du sprichst Spanisch.«

»*Sí, Señorita.*«

»Das hast du mir nie erzählt.«

»Du hast mich nie gefragt.«

»Hast du über Specter schon was gefunden?«

»Laut seiner Frau ist er Albert Schweitzer.«

»Das überrascht mich nicht.«

»Laut dem Außenministerium ist er Nelson Mandela. Und absolut tabu.«

»Galiano hat ja gesagt, dass du gegen eine Wand läufst. Hast du mit Chantale gesprochen?«

»Laut Chantale ist ihr Alter der Marquis de Sade.« Ryan schüttelte den Kopf. »Dieses Mädchen ist vielleicht wütend.«

»Was hat sie gesagt?«

»Viel. Und nichts davon ein Kompliment für ihn. Vor allem behauptet sie, Daddy sei hinter den Röcken her, so lange sie sich erinnern kann.«

»Wie bekommt ein Kind so etwas mit?«

»Sie sagt, sie habe viele Streits zwischen ihren Eltern mitbekommen, und einmal habe sie den Botschafter mitten in der Nacht beim Telefonsex ertappt.«

»Er hätte doch auch mit seiner Frau reden können.«

»Madame schlief bereits im ersten Stock. Der Botschafter vergnügte sich in seinem Arbeitszimmer. Chantale behauptet außerdem, kurz bevor sie und Lucy aus der Stadt verschwanden, hätten sie ihren Vater mit einer Tussi am Arm das Ritz Continental verlassen sehen.«

»Hatte Specter sie gesehen?«

»Nein, aber Chantale erkannte Daddys Begleiterin. Sie sagt, die glückliche Dame hätte zwei Jahre zuvor an ihrer Schule den Abschluss gemacht.«

»Jesus. Wusste sie den Namen?«

»Aida Pera.«

»Glaubst du ihr?«

Ryan zuckte die Achseln. »Ich habe auf jeden Fall vor, mit Aida zu reden.«

»Der Botschafter steht also auf junge Mädchen.«

»Wenn die Tochter aus der Hölle die Wahrheit sagt.«

»Hast du irgendjemand aus der Chez-Clémence-Clique verhört?«

»Dieses Vergnügen blieb mir verwehrt. Anscheinend sind alle drei Nieten verschwunden.«

»Du hast diesen Arschlöchern doch befohlen, die Stadt nicht zu verlassen.«

»Sind wahrscheinlich auf einer Geologieexkursion. Meine Kollegen werden sie schon auftreiben.«

»Und bis dahin?«

Er zog Nordsterns CD aus der Tasche.

»Machen wir uns mit SCELL vertraut.«

Ich schüttelte die CD aus dem Umschlag, schob sie in mein Laufwerk und klickte D: an. Ein einziger Dateiname erschien: fullrptstem.

»Ist eine riesige PDF-Datei. Über zwanzigtausend Kilobyte.«

»Kannst du sie aufmachen?« Ryan kauerte sich neben mich.

»Ohne Leseprogramm erscheint der Inhalt nur als Hieroglyphen.«

»Hast du eins?«

»Nicht auf diesem Gerät.«

»Gibt's diese Programme nicht als kostenlose Downloads?«

»Auf einen Behördencomputer kann man nicht alles laden.«

»Gott schütze die Bürokratie. Probier's doch mal.« Er deutete mit dem Kinn. »Vielleicht gibt's ja ein integriertes Leseprogramm.«

Ich öffnete die Datei. Der Bildschirm füllte sich mit Buchstaben und Symbolen, unterteilt von horizontalen Punkten als Seiten- und Spaltentrennungen.

»Verdammt.« Ryan verlagerte sein Gewicht, und sein Knie knackte.

Ich schaute auf die Uhr. Fünf Uhr zweiundvierzig.

»Auf meinem Laptop habe ich Acrobat Reader. Wie wär's, wenn ich die CD mit nach Hause nehme, mir die Datei anschaue und dir morgen während des Flugs eine Zusammenfassung gebe?«

Ryan stand auf, und sein Knie knackte wieder. Ich wusste, was kam, bevor er es sagte.

»Wir könnten beide –«

»Ich habe heute Abend noch viel zu tun, Ryan. Kann sein, dass ich für längere Zeit nicht mehr hier bin.«

»Abendessen?«

»Ich nehme mir unterwegs was mit.«

»Fast Food ist schlecht für deine Bauchspeicheldrüse.«

»Seit wann kümmerst du dich um meine Bauchspeicheldrüse?«

»Ich kümmere mich um alles, was dich angeht.«

»Wirklich.« Ich drückte den Knopf, und die CD glitt heraus.

»Ich will nicht deine Slips waschen, wenn's dir im Hochland schlecht wird.«

Kurz dachte ich daran, mit der CD nach ihm zu werfen. Stattdessen hielt ich sie ihm hin.

Er hob die Augenbrauen. »Wie wär's, wenn du sie mit nach Hause nimmst, dir die Datei anschaust und mir morgen während des Flugs eine Zusammenfassung gibst?«

»Hossa. Was für eine Idee.« Ich steckte die CD in meine Aktentasche.

»Ich hol dich um elf ab?«

»Ich packe jede Menge Slips ein.«

Im Tunnel war ein Laster umgekippt, und die Heimfahrt dauerte fast eine Stunde. Nachdem ich Aktentasche und Handtasche aufs Sofa geworfen hatte, holte ich mir eine tiefgefrorene Köstlichkeit aus dem Kühlfach und steckte sie in die Mikrowelle.

Während ich wartete, fuhr ich meinen PC hoch und öffnete

den PDF-Reader. Die Mikrowelle piepste, als ich die fullrptstem-Datei anklickte.

Als ich zurückkehrte, füllte eine surrealistische Szene den Monitor. Ich starrte die Kleckse und Schnörkel an, die sich aus einer zentralen Masse lösten, scrollte dann zum Anfang und las den Titel.

Er machte absolut keinen Sinn.

24

»Verdammte Stammzellen?«

Ryan war in übler Stimmung, seit er mich um elf abgeholt hatte. Eine vierzigminütige Startverzögerung besserte seine Laune nicht.

»Ja.«

»Diese kleinen Dinger, die deine bescheuerten Fundamentalisten mit allen Mitteln schützen wollen?«

»Das sind nicht meine bescheuerten Fundamentalisten.«

»Das ist alles?«

»Zweihundertzweiundzwanzig Seiten davon.«

»Ist das eine Art Überblick über den gegenwärtigen Stand der Forschung?«

»Und eine Diskussion zukünftiger Forschungsrichtungen.«

Ryan war nervös, weil er nicht rauchen durfte.

»Welches Genie hat das verfasst?«

»Die Nationale Gesundheitsbehörde.«

»Warum hatte Nordstern das dann auf CD?«

»Hat es sich wahrscheinlich aus dem Netz heruntergeladen.«

»Warum?«

»Ausgezeichnete Frage, Detective.«

Ryan sah zum x-ten Mal auf die Uhr. Genau in diesem Augenblick ratterten die Ziffern auf dem Monitor hinter dem Delta-Schalter noch einmal. Wir würden mit einer Stunde Verspätung starten.

»Hurensohn.«

»Entspann dich. Wir schaffen den Anschlussflug schon.«

»Natürlich, Miss Poppins.«

Ich zog eine Zeitschrift aus meiner Handtasche und blätterte darin. Ryan stand auf, ging einmal durch die Wartehalle, kam zurück, setzte sich wieder.

»Und was hast du erfahren?«

»Worüber?«

»Über Stammzellen.«

»Mehr als ich je wissen wollte, bis ich zwei war.«

Ein Mann von der Größe von South Dakota knallte seine Tasche auf den Boden und ließ sich in den Sitz neben mir sinken. Ein Tsunami aus Schweiß und Haaröl rollte in meine Richtung. Ryans Blick traf meinen und wanderte dann zum Fenster. Wortlos stand er auf und setzte sich woanders hin. Nach dreißig mitleidigen Sekunden folgte ich ihm.

»Stammzellen werden Embryos entnommen?«, fragte Ryan.

»Stammzellen können aus embryonalem, fötalem oder adultem Gewebe stammen.«

»Aber die nicht adulten Formen sind es, die die christlichen Eiferer so in Rage bringen.«

»Die religiöse Rechte steht jeder Verwendung embryonaler Stammzellen äußerst ablehnend gegenüber.«

»Der übliche Scheiß von der Heiligkeit des Lebens?«

»Das ist deren Argument.«

»Und G.W. Bush hat das übernommen?«

»Nur zum Teil. Er versucht eine Gratwanderung. Er hat die staatliche Förderung auf Forschungsprojekte eingeschränkt, die bereits vorhandene Stammzelllinien benutzen.«

»Wissenschaftler, die Regierungsgelder brauchen, dürfen also nur mit Stammzellen experimentieren, die bereits jetzt irgendwo in Labors wachsen?«

»Oder mit Stammzellen aus adultem Gewebe.«

»Kann man damit dasselbe machen?«

»Meiner Meinung nach?«

»Nein. Sag mir, was das Politbüro denkt.«

Nix da. Das war's. Zurück zu meiner Zeitschrift.

Nach ein paar Sekunden: »Okay. Gib mir den Stammzellen-Grundkurs, aber die Kurzversion.«

»Aber wir einigen uns auf höfliches Zuhören als Grundbedingung?«

»Ja, ja.«

»Jede der zweihundert Zelltypen im menschlichen Körper entsteht aus einem von drei Keimblättern, dem Endoderm, dem Mesoderm und dem Ektoderm.«

»Innere, mittlere und äußere Schicht.«

»Hervorragend, Andrew.«

»Vielen Dank, Ms. Brennan.«

»Eine embryonale Stammzelle, oder ES-Zelle, ist pluripotent, wie das so schön heißt. Das bedeutet, dass sie in der Lage ist, aus jeder der drei Schichten Zelltypen entstehen zu lassen. Stammzellen reproduzieren sich selbst während der gesamten Lebensspanne eines Organismus, bleiben aber unspezifisch, bis sie das Signal erhalten, sich in etwas Spezielles zu verwandeln – Bauchspeicheldrüse, Herz, Knochen, Haut.«

»Vielseitige kleine Kerle.«

»Der Begriff ›embryonale Stammzelle‹ umfasst eigentlich zwei Typen: solche, die von Embryonen kommen, und solche, die aus fötalem Gewebe stammen.«

»Das sind die einzigen Quellen?«

»Im Augenblick ja. Um ganz genau zu sein: Embryonale

Stammzellen werden aus Eiern ein paar Tage nach der Befruchtung entnommen.«

»Und bevor das Ei in den Uterus der Mutter eingepflanzt wird.«

»Richtig. Zu diesem Zeitpunkt ist der Embryo eine Hohlkugel, die man Blastozyste nennt. Embryonale Stammzellen werden der inneren Schicht dieser Kugel entnommen. Embryonale Keimzellen stammen von fünf bis zehn Wochen alten Föten.«

»Und die erwachsenen?«

»Adulte Stammzellen sind nicht spezialisierte Zellen, die in speziellen Geweben vorkommen. Sie haben die Fähigkeit, sich selbst zu erneuern und sich in all die spezialisierten Zelltypen des Gewebes, aus dem sie stammen, zu entwickeln.«

»Und die sind?«

»Knochenmark, Blut, die Hornhaut und Netzhaut des Auges, Hirn, Skelettmuskulatur, Zahnpulpa, Leber, Haut –«

»Verwenden wir die nicht schon?«

»Tun wir. Adulte Stammzellen aus Knochenmark und Blut wurden umfassend untersucht und werden therapeutisch verwendet.«

»Warum verwendet man nicht einfach die großen Jungs und lässt die Embryos und Föten in Frieden?«

Ich zählte die Punkte an meinen Fingern ab.

»Adulte Stammzellen sind selten. Sie sind schwierig zu identifizieren, zu isolieren und aufzubereiten. Es gibt viel zu wenige davon. In einer Nährlösung vermehren sie sich nicht unendlich, wie embryonale Stamm- und Keimzellen es tun. Und im Augenblick gibt es keine Linie adulter Stammzellen, die pluripotent ist.«

»Also sind embryonale Stamm- und Keimzellen die, um die's wirklich geht.«

»Genau.«

Ryan schwieg einen Augenblick. Dann: »Was könnte man damit machen, wenn man viele davon zur Verfügung hat?«

»Heilungschancen für Parkinson, Diabetes, chronische Herzkrankheiten, Nierenkrankheiten im Endstadium, Leberversagen, Rückenmarksverletzungen, Multiple Sklerose, Alzheimer –«

»Unendliche Weiten.«

»Genau. Ich kann einfach nicht verstehen, warum irgendjemand etwas gegen diese Art von Forschung haben könnte.«

Die babyblauen Augen wurden groß, die Stimme wurde predigerhaft, und ein langer Finger deutete auf meine Nase.

»Es ist ein erster Schritt, Schwester Temperance, hin zu dem Abgrund von Schwangerschaften, die ausschließlich empfangen wurden zur Verwendung von Embryos, woraus eine arische Nation entsteht, die sich der Vermehrung muskulöser, blonder Männer und geschmeidiger, langbeiniger Frauen mit großem Busen verschrieben hat.« Damit wurde unser Flug aufgerufen.

Auf dem Weg nach Guatemala unterhielten wir uns über gemeinsame Freunde und über gemeinsame Erlebnisse. Ich erzählte Ryan von Katys Psychologieprojekt mit den Käse-Cracker-Katzen und ihrer Suche nach einem Ferienjob.

Ryan fragte mich nach meiner Schwester Harry. Wir lachten beide, als ich ihm von ihrer letzten Romanze mit einem Rodeoclown aus Wichita-Falls berichtete. Er brachte mich über seine Nichte Danielle auf den neuesten Stand, die ausgerissen war, um auf den Straßen von Vancouver Schmuck zu verkaufen. Wir stellten fest, dass die beiden viel gemeinsam hatten.

Schließlich überwältigte mich die Müdigkeit. Mit dem Kopf auf Ryans Schulter schlief ich ein. Es war zwar eine Tortur für meinen Hals, fühlte sich aber warm und sicher an.

Bis wir in Guatemala City unser Gepäck abgeholt, uns durch die Masse der Träger, die uns die Taschen unbedingt wieder abnehmen wollten, gezwängt und ein Taxi gefunden hatten, war es neun Uhr dreißig. Ich nannte dem Fahrer mein Hotel. Er fragte Ryan nach dem Weg dorthin. Ich beschrieb ihn.

Um zehn Uhr fünfzehn kamen wir schließlich an. Während ich bezahlte, lud Ryan das Gepäck aus. Als ich um eine Quittung bat, sah der Fahrer mich an, als hätte ich eine Urinprobe verlangt. Murmelnd zog er einen Fetzen Papier aus dem Spalt zwischen den Sitzen, kritzelte etwas darauf und streckte ihn mir entgegen.

Der Rezeptionist begrüßte mich mit Namen und hieß mich willkommen. Sein Blick wanderte zu Ryan.

»Ein Zimmer oder zwei?«

»Eins für mich. Ist drei-vierzehn noch frei?«

»*Sí, Senõra.*«

»Dann nehme ich das.«

»Und der Señor?«

»Das müssen Sie den Señor fragen.«

Ich schob meine Kreditkarte über den Tresen, schrieb mich ein, hob meine Taschen auf und ging nach oben. Gerade hatte ich meine Kleidung aufgehängt, meine Toilettensachen aufgestellt und ein Bad einlaufen lassen, als das Telefon klingelte.

»Keine Chance, Ryan. Ich gehe ins Bett.«

»Heißt er nicht Andrew Ryan?«, verspottete Galiano mich.

»Frag ihn selbst. Du hast ihn hierher eingeladen.«

»Genau wie dich. Man nennt mich auch Vielen Dank Galiano.«

»Ich habe eine fast zwölfstündige Reise mit Detective Ego hinter mir. Ich brauche Schlaf.«

»Ryan klang heute wirklich ein bisschen nervös.«

Die Verbindungsbrüder hatten also bereits miteinander gesprochen. Sofort überkam mich dieser seltsame Schauer.

»Er hat einen Mann erschossen.«

»Ja.«

»Ryan und ich wollen morgen bei Aida Pera, der kleinen Freundin des Botschafters, vorbeischauen. Und dann werde ich mich mit Patricia Eduardos Mutter unterhalten. Sie behauptet, sie hätte neue Informationen.«

»Du klingst skeptisch.«

»Sie ist merkwürdig.«

»Wo ist der Vater?«

»Tot.«

»Ist sie bereit, eine Speichelprobe abzugeben?«

Ich hatte Galiano vor meiner Abreise aus Montreal gebeten, das in die Wege zu leiten. Jetzt, da wir möglicherweise eine Identifikation hatten, war es möglich, das DNS-Material zu vergleichen. Ein Genprofil aus Señora Eduardos Speichel wurde mit dem verglichen, das wir aus den fötalen Knochen bei dem Paraíso-Skelett erstellt hatten. Da mitochrondrische DNS nur über die mütterliche Linie weitergegeben wird, mussten das Baby, seine Mutter und die Großmutter identische Sequenzen haben.

»Schon passiert. Und ich habe die fötalen Knochen aus Mateos Labor abgeholt.«

»Hat Señora Eduardo die Skizze gesehen, die ich gefaxt habe?«

»Ja.«

»Akzeptiert sie, dass es Patricias Skelett ist?«

»Ja. Wie auch alle auf dem Revier.«

»Sie muss am Boden zerstört sein.«

Ich hörte ihn seufzen. »*Ay, Dios.* Das ist die traurigste Nachricht, die eine Mutter je hören wird.«

Einen Augenblick sagte keiner etwas. Ich dachte an Katy. Und stellte mir vor, dass Galiano an Alejandro dachte.

»Na ja. Willst du mitkommen?«

Ich wollte.

»Was treibt Pera denn so?«

»Seit ihrem Schulabschluss vor zwei Jahren arbeitet sie als Sekretärin. Die Sache mit der Schule hat Chantale also auf jeden Fall nicht erfunden.«

»Und was sagt Pera über Specter?«

»Wir haben das Thema noch nicht angeschnitten. Ich dachte mir, wir machen das lieber persönlich.«

»Wann?«

»Acht.«

»Bring Kaffee mit.«

Ich legte auf, zog mich aus und stieg ins Bad. Und sprang sofort wieder heraus, rutschte auf den Fliesen aus und schlug mir die Hüfte am Waschbecken an. Das Wasser war so kalt, dass es fast eine Eisschicht gebildet hätte. Fluchend wickelte ich mich in ein Handtuch und nestelte an den Hähnen. Aus beiden kam nur kaltes Wasser.

Zitternd und immer noch fluchend hüpfte ich unter die Decke.

Nach einer Weile ließ das Zittern nach.

Ryan rief nicht an.

Als ich einschlief, wusste ich noch immer nicht so recht, ob mich das erleichterte oder ärgerte.

Am nächsten Morgen weckte mich ein Presslufthammer mit einer Lautstärke, die mich beinahe das Gehör gekostet hätte. Ich warf mir etwas über und schaute zum Fenster hinaus. Drei Stockwerke unter mir gestalteten sechs Männer den Bürgersteig um. Anscheinend ein längerfristiges Projekt.

Toll.

Ich rief Mateo an, um ihn wissen zu lassen, dass ich wieder in Guatemala war und dass ich am Nachmittag ins FAFG-Institut kommen würde. Ryan wartete bereits, als ich die Lobby betrat.

»Wie haben wir geschlafen, Schnuckelchen?«

»Wie ein Stein.«

»Stimmung besser?«

»Was?«

»Du musst gestern Abend sehr müde gewesen sein.«

Galiano hupte.

Ich klappte meinen offenen Mund wieder zu, ging durch die Glastüren, überquerte den Bürgersteig und setzte mich auf den Vordersitz, sodass Ryan hinten Platz finden musste.

Auf der Fahrt zu Aida Peras Wohnung brachte Galiano uns im Fall Claudia de la Alda auf den neuesten Stand.

»An dem Abend, als Patricia Eduardo verschwand, war Gutiérrez in seiner Kirche und arrangierte Blumen für Allerheiligen.«

»Gibt ihm jemand ein Alibi?«

»Ungefähr ein halbes Dutzend Gemeindemitglieder, darunter seine Vermieterin, Señora Ajuchán. Ajuchán sagte, sie sei ihm nach Hause gefolgt, und schwört, er hätte nicht wieder weggehen können, zumindest nicht mit seinem Auto, weil sie das mit ihrem in der Auffahrt blockiert hätte.«

»Ein Komplize?«

»Ajuchán beharrt darauf, dass sie jedes Mal aufwacht, wenn Gutiérrez ihr Haus betritt oder verlässt.« Galiano bog nach links ab. »Sie beharrt außerdem darauf, dass der Kerl ein halber Heiliger ist. Würde keiner Fliege was zu Leide tun. Außerdem ein Einzelgänger. Keine Freunde.«

»Was habt ihr bei der Durchsuchung seines Zimmers gefunden?«

»Der verrückte Mistkerl hatte bestimmt vierzig Fotos auf dem Spiegel seiner Kommode. Angeordnet wie ein Altar. Mit Kerzen und allem.«

»Wie ist er dazu gekommen?« Ryan.

»Sagt, er hätte ihre Tugend und Reinheit bewundert.«

»Wer hat die Fotos aufgenommen?«

»Da bleibt er ein bisschen vage. Aber in seinem Schrank haben wir eine Kamera mit einem halb vollen Film entdeckt. Du kommst nie drauf.«

»Das Prinzesschen.«

»Bingo. Hat sie aus der Entfernung mit einem Tele aufgenommen.«

»Habt ihr ihn psychiatrisch untersuchen lassen?«, fragte ich.

Galiano bog noch einmal links ab und dann rechts in eine Straße mit zwei- und dreistöckigen Mietshäusern.

»Der Doktor sagt, er hat eine zwanghafte Fixierungsstörung, oder irgendein ähnliches Psychogewäsch. Erotomanie? Er konnte nicht anders, hatte wahrscheinlich nie vor, ihr was anzutun.«

»Claudia hat das sehr geholfen.«

Galiano fuhr an den Randstein, stellte die Automatik auf Parken und wandte sich uns zu.

»Was ist mit Patricia Eduardo?«, fragte Ryan.

»Gutiérrez sagt, er habe Patricia Eduardo nie gesehen, sei nie in der Zona Viva oder dem Café San Felipe gewesen und habe nie von der Pensión Paraíso gehört. Er schwört, dass Claudia de la Alda der einzige Mensch gewesen sei, den er je geliebt habe.«

»Der einzige Mensch, den er je umgebracht hat.« Ryans Stimme war hart vor Verachtung.

»Ja.«

»Glaubst du ihm?«, fragte ich.

»*Hijo de la gran puta.* Er hat drei Lügendetektor-Tests überstanden.«

Galiano drehte sich um und deutete mit dem Kinn auf ein heruntergekommenes Gebäude am anderen Ende der Straße. Bröckelnder, rosafarbener Stuck. Blutrote Tür. Dösender Penner. Graffiti. Fast künstlerisch wertvoll. Zwei plus.

»Pera teilt sich eine Wohnung im zweiten Stock mit einer älteren Cousine.«

»Ist sie jetzt nicht in der Arbeit?«

»Als ich sagte, ich würde vorbeikommen, hat sie sich den Tag freigenommen. Wollte ihren Chef nicht verärgern.«

»Wollte sie nicht wissen, warum du mit ihr reden willst?«, fragte ich.

Galiano machte ein überraschtes Gesicht. »Nein.«

Wir stiegen aus. Beim Zuschlagen der Autotüren rutschte der Penner am Stuck entlang und streckte sich auf der Eingangstreppe aus. Als ich über ihn trat, bemerkte ich, dass sein Reißverschluss nur halb hochgezogen war.

Oder halb heruntergezogen. Dürfte wohl eine Frage des Standpunkts sein.

Die Eingangshalle war knapp zweimal zwei Meter groß und roch nach Urin. Der Boden war schwarzweiß gefliest.

Die Namen Pera und Irias standen in Druckbuchstaben auf einem Stück Pappkarton, das im Sichtfenster von einem der sechs Briefkästen steckte. Galiano drückte auf die Klingel. Sofort meldete sich über die Gegensprechanlage eine Stimme. Unsere Ankunft war beobachtet worden.

»*Sí?*«

»Detective Galiano.«

Der Öffner summte. Wir traten durch die Tür und gingen im Gänsemarsch eine schmale Treppe hoch.

Die Wohnung von Pera und Irias lag hinter einer von zwei Türen an einem winzigen Gang. Als ich auf den Treppenabsatz trat, klackten Schlösser, die Tür schwang nach innen auf, und eine zum Kieferfallenlassen schöne Frau spähte heraus. Ich spürte, wie Galiano und Ryan sich streckten – auch nur Männer. Ich hätte es ihnen fast gleichgetan.

»Detective Galiano?« Eine Kinderstimme.

»*Buenos dias, Señorita Pera.*«

Aida Pera nickte ernst. Ihre Haare waren flachsgelb, ihre Haut blass und ihre Augen braun und riesig, zutraulich und zugleich verängstigt. »Beschütze mich«-Augen. Die Art von Augen, die Männern den Verstand rauben.

»Vielen Dank, dass Sie bereit sind, uns so früh am Morgen zu empfangen.« Galiano.

Noch ein Nicken, dann schaute Pera Ryan und mich an.

Galiano stellte uns vor. Ein leichtes Runzeln zeigte sich über dem Nasenrücken, verschwand wieder.

»Worum geht es denn?« Ihre langen und schlanken Finger spielten mit der Sicherheitskette. Doch die Nägel waren schartig, die Nagelbetten rissig und blutig. Soweit ich das sehen konnte, war das ihr einziger Makel.

»Dürfen wir reinkommen?«, sagte Galiano mit besänftigender Stimme.

Pera trat zurück, und wir betraten eine kleine Diele. Ein langer Gang führte direkt zur Rückseite der Wohnung. Das Wohnzimmer lag vorne. Sie führte uns hinein und deutete auf eine Sitzgruppe aus Sofa und Sesseln, jedes Teil mit Zierdeckchen auf Arm- und Rückenlehnen. Ich fragte mich, wie alt die Cousine war.

Galiano kam gleich zur Sache.

»Señorita Pera, soweit ich weiß, sind Sie mit dem kanadischen Botschafter André Specter befreundet.«

Diesmal war das Stirnrunzeln tiefer und länger.

»Darf ich Sie nach der Art dieser Beziehung fragen?«

Knöchel kauend schaute Pera von Galiano zu Ryan und zu mir. Vielleicht wirkte ich am wenigsten bedrohlich. Sie antwortete in meine Richtung.

»Über meine Beziehung zu André kann ich nicht sprechen. Ich kann es einfach nicht. Es – ich – André hat mir das Versprechen abgenommen.«

»Wir können das auch im Rahmen einer förmlichen Aussage auf dem Polizeirevier machen.« Galianos Stimme klang ein kleines bisschen barscher.

Wieder schaute Pera in die Runde. Galiano. Ryan. Ich. Wieder entschied sie sich für das Mädchen.

»Versprechen Sie, dass Sie es niemandem sagen werden?« Ein Kind, das an seinem Geheimnis fast erstickt.

»Wir werden unser Bestes tun, um Ihre Aussage vertraulich zu behandeln.« Galiano.

Die Bambi-Augen wanderten flüchtig zu Galiano, kehrten dann wieder zu mir zurück.

»André und ich wollen heiraten.«

25

Galiano warf mir einen flüchtigen Blick zu. Übernimm du.

»Wie lange kennen Sie den Botschafter schon?«, fragte ich.

»Seit sechs Monaten.«

»Sind Sie ein Liebespaar?«

Sie schaute zu Boden und nickte.

»Ich weiß, Sie glauben, ich bin zu jung für André. Bin ich aber nicht. Ich liebe ihn, und er liebt mich, und alles andere ist unwichtig.«

»Seine Frau und seine Tochter ebenfalls?«

»André ist sehr unglücklich. Er will seine Frau verlassen, so bald es geht.«

Wollen sie das nicht alle?

»Wie alt sind Sie, Aida?«

»Achtzehn.«

Meine Wut wurde stärker.

»Wann?«

Sie hob den Kopf.

»Was wann?«

»Wann ist die Hochzeit?«

»Na ja, Datum haben wir noch keins. Aber bald.« Sie suchte Unterstützung in Galianos Blick, dann in Ryans. »Sobald André kann, wissen Sie, sobald er alles so arrangieren kann, dass seine Stellung nicht gefährdet ist.«

»Und dann?«

»Dann gehen wir weg. Er wird einen Posten in irgendeiner hübschen Stadt bekommen. Paris vielleicht. Oder Rom oder Madrid. Ich bin dann seine Frau und reise mit ihm und gehe zu all den Partys.«

Und Saddam Hussein bekehrt sich zum Christentum und führt Taufen durch.

»Hat der Botschafter über seine verflossenen Geliebten gesprochen?«

»Sie verstehen das nicht. André ist nicht so.«

Sie schaute Galiano an. Sie schaute Ryan an. Sie schaute mich an. In der Hinsicht hatte sie Recht. Wir verstanden das nicht.

»Hat er Ihnen je wehgetan?«

Sie runzelte die Stirn. »Wie meinen Sie das?«

»Sie geschüttelt, geschlagen oder zu etwas gezwungen, das Sie nicht wollten.«

»Nie.« Gehaucht. »André ist ein lieber, zärtlicher, wunderbarer Mann.«

»Der seine Frau betrügt.«

»Es ist nicht so, wie Sie denken.«

Es war genau so, wie ich dachte – dieser elende Kinderschänder.

»Kennen Sie eine junge Frau namens Patricia Eduardo?«

Sie schüttelte kaum sichtbar den Kopf.

»Claudia de la Alda?«

»Nein.« Ihre Augen wurden an den Rändern rot.

»Werden Sie Mr. Specter in der nächsten Zeit treffen?«

»Wir können uns leider nicht oft sehen. André ruft an, wenn er Zeit hat.«

Und du wartest am Telefon. Der Mistkerl.

»Kommt er normalerweise hierher?«

»Wenn meine Cousine nicht zu Hause ist.« Ihre Nase war jetzt so rot wie ihre Augen, und sie hatte angefangen zu schniefen. »Manchmal gehen wir aus.«

Ich wühlte in meiner Handtasche und gab ihr ein Tempo.

Galiano gab ihr seine Karte.

»Rufen Sie mich an, wenn Sie von ihm hören.«

»Hat André etwas Illegales getan?«

Galiano ignorierte die Frage.

»Wenn er anruft, verabreden Sie sich mit ihm. Rufen Sie mich an. Und sagen Sie Specter nichts.«

Pera öffnete den Mund, um zu protestieren.

»Tun Sie es, Señorita. Tun Sie es, und Sie ersparen sich eine Menge Kummer.«

Galiano stand auf. Ryan und ich ebenfalls. Pera folgte uns zur Tür.

Als wir die Wohnung verließen, sagte sie noch einen letzten Satz.

»Es ist schwer, wissen Sie. Nicht so wie im Kino.«

»Nein«, stimmte ich ihr zu. »So ist es nie.«

Der Himmel war bewölkt, als wir Peras Wohnung verließen. Ryan trennte sich von uns und fuhr mit einem Taxi zum Hauptquartier, weil er unbedingt Nordsterns Sachen durchgehen wollte.

Als Galiano und ich vor dem Haus der Eduardos hielten, setzte Regen ein. Es war zwar nicht so luxuriös wie Chez Specter oder Chef Gerardi, aber wohnlich und gut gepflegt – gemütlich würde ein Immobilienmakler wohl sagen.

Als Señora Eduardo uns die Tür öffnete, fiel mir sofort ein Satz ein: ET nach Hause telefonieren. Unsere Gastgeberin hatte ein runzliges Gesicht, das dominiert wurde von den größten Augen, die ich je an einem Menschen gesehen hatte. Ihre Arme und

Beine waren dünn, die Finger gebogen und knotig. Sie war nur ungefähr einen Meter zwanzig groß.

Señora Eduardo führte uns in ein Wohnzimmer, das voll gestellt war mit zu vielen Polstermöbeln mit Blumenmuster, und bat uns, Platz zu nehmen. Sie selbst setzte sich auf einen Stuhl mit gerader Lehne, legte die Füße an den Knöcheln übereinander und bekreuzigte sich. Tränen glitzerten in den riesigen Augen.

Während ich es mir in einem zu weichen Lehnsessel bequem machte, fragte ich mich, ob die Frau eine Chromosomenanomalie hatte. Ich fragte mich außerdem, wie sie eine Tochter hatte produzieren können, die so attraktiv wie Patricia war.

Galiano stellte mich unserer Gastgeberin vor und drückte ihr sein Beileid aus. Señora Eduardo bekreuzigte sich noch einmal und atmete tief durch.

»Haben Sie schon jemanden verhaftet?«, fragte sie ihn mit dünner, zitteriger Stimme.

»Wir arbeiten daran«, sagte Galiano.

Señora Eduardos linkes Lid blinzelte wie in Zeitlupe. Das rechte folgte Sekundenbruchteile später.

»Hat Ihre Tochter je einen Mann namens André Specter erwähnt?«

»Nein.«

»Miguel Gutiérrez?«

»Nein. Wer sind diese Männer?«

»Sind Sie sicher?«

Señora Eduardo ließ sich die Namen noch einmal durch den Kopf gehen. Oder tat zumindest so.

»Absolut sicher. Was haben diese Männer mit meiner Tochter zu tun?« Eine Träne quoll aus dem Auge und lief ihr die Wange hinunter. Sie wischte sie mit einer ruckartigen Bewegung weg.

»Ich wollte es nur nachprüfen.«

»Sind das Verdächtige?«

»Nicht in Bezug auf den Tod Ihrer Tochter.«

»Warum dann?«

»Miguel Gutiérrez hat gestanden, eine junge Frau namens Claudia de la Alda ermordet zu haben.«

»Glauben Sie, dass er auch Patricia umgebracht haben könnte?«

Wie zerbrechlich der körperliche Zustand der Señora auch sein mochte, ihre Intelligenz war offensichtlich nicht beeinträchtigt.

»Nein.«

»Und Specter?« Noch eine Träne. Noch ein Wischer.

»Kümmern Sie sich nicht um Specter.«

»Wer ist das?«

Ihre Hartnäckigkeit auch nicht.

»Wenn Ihre Tochter ihn nicht erwähnt hat, ist er irrelevant. Was ist das für ein neuer Hinweis, den Sie haben?«

Die riesigen Augen verengten sich. Ich bemerkte ein misstrauisches Flackern.

»Mir ist der Name von Patricias Vorgesetztem im Krankenhaus wieder eingefallen.«

»Der, mit dem sie Streit hatte?«

Sie nickte und wiederholte das Liderspiel.

Galiano zog seinen Notizblock heraus.

»Zuckerman.«

Aus irgendeinem Grund machte es bei mir Klick.

»Vorname?«, fragte Galiano.

»Doktor.«

»Geschlecht?«

»Doktor.«

»Wissen Sie, warum sie sich stritten?«

»Patricia hat sich nie darüber ausgelassen.«

In diesem Augenblick kam Buttercup ins Zimmer, ging direkt zu Galiano und rieb sich an seinem Hosenbein. Señora Eduardo stand auf und klatschte in die Hände. Buttercup machte einen Buckel, drehte sich um und schlich in einer Acht um Galianos Knöchel herum.

Señora Eduardo klatschte lauter.

»Sscht. Geh. Zurück zu den anderen.«

Buttercup starrte sein altes Frauchen lange an und hob den Schwanz. Die Spitze zuckte kurz, dann trottete er aus dem Zimmer.

»Tut mir Leid. Buttercup war die Katze meiner Tochter.« Ihre Unterlippe zitterte. Ich befürchtete, sie würde gleich zu schluchzen anfangen. »Seit Patricia nicht mehr da ist, gehorcht sie niemandem mehr.«

Galiano steckte seinen Notizblock ein und stand auf.

Señora Eduardo sah zu ihm hoch. Jetzt glitzerten Tränen auf beiden Wangen.

»Sie müssen das Ungeheuer finden, das Patricia das angetan hat. Sie war mein Ein und Alles.«

Galianos Kiefermuskeln strafften sich, und die Guernsey-Augen wurden feucht.

»Das werden wir, Dona. Das verspreche ich Ihnen. Wir werden ihn schnappen.«

Señora Eduardo hopste auf die Füße. Galiano bückte sich und nahm ihre beiden Hände in seine.

»Wir sprechen mit Doktor Zuckerman. Und ich möchte Ihnen noch einmal sagen, wie Leid uns Ihr Verlust tut. Bitte rufen Sie mich an, wenn Ihnen noch etwas einfällt.«

»Das war vielleicht ein selbstbewusster Kater.« Galiano trank seine Pepsi aus und steckte die Dose in den Plastikbehälter am Armaturenbrett.

»Jeder verarbeitet Verluste auf seine Art.«

»Mit Buttercup möchte ich mir's lieber nicht verscherzen.«

»War natürlich toll für die graue Hose.«

»Die hat schon Schlimmeres gesehen.«

»Was ist eigentlich mit Señora Eduardo los?«

»Rheumatische Arthritis in jungen Jahren. Schätze, sie hörte einfach auf zu wachsen.«

Wir saßen wieder im Auto und fuhren nach einem kurzen Zwischenstopp bei einem Pollo Campero, dem guatemaltekischen Äquivalent von Kentucky Fried Chicken, zurück zum Hauptquartier.

Galianos Handy bimmelte, als wir auf die Avenida 6 einbogen. Er schaltete es an.

»Galiano.«

Er hörte zu und sprach, zu mir gewandt, lautlos den Namen Aida Pera.

»Wann?«

Ich trank einen Schluck Diet Coke.

»Sagen Sie nichts von unserem Besuch. Sagen Sie nichts von diesem Anruf.«

Pera sagte etwas.

»Ermuntern Sie sie, auszugehen.«

Pera sagte noch etwas.

»Aha.«

Noch eine Pause.

»Darum kümmern wir uns.«

Galiano legte auf und warf das Handy auf den Sitz.

»Der Botschafter ist zurück und geil«, riet ich.

»Besucht seinen Liebling heute Abend um neun.«

»Das geht aber schnell.«

»Will ihr wahrscheinlich sagen, dass er eine Kirche gebucht hat.«

»Kann es sein, dass du zufällig in der Nähe bist?«

»Man weiß ja nie.«

»Warum schnappst du dir den Mistkerl nicht einfach und drehst ihn durch die Mangel?«

»Schon mal was von der Wiener Konvention über diplomatische und konsularische Beziehungen gehört?«

Ich schüttelte den Kopf.

»Es ist ein Konvolut, das die Möglichkeit örtlicher Behörden, Diplomaten zu verhaften oder festzuhalten, stark einschränkt.«

»Diplomatische Immunität.«

»Genau.«

»Das ist der Grund, warum New York jedes Jahr auf einer Milliarde unbezahlter Strafzettel sitzen bleibt.« Ich trank meine Coke aus. »Kann die Immunität nicht aufgehoben werden, wenn es um Schwerverbrechen geht?«

»Die Immunität kann immer nur vom Senderstaat aufgehoben werden, in diesem Fall Kanada. Wenn Kanada sich weigert, die Immunität aufzuheben, kann Guatemala nichts tun außer ihn zu PNGen.«

»PNGen?«

»Ihn zur Persona non grata zu erklären und auszuweisen.«

»Die guatemaltekischen Behörden können also innerhalb der eigenen Grenzen nicht einfach gegen jeden ermitteln?«

»Wir können ermitteln, bis wir schwarz werden, aber wir brauchen die Genehmigung der kanadischen Regierung, um einen kanadischen Diplomaten zu verhören.«

»Habt ihr schon einen offiziellen Antrag gestellt?«

»Ist in Arbeit. Wenn wir hinreichende Gründe vorweisen können, erlauben sie uns vielleicht, Specter in Anwesenheit eines offiziellen kanadischen Vertreters zu verhören –«

»Ryan.«

»Ryan und wahrscheinlich andere aus dem diplomatischen Corps. Aber jetzt kommt der Haken. Specter muss dem Verhör zustimmen. Wir dürfen ihn nicht vereidigen, und seine Aussagen dürfen nicht als Argumente für die Aufhebung seiner Immunität verwendet werden.«

»Der Senderstaat entscheidet also über sein Schicksal.«

»Darauf kannst du Gift nehmen.«

Ryan saß in dem Besprechungszimmer im zweiten Stock, in dem ich meine erste Begegnung mit Antonio Díaz, dem leider so einprägsamen Bezirksstaatsanwalt hatte. Bücher, Zeitschriften, Broschüren, Notizbücher und Aktenordner lagen, zu Stapeln geordnet, vor ihm auf dem Tisch.

Ryan hatte das Kinn auf die Handfläche gestützt und hörte Kassetten in einem Diktafon ab, das genauso aussah wie das Gerät, das Nordstern bei unserem Interview benutzt hatte. Rechts von ihm lagen mindestens ein Dutzend Kassetten. Links lagen zwei.

Als er uns sah, drückte Ryan auf Stopp und lehnte sich zurück.

»Mann, das ist vielleicht krass.«

Galiano und ich warteten.

»Unser einstiger und zukünftiger Pulitzer-Preisträger hat mit einer Menge sehr wütender Leute gesprochen.«

»In Chupan Ya?«, fragte ich.

»Und in anderen Dörfern, die die Armee überfallen hat. Das war ja die reinste Gestapo da unten.«

»Hast du was gefunden, das den Anschlag auf Nordstern erklärt?« Galiano pflanzte eine Hinterbacke auf die Tischkante.

»Vielleicht. Aber woher soll ich wissen, was es ist?«

Ich nahm ein halbes Dutzend Kassetten in die Hand. Jede trug einen Namen. Viele waren Maya-Namen. Señora Ch'i'ps Sohn. Ein alter Mann aus einem Dorf westlich von Chupan Ya.

Einige Kassetten enthielten mehrere Interviews. Mateo teilte sich eine mit Elena Norvillo und Maria Paiz. T. Brennan bildete ein Paar mit E. Sandoval.

»Wer ist E. Sandoval?«, fragte ich.

Galiano zuckte die Achseln.

»Nordstern muss dieses Interview gleich nach deinem gemacht haben.«

Ryan atmete tief durch. Ich drehte mich zu ihm. Er sah erschöpft aus.

»Wenn du Hilfe brauchst, kann ich Mateo sagen, dass ich vor morgen nicht weg kann.«

Ryan schaute mich an, als hätte ich ihm eben gesagt, dass er in der Lotterie gewonnen hatte.

»Könnte nicht schaden. Du weißt mehr über dieses Zeug als ich.« Er deutete mit dem Daumen auf einen Koffer, der unter den Fenstern auf dem Boden stand. »Du darfst Nordsterns Unterwäsche durchwühlen.«

»Nein, danke. Einmal schmutzige Shorts reicht mir.«

Galiano stand auf.

»Ich muss mit Hernández einen abendlichen Ausflug vorbereiten.«

Ryan hob die Augenbrauen.

»Tempe kann's dir erklären. Muss eine Strategie ausarbeiten.«

»Was soll ich tun?«, fragte ich.

»Schau dir die Bücher und Papiere an, während ich mich durch die Interviewkassetten arbeite.«

»Wonach suche ich?«

»Nach allem Möglichen.«

Ich rief Mateo an. Er hatte kein Problem mit der Verzögerung. Ich fragte ihn nach E. Sandoval. Er erklärte mir, dass Eugenia Sandoval für CEIHS arbeite, das Centro de Investigaciones de Historia Social. Nachdem ich aufgelegt hatte, sagte ich es Ryan.

»Schätze, das ergibt einen Sinn.«

Ich nahm mir die Bücher und Zeitschriften und setzte mich Ryan gegenüber. Einige Veröffentlichungen waren auf Spanisch, die meisten auf Englisch.

The Massacre at El Matote: A Parable of the Cold War; Massacres in the Jungle, Ixcán, Guatemala, 1975–1982; Persecution by Proxy: The Civil Patrols in Guatemala, Robert F. Kennedy Center for Human Rights. Harvest of Violence: The Maya Indians and the Guatemala Crisis; ein Bericht von Americas Watch vom August 1986: *Civil Patrols in Guatemala.*

»Sieht aus, als hätte Nordstern seine Hausaufgaben gemacht.«

»Bis er Bonuspunkte bekam.«

»Hat schon jemand mit der *Chicago Tribune* gesprochen?«

»Wie's aussieht, war Nordstern ein Freischaffender, der eigentlich gar nicht für die Zeitung arbeitete. Aber die *Tribune* gab ihm den Auftrag, einen Artikel über Clyde Snow und die FAFG zu schreiben.«

»Woher dann dieses Interesse an Stammzellen?«

»Ein anderer Artikel?«

»Vielleicht.«

Zwei Stunden später stießen wir auf etwas.

Ich blätterte eben in einem Fotojournal der *La Lucha Maya*, einer Sammlung ganzseitiger Farbporträts. Häuser mit Strohdächern in Santa Clara. Ein Junge, der im Atitlán-See fischte. Eine Taufe in Xeputúl. Männer, die Särge von Chontalá zum Friedhof in Chichicastenango trugen.

Anfang der Achtziger exekutierte die Zivilpatrouille auf Befehl der örtlichen Militärs in Chontalá siebenundzwanzig Dorfbewohner. Ein Jahrzehnt später exhumierte Clyde Snow die Überreste.

Gegenüber der Begräbnisprozession das Foto junger Männer mit automatischen Waffen. Mitglieder einer Zivilpatrouille in Huehuetenango.

Das System der Zivilpatrouillen war dem gesamten ländlichen Guatemala aufgezwungen worden. Die Teilnahme war Pflicht. Männer verloren Arbeitstage. Familien verloren Geld. Die Patrouillen installierten ein neues System von Regeln und Werten, in dem Waffen und Gewalt dominierten. Das System zerstörte traditionelle Autoritätsstrukturen und sprengte das Gemeinschaftsleben der Maya-Bauern.

Ryan nahm eine Kassette aus dem Gerät, legte eine andere ein. Ich hörte Nordsterns Stimme, dann meine eigene.

Ich blätterte weiter durch die Fotos. Ein alter Mann, der wegen Morddrohungen durch die Zivilpatrouille gezwungen war, sein Haus in Chunimá zu verlassen. Eine Maya-Frau mit einem Baby auf dem Rücken und Tränen auf den Wangen.

Ich blätterte um. Angehörige einer Zivilpatrouille in Chunimá, die Waffen erhoben, hinter ihnen dunstige Berge. Die Bildunterschrift erklärte, dass der frühere Anführer der Gruppe zwei Männer des Dorfes erschossen hatte, weil sie sich weigerten, in der »Freiwilligen«-Patrouille zu dienen.

Ich starrte die jungen Männer auf dem Foto an. Sie hätten ein Fußballteam sein können. Eine Pfadfindergruppe. Ein Schulchor.

Ich hörte, wie eine mechanische Version meiner Stimme anfing, das Massaker in Chupan Ya zu erklären.

»Im August 1982 drangen Soldaten in das Dorf ein –«

Eine Zivilpatrouille hatte die Armee in Chupan Ya unterstützt. Gemeinsam hatten Soldaten und Zivilisten die Frauen und Mädchen vergewaltigt, sie dann erschossen oder mit Macheten erschlagen und ihre Häuser angezündet.

Ich blätterte um.

Xaxaxak, ein Viertel in Sololá. Männer einer Zivilpatrouille paradierten, die automatischen Gewehre quer vor der Brust. Soldaten schauten zu, einige in Kampfanzügen, andere in Uniformen, die auf einen viel höheren Rang hindeuteten.

Nordstern hatte den Namen eingekreist. Mein Blick fiel in dem Augenblick darauf, als Nordstern ihn nannte.

»Unter dem Kommando von Alejandro Bastos.«

»Davon weiß ich nichts.«

»Fahren Sie fort.«

»Sie scheinen mehr zu wissen als ich.« Rascheln. *»Es wird langsam spät, Mr. Nordstern. Ich habe noch zu arbeiten.«*

»Chupan Ya oder der Faultank?«

»Stopp. Spiel das noch mal ab.«

Ryan drückte auf Rückspulen und spielte das Ende des Interviews noch einmal.

»Schau dir das an.«

Ich drehte ihm das Buch zu.

Ryan betrachtete das Foto, las die Überschrift.

»Alejandro Bastos war der Kommandeur des örtlichen Armeepostens.«

»Nordstern beschuldigte Bastos, für Chupan Ya verantwortlich zu sein«, sagte ich.

»Was meinst du, warum Nordstern den Scheißer neben ihm eingekreist hat?«

Ryan gab mir das Buch zurück, und ich betrachtete das eingekreiste Gesicht.

»Jesus Christus.«

26

»Das ist Antonio Díaz.« Obwohl die Brille nicht pink war, hatte ich nicht den geringsten Zweifel.

»Und wer ist das?«

»Der Bezirksstaatsanwalt aus der Hölle.«

»Der Typ, der Patricia Eduardos Skelett konfisziert hat?«

»Ja.«

Ryan griff nach dem Buch. Ich gab es ihm.

»Díaz war in der Armee.«

»Offensichtlich.«

»Mit Bastos.«

»Ein Bild ist tausend *chalupas* wert.«

»Der Typ, den Nordstern beschuldigte, in Chupan Ya der Anführer gewesen zu sein?«

»Du hast das Band ja gehört.«

»Wer ist Alejandro Bastos?«

»Keine Ahnung.«

Ryan stand auf.

»Setz dich, Junge.«

Er ließ sich wieder auf den Stuhl sinken.

»Díaz diente mit Bastos. Was zum Teufel hat das zu bedeuten?«

Genau das fragte ich mich selbst. Kehrten wir jetzt zurück zu Chupan Ya? Ging es nur darum, dass Díaz früher in der Armee und jetzt Richter war? Wollte Nordstern darauf hinaus? Das war nichts Ungewöhnliches. Galiano hatte mir das alles bei unserer Unterhaltung im Gucumatz erläutert. Im guatemaltekischen Rechtssystem wimmelt es von Folterern und Mördern. Jeder weiß das. Das wäre nichts Neues. Gab es eine Verbindung mit dem Paraíso? Antworten kamen mir keine in den Sinn.

»Vielleicht nichts«, sagte ich, glaubte es aber selbst nicht.

»Vielleicht aber doch etwas!«

»Vielleicht hatte Díaz seine Gründe, warum er mich im Eduardo-Fall nicht dabeihaben wollte.«

»Zum Beispiel?«

»Vielleicht dachte er, die Leiche im Paraíso-Tank wäre jemand anders.«

»Wer?«

»Jemand, der mit Chupan Ya zu tun hatte.«

»Ein schwangeres Teenager-Mädchen?«

Da hatte er Recht.

»Vielleicht wollte Díaz mich von der Chupan-Ya-Untersuchung ablenken.«

»Warum?«

»Vielleicht fürchtete er Enthüllungen über seine Vergangenheit.« Ich dachte nur laut. »Vielleicht befürchtete er, die würden ihn seinen Job kosten.«

»Aber hat der Paraíso-Fall nicht genau das getan?«

»Was?«

»Dich von der Arbeit mit Mateo und dem Team abgelenkt? Und je intensiver du in dem Fall ermitteln würdest, desto abgelenkter wärst du. Wenn er dich ablenken wollte, würde er die Ablenkung doch nicht selber durchkreuzen.«

Ein plötzlicher schrecklicher Gedanke.

»O Gott.«

»Was?«

»Vielleicht steckte Díaz hinter dem Überfall auf Molly und Carlos.«

»Jetzt keine wüsten Spekulationen, solange wir keine wirklichen Fakten haben. Weißt du irgendwas Genaues über diesen Bastos?«

Ich schüttelte den Kopf.

»Warum hat Nordstern Díaz' Bild eingekreist?«

»Du stellst gute Fragen, Ryan.«

»Worüber?«

Wir drehten uns beide um. Galiano stand in der Tür.

»Wer ist Alejandro Bastos?«

»Colonel der Armee. Wurde unter Ríos Montt Minister für irgendwas. Starb vor ein paar Jahren.«

»Bastos war in die Massaker verwickelt.«

»Bis in die Haarspitzen. Der Wichser ist ein perfektes Beispiel dafür, warum die Amnestie keine gute Idee war.«

Ryan gab Galiano das Foto.

»*Hijo de la puta.*«

Galiano hob den Kopf.

»Mit Díaz.« Nun auf Englisch. »Dem Hurensohn.«

Eine Fliege summte am Fenster. Ich sah ihr zu und fühlte mich frustriert wie sie. Ich kam auch nicht weiter.

»Was ist mit Specter?«, fragte Galiano.

»Wie's aussieht, hat der Botschafter ein wasserdichtes Alibi für die Woche um Patricia Eduardos Verschwinden.«

»Er und Dominique waren in einem Nonnenkloster und haben ihren Treueschwur erneuert.« Ryan.

»Eine internationale Handelskonferenz in Brüssel. Tagsüber spielte er Botschafter, abends besuchte er Cocktailempfänge.«

»Aida Pera hätte das gefallen.« Ryan.

»Sie kann doch nichts dafür.«

Beide Männer sahen mich an, als hätte ich mich gerade mit Eva Braun zum Kaffee verabredet.

»Specter ist offensichtlich ein Weiberheld vom Feinsten. Pera ist noch ein Kind.«

»Sie ist achtzehn.«

»Eben.«

Einige Sekunden lang hatte nur die Fliege etwas zu sagen.

»Patricia Eduardo musste Kontakt mit Angehören des Specter-Haushalts gehabt haben, um Guimauves Haare in ihre Jeans zu bekommen«, bemerkte ich ohne besonderen Grund.

»Vielleicht wurden die Haare ja von Specter übertragen, als er versuchte, in ihre Jeans zu kommen.« Ryan.

»Eduardo verschwand am neunundzwanzigsten Oktober«, sagte Galiano. »Sie muss nicht unbedingt an diesem Tag gestorben sein.«

»Was hast du über Dr. Zuckerman herausgefunden?«

Galiano zog den allgegenwärtigen Notizblock heraus.

»Sie machte ihren Doktor der Medizin an der New York University, absolvierte ihre Assistenzzeit in der Abteilung Gynäkologie/Geburtshilfe am Johns Hopkins und verbrachte ein paar Jahre in einem Institut für Reproduktionsbiologie in Melbourne.«

»Ist also kein Tiefflieger.«

»Die gute Ärztin gehört zum Personal des Hospital Centro Médico. War zwei Jahre lang Patricia Eduardos direkte Vorgesetzte. Ich habe mit einigen von Eduardos Kollegen gesprochen. Einer konnte sich an Eduardos Zusammenstoß mit Zuckerman erinnern, wusste aber nicht mehr, worum es ging. Aber es gibt noch einen interessanten Nebenaspekt. Wie's aussieht, habe ich mit Dr. Zuckerman schon gesprochen.«

Klick.

»Zuckerman leitet die *Mujeres por Mujeres*-Klinik in Zone eins!«, sagte ich.

»Genau. Und sie wird sich über meinen nächsten Besuch noch weniger freuen als über den ersten.«

»Ich würde gern mitkommen.«

»Der Bus fährt um acht.«

Armer Mateo. Ich musste ihn schon wieder vertrösten.

»Und noch ein sachdienlicher Hinweis: Der Kollege glaubte, dass Patricia sich hinter dem Rücken ihres Freundes noch mit jemand anderem traf. Einem älteren Mann.«

Wenn ich daran zurückdenke, erscheint mir diese Besprechung als der Beginn einer Spirale. Von da an tauchten immer mehr Details auf, Hinweise häuften sich, und unser Bild von dem Fall wurde schärfer und veränderte sich wie das Muster an einem Kaleidoskop.

Zwei Stunden lang gingen Ryan und ich anschließend noch Nordsterns Kassetten und Bücher durch. Dann schleppten wir uns nach Hause, nahmen uns irgendwo ein schnelles Abendessen mit und gingen auf unsere Zimmer. Er machte keine Annäherungsversuche. Es war mir egal.

Seit Galianos Bericht war ich abgelenkt. Erst dachte ich, seine Enthüllungen über Maria Zuckerman wären der Ruck gewesen, den ich im Haus der Eduardos gespürt hatte, aber da war noch etwas anderes, das mir keine Ruhe ließ.

Was? Etwas, das ich gesehen hatte? Etwas, das ich gehört hatte? Das Gefühl war wie ein seltsames Jucken, das ich nicht richtig kratzen konnte.

Um Viertel nach neun rief Ryan an.

»Was tust du?«

»Lese gerade das Etikett meines Magensäurehemmers.«

»Du lebst wirklich gefährlich.«

»Was dachtest du, was ich tue?«

»Vielen Dank für deine Hilfe heute.«

»War mir ein Vergnügen.«

»Weil du gerade von deinem Vergnügen sprichst –«

»Ryan.«

»Okay. Aber ich mache es wieder gut, wenn wir in den großen weißen Norden zurückkehren.«

»Wie?«

»Ich lade dich zu *Cats* ein.«

Plötzlich wusste ich, wo es mich juckte.

»Ich muss los.«

»Was ist denn los? Was hab ich gesagt?«

»Ich rufe dich morgen an.«

Ich legte auf und wählte Galianos Nummer. Er war nicht da. Verdammt.

Ich griff zum Telefonbuch.

Bingo.

Ich wählte.

Señora Eduardo meldete sich nach dem ersten Klingeln.

Ich entschuldigte mich für den späten Anruf. Sie tat es ab.

»Señora Eduardo, als Sie Buttercup schimpften, sagten Sie ihm, er solle zu den anderen gehen. Meinten Sie damit andere Katzen?«

»Leider ja. Vor zwei Jahren tauchte ein Wurf Kätzchen in dem Stall auf, in dem meine Tochter ihr Pferd untergestellt hatte. Patricia hatte zwei davon adoptiert und die anderen weggegeben. Sie wollte die Kätzchen hierher bringen, aber ich sagte, Buttercup sei genug. Sie wurden im Stall geboren, und dort sollten sie auch bleiben. Das lief gut, bis Patricia nicht mehr hinging.«

Sie hielt inne. Ich stellte mir ihre Augenlider vor, die sich wie ein altes Hippiepaar bewegten, langsam und unabhängig.

»Vor ungefähr drei Wochen rief der Besitzer des Stalls an und bestand darauf, dass ich die Katzen übernehme, sonst würde er sie ertränken. Buttercup ist zwar nicht begeistert, aber jetzt sind sie hier.«

»Wissen Sie, wer die anderen Kätzchen übernommen hat?«

»Familien hier in der Gegend, nehme ich an. Patricia hat die Nachbarschaft mit Rundschreiben zugepflastert. Wir haben ungefähr ein Dutzend Anrufe bekommen.«

Ich räusperte mich.

»Sind das Kurzhaarkatzen?«

»Stinknormale Stallkatzen.«

Dominique Specters Telefon läuterte viermal, dann bat eine männliche Stimme auf Englisch und Französisch um eine Nachricht. Ich hinterließ eine nach dem Signalton.

Ich bearbeitete meine Zähne eben mit Zahnseide, als das Telefon klingelte. Es war Mrs. Specter.

Ich fragte nach Chantale.

Gut.

Ich fragte nach dem Wetter in Montreal.

Warm.

Offensichtlich war sie nicht zum Plaudern aufgelegt.

»Ich habe nur eine Frage, Mrs. Specter.«

»*Oui.*«

»Woher hatten Sie Guimauve?«

»*Mon dieu.* Da muss ich nachdenken.«

Ich wartete, während sie das tat.

»Chantale entdeckte in einer Apotheke einen Zettel. Wir riefen an. Es gab noch Kätzchen, also fuhren wir hin und suchten uns eins aus.«

»Wohin sind Sie gefahren?«

»Eine Art Stall. Mit Pferden.«

»In der Nähe von Guatemala City?«

»Ja. Aber an den genauen Ort kann ich mich nicht mehr erinnern.«

Ich dankte ihr und legte auf.

Würden die Fehler, die ich in diesem Fall machte, denn nie ein Ende nehmen? Was für ein Idiot war ich doch. Ich hatte mit Ryan darüber gesprochen, aber selber den Zusammenhang nicht begriffen.

Die Haare bei den Knochen aus dem Faultank stammten nicht von Guimauve. Sie stammten von einem Tier aus Guimauves Wurf. Guimauves Geschwister. Ein Tier mit identischer mitochondraler DNS. Patricia Eduardos Stallkatzen hatten die Haare verloren, die ich an ihrer Jeans gefunden hatte.

André Specter war kein Mörder. Nur ein geiler Schleimer, der seine Familie betrog und gutgläubige junge Frauen verführte.

Beim Einschlafen wirbelten mir unzählige Fragen durch den Kopf.

Wer war der Mörder von Patricia Eduardo?

Warum hatte Díaz verhindern wollen, dass ich die Leiche identifiziere?

Warum hatten Patricia Eduardo und Dr. Zuckerman gestritten?

Wie viele Leute waren für Chupan Ya verantwortlich?

Wer hatte auf Molly und Carlos geschossen?

Was hatte Ollie Nordstern gefunden, das ihn das Leben kostete?

Warum konnten wir es nicht finden?

Woher das Interesse an der Stammzellenforschung?

Nur Fragen, keine Antworten.

Ich schlief unruhig.

Galiano kam erst um halb neun. Bis dahin hatte ich drei Tassen Kaffee getrunken und war kribbelig wie ein Ameisenstaat. Er brachte mir Tasse Nummer vier.

Ich kam sofort zur Sache und berichtete ihm von meinen Unterhaltungen mir Señora Eduardo und Mrs. Spencer. Er zeigte keine Überraschung. Konnte natürlich sein, dass ich sie hinter seiner Darth-Vader-Brille einfach nicht erkannte.

»Jemand von seinem Personal war ziemlich auskunftsfreudig«, sagte Galiano. »Wie's aussieht, ist Specter ein Lüstling, aber ansonsten harmlos.«

»Was ist gestern Abend passiert?«

»Anscheinend hat Pera ihn gewarnt. Er ist nicht aufgetaucht.«

An diesem Freitagvormittag ging es in der Klinik ziemlich geschäftig zu. Mindestens ein Dutzend Frauen saßen auf den Stühlen im Wartezimmer. Einige hielten Babys. Die meisten waren schwanger. Andere waren hier, um es nicht zu werden.

Vier Kleinkinder spielten mit Plastikspielzeug auf dem Boden. Zwei Ältere malten an einem Kindertisch Bilder bunt aus, eine Schachtel mit Kreiden in der Mitte zwischen ihnen. Die Wand hinter ihnen war ein Dokument des Überschwangs von tausenden ihrer Vorgänger. Fußabdrücke. Essensflecken. Kreidegraffiti. Kerben von Spielzeugautos.

Galiano ging zur Empfangsdame und bat um einen Termin bei

Dr. Zuckerman. Die junge Frau schaute hoch, und Licht reflektierte in ihrer Brille. Sie riss die Augen auf, als sie die Marke sah.

»*Un momento, por favor.*«

Sie lief einen Korridor entlang, der rechts von ihrem Tisch abging. Zeit verstrich. Die Frauen starrten uns mit großen, ernsten Augen an. Die Kinder malten weiter aus, die Gesichter angespannt in dem Bemühen, innerhalb der vorgezeichneten Linien zu bleiben.

Erst volle fünf Minuten später kam die Empfangsdame zurück.

»Tut mir Leid. Dr. Zuckerman kann Sie nicht empfangen.« Sie deutete mit nervöser Hand auf die Uterusbrigade. »Wie Sie sehen, haben wir heute Vormittag viele Patientinnen.«

Galiano starrte ihr direkt in die Brille.

»Entweder Dr. Zuckerman kommt heraus – und zwar sofort –, oder wir gehen da rein.«

»Sie dürfen nicht ins Untersuchungszimmer.« Fast ein Flehen.

Galiano wickelte einen Kaugummi aus und steckte ihn sich in den Mund, ohne den Blick von der Frau zu nehmen.

Die Empfangsdame seufzte tief, warf die Hände in die Luft und ging denselben Weg noch einmal.

Ein Baby fing an zu weinen. Mama hob die Bluse an und führte den Mund des Säuglings an ihre Brustwarze. Galiano nickte und lächelte. Mama wandte sich ab.

Am Ende des Gangs flog eine Tür auf. Zuckerman kam in das Wartezimmer gestürmt wie eine Dampflokomotive. Sie war eine dicke Frau mit sehr kurz geschnittenen schmutzig blonden Haaren. Zu Hause selbst geschnitten. In schlechtem Licht. Mit einer stumpfen Schere.

»Was bilden Sie sich eigentlich ein?« Englisch mit Akzent. Ich tippte auf Australisch.

Die Empfangsdame schlich sich hinter ihren Tisch und beugte sich über etwas, das darauf lag.

»Sie können doch nicht einfach hier rein platzen, meine Patienten traumatisieren –«

»Sollen wir sie noch mehr traumatisieren, oder wäre es Ihnen lieber, wenn wir das irgendwo besprechen, wo wir unter uns sind?« Galiano schenkte der Ärztin ein eisiges Lächeln.

»Sie verstehen wohl einfach nicht, Sir. Ich habe heute Morgen keine Zeit für Sie.«

Galiano griff unter seine Jacke, zog Handschellen hervor und hielt sie ihr vors Gesicht.

Zuckerman starrte ihn böse an.

Galiano ließ die Schellen weiter baumeln.

»Das ist ja lachhaft.«

Zuckerman wirbelte herum und stürmte den Gang wieder hoch. Wir folgten ihr, vorbei an mehreren Untersuchungszimmern. In mehr als einem sah ich Frauen, die mit einem Laken bedeckt auf Untersuchungspritschen lagen, die Beine auf den Halteschienen arretiert. Ich beneidete sie nicht um die Verzögerung.

Zuckerman führte uns an einer Bürotür mit ihrem Namen vorbei und in ein Zimmer, das Stühle und eine TV-Video-Anlage enthielt. Ich stellte mir die Lehrvideos vor. Tipps für die Brustuntersuchung. Erfolg mit der Rhythmusmethode. Wie man das neue Baby badet.

Galiano kam gleich zur Sache.

»Sie waren Patricia Eduardos Vorgesetzte im Hospital Centro Médico.«

»Ja.«

»Gibt es einen Grund, warum Sie das nicht erwähnten, als wir miteinander sprachen?«

»Sie hatten mich nach unseren Patienten gefragt.«

»Nur damit ich Sie richtig verstehe, Doktor. Ich kam her, um Sie nach drei Frauen zu fragen. Eine davon war in einem anderen Krankenhaus Ihre Untergebene, und Sie haben mir das nicht gesagt?«

»Es ist ein häufiger Name. Ich war sehr beschäftigt. Ich sah den Zusammenhang nicht.«

»Verstehe.« Sein Ton deutete an, dass er das nicht tat. »Na gut. Dann reden wir eben jetzt über sie.«

»Patricia war eins von vielen Mädchen unter meiner Aufsicht. Was sie außerhalb des Krankenhauses tat, weiß ich nicht.«

»Sie fragen sie nie nach ihrem Privatleben?«

»Das wäre unschicklich.«

»Aha. Es wurde beobachtet, dass Sie und Patricia kurz vor ihrem Verschwinden einen Streit hatten.«

»Die Mädchen verhalten sich nicht immer meinen Erwartungen entsprechend.«

»War das auch bei Patricia der Fall?«

Sie zögerte kurz. »Nein.«

»Worüber stritten Sie sich dann?«

»Streiten.« Sie blies Luft durch die Lippen. »Ich würde es kaum einen Streit nennen. Miss Eduardo war nicht einverstanden mit einem Rat, den ich ihr gab.«

»Einem Rat?«

»Einem medizinischen Rat.«

»Als objektive Vorgesetzte?«

»Als Ärztin.«

»Patricia war also doch eine Patientin von Ihnen?«

Zuckerman erkannte ihren Fehler sofort.

»Es kann sein, dass sie einmal hier in dieser Klinik war.«

»Warum?«

»Ich kann mich nicht an die Beschwerden jeder Frau erinnern, die zu mir kommt.«

»Patricia war nicht irgendeine Frau. Sie war jemand, mit dem Sie jeden Tag zusammengearbeitet haben.«

Zuckerman schwieg.

»Sie ist in Ihren Unterlagen hier nicht aufgeführt.«

»So was kommt vor.«

»Erzählen Sie uns von ihr.«

»Sie wissen, dass ich das nicht tun kann.«

»Ärztliche Schweigepflicht?«

»Ja.«

»Hier geht's um einen Mordfall. Ihre Schweigepflicht ist mir ziemlich egal.«

Zuckerman versteifte sich, und ein Muttermal auf ihrer Wange schien größer zu werden.

»Wir machen es entweder hier oder auf dem Revier.« Zuckerman zeigte auf mich. »Diese Frau ist keine offizielle Beamtin.«

»Da haben Sie völlig Recht«, sagte ich. »Sie brauchen vor mir Ihren Eid nicht zu brechen.«

Bevor jemand protestieren konnte, verließ ich den Raum. Der Korridor war leer. Mit leisen Bewegungen eilte ich zu Zuckermans Büro, schlüpfte hinein und zog die Tür hinter mir zu.

Die Morgensonne fiel schräg durch halb geöffnete Jalousien, warf gerade Linien über den Tisch und sprenkelte ihn um eine Kristalluhr herum mit Farbe. Ihr Ticken, leise und schnell wie das Herz eines Kolibris, war das einzige Geräusch im Zimmer.

Bücherregale säumten zwei Wände. Aktenschränke standen an der dritten. Alles war in Behördengrau gehalten.

Ich überflog die Titel. Die üblichen medizinischen Fachzeitschriften. *JAMA. Fertility.* Medizinische Standardwerke. Mehrere Bände über Zellbiologie. Noch mehr über Reproduktionsphysiologie und Embryologie.

Auf der entfernten Seite des Zimmers gab es noch eine Tür. Eine Toilette?

Ich hielt den Atem an und lauschte.

Tick. Tick. Tick. Tick. Tick.

Ich schlich hinüber und drehte den Knauf.

Was immer ich erwartet hatte, es war nicht das, was ich sah. Das Zimmer wurde beherrscht von zwei langen Arbeitsflächen voller Mikroskope, Reagenzgläsern und Petrischalen. Schränke mit Glastüren enthielten Flaschen und Kanister. Gläser mit Embryonen und Föten füllten ein Regal, ein jedes beschriftet mit dem jeweiligen Alter.

Ein junger Mann stellte eben einen Behälter in einen der drei Kühlschränke an der Rückwand. Ich las das Etikett: *Bovines Fötalserum.*

Als er die Tür hörte, drehte der Mann sich um. Er trug ein grünes T-Shirt und eine Tarnhose, die er in schwarze Stiefel gesteckt hatte. Die Initialen JS hingen an einer Goldkette um seinen Hals. Guerillamode.

Sein Blick schoss an mir vorbei in Zuckermans Büro.

»Hat Doc Sie reingelassen?«

Bevor ich etwas erwidern konnte, kam Zuckerman ins Büro gestürmt. Ich drehte mich um und ein paar Herzschläge lang trafen sich unsere Blicke.

»Sie haben hier nichts zu suchen.« Ihr Gesicht war rot bis zu den Wurzeln ihrer schlecht frisierten Haare.

»Tut mir Leid. Hab mich verlaufen.«

Zuckerman umkreiste mich und schloss die Labortür.

»Gehen Sie.« Ihre Lippen waren zusammengepresst, und sie atmete heftig durch die Nase.

Als ich aus dem Büro eilte, hörte ich die Labortür aufgehen und dann eine wütende Stimme. Ein Name. Ich blieb nicht stehen, um zu lauschen. Ich musste Galiano finden.

Obwohl wir uns noch nie begegnet waren, kannte ich den Namen des Guerillajungen.

27

»Bist du sicher?«

»Daddys Rattengesicht, Mamas zweifarbige Augen.«

»Eins braun, eins blau.«

Ich nickte. Die dämlichen Besitzer des Paraíso waren nur schwer zu vergessen. »Und die Buchstaben JS, die ihm um den Hals hingen.

»Jorge Serano.«

»Genau. Außerdem hörte ich Zuckerman seinen Namen nennen.«

Euphorie schoss kurz in mir hoch und verschwand wieder.

»Was zum Teufel treiben er und Zuckerman in diesem Labor?«

»Hast du irgendwelche Hasen gesehen?«

Ich schaute ihn an, um zu sehen, ob das ein Witz sein sollte. Sollte es.

»Hör zu, wenn du Recht hast mit Jorge Serano –«

»Ich habe Recht, Galiano.«

»Jorge Serano bringt Zuckerman mit dem Paraíso in Verbindung. Zuckerman kannte Patricia Eduardo. Könnte unsere erste Chance sein, ein paar lose Fäden zu verbinden.«

Wir saßen in Galianos Einsatzwagen, einen Block von Zuckermans Klinik entfernt.

»Zuckerman streitet sich mit Eduardo. Eduardo taucht als Leiche in einem Hotel wieder auf, das den Eltern von einem von Zuckermans Angestellten gehört.« Ich versuchte, mit ruhiger Stimme zu sprechen, schaffte es aber nicht.

»Krieg nicht gleich ’nen Herzinfarkt.«

»Ich beweise nur Tatkraft und Zielstrebigkeit.«

»Dein Schwung inspiriert mich. Lass uns mit Serano reden.«

Als wir in die Klinik zurückkamen, war Serano verschwunden.

Zuckerman ebenfalls.

Und auch die Frauen, die auf ärztliche Betreuung gewartet hatten.

Eins zu null für den hippokratischen Eid.

Die Empfangsdame gab zu, dass Jorge Serano ein Angestellter war. Sie beschrieb ihn als persönlichen Assistenten von Dr. Zuckerman. Die einzige Adresse, die sie hatte, war die des Hotels seiner Eltern.

Ich schlug noch einen Abstecher in Zuckermans Labor vor. Galiano weigerte sich, er wollte lieber warten, bis er einen Durchsuchungsbefehl hatte.

Wir fuhren zum Paraíso.

Die Seranos hatten seit unserer ersten Begegnung nicht viele Quizshows gesehen. Sie hatten ihren Sohn seit Wochen nicht gesehen und wussten nicht, wo er sich aufhielt. Sie hatten keine Ahnung, wo Jorge am neunundzwanzigsten Oktober gewesen war. Sie kannten Maria Zuckerman nicht, hatten von ihrer Klinik noch nie etwas gehört.

Galiano legte ihnen Patricia Eduardos Foto vor. Sie hatten sie noch nie gesehen, hatten keine Ahnung, wie sie in ihren Faultank gekommen war.

Señora Serano bewunderte das Pferd.

Nachdem wir das Paraíso wieder verlassen hatten, setzte Galiano mich an der FAFG-Zentrale ab und machte sich auf die Suche nach Jorge Serano. Ich breitete eben ein Skelett aus Chupan Ya auf dem Tisch aus, als Ryan anrief.

»Ich habe in Nordsterns Unterwäsche was gefunden.«

»Bremsspuren?«

»Du bist ein Witzbold, Brennan. Ich brauche dich als Übersetzerin.«

»Dein Spanisch ist besser als meins.«

»Eine andere Art von Übersetzung. Aus dem Biologischen.«

»Kannst du das nicht allein schaffen? Seit ich versprochen habe, Galiano zu helfen, hatte ich kaum Zeit, mir die Knochen aus Chupan Ya anzusehen, und das ist mein eigentlicher Job hier.«

»Bat hat mir gesagt, dass du noch nicht zu Mittag gegessen hast.«

Ryan ließ meine Großmutter aussehen wie einen Amateur, wenn es darum ging, sich um meine regelmäßigen Mahlzeiten zu sorgen.

»Ich habe Mateo versprochen –«

»Geh schon.« Mateo stand unvermittelt neben meinem Arbeitsplatz. »Wir werden alle hier sein, wenn du deinen Mörder fängst.«

Ich drückte mir den Hörer an die Brust.

»Bist du sicher?«

Er nickte.

Ich beschrieb Ryan den Weg und legte auf.

»Kann ich dich etwas fragen, Mateo?«

»Natürlich.«

»Wer ist Alejandro Bastos?«

Die Narbe auf seiner Lippe wurde dünn wie eine Dolchklinge. Er deutete auf das Skelett, das zwischen uns lag.

»Ein Colonel der Armee. Ein mordlüsterner Bastard, der für das hier verantwortlich ist. Möge er in der Hölle verschmoren.«

Abgesehen von einem heißen Schüreisen in der Nase mag ich nichts lieber als mehligen, zu scharf gebratenen Fisch. So einen aß ich, während Ryan in dem Terminkalender blätterte, den er in Nordsterns Koffer entdeckt hatte.

Als er den entsprechenden Eintrag gefunden hatte, hielt Ryan das Buch so, dass ich ihn lesen konnte.

Am sechzehnten Mai hatte Nordstern ein Treffen mit Elias Jiménez eingetragen.

Ich erinnerte mich.

»Das war zwei Tage vor seinem Interview mit mir.«

Ich kaute und schluckte. Ersteres war eine reine Formalität.

»Wer ist Elias Jiménez?«, fragte ich.

»Professor für Zellbiologie an der San-Carlos-Universität.«

»Wurde das Interview aufgenommen?«

»Es war nicht auf den Kassetten, die ich mir angehört habe.«

»Wird sich der Professor des Vergnügens unseres Besuchs erfreuen können?«

»Sobald Detective Galiano frei ist.«

»Hast du Angst vor Akademikern?«

»Ich bin ein Polizist auf Besuch in einem fremden Land. Keine Amtsgewalt. Keine Waffe. Keine Unterstützung. Ich könnte genauso gut Journalist sein.«

»Und jemand, der sich strikt an die Regeln hält.«

»Hundertprozentig.«

Ich schob den Fisch so weit weg von mir wie möglich.

»Gen.Ial. Noch eine Fahrt im Batmobil.«

Auf dem Weg zur Ciudad Universitaria in der Zone zwölf informierte Galiano Ryan und mich über die Ereignisse des Nachmittags. In Bezug auf Jorge Serano gab es wenig zu berichten. Der Junge hatte ein dickes Vorstrafenregister, aber größtenteils nur kleinere Vergehen. Ladendiebstahl. Vandalismus. Alkohol am Steuer. Aber Jorge war nicht dageblieben, um über seine vergangenen Fehltritte zu reden. Er war verschwunden wie Geld in einer Slot-Machine.

Galianos Partner hatte über Antonio Díaz recherchiert.

Hernández hatte herausgefunden, dass der Staatsanwalt Anfang der Achtziger Armeeleutnant gewesen war und den Großteil seiner Dienstzeit in der Nähe von Sololá verbracht hatte. Sein kommandierender Offizier war Alejandro Bastos.

Fantastico.

Hernández hatte außerdem erfahren, dass eine ganze Reihe ranghoher Polizeibeamter unter Bastos gedient hatte.

Mucho fantastico.

Professor Jiménez' Adresse war das Edifio M2, ein blau-weißer rechteckiger Kasten im Zentrum des Campus. Wir folgten den Schildern zu Cienias Biológicas, und fanden sein Büro im ersten Stock.

Was mir an Jiménez im Gedächtnis bleibt, ist sein Kopf. Er war so groß wie eine Walnuss und hatte die Farbe einer Pflaume. Ansonsten erinnere ich mich nur an einen sehr alten Mann mit intensiv blickenden schwarzen Augen.

Jiménez stand nicht auf, als wir eintraten. Er sah uns nur zu, wie wir durch seine Tür marschierten.

Das Büro war ungefähr zwei Meter mal zwei Meter fünfzig groß. Die Wände waren bedeckt mit Farbfotos von Zellen in verschiedenen Stadien der Mitose. Oder Meiose. Ich war mir nicht sicher.

Jiménez ließ Galiano keine Gelegenheit, etwas zu sagen.

»Der Mann kam zu mir und fragte mich nach Stammzellen. Ich gab ihm einen kurzen Überblick und beantwortete seine Fragen. Mehr weiß ich nicht.«

»Olaf Nordstern?«

»Kann mich nicht erinnern. Er sagte, er recherchiere für einen Artikel.«

»Was fragte er?«

»Er wollte etwas über embryonale Stammzell-Linien wissen, die George Bush für die Forschung freigegeben hat.«

»Und?

»Ich habe es ihm gesagt.«

»Was haben Sie ihm gesagt?«

»Laut dem NIH –«

»National Institute of Health«, übersetzte ich. Die nationale Gesundheitsbehörde.

»– gibt es achtundsiebzig Linien.«

»Wo?«, fragte ich.

Jiménez zog einen Computerausdruck aus einem Stapel Papiere und gab ihn mir.

Während ich die Namen und Ziffern überflog, erhielt Galiano einen Crash-Kurs in Stammzellenforschung.

BresaGen Inc., Athens, Georgia, 4;
CyThera Inc., San Diego, Kalifornien, 9;
ES Cell International, Melbourne, Australien, 6;
Geron Corporation, Menlo Park, Kalifornien, 7;
Göteborg University, Göteborg, Schweden, 19;
Karolinska Institute, Stockholm, Schweden, 6;
Maria Biotech Co. Ltd. – Maria Infertility Hospital Medical Institute, Seoul, Korea, 3;
MizMedi Hospital – Seoul National University, Seoul, Korea, 1;
National Center for Biological Sciences/Tata Institute of Fundamental Research, Bangalore, Indien, 3;
Pochon CHA University, Seoul, Korea, 2;
Reliance Life Sciences, Mumbai, Indien, 7;
Technion University, Haifa, Israel, 4;
University of California, San Francisco, 2;
Wisconsin Alumni Research Foundation of Madison, Wisconsin, 5.

Mein Blick schnellte zurück zum dritten Eintrag. Stumm zeigte ich ihn Ryan. Unsere Blicke kreuzten sich.

»Reichen achtundsiebzig eigentlich?«, fragte Galiano, der geduldig dem ES-Grundkurs gelauscht hatte.

»O nein.«

Jiménez hatte die merkwürdige Eigenart, beim Reden immer den Kopf zur linken Seite zu neigen. Vielleicht drückte der Kropf auf seine Stimmbänder. Vielleicht wollte er ihn verbergen.

»Einige der Linien könnten verderben oder ihre Pluripotenz verlieren oder einfach zusammenbrechen. Vier der sechs Kolonien, die von einer amerikanischen Biotech-Firma, ich sage jetzt nicht welcher, erzeugt wurden, erweisen sich als instabil.« Jiménez schnaubte. »Es gibt schon jetzt einen Rückstau von Anfragen.«

Er deutete mit knochigem Finger auf den Ausdruck in meiner Hand.

»Und schauen Sie sich diese Liste an. Viele dieser Linien sind in privaten Händen.«

»Und Privatfirmen sind nicht gerade fürs Teilen bekannt.« Ryan.

»Da haben Sie Recht, junger Mann.«

»Tut die amerikanische Regierung etwas, um den Zugang zu gewährleisten?«, fragte Galiano.

»Das NIH erstellt ein Register menschlicher embryonaler Stammzellen. Trotzdem muss das NIH eingestehen, dass die Verteilung der Zell-Linien im Gutdünken derjenigen liegt, die sie erzeugt haben.«

»ES-Zellen könnten eine wertvolle Handelsware werden.« Ryan.

Jiménez' Lachen klang wie ein Gackern.

»Nach Bushs Verlautbarung machten Stammzellaktien einen Riesensprung nach oben.«

In meinem Hinterkopf verdichtete sich eine sehr beängstigende Vermutung.

»Dr. Jiménez, wie kompliziert ist die Methode der Züchtung menschlicher ES-Zellen?«

»Im Grundkurs Biochemie schaffen Sie es nicht, wenn Sie das meinen. Aber für jemand mit der entsprechenden Ausbildung ist es nicht so schwer.«

»Wie funktioniert es?«

»Man beschafft sich frische oder tiefgefrorene Embryos –«

»Wo?«

»In IVF-Instituten.«

»In-Vitro-Fertilisierung. Kliniken für Paare, die ihre Unfruchtbarkeit behandeln lassen wollen«, übersetzte ich für meine Polizeikumpel.

»Man extrahiert Zellen aus der inneren Zellmasse der Blastozyste. Man legt die Zellen in Petrischalen mit einem Wachstumsmedium, das mit bovinem Fötalserum ergänzt wurde –«

Mein Puls durchbrach fast die Schallmauer.

»– auf Nährschichten aus embryonalen Fibroblasten von Mäusen, die gammabestrahlt wurden, um ihre Reproduktion zu verhindern. Wenn die inneren Zellmassen sich geteilt und Klumpen geformt haben, löst man Zellen aus dem Randbereich, legt sie wieder in die Nährlösung und –«

Ich hörte nicht länger zu. Jetzt wusste ich, was Zuckerman trieb.

Ich schaute Ryan an und bedeutete ihm, dass wir gehen sollten.

Jiménez dozierte weiter über die alternative Technik der Injektion von ES-Zellen in die Hoden von immunsupprimierten Mäusen.

»Vielen Dank, Professor«, warf ich dazwischen.

Ryan und Galiano schauten mich an, als wäre ich verrückt.

»Noch eine letzte Frage. Hat Nordstern Sie nach einer Frau namens Maria Zuckerman gefragt?«

»Könnte sein.«

»Was haben Sie ihm gesagt?«

»Dasselbe, was ich Ihnen jetzt sage, junge Dame. Ich habe noch nie von ihr gehört.«

»Zuckerman versucht, eine Stammzell-Linie zu entwickeln.«

Wir saßen wieder im Batmobil. Mein Gesicht war heiß, und in meinem Bauch wuselten merkwürdige Kreaturen.

»Warum?«

»Woher soll ich denn das wissen? Vielleicht ist sie diejenige, die es auf einen Preis abgesehen hat. Oder es gibt einen schwarzen Markt für so was.«

Ich schloss die Augen. Der Fisch vom Mittagessen spielte auf der Innenseite meiner Lider.

»Aber ich bin mir sicher, dass Zuckerman genau das tut. Ich habe ihr Labor gesehen und das bovine Fötalserum.«

»Es gibt doch sicher auch andere Verwendungen für das Zeug.« Galiano.

»Sechs der existierenden Stammzell-Linien befinden sich im ES Cell International in Melbourne.« Ich schluckte. »Zuckerman verbrachte zwei Jahre in einem Forschungsinstitut in Melbourne. Wenn ihr nachfragt, wo, wird die Antwort sicher ES Cell heißen.«

»Aber warum?«, wiederholte Ryan.

»Jetzt, da die amerikanische Regierung ES-Zellen durch die Begrenzung staatlicher Förderung zu einer begrenzten Ressource gemacht hat, sieht Zuckerman vielleicht einen wachsenden Schwarzmarkt voraus.« Galiano drehte sich zu mir um. »Alles in Ordnung?«

»Mir geht's gut.«

»Bist ganz rot im Gesicht.«

»Mir geht's gut.«

»Und die gute Ärztin hat vor, kräftig abzusahnen.«

Galiano schaute mich noch einmal an, wollte etwas sagen, griff aber dann zum Funkgerät und stellte den Kanal ein.

»Wie diese Mistkerle, die mit illegalen Spenderorganen handeln.« Ryan klang jetzt weniger skeptisch. » O Schei–«

Ich schnitt ihm das Wort ab.

»Und Jorge Serano hilft ihr.«

Ich hörte zu, wie Galiano Personenbeschreibungen und Fahndungsauftrag für Zuckerman und Serano ausgab. Mein Magen machte ein komisches Geräusch. Obwohl beide Männer mich ansahen, sagte keiner etwas.

Einige Meilen fuhren wir schweigend und lauschten, wie meine Magengeräusche mit dem Funkgerät wetteiferten.

Ich sprach als Erste wieder.

»Wie passt Patricia Eduardo ins Bild?«

»Wie passt Antonio Díaz ins Bild?«, fragte Galiano.

»Wie passt Ollie Nordstern ins Bild?«, fragte Ryan.

Keiner hatte Antworten.

»Ich habe einen Plan«, sagte Ryan. »Bat sucht sich einen Richter, der ihm seinen Durchsuchungsbefehl ausstellt.«

»Und das wird auf keinen Fall dieses Arschloch Díaz sein.«

»Ich höre mir die Interview-Kassetten zu Ende an. Brennan geht den Rest von Nordsterns Papieren durch.«

»Gut«, sagte ich. »Aber ich arbeite in meinem Hotel.« Ich hatte das plötzliche Bedürfnis, in der Nähe meines Badezimmers zu sein.

»Magst du meine Gesellschaft nicht?« Ryan machte ein verletztes Gesicht.

»Es ist die Fliege«, sagte ich. »Wir kommen nicht klar.«

Bis wir im Hauptquartier vorbeigeschaut, Nordsterns Ordner abgeholt hatten und zu meinem Hotel zurückgekehrt waren, war es nach fünf.

Der Bürgersteig sah aus, als wäre er von einer Cruise Missile getroffen worden. Vier Presslufthämmer waren mit einem Frontalangriff beschäftigt, der alle meine Hirnlappen erzittern ließ.

Flutlichter und Kühlboxen deuteten darauf hin, dass der Lärm wohl die ganze Nacht lang weiterging.

Ich murmelte einen besonders phantasievollen Fluch.

Ryan und Galiano fragten, ob ich okay sei. Ich versicherte ihnen, ich bräuchte nur ein wenig Ruhe. Vom Badezimmer sagte ich nichts.

Als sie davonbrausten, bemerkte ich, dass die Jungs lachten.

Meine Paranoia loderte hoch.

Ich wiederholte den Fluch.

Oben ging ich direkt zu meinem Medizinbeutel.

Katy lacht mich immer aus. Wenn ich in fremde Länder reise, nehme ich eine ganze Apotheke mit. Augentropfen. Nasenspray. Magensäurehemmer. Abführmittel. Man weiß ja nie.

Heute wusste ich warum.

Ich schluckte ein Imodium und einen Mund voll Pepto-Bismol und legte mich aufs Bett.

Und schoss direkt ins Bad. Jahrzehnte später legte ich mich wieder hin; jetzt zitterte ich zwar ein wenig, fühlte mich aber deutlich besser.

Die Presslufthämmer dröhnten.

Mein Kopf stimmte mit ein.

Ich schaltete den Ventilator an. Doch statt den Lärm zu übertönen, verstärkte er ihn noch.

Ich ging wieder ins Bad, tränkte einen Waschlappen mit kaltem Wasser, legte ihn mir auf die Stirn und ging wieder ins Bett, wobei ich mich fragte, ob ich wirklich weiterleben wollte.

Ich war etwas eingedöst, als mein Handy klingelte.

Fluch.

»Ja!«

»Geht's dir besser?«

»Du und dein verdammter Fisch.«

»Ich hab dir doch gesagt, nimm den Maiskuchen. Was ist das für ein Lärm?«

»Presslufthämmer. Warum rufst du an?«

»Du hattest Recht mit Melbourne. Zuckerman war zwei Jahre an diesem Institut. Forschungsstipendium für Reproduktionsbiologie oder so was Ähnliches.«

»Aha.«

Ich hörte halb Ryan, halb meinem Magen zu.

»Du kommst nie drauf, wer auch noch da war.«

Bei dem Namen hatte Ryan wieder meine volle Aufmerksamkeit.

28

»*Der* Lucas, der das Paraíso-Skelett für Díaz konfiszierte?«

»Hector Luis Castillo Lucas.«

»Aber Lucas ist Gerichtsmediziner.«

»Anscheinend nicht schon immer.«

»Wo ist die Verbindung zwischen Díaz und Lucas?«, fragte ich.

»Bessere Frage: Wo ist die Verbindung zwischen Zuckerman und Lucas?«

»Habt ihr Zuckerman oder Jorge Serano schon geschnappt?«

»Noch nicht. Galiano lässt Zuckermans Klinik und ihre Wohnung überwachen, hat ihr Auto zur Fahndung ausgeschrieben. Er hat auch einen Mann fürs Paraíso abgestellt. Wir sollten sie noch vor den Zehn-Uhr-Nachrichten haben.«

»Hat Galiano seinen Durchsuchungsbefehl bekommen?«

»Er spricht im Augenblick mit einem Richter.«

Ich schaltete ab, drückte mir den Waschlappen wieder auf die Stirn und ließ mich ins Kissen sinken.

Das ergab alles überhaupt keinen Sinn. Oder vielleicht doch?

Arbeitete Lucas für Díaz? Hatte der Arzt die Einäscherung von Patricia Eduardos Knochen auf Befehl des Staatsanwalts angeordnet? Oder war es anders herum? Hatte Lucas Macht über Díaz?

Díaz konnte mit Chupan Ya in Verbindung gebracht werden, vielleicht sogar mit den Schüssen auf Carlos und Molly. Aber warum ließ er die Paraíso-Knochen konfiszieren? Welches Interesse hatte er an dem Mord an einem schwangeren jungen Mädchen?

Carlos und Molly! Hatten ihre Angreifer wirklich meinen Namen gesagt? War ich das nächste Opfer? Und von wem?

Verängstigt und fröstelnd kroch ich unter die Decke.

Noch immer wirbelten mir Fragen durch den Kopf.

Lucas musste Zuckerman kennen. Zwei guatemaltekische Ärzte zur selben Zeit in einer australischen Forschungseinrichtung konnten einander kaum verpassen. Arbeiteten sie jetzt zusammen? Woran?

Was war Nordsterns großes Geheimnis? Und wie hatte er es herausgefunden?

Gab es eine Verbindung zwischen Bastos und Díaz, abgesehen vom Dienst in der Armee? Warum hatte Nordstern die Köpfe von Díaz und Bastos auf dem Foto umkreist?

Gehörten all diese Dinge zusammen? Oder gab es überhaupt keine Verbindung? Waren das nur Episoden der Korruption in einem korrupten Land?

War ich in Gefahr?

Die Presslufthämmer übertönten den abendlichen Stoßverkehr. Der Ventilator summte. Langsam wurde es dunkel im Zimmer, der Lärm verklang.

Ich wusste nicht, wie viel Zeit vergangen war, als das Zimmertelefon klingelte. Als ich hochschrak, war es dunkel.

Atmen. Dann eine tote Leitung.

»Verdammter rücksichtsloser Mistkerl!« Hatte sich anscheinend verwählt und einfach aufgelegt.

Ich knallte den Hörer auf die Gabel.

Ich setzte mich auf die Bettkante und hielt mir die Hände an die Wangen. Sie fühlten sich kühler an. Die Medikamente wirkten.

Rat-a-tat-a-tat. Rat-a-tat-taaaat. Rat. Rat. Rat.

Wie viel Beton gab es denn nur da unten?

»Jetzt reicht's.«

Ich holte eine Diet Coke aus dem Minikühlschrank und probierte einen Schluck.

O ja.

Ich trank mehrere Schlucke als Testlauf und stellte die Dose auf den Tisch. Dann zog ich mich aus und duschte, bis das Bad grau vor Dampf war. Ich schloss die Augen, ließ mir das Wasser über Brust, Rücken und den geblähten Bauch strömen. Ich ließ es von meinem Kopf, den Schultern, den Hüften rieseln.

Nachdem ich mich abgetrocknet hatte, kämmte ich die Haare, putzte die Zähne und zog Baumwollsocken und einen FBI-Trainingsanzug an.

Weil ich mich fast wie neu geboren fühlte, zog ich Nordsterns Akten aus der Tasche und stapelte sie auf dem Tisch. Ich hörte, wie im Nachbarzimmer ein Fernseher angeschaltet wurde, dann zielloses Zappen. Schließlich blieb mein Nachbar bei einem Fußballspiel hängen.

Der erste Ordner, den ich zur Hand nahm, war mit »Specter« beschriftet. Er enthielt Presseausschnitte, Notizen und eine Reihe von Fotos von André Specter mit seiner Familie. Es gab auch zwei Polaroids des Botschafters mit Aida Pera.

Der zweite Ordner trug keine Beschriftung. Er enthielt Taxi- und Restaurantquittungen. Spesenbelege. Einen Pass.

Ich trank meine Coke aus.

Draußen dröhnten weiter die Presslufthämmer.

Das Etikett auf dem dritten Ordner kam mir bekannt vor: SCELL. Ich war schon halb durch, als ich es fand.

Aus Leichen gezüchtete Stammzellen.

Beklommen las ich den Bericht.

Eine Forschungsgruppe im Salk Institute in La Jolla, Kalifornien, hatte eine Technik zur Gewinnung von Stammzellen aus menschlichen Obduktionsproben entwickelt. Die Ergebnisse waren in der Zeitschrift *Nature* vorgestellt worden.

»O Gott.«

In dem leeren Zimmer klang meine Stimme laut.

Ich las weiter.

Nachdem man Gewebeproben eines elf Wochen alten Babys und eines siebenundzwanzig Jahre alten Mannes in eine Folge von Lösungen gelegt hatte, hatte man unreife Hirnzellen extrahieren können. Das Salk-Team hatte diese Technik auch bei anderen Leichen unterschiedlichen Alters und auch bei Proben, die erst zwei Tage nach dem Tod entnommen wurden, angewandt.

Eine Fußnote wies darauf hin, dass der Bericht von der Homepage der BBC News heruntergeladen worden war. Neben die http-Adresse hatte jemand den Namen Zuckerman geschrieben.

Mir war eisig-heiß, und meine Hände zitterten.

Rückfall. Zeit für eine Imodium-Dosis.

Als ich aus dem Bad zurückkehrte, sah ich, dass ein komischer Schatten von der Tür auf den Teppich fiel. Ich ging hin, um nachzusehen. Der Riegel war nicht eingeschnappt.

Hatte ich die Tür offen gelassen, als ich ankam und sofort ins Bad stürzte? Ich hatte mich zwar elend gefühlt, aber eine solche Nachlässigkeit passte nicht zu mir.

Ich schloss die Tür und verriegelte sie, und eine gewisse Angst gesellte sich zu meinen übrigen Symptomen.

Ich fühlte mich sehr schwach, als ich Galianos Nummer wählte. Das Zittern meiner Hände war stärker geworden.

Galiano und Ryan waren nicht da. Ich musste schlucken, bevor ich eine Nachricht hinterlassen konnte.

Verdammt. Ich durfte nicht krank sein. Und würde es auch nicht werden!

Ich nahm Nordsterns Ordner und stapelte sie neben dem Lehnsessel. Dann zog ich die Decke vom Bett, klemmte die Füße unter den Hintern und wickelte mich ein. Ich fühlte mich minütlich schlechter.

Dramatisch schlechter.

Ich öffnete einen Ordner. Interview-Notizen. Beim Lesen musste ich mir immer wieder das Gesicht wischen. Schweißbäche rannen mir unter dem Trainingsanzug den Körper hinunter.

Nach wenigen Minuten spürte ich einen scharfen Schmerz im Bauch und ein Zittern unter der Zunge. Hitze stieg mir aus der Kehle bis in den Haaransatz.

Ich rannte ins Bad, würgte, bis mir die Seiten stachen, und kehrte in den Sessel zurück, um mich wieder einzuwickeln. Alle paar Minuten wiederholte ich den Ausflug. Nach jedem fühlte ich mich schwächer.

Nachdem ich zum vierten Mal in den Sessel gesunken war, schloss ich die Augen und zog mir die Decke bis zum Kinn. Ich spürte die grobe Baumwolle auf meiner Haut. Ich roch meinen eigenen Gestank. In meinem Kopf drehte sich alles, und auf der Innenseite der Lider sah ich winzige Sternenkonstellationen.

Das Dröhnen der Presslufthämmer verklang zu einem Geräusch wie platzendes Popkorn. Ich sah Heuschrecken in einer Sommernacht. Hauchdünne Flügel. Rote Glubschaugen. Ich spürte Insekten durch meine Blutbahnen summen.

Dann war ich mit Katy zusammen. Sie war klein, vielleicht drei oder vier, und wir lasen in einem Buch mit Kinderreimen. Ihre Haare waren weißblond. Die Sonne schien hindurch wie Mondlicht durch Dunst. Sie trug den Overall, den ich ihr auf einem Ausflug nach Nantucket gekauft hatte.

Lass mich dir helfen, Liebling.
Ich kann es allein.
Natürlich kannst du es.
Ich kenne die Buchstaben. Manchmal bringe ich sie nur einfach nicht zusammen.
Das ist das Schwierige.
Hector Protektor trug immer nur Grün;
Hector Protektor musste zur Queen;
Die Queen mochte ihn nicht, auch nicht der King;
So musste Hector Protektor wieder nach Haus.
Warum mochte sie ihn nicht, Mommy?
Ich weiß es nicht.
War er ein böser Mann?
Ich glaube nicht.
Wie hieß die Queen?
Arabella.
Katy kicherte.
Wie hieß der König?
Charlie Oliver.
Wieder Kichern.
Du sagst immer so lustige Namen, Mommy.
Ich sehe dich gern lachen.
Wie hieß Hector Protektor mit Nachnamen?
Lucas.
Vielleicht war er ja gar kein Protektor.
Vielleicht nicht.
Was dann, Mommy?
Ein Kollektor?
Wieder Kichern.
Ein Erektor.
Ein Defektor.
Ein Ejektor.

Ein Dissektor.

Ein Inspektor.

Als ich wieder aufwachte, stand ich im Bad und drückte Stirn und Handflächen gegen den Spiegel.

Das Wort, das Molly gehört hatte? Nicht Inspektor? Nicht Specter?

Hector.

Hector Lucas.

Hatte ich es mir wirklich verkehrt herum zusammengereimt? Kontrollierte in Wirklichkeit der Arzt den Staatsanwalt? Hatte Lucas den Überfall auf Molly und Carlos befohlen? In welcher Beziehung stand er zu Chupan Ya? Ich konnte es mir nicht erklären. Ließ er Nordstern umbringen, als der Reporter der Wahrheit zu nahe kam? Ließ er Patricia Eduardo umbringen? Würde Lucas mit Zuckerman und Jorge Serano ähnlich verfahren?

Würde er versuchen, Galiano und Ryan umzubringen?

Ich schwankte zum Nachtkästchen, griff nach meinem Handy.

Weder Ryan noch Galiano meldeten sich.

Ich wischte mir mit dem Armrücken Schweiß vom Gesicht.

Wo waren sie? Zuckermans Klinik? Die Leichenhalle?

Denk nach!

Ich atmete tief ein, öffnete und schloss die Augen. Bilder wirbelten durcheinander. Sterne blitzten hinter meinen Lidern auf.

Was tun?

Ich atmete kräftig aus. Und noch einmal.

Wenn Lucas wirklich gefährlich war, hatte weder Ryan noch Galiano die geringste Ahnung davon. Vielleicht hatte Zuckerman ihn bereits erreicht, und Lucas könnte denken, sie kämen, um ihn zu verhaften, und schießen.

Ich zog Schuhe an, schnappte mir meine Handtasche und ging nach unten.

Es dauerte zwanzig Minuten, bis ich ein Taxi fand.

»*¿Dónde?*«

Wohin?

Wohin waren Ryan und Galiano gefahren? Weder zum Paraíso noch zu Zuckermans Klinik. Beide wurden überwacht.

Der Fahrer trommelte mit dem Finger aufs Lenkrad.

Wo würde Lucas sein?

Oder wollte ich Díaz? Vielleicht konnte Dr. Fereira es mir sagen.

Ich zitterte am ganzen Leib und meine Zähne klapperten wie ein billiges Partyspielzeug.

»*¿Dónde, Señora?*«

Konzentrier dich!

»*Morge de Organismo Judicial.*«

»*Zona tres?*«

»*Oui.*«

Das war falsch. Warum?

Während das Taxi durch die Stadt fuhr, betrachtete ich das Wechselspiel von Formen und Farben. Spruchbänder über den Straßen. Plakate auf Zäunen, Wänden, Reklametafeln. Ich versuchte erst gar nicht, sie zu lesen. Ich konnte es nicht. In meinem Kopf drehte sich alles wie in meiner Säuferzeit, als ich mit einem Fuß auf dem Boden eingeschlafen war, um in Kontakt mit dem Planeten zu bleiben.

Am Grinsen des Fahrers und seinem Kavaliersstart beim Davonfahren merkte ich, dass ich zu viel bezahlt hatte.

Egal.

Ich schaute mich um. Das Viertel war so trist, wie ich es in Erinnerung hatte, der Friedhof kam mir größer und dunkler vor. Galianos Auto war nirgendwo zu sehen.

Ich starrte die Leichenhalle an. Fereira. Ich musste Fereira sehen. Ich ging einen Kiesweg an der linken Seite des Gebäudes entlang. Meine Turnschuhe machten ein knirschendes Geräusch, das mir in den Ohren dröhnte.

Ein Schweißtropfen lief mir ins linke Auge. Ich wischte ihn mit dem Ärmel weg.

Was jetzt? Ich hatte mir nicht überlegt, wie ich vorgehen würde, wenn ich ohne Ryan und Galiano in das Gebäude müsste.

Ich probierte den Personaleingang an der Rückseite. Zu. Die Garagentür für die Leichenanlieferung war ebenfalls verschlossen.

Ich versuchte, mich leiser zu bewegen. Ich ging zum ersten Transporter und spähte durch ein Fenster. Nichts.

Ich huschte zum zweiten Fahrzeug.

Zum dritten.

Auf dem Sitz lag ein Schlüsselbund.

Mit klopfendem Herzen schnappte ich mir meine Beute und taumelte zum Gebäude zurück.

Keiner der Schlüssel öffnete den Personaleingang.

Verdammt.

Mit zitternden Händen probierte ich Schlüssel um Schlüssel am Garagentor.

Nein.

Nein.

Nein.

Der Schlüsselbund fiel mir aus den Händen. Meine Beine zitterten, als ich ihn auf allen vieren in der Dunkelheit suchte. Eine Ewigkeit später spürte ich ihn unter meiner Hand.

Ich stand auf und probierte es weiter.

Der fünfte oder sechste Schlüssel passte in das Schloss und ließ sich drehen. Ich hob das Tor ein paar Zentimeter an und erstarrte.

Keine Sirenen oder Hupen. Keine bewaffneten Wachen.

Ich hob das Tor ein wenig weiter an. Die Scharniere klangen lauter als die Presslufthämmer vor meinem Hotel.

Niemand tauchte auf. Niemand rief.

Mit angehaltenem Atem kroch ich unter dem Tor durch in die Leichenhalle. Warum wollte ich eigentlich hier drinnen sein? Ach ja. Dr. Fereira oder Ryan oder Galiano.

Das vertraute Geruchsgemisch aus Tod und Desinfektionsmitteln hüllte mich ein. Das war ein Geruch, den ich überall wiedererkennen würde.

Mit dem Rücken zur Wand folgte ich einem Korridor, vorbei an einer großen Waage für Rollbahnen, einem Büro und einem kleinen Raum, dessen Fenster von einem Vorhang verdeckt war.

Mein Institut in Montreal hatte eine ähnliche Kammer. Die Toten werden auf einer Bahre hineingeschoben. Der Vorhang wird geöffnet. Ein Angehöriger reagiert mit Erleichterung oder Trauer. Es ist der deprimierendste Ort im ganzen Gebäude.

Dahinter stieß der Korridor auf einen anderen. Ich schaute nach rechts und nach links.

Wieder die Sterne vor den Augen. Ich schloss sie, atmete tief, öffnete sie wieder. Besser.

Obwohl es in beiden Richtungen dunkel war, wusste ich, wo ich mich befand. Links erkannte ich die Autopsieräume, rechts den Gang, den ich mit Angelina Fereira zu ihrem Büro entlanggegangen war.

Wie lange war es her, seit Fereira mir Eduardos CT-Scans gegeben hatte? Eine Woche? Einen Monat? Ein Leben? Mein Hirn konnte nicht mehr rechnen.

Ich ging nach rechts. Vielleicht war sie dort. Vielleicht konnte sie mir sagen, wo Lucas sich aufhielt.

Ich spürte einen Stich im Bauch und krümmte mich. Schnell und flach atmend, wartete ich, bis der Schmerz nachließ. Als ich mich wieder aufrichtete, blitzte es hinter meinen Augen und mein Schädel schien zu explodieren. Ich stützte mich gegen die Wand und übergab mich.

Dr. Fereira? Ryan? Galiano?

Eine Ewigkeit später ließen die Krämpfe nach. Ich hatte einen bitteren Geschmack im Mund. Meine Beine fühlten sich an wie Gummi, mein Körper zugleich heiß und kalt. Dr. Fereira würde jemand herschicken müssen, um das wegzuputzen.

Ich stützte mich an der Wand ab und taumelte weiter. Ihr Büro war leer. Ich kehrte um und ging zu den Autopsieräumen.

Raum eins war dunkel und verlassen.

Zwei ebenfalls.

Unter der Tür des Autopsieraums drei, in dem ich Patricia Eduardos Skelett untersucht hatte, drang violettes Licht hindurch. Wahrscheinlich war sie dort drinnen.

Vorsichtig öffnete ich die Tür.

Nachts herrscht in einer Leichenhalle eine surreale Stille. Keine saugenden Schläuche, keine kreischenden Sägen, keine klappernden Instrumente. Es ist eine Stille wie keine andere.

Der Raum war leer und totenstill.

»Dr. Fereira?«

Jemand hatte eine Röntgenaufnahme an einem Lichtkasten hängen lassen. Fluoreszenz umstrahlte die Aufnahme wie das blau-weiße Schimmern eines Schwarzweißfernsehers im Dunkeln. Metall und Glas glänzten kalt und stählern.

Eine Rollbahre stand vor der Edelstahltür des Kühlraums an der Rückseite des Raums. Darauf ein Leichensack. An der Wölbung sah ich, dass jemand darin lag.

Wieder ein Krampf. Schwarze Punkte trübten meine Sicht.

Ich taumelte zu der Bahre, stützte mich ab, senkte den Kopf und atmete tief.

Ein.

Aus.

Ein.

Aus.

Die Punkte lösten sich auf. Die Übelkeit verschwand.

Besser.

Eine Leiche außerhalb des Kühlraums. Irgendjemand musste hier arbeiten.

Dr. Fereira?

Ich griff nach meinem Handy. Es war nicht in meiner Tasche.

Verdammt!

Hatte ich es fallen lassen? Hatte ich es im Hotel vergessen? Wann hatte ich das Hotel verlassen?

Ich schaute auf die Uhr. Ich konnte die Zeiger nicht erkennen.

Das alles brachte nichts. Ich musste hier raus. Ich war nicht in dem Zustand, ihnen zu helfen.

Wem helfen?

Wo raus?

Wo bin ich?

In diesem Augenblick eine Bewegung hinter mir. Ich spürte sie mehr als ich sie hörte. Kein Geräusch, eher eine Luftverwirbelung.

Ich drehte mich um.

Ein Feuerwerk blitzte in meinem Hirn auf. Feuer schoss mir aus der Leiste in die Kehle.

Jemand stand in der Tür.

»Dr. Fereira?«

Sagte ich das oder bildete ich es mir nur ein?

Die Gestalt hatte etwas in den Händen.

»Señor Díaz?«

Keine Antwort.

»Dr. Zuckerman?«

Die Gestalt blieb wie erstarrt stehen.

Ich spürte, wie meine Hände von der Bahre glitten. Meine Wange traf die metallene Kante. Die Luft wurde mir aus der Lunge gepresst. Der Boden raste auf mein Gesicht zu.

Schwärze.

29

In meinem ganzen Leben war mir noch nicht so kalt gewesen.

Ich lag auf Eis auf dem Grund eines tiefen, dunklen Teichs.

Ich bewegte die Finger, um wieder Gefühl in sie zu bekommen, und versuchte, die Oberfläche zu ertasten.

Zu viel Widerstand. Zu tief unten.

Ich atmete ein.

Tote Fische. Algen. Dinge aus der Tiefe.

Ich breitete die Arme aus wie ein Kind, das einen Engel in den Schnee zeichnen will.

Kontakt.

Ich fuhr den Umriss mit den Händen ab.

Ein senkrechter Rand mit gerundetem Abschluss.

Ich erkundete den Rand. Kein Eis. Metall, das mich umgab wie ein Sarg.

Erkenntnis dämmerte.

Ich atmete tief durch.

Der Gestank von Tod und Desinfektionsmittel. Aber das Verhältnis war umgedreht. Der Geruch faulenden Fleisches hatte die Oberhand.

Gekühlten Fleisches.

Mein Herz verkrampfte sich.

O Gott!

Ich lag in einer Wannenbahre im Kühlraum des Leichenhauses.

Mit den Toten!

O mein Gott!

Wie lange war ich bewusstlos gewesen? Wer hatte mich auf die Bahre gelegt?

War diese Person noch hier?

Ich öffnete die Augen und hob den Kopf.

Glassplitter rasten durch mein Hirn. Meine Eingeweide zogen sich zusammen.

Ich horchte.

Stille.

Ich stützte mich auf die Ellbogen und zwinkerte.

Tintige Schwärze.

Ich setzte mich auf, wartete. Zittern, aber keine Übelkeit.

Meine Füße waren taub. Mit den Händen zog ich sie an mich und fing an, sie zu massieren. Langsam kehrte das Gefühl zurück.

Ich horchte auf Geräusche außerhalb des Kühlraums.

Stille.

Ich schwang die Beine über den Rand und stieß mich von der Bahre ab.

Meine Knie gaben nach, und ich stürzte hart auf den Boden. Schmerz schoss mir durchs linke Handgelenk.

Verdammt!

Meine rechte Hand berührte ein Gummirad.

Ich kroch auf allen vieren und zog mich dann hoch.

Noch eine Bahre.

Ich war nicht allein.

Ein Sack lag darauf. Ein Sack mit Inhalt.

Ich schrak vor der Leiche zurück. Mein Mund war trocken. Mein Herz hämmerte.

Ich drehte mich um und taumelte in die Richtung, in der ich die Tür vermutete.

Mein Gott, gibt es auf der Innenseite überhaupt einen Griff? Haben diese Dinger innen einen Griff? Hoffentlich gibt es innen einen Griff!

Ich hatte schon tausendmal Kühlraumtüren in Leichenhallen geöffnet, aber darauf hatte ich nie geachtet!

Zitternd tastete ich mich in der Dunkelheit vorwärts.

Bitte.

Kaltes, hartes Metall. Glatt. Ich bewegte mich daran entlang.

Ein Griff! Bitte!

Ich spürte, wie ich sekündlich schwächer wurde. Ich schmeckte Galle, kämpfte gegen den Brechreiz an.

Jahre, Jahrzehnte, Jahrtausende später fiel meine Hand darauf.

Ich drückte auf die Klinke, stemmte mich gegen die Tür. Sie öffnete sich mit leisem Zischen. Ich spähte hinaus.

Auf dem Lichtkasten rauchgraue Organe und milchige Knochen, ein in der Dunkelheit leuchtendes Porträt eines menschlichen Wesens.

Autopsieraum drei, schwach beleuchtet.

Lag auf der Bahre hinter mir derjenige, der erst vor kurzem in diesem Raum untersucht worden war? Waren wir beide von derselben Person auf Eis gelegt worden?

Ich ließ die Tür einen Spalt offen, taumelte zur Bahre und zog den Reißverschluss ein Stück auf. Ein Lichtkeil fiel auf teigig weiße Zehen.

Ich drehte das Etikett am Zeh, versuchte, den Namen zu lesen. Das Licht war schwach, die Schrift nicht sehr groß.

RAM –

Die Buchstaben verschwammen wie Kiesel am Grund eines Bachs.

RAMIR–

Unscharf.

RAMIREZ.

Das guatemaltekische Äquivalent zu Smith oder Jones.

Ich ging an der Bahre entlang und zog den Reißverschluss weiter auf. Am Kopfende hob ich die beiden Seiten an.

Maria Zuckermans Gesicht war gespenstisch, das Loch in ihrer Stirn ein kleiner schwarzer Punkt. Flecken verdunkelten die Vorderseite ihrer Kleidung.

Ich hob eine Hand an. Sie war bereits völlig steif.

Unkontrolliert zitternd, ging ich rückwärts an der Bahre entlang und zog den Reißverschluss wieder zu.

Warum?

Blödsinnige Gewohnheit.

Dann drückte ich die Tür mit dem Hintern auf und trat wieder in Raum drei.

Und spürte kalten Stahl in meinem Nacken.

»Schön, dass Sie wieder da sind, Dr. Brennan.«

Ich kannte die Stimme.

»Vielen Dank, dass Sie uns den Weg erspart haben.«

»Lucas?«

Ich spürte das Korn, den Lauf, das Rohr, das mir eine Kugel ins Hirn jagen konnte.

»Haben Sie jemand anderen erwartet?«

»Díaz.«

Lucas schnaubte.

»Díaz tut, was ich ihm sage.«

Meine verwirrten Gehirnzellen kreischten ein einziges Wort.

Hinhalten!

»Sie haben Maria Zuckerman umgebracht. Warum?«

Mein Kopf war schwer, die Zunge dick.

»Und Sie ließen Ollie Nordstern töten.«

»Nordstern war ein Trottel.«

»Nordstern war schlau genug, Ihr schmutziges Zellgewinnungsspiel aufzudecken.«

Ein kurzes Zögern in den Atemgeräuschen hinter mir.

Halt ihn am Reden.

»War das auch Patricia Eduardos Fehler? Hat sie herausgefunden, was Zuckerman trieb?«

»Sie waren sehr fleißig.«

Der Raum drehte sich.

»Sie sind ganz schön hartnäckig, Dr. Brennan. Hartnäckiger, als ich erwartet hätte.«

Der Lauf der Waffe stach mir in den Nacken.

»Zurück ins Bett.«

Noch ein Stich.

»Bewegung.«

Geh nicht in den Kühlraum zurück!

»Ich sagte Bewegung.« Lucas schubste mich von hinten.

Nein!

An einer Kugel sterben oder Gott weiß wie im Kühlraum sterben? Ich machte einen Satz um Lucas herum und sprang zur Tür.

Verschlossen!

Ich drehte mich zu meinem Angreifer um.

Lucas hatte eine Beretta auf meine Brust gerichtet.

Mir wurde schwarz vor Augen.

»Machen Sie schon, Dr. Lucas. Erschießen Sie mich.«

»Sinnlos.«

Wir starrten einander an wie zwei wachsame Tiere.

»Warum Zuckerman?«, fragte ich.

Lucas zersplitterte in vier Teile, setzte sich wieder zusammen.

»Warum Zuckerman?«

Hatte ich es gesagt, oder bildete ich es mir nur ein?

»Sie sind sehr blass, Dr. Brennan.«

Ich blinzelte einen Schweißtropfen weg.

»Meine verehrte Kollegin wird Ihnen Gesellschaft leisten.«

Ich bemühte mich zu verstehen, was er meinte.

»Warum?«, wiederholte ich.

»Dr. Zuckerman war nicht zu trauen. Sie war schwach und neigte zu Panik. Ganz im Gegensatz zu Ihnen.«

Warum erschoss Lucas mich nicht?

»Haben Sie Ihre Opfer getötet, Dr. Lucas? Oder nur Zellen aus ihren Leichen gestohlen?«

Lucas schluckte, und sein Adamsapfel hüpfte wie ein Springer an einem Bungee-Seil.

»Wir hätten einen großen wissenschaftlichen Beitrag geleistet.«

»Oder auf dem Schwarzmarkt abgesahnt.«

Lucas' Lippen kräuselten sich zu einem gekünstelten Lächeln.

»Sie sind noch besser, als ich dachte. Also gut. Ohne Samthandschuhe ist es mir sowieso viel lieber. Lassen Sie uns über die Wissenschaft reden.«

»Okay.«

Hinhalten!

»Ihr Präsident hat die ES-Zellen-Forschung ins zwölfte Jahrhundert zurückgeschickt.«

»Er folgte der Ethik der Wissenschaft.«

»Ethik?« Lucas lachte.

»Hat das keine Bedeutung für Sie?«

Meine Gedanken zersplitterten. Es fiel mir immer schwerer, mich zu konzentrieren.

»Dass die Gewinnung von Stammzellen das Töten kleiner Babys erfordert? Dass Stammzellenforscher nicht besser sind als Mengele und seine nazistischen Verstümmeler? Nennen Sie das hirnrissige Ethik?«

Lucas deutete mit der Pistole auf eine Liste mit Sicherheitsbestimmungen an der Wand.

»Eine Blastozyste ist nicht größer als der Punkt auf diesem i.«

»Sie ist Leben.« Meine Worte klangen verwaschen und wie aus weiter Ferne.

»Überschuss aus Fruchtbarkeitsbehandlungen. Abfall von Abtreibungen.«

Lucas kam in Fahrt. Ich hatte die falsche Taktik.

»Hunderttausende leiden an Parkinson, Diabetes, durchtrenntem Rückenmark. Wir hätten ihnen helfen können.«

»Das war Zuckermans Ziel.«

»Ja.«

»Und das Ihre war, Ihre Brieftasche zu füllen.«

»Warum nicht?« Speichel glitzerte in seinen Mundwinkeln. »Mechanische Herzen. Arzneimittel. Patente für orthopädische Prothesen. Ein schlauer Arzt kann Millionen verdienen.«

»Indem man Embryos umbringt oder einfach nur stiehlt?«

Hatte ich das nicht schon Äonen zuvor gefragt?

»Zuckerman hätte ewig nur Eier und Spermien in ihren kleinen Schälchen zusammengemischt. Mein Weg war schneller. Er hätte funktioniert.«

Ich wollte die Augen schließen.

»Sie wissen, dass es vorbei ist«, sagte ich.

»Es ist vorbei, wenn ich es sage.«

Ich wollte aufhören, ihm zuzuhören, und schlafen.

»Man wird Zuckermans Tod aufklären. Ihr Labor wurde bereits durchsucht und versiegelt.«

»Sie lügen.« Der untere Rand seines Auges zuckte.

»Zwei Detectives sind auf dem Weg hierher. Ich sollte mich hier mit ihnen treffen.«

Lucas fuhr sich mit der Zunge über die Lippen.

Ich redete weiter auf ihn ein, obwohl ich kaum wusste, was ich sagte.

»Und auch über Chupan Ya wird die Wahrheit ans Licht kommen. Wir dokumentieren, was mit diesen armen Menschen passiert ist.« Meine Knie gaben nach. »Und die Erpressung ist vorbei. Díaz' Verwicklung in das Massaker wurde aufgedeckt. Er wird nicht länger Ihr Lakai sein.«

Lucas' Finger umspannten den Pistolengriff fester.

»Jorge Serano ist in Haft. Die Polizei wird ihm einen Handel anbieten, und er wird Sie hinhängen.«

Ein verächtliches Lachen. »Hinhängen weswegen? Weil ich ein paar tote Babys gestohlen habe?«

»Wegen des Mordes an Patricia Eduardo.«

Lucas zuckte mit keiner Wimper.

»Das Skelett ist längst verschwunden. Die Identität wird man nie eindeutig bestimmen können.«

»Sie haben eins vergessen, Dr. Lucas. Patricias ungeborenes Baby. Das Baby, dem Sie den ersten Atemzug verweigert haben.«

In der Entfernung war eine Sirene zu hören. Lucas riss den Kopf nach links, wandte sich dann wieder mir zu.

Rede weiter!

»Ich habe die Knochen des Babys in der Kleidung der ermordeten Mutter gefunden. Diese Knochen werden uns DNS liefern.«

Meine Stimme klang, als würde sie aus immer weiterer Entfernung kommen.

»Diese DNS wird der einer Probe entsprechen, die wir von Patricia Eduardos Mutter bekommen haben. Dieses Baby wird noch im Tod Ihr Schicksal besiegeln.«

Lucas' Fingerknöchel wurden weiß, seine Augen hart und schwarz. Der Blick eines Heckenschützen, eines Terroristen, eines Geiselnehmers, der sich in die Ecke getrieben sieht. Die Erkenntnis, dass es keinen Ausweg mehr gibt.

»In dem Fall könnte ich jetzt gut mit Ihnen abrechnen. Was ist denn schon eine mehr?«

Ein Schleier legte sich vor meine Augen. Ich konnte nicht sprechen. Konnte mich nicht bewegen. Ich würde in einer Leichenhalle in Guatemala sterben.

Dann: »Sie sind raffiniert und einfallsreich, Dr. Brennan. Das muss ich zugeben. Betrachten Sie dieses als Ihr glücklichstes Jahr.«

Durch einen schwarzen Nebel sah ich, wie Lucas die Waffe von meiner Brust zurückzog, sich den Lauf in den Mund steckte und abdrückte.

30

Die Geschichte schaffte es weder in Guatemala noch in Kanada in die Schlagzeilen.

In Guatemala City brachte *La Hora* eine kurze Meldung über die Klageerhebung gegen Miguel Angel Gutiérrez wegen heimtückischen Mordes. Claudia de la Aldas Mutter wurde dahin gehend zitiert, dass sie zufrieden sei mit dem Verlauf der Ermittlungen. Zwei kurze Spalten. Seite siebzehn.

In verschiedenen Artikeln wurden die Morde an Patricia Eduardo und Maria Zuckerman dem organisierten Verbrechen zugeschrieben, und Lucas' Tod wurde als Selbstmord klassifiziert.

Kein Wort über Stammzellen.

In Montreal brachten *La Presse* und die *Gazette* kurze Folgeartikel über die Schießerei auf der Rue St. Catherine. Zusätzlich zu Carlos Vicente war in Guatemala City ein zweiter Verdächtiger identifiziert worden. Der Mann starb, bevor er verhaftet werden konnte. Punkt. Keine Spekulation in Bezug auf das Motiv, warum ein Guatemalteke in Montreal einen Amerikaner erschoss.

Nirgendwo stand etwas über Antonio Díaz, Alejandro Bastos oder André Specter. Díaz blieb Richter, Specter Botschafter.

Bastos blieb aller Wahrscheinlichkeit nach tot.

Ich werde wohl nie wirklich wissen, warum Hector Lucas die Waffe gegen sich selbst richtete. Ich glaube, es war eine Mischung aus Arroganz und Verzweiflung. Er sah sich als höheres Wesen, und als er erkannte, dass es vorbei war, wollte er sein Ende selbst bestimmen. Ich glaube, es war auch Arroganz, die ihn dazu brachte, mich zu verschonen. Er wollte mich wissen lassen, dass er es war, der die Entscheidung über mein Leben traf, und er wollte, dass mir das immer in Erinnerung blieb. Auch eine Form von Gedenken.

Am Morgen nach der Leichenhalle war Ryan um sieben Uhr morgens im Krankenhaus. Mit Blumen.

»Danke, Ryan. Sie sind wunderschön.«

»Wie du.« Dümmliches Grinsen.

»Ich habe ein blaues Auge, meine Wange ist eine Artischocke, in meinem Arm steckt eine Nadel, und Schwester Kerkovian hat mir eben ein Zäpfchen in den Arsch geschoben.«

»Für mich siehst du gut aus.«

Seine Haare waren verfilzt, er hatte sich seit zwei Tagen nicht rasiert, und das Sakko war fleckig von Zigarettenasche, die er wegzuwischen versucht hatte. Er sah für mich auch gut aus.

»Okay«, sagte ich. »Erzähl.«

Ich war wach, aber geschwächt. Was immer auch in meinem Stoffwechsel gewesen sein mochte, es war weg, verjagt von Medikamenten oder einfach mit der Zeit verflüchtigt.

»Galiano und ich riefen dein Handy an, als der Richter den Wisch für Zuckermans Klinik ausstellte. Keine Antwort. Dann probierten wir es noch einmal, als Jorge Serano uns ins Netz ging.«

»Ich war entweder unter der Dusche oder schon weg und hatte das Handy vergessen.«

»Wir dachten, du hättest es ausgeschaltet, damit du schlafen kannst. Als ich ins Hotel zurückkam, klopfte ich an deine Tür und probierte die Klinke.«

»In welcher Hoffnung?«

»Wollte mich nur nach dem Befinden einer Freundin erkundigen.«

Ich stach nach seinem Bauch. Er sprang zurück.

»Diese *taqueria* war deine Idee.«

»Du hast dir den Fisch ausgesucht.«

»Ich weiß noch genau, dass ich die Botulismus-Beilage ausgelassen habe.«

»Anscheinend ist die ohne Aufpreis automatisch mit dabei, wobei es allerdings auch sein kann, dass du den Fisch zu Unrecht beschuldigst. Wie auch immer, deine Tür war unverschlossen, das Zimmer ein Schweinestall«, fuhr Ryan fort. »Ich entdeckte den Artikel über Stammzellengewinnung aus Leichen und fragte mich, ob du vielleicht gerade Detektiv spielst oder andere Dummheiten machst.«

»Danke.«

»Nichts zu danken.«

»Ich hab Galiano aus dem Bett geholt und mich mit ihm auf die Suche gemacht.«

»Ich bin mir sicher, er war begeistert.«

»Bat ist ziemlich flexibel. Wir riefen beim FAFG an. Da arbeiteten zwar noch Leute, aber die hatten dich nicht gesehen. Ich sagte Bat, dass du eine Verbindung zwischen Zuckerman und Lucas erwähnt hattest, und er wollte sich Lucas vorknöpfen. Lucas war nicht zu Hause, also dachten wir, schauen wir in der Leichenhalle nach. Auf dem Parkplatz entdeckten wir Zuckermans Volvo und dann das halb geöffnete Tor.«

»Wo war denn das Sicherheitspersonal?«

»Lucas hatte alle nach Hause geschickt. Wir glauben, er wollte bei Maria Zuckerman ein schnelles Post mortem machen.«

»Aus unerträglicher Trauer um seine gefallene Kollegin.«

Ryan nickte. »Als wir in den Autopsieraum kamen, verzierte Lucas' Hirn die Wände. Du warst bewusstlos, also haben wir deinen kleinen Hintern in einen Krankenwagen gesteckt und sind in die Zentrale zurück, um Seran auszuquetschen.«

Ryan strich mir Strähnen aus der Stirn und betrachtete mich mit einem Ausdruck, den ich nicht deuten konnte.

»Lucas hatte Serano befohlen, dich umzubringen. Der Tod des Tages sollte Ersticken sein. Du bist ihm entgegengekommen, indem du die Dusche des Jahrhunderts genommen hast. Die Presslufthämmer waren so eine Art Lärmschutz. Der Guerillajunge hat dir was in die Coke getan, wollte dann im Wandschrank warten, bis du umkippst, und dann dein Kissen benutzen. Dann gab's ein Problem. Ein Zimmermädchen tauchte auf, und Serano machte sich *muy pronto* aus dem Staub.«

»Du hast mit dem Mädchen gesprochen?«

Ryan nickte. »Das Mädchen dachte, ich wär's gewesen.«

»Was hat Serano mir gegeben?«

»Keine Ahnung. Serano hat es uns nicht erzählt. Wir haben den Sanitätern gesagt, du hättest eine Lebensmittelvergiftung, und das Hotelpersonal hatte die Dose bereits weggeworfen.«

»Hat mich auf jeden Fall ziemlich fertig gemacht.«

»Sollte es ja. Die Ärzte meinen, das Pepto und das Imodium haben die Wirkung etwas abgeschwächt und dich bei Bewusstsein gehalten. Außerdem hattest du ja einiges auch rausgekotzt.« Er kitzelte mich unter dem Kinn.

Ich schlug seine Hand weg. Und zuckte zusammen.

»Wie geht's dem Handgelenk?«

»Ist nur verstaucht.«

Ryan nahm meine Hand und küsste die Fingerspitzen.

»Wir haben uns Sorgen um dich gemacht, Süße.«

Verlegen wechselte ich das Thema.

»Lucas ließ Nordstern umbringen?«

»Wie's aussieht, war Nordstern offiziell hier, um einen Artikel über Clyde Snow und seinen Einsatz für die Menschenrechte zu schreiben. Bei seiner Suche nach Material über Chupan Ya und andere Massaker fielen Nordstern die Militärakten von Alejandro Bastos und Antonio Díaz in die Hände. Irgendwann hätte Nordstern Díaz bloßgestellt und Lucas hätte sein Werkzeug verloren. Vielleicht ließ Lucas ihn deswegen umbringen.

Ist aber wahrscheinlicher, dass es mit Patricia Eduardo zu tun hatte. Als er in Guatemala City ankam, hatte er wohl von den verschwundenen Mädchen gelesen oder gehört und sich dann mit diesen Fällen beschäftigt. Als er herausfand, dass eins der Mädchen die Tochter eines Botschafters war, schnüffelte er in der Richtung weiter. Und als er entdeckte, dass Chantale Probleme hatte und der Botschafter ein Weiberheld war, wollte er mehr Details.«

»Warum flog er nach Montreal?«

»Zu diesem Zeitpunkt war er genauso weit wie wir. Dachte, er hätte die Story des Jahrhunderts, wenn er Specter mit der Leiche im Faultank in Verbindung bringen könnte. Toller Stoff. Weltgewandter Diplomat. Naive junge Mädchen. Sex. Mord. Mysteriöse Todesfälle. Faultanks. Diplomatische Immunität. Intrigen im Ausland. Ich glaube, er wusste nicht, dass Patricia Eduardo schwanger war.«

Im Reden streichelte Ryan meinen Handrücken.

»Gott weiß, was er dachte, wie die Stammzellen da hinein passen. In Nordsterns Spesenordner fanden wir eine Quittung vom Paraíso.«

»Ist er tatsächlich dort abgestiegen?«

»Neugier kennt keine Grenzen. So hat er auch Jorge Serano kennen gelernt.«

»Der ihn auf Zuckerman brachte.«

»Was sein Interesse an Stammzellen weckte.«

»Was ihn schließlich das Leben kostete, wenn es nicht die Sache mit Díaz war.«

Beide schwiegen wir einen Augenblick. Dann: »Was passiert eigentlich mit Chantale Specter?«

»Schadensersatz an den MusiGo-Laden, dann Reha.«

»Lucy Gerardi?«

»Die halten die Eltern unter Verschluss. Ohne Chantales Hilfe kann sie nicht mehr ausbrechen.«

Ich hatte ein wenig Angst, die nächste Frage zu stellen.

»Die interne Untersuchung?«

»Die Abteilung und ich sind einer Meinung, was Señor Vicente angeht.«

»Das freut mich, Ryan. War ein guter Schuss.«

Schwester K kam herein, um meine Infusion zu kontrollieren.

»Wo ist Galiano?«, fragte ich, als sie wieder gegangen war.

Die Andeutung eines Stirnrunzelns.

»Er schaut noch vorbei.«

Ryan schob mir den Arm unter die Schultern, zog mich an sich und drückte seine Wange an meinen Kopf.

Ich spürte, wie mich eine angenehme Wärme durchströmte.

»Als ich dich gestern Nacht da am Boden liegen sah, neben einer Waffe und einer Leiche, da hatte ich plötzlich diese unheimliche Verlustangst.«

Ich war zu überrascht, um etwas zu erwidern. Was vielleicht das Beste war. Was immer ich gesagt hätte, es wäre wahrscheinlich das Falsche gewesen.

»Mir ist etwas klar geworden.«

Ryans Stimme klang merkwürdig. Er drückte meinen Kopf an seine Brust.

»Vielleicht habe ich es mir auch nur endlich eingestanden.«

Ryan grub sein Gesicht in meine Haare.

Was? Was hatte er sich eingestanden?

»Tempe –«

Seine Stimme versagte.

O Gott. Würde er jetzt das L-Wort sagen?

Ryan räusperte sich.

»Ich habe zu viel von den Schattenseiten des Lebens gesehen, um viel Vertrauen in die Menschen zu haben. Ich glaube nicht an ein Happy End.« Ich spürte, wie er schluckte. »Aber ich glaube an dich.«

Er legte mich aufs Kissen zurück und küsste mich auf die Stirn.

»Wir müssen noch einmal neu überlegen, woran wir beide sind.«

Ich wollte reden, wollte diesen Gedanken weiter verfolgen. Aber meine Lider machten nicht mit.

»Denk drüber nach.« Kornblumenaugen stachen mir direkt in die Seele.

Darauf kannst du Gift nehmen.

Als ich das nächste Mal aufwachte, schauten Mateo und Elena auf mich herab. Elenas Gesicht war so gerunzelt vor Sorge, dass sie aussah wie ein Sherpa.

»Wie fühlst du dich?«

»Stark wie ein Ackergaul.«

Mateo und ich lachten. Es tat höllisch weh.

»Was ist so lustig?«

»Etwas, das Molly gesagt hat.«

Sie versicherten mir, dass die Arbeit mit Chupan Ya gut vorankomme, und sagten mir, dass die Dorfbewohner ein Begräbnis planten. Mateo hatte eben erst mit Molly gesprochen. Ihre Genesung machte rasende Fortschritte.

Wieder konnte ich nicht wach bleiben, so sehr ich mich auch bemühte.

Galiano war das nächste Phantom, das an meinem Bett auftauchte.

Mit Blumen.

Mein Zimmer sah allmählich aus wie ein Bestattungsinstitut.

»Du hattest Recht wegen des Überfalls auf deine Kollegen.«

»Molly und Carlos?«

Galiano nickte. Er war so gepflegt wie Ryan.

»Jorge Serano hat den Überfall gestanden.«

»Warum gerade die beiden?«

»Eine Verwechslung. Lucas hatte Serano auf dich angesetzt. Er wollte die Ausgrabung vereiteln, indem er das prominenteste Mitglied des Teams beseitigte. Er meinte, das wärst du.«

Kalte Übelkeit breitete sich in meiner Brust aus. Schuldbewusstsein? Trauer? Angst?

»Warum wollte er die Arbeit in Chupan Ya vereiteln?«

Galiano zuckte kurz die Achseln. »Lucas wollte seine Deckung nicht verlieren.«

»Díaz?«

Galiano nickte. »Vielleicht fürchtete Lucas auch, dass Díaz zu viel wusste und dass der kleine Wurm, falls er wegen seiner Beteiligung an dem Massaker verhaftet würde, sich auf einen Handel mit den Behörden einlassen würde.«

»Der perverse Bastard.«

»Als Lucas herausfand, dass ich dich für die Paraíso-Ermittlung wollte, hatte er noch einen Grund mehr, dich zu beseitigen.«

Galiano nahm meine Hand. Seine Haut fühlte sich rau und kühl an. Er küsste meine Finger.

Erst Ryan, jetzt Galiano. Ich kam mir allmählich vor wie der Papst.

Er drückte seine Lippen auf meine Handfläche.

Okay, nicht wie der Papst.

»Ich bin froh, dass du okay bist.«

Ich war nicht okay. Mir ging es sekündlich schlechter. Was war das nur mit meiner Libido und diesen beiden Kerlen?

»Erzähl weiter.«

»Serano war bereits von Lucas abhängig, weil er Eduardos Leiche in Papas Faultank geworfen hatte. Deshalb willigte er ein, den Anschlag bei Sololá zu übernehmen.«

»Warum hat er sich der Leiche so nahe bei seinem Zuhause entledigt?«

»Das habe ich ihn auch gefragt. Der Idiot dachte, die Leiche würde sich in ein paar Wochen völlig auflösen. Als dann die Abflüsse im Paraíso nicht mehr funktionierten und Papa anfing, im Tank herumzustochern, hätte der kleine Jorge sich fast in die Hose gemacht.«

»Wer hat Patricia Eduardo getötet?«

»Lucas.«

»Warum?«

»Patricia Eduardo traf sich mit einem verheirateten Mann, wurde schwanger und bat Zuckerman um Hilfe. Möglicherweise hat Zuckerman in ihr eine potenzielle Zellspenderin gesehen. Und dabei ist Eduardo wohl irgendwie über das ES-Zellen-Projekt gestolpert.

Eduardo und Zuckerman stritten sich, und vielleicht hat Eduardo gedroht, die Sache an die Öffentlichkeit zu bringen. Lucas brachte Eduardo um und beauftragte Serano, die Leiche zu beseitigen. Jetzt benutzt Serano dieses Wissen, um für sich einen Handel herauszuschlagen. Er plappert, seit wir ihn verhaftet haben.«

»Weiß er, dass Lucas und Zuckerman tot sind?«

»Kann sein, dass wir das zu erwähnen vergessen haben.«

»Wie ist Serano denn überhaupt da hineingeraten?«

»Sagen wir mal, sein Lebensstil überstieg seine Verdienstmöglichkeiten auf dem freien Arbeitsmarkt.«

»Verdiente er als Lucas' Gorilla so gut?«

»War besser, als im Paraíso den Besen zu schwingen. Lucas wollte sich die Hände nicht schmutzig machen. Jorge brauchte Geld.«

»Was ist mit Nordstern?«

»Lucas besorgte sich Hilfe von außen, um Nordstern zu beseitigen. Hielt Jorge wohl für etwas zu grün, um ihn im Ausland einzusetzen.«

»Glaubst du, dass Nordstern wirklich wusste, was da mit den Stammzellen passierte?«

»Wir haben in seinem Laptop interessantes Material gefunden. Nordstern hatte ausführlich über ES-Zellen recherchiert, und über die amerikanische Entscheidung, die Forschungsförderung zu beschränken. Die meisten der Downloads fanden entweder während oder nach Nordsterns Aufenthalt im Paraíso statt.«

»Nachdem Serano ihn unwissentlich auf Zuckermans Klinik gebracht hatte.«

»Für einen kleinen Einbruch dürfte Nordstern sich nicht zu schade gewesen sein. Wahrscheinlich schlich er sich ins Labor, blätterte in Zuckermans Unterlagen und reimte sich zusammen, was sie und Lucas vorhatten. Wahrscheinlich ahnte er, dass sie auf dem Schwarzmarkt ein Vermögen machen wollten.«

»Wann fing diese Sache an?«

»Vor Jahren. Zuckerman experimentierte mit dem Mischen von Eiern und Sperma, um embryonale Stammzellen zu züchten. Man nimmt gespendete Eier und Sperma und mischt sie, um Embryos zu bekommen. Dann vernichtet man die Embryos und züchtet die Stammzellen in einer Kultur.«

Ich wartete.

»Offensichtlich wurde Lucas ungeduldig, weil Zuckerman keine Erfolge vorweisen konnte, und bestand darauf, eine andere Technik zu versuchen.«

»Leichen.«

Galiano nickte. »Lucas stahl Gewebe bei Routineautopsien.«

»Jesus.«

»Aber die Erfolgsrate ist bei Kindern höher.« Galiano schaute mir direkt in die Augen. »In eine Leichenhalle kommen nicht viele Kinder. Nordstern hatte einen ganzen Haufen von Artikeln über die Straßenkinder von Guatemala City.«

»Nordstern dachte, dass Lucas Waisen umbrachte, um an Gewebe zu kommen?« Wut und Abscheu ließen meine Stimme gepresst klingen.

»Wir haben noch keinen Beweis dafür gefunden, aber wir suchen weiter.«

»O mein Gott.«

Beide verstummten wir. Ein Rollwagen holperte über den Gang. Eine Roboterstimme rief einen Doktor Soundso aus.

»Was ist mit Miguel Gutiérrez?«

»Nur ein armer Irrer, der das Mädchen, das er wollte, nicht bekommen konnte.«

»Claudia de la Alda.«

Galiano nickte.

»Das ist alles so traurig, nicht?«, sagte ich.

Ohne Vorwarnung beugte er sich über mich und küsste mich. Seine Lippen waren weich und warm, seine Hakennase fühlte sich rau auf meiner Haut an.

»Aber ich habe auch dich kennen gelernt, *corazón*.«

31

Mitte Juni hatten wir die Arbeiten bei Chupan Ya abgeschlossen.

Dreiundzwanzig Opfer waren den Familien zurückgegeben worden. Das Dorf hatte seine Toten mit großem Zeremoniell, vielen Tränen und einem enormen Gefühl der Erleichterung beerdigt. Clyde Snow war aus Oklahoma gekommen, und auch das gesamte FAFG-Team hatte teilgenommen. Großes Aufatmen nach harter Arbeit. Wir hatten uns für etwas engagiert, hatten in der Dunkelheit ein Streichholz entzündet.

Aber es blieb auch viel Dunkelheit übrig. Ich dachte an Señora Eduardo und Señora de la Alda und an ihre Tochter.

Ich dachte an Unterdrückung, Gier, Trauma. An anständige Menschen, die für immer verloren waren.

Hector Lucas, Maria Zuckerman und Carlos Vicente waren

tot. Jorge Serano und Miguel Angel Gutiérrez waren im Gefängnis.

Mateo und Elena stellten einen umfassenden Bericht über Chupan Ya zusammen.

Vielleicht würde irgendwann irgendjemand für diese Gräuel zur Verantwortung gezogen werden.

General Effraín Ríos Montt war Präsident von 1982 bis 1983, als hunderte von Dörfern zerstört und tausende Menschen getötet wurden. Im Juni 2001 erhoben Opfer dieses Massakers Anklage wegen Völkermords gegen General Montt, der zurzeit Präsident des guatemaltekischen Kongresses ist. Die Klage sah sich beträchtlichen Hindernissen gegenüber. Es steht zu hoffen, dass wir einige beseitigen konnten.

Zehn Uhr fünfzehn. Einundzwanzigster Juni. Der erste Tag des Sommers in der nördlichen Hemisphäre. Winter in Guatemala.

Ich warf die letzten Toilettenartikel in meinen Koffer und sah mich im Zimmer um. Ein kleiner Webteppich, den ich auf dem Markt in Chichicastenango gekauft hatte, hing noch immer über dem Bett. Ich nahm ihn ab und betrachtete ihn noch einmal.

Der Kabawil ist in der Maya-Textilkunst ein traditionelles Element. *Kaba* bedeutet zwei. *Wil* bedeutet Kopf. In der Mythologie kann der zweiköpfige Vogel Tag und Nacht, die Nähe und die Weite bedeuten. Er ist ein Symbol für Gegenwart und Zukunft, für lang- und kurzfristige Pläne. Er stellt die Beziehung von Mensch und Natur dar.

Ich stopfte den Kabawil in meinen Koffer.

Der Kabawil stellt außerdem die Beziehung zwischen Mann und Frau dar.

Viele Nächte lang hatte ich über meine Beziehung zu Männern nachgedacht. Zu zwei Männern, um genau zu sein.

Ryan hatte das Thema, das er an meinem Bett angeschnitten hatte, nie mehr aufgegriffen. Vielleicht hatte meine Genesung seine Ängste besänftigt. Vielleicht hatte ich die ganze Unterhaltung auch nur halluziniert. Aber er hatte einen gemeinsamen Urlaub vorgeschlagen.

Galiano wollte ebenfalls mit mir wegfahren.

Ich wusste, dass ich meinem Passfoto immer ähnlicher wurde. Ich brauchte dringend Urlaub.

Ich wusste außerdem, dass ich in meinem Privatleben einem Weg folgte, der kein Ziel hatte, oder dass ich überhaupt keinem erkennbaren Weg folgte.

Ich hatte eine Entscheidung getroffen.

Erfahrung ist etwas Wertvolles. Sie versetzt uns in die Lage, Fehler zu erkennen, wenn wir sie wiederholen.

Machte ich einen Fehler?

Wenn ich es nicht versuchte, würde ich es nie herausfinden. Ich wollte endlich wieder so etwas wie Glück empfinden und machte den ersten Schritt. Aber würde ich auch Erfolg haben? Dieses Mal hatte meine Arbeit mich mehr als sonst mitgenommen, und ich würde Zeit brauchen, um wieder auf die Beine zu kommen.

Jedes Mal wenn ich an Señora Ch'i'p dachte, spürte ich eine große Leere.

Das Telefon klingelte.

»Ich bin in der Lobby.«

Seine Stimme klang so unbeschwert wie seit Wochen nicht.

»Ich bin gerade mit Packen fertig.«

»Ich hoffe, du bist auf Sonne und Sand eingestellt.«

»Ich habe alles dabei.«

»Bist du so weit?«

O ja. Meine Haare glänzten so hell, dass es in den Augen schmerzte. Ich trug ein knappes Sommerkleid und Sandalen. Und Slip und BH von Vitoria's Secret.

Und Wimperntusche und Rouge.

Ich war so weit.

DANKSAGUNGEN

Wie üblich wäre dieses Buch ohne die Hilfe anderer nicht möglich gewesen.

Zuallererst geht Dank und Anerkennung an meinen lieben Freund und Kollegen Clyde Snow, Ph. D. Clyde, du hast das alles begonnen. Die Unterdrückten dieser Welt danken es dir.

Ich empfinde große Dankbarkeit für die Unterstützung und die Gastfreundschaft, die mir die Mitglieder der Fundación de Antropología Forense de Guatemala, vor allem Fredy Armando Peccerelli Monteroso, Presidente, und Claudia Rivera, Directora de Antropología Forense, entgegengebracht haben. Die Arbeit, die die FAFG durchführt, ist unglaublich schwierig und enorm wichtig. *Muchas gracias*. Ich hoffe, in der Zukunft wieder meine Hilfe anbieten zu können.

Ron Fourney, Ph. D., von der Abteilung Biology, Research and Development des Canadian Police Research Center der Royal Canadian Mounted Police und Barry D. Gaudette, B. S., Manager des Canadian Police Research Center der Royal Canadian Mounted Police, erklärten mir die Feinheiten der Tierhaar-Analyse.

Carol Henderson, J. D., vom Shepard Broad Law Center der Nova Southeastern University und William Rodriguez, Ph. D. vom Office of the Armed Forces Medical Examiner des Armed Forces Institute of Pathology lieferten mir Informationen über Aufbau und Funktionsweise von Kläranlagen.

Robert J. Rochon, Deputy High Commissioner to London

vom Canadian Department of Foreign Affairs and International Trade, beantwortete meine Fragen zur Welt der Diplomaten.

Diane France, Ph. D., Direktorin des Colorado State University Human Identification Laboratory lieferte mir Ideen bezüglich der Anwendung des Selektiven Laser-Sinterns bei der Schädelrekonstruktion. Allan DeWitt, P. E., erklärte mir die Details dieser SLS-Technik.

Sergeant-détective Stephen Rudman (i.R.) von der Police de la Communauté Urbaine de Montréal, erklärte mir die Abläufe interner Ermittlungen bei der Polizei in Quebec.

Merci an Yves St. Marie, Directeur, an André Lauzon, M.D., Chef de Service, und an alle meine Kollegen am Laboratoire de Sciences Judiciaires et de Médecine Légale. Dank an James Woodward, Kanzler der University of North Carolina-Charlotte. Ihre stete Unterstützung weiß ich sehr zu schätzen.

Paul Reichs half mir mit wertvollen Kommentaren zum Manuskript. Und auch mit Kritik. *Paldies*.

Meine Töchter, Kerry Reichs und Courtney Reichs, begleiteten mich nach Guatemala. Eure Anwesenheit hat mir vieles erleichtert. *Paldies.*

Meine erstaunlichen Lektorinnen, Susanne Kirk bei Scribner und Lynne Drew bei Random House, Großbritannien, nahmen mein Rohmanuskript und brachten es zum Klingen.

Nicht vergessen möchte ich auch meine Agentin, Jennifer Rudolph Walsh. Danke für das offene Ohr, den Schutzwall und die Tritte in den Hintern, wenn ich sie brauchte. Du bist ein Star, Big J!

Falls ich jemand vergessen haben sollte, lasst es mich bitte wissen. Ich spendiere ein Bier, entschuldige mich überschwänglich und bedanke mich persönlich. Wir hatten alle ein schwieriges Jahr.

Letztendlich habe ich *Knochenlese* allein geschrieben. Falls der Text Fehler enthält, habe ich sie gemacht.